Tobias Münter

Mordskur

Der Autor
Tobias Münter, geboren 1976, ist begeisterter Ostwestfale und lebt mit seiner Familie im lippischen Bad Salzuflen. Nach Abitur, Mechanikerausbildung und Maschinenbaustudium ist er nunmehr als Sachverständiger für den Technischen Überwachungsverein tätig. Lesefiebrig seit Kindertagen schreibt er mit Humor gewürzte Kriminalgeschichten.

Das Buch
Kommissar Claas Haverstroh wird zur Reha ins westfälische Bad Salzuflen geschickt. Von seinem Zwangsurlaub in der Provinz ist er wenig begeistert. Doch kaum angekommen, wird er Zeuge eines mysteriösen Verbrechens. Der Hirsch König Leopold, allseits geliebtes Maskottchen der Kleinstadt, und seine Herde werden niedergeschossen in ihrem Wildgehege gefunden. Die örtliche Polizei scheint von einem Unfall auszugehen. Doch kurz darauf wird noch eine Leiche, diesmal ein toter Mann, gefunden. Claas ist sich sicher: Das kann kein Zufall sein! Ohne offizielle Befugnis beginnt er, auf eigene Faust zu ermitteln. Aber wer steckt hinter den seltsamen Todesfällen? Und warum untersucht die Kripo vor Ort den Fall nur halbherzig und versucht Claas auszubremsen?

Tobias Münter

Mordskur

Ein Fall für Claas Haverstroh

MIDNIGHT

MIX
Papier aus verantwortungsvollen Quellen
FSC® C083411

Originalausgabe bei Midnight
Midnight ist ein Digitalverlag
der Ullstein Buchverlage GmbH, Berlin September 2017

Umschlaggestaltung:
zero-media.net, München
Titelabbildung: © FinePic®
Satz: Pinkuin Satz und Datentechnik, Berlin
Druck- und Bindearbeiten: CPI books GmbH, Leck
ISBN 978-3-95819-917-0

Samstag, 25. Juli

Im fahlen Licht der Dämmerung versammelten sich die Teilnehmer der Abendgesellschaft wie jeden Tag an der gleichen Stelle zum Dinner. Unbemerkt gesellten sich am heutigen Abend jedoch in gebührendem Abstand zwei ungebetene Gäste hinzu …

»Siehst du sie?«

»Ich glaube schon.« Er drehte am Okular des Fernglases. »Aber es ist fast schon zu dunkel. Sie stehen da hinten, unter den Bäumen.« Er setzte das Glas wieder ab und nahm die schwere Waffe aus der Kiste.

»Hätten wir das nicht vorher ausprobieren sollen?«

»Ach was, das ist doch ein bewährtes deutsches Fabrikat. Was soll da schon schiefgehen? Warte ab, das wird funktionieren.« Er lachte leise und visierte sein Ziel an.

Keine zwei Minuten später war König Leopold tot, und mit ihm sein gesamter Hofstaat.

* * *

In der beschaulich altehrwürdigen Pension Prinzessin Benedikte in Bad Salzuflen machte sich Kommissar Claas Haverstroh in diesen Minuten bettfertig. Nach seiner Ankunft am Nachmittag hatte er den warmen Juliabend noch bei leichter Lektüre und einer gut gekühlten Flasche Bier auf dem Balkon ausklingen lassen. Um 23:29 Uhr legte er sich hin, knipste das Licht aus und schaltete das Radio ein. Es folgten Berichte über einige bankrotte

EU-Staaten, die üblichen Konflikte in Nahost und einen frisch verstorbenen Hollywoodstar. Kurz vor dem Sport und dem Wetterbericht dämmerte Claas langsam in den Schlaf hinüber und begann leise zu schnarchen.

Ratatatatatatata! … Ratatatatatatatatatata!

Wie vom Blitz getroffen schreckte er hoch und schlug die Augen auf. Was war das? Einer seiner berüchtigten Halbschlaf-Träume? Die suchten ihn nämlich regelmäßig unmittelbar nach dem Einschlafen heim, und für gewöhnlich fiel er dabei irgendwo einen Abhang hinunter oder stürzte anderweitig ins Nichts. Manchmal schlug er auch einen imaginären Einbrecher oder sonstige Halunken k. o. und trat dabei wild um sich; jedenfalls erwachte er immer schlagartig und erschrak sich fürchterlich. So auch dieses Mal. Vielen Dank an unbekannt, dachte er, drehte sich wieder um und versuchte erneut einzuschlafen.

Ratatatatatatatatatata! … Ratatatatatatatatatatatata!

Innerhalb von Sekundenbruchteilen stand Claas kerzengerade im Bett. Das konnte kein Traum sein! Das war doch Maschinengewehrfeuer, und zwar gar nicht so weit entfernt! Da die Balkontür wegen der Sommerhitze zum Durchlüften weit offen stand, konnte er das Geräusch einigermaßen gut lokalisieren. Es kam aus der Gegend des Landschaftsgartens – einer weitläufigen, parkähnlichen Anlage, die parallel zur Parkchaussee verlief. Claas trat auf den Balkon und lauschte in die Nacht hinein. Doch es war nichts mehr zu hören; nur in den Platanen beiderseits der Straße spielte ein leichter Windhauch mit den Blättern und ließ sie leise rascheln. Doch dann hörte er aus der Richtung der vermeintlichen MG-Salven ein schwaches Röcheln, gefolgt von einem Glucksen und Stampfen, das entfernt an eine Viehherde erinnerte, die in Panik geraten war. Aber auch diese Geräusche waren nur von kurzer Dauer, wurden rasch leiser und erstarben einige Sekunden später völlig.

Claas begann zu grübeln. Hatte er da eben wirklich ein Maschinengewehr gehört? Doch, eigentlich war er sich ziemlich sicher. Und irgendwie kam ihm das Geräusch auch sehr bekannt vor. Wenn das mal nicht ein MG 3 war, dachte er. Das charakteristische Knattern dieser Waffe war ihm nämlich noch gut aus Bundeswehrzeiten bekannt, denn sie hatten früher in der Grundausbildung unzählige Zielscheiben und Pappkameraden damit durchsiebt.

In der Pension hatte außer ihm aber scheinbar niemand sonst etwas mitbekommen, denn dort blieb alles ruhig. Claas drehte sich um und ging zurück ins Zimmer. Wahrscheinlich war das Ganze nur ein schlechter Lausbubenscherz, dachte er und gähnte herzhaft, bevor er sich zurück ins Bett schwang und dieses Mal rasch wieder einschlief.

Sonntag, 26. Juli

Ein Telefon klingelte …

»Guten Morgen …«

»Sag mir mal, was an diesem Morgen gut sein soll. Habt Ihr den Verstand verloren?«

»Sorry, da ist ein bisschen was schiefgelaufen.«

»Bisschen ist gut … bisschen viel würde ich sagen!«

Am anderen Ende wurde deutlich hörbar geschluckt. »Und was jetzt?«

»Na ja, ändern lässt sich dieses Malheur jetzt auch nicht mehr. Wir bekommen wahrscheinlich nur etwas mehr Aufmerksamkeit – auf die ich aber erst mal gerne verzichtet hätte.«

»Sollen wir trotzdem weitermachen?«

Es folgte eine kurze Pause. »Natürlich. Das war doch erst der Anfang; wir führen den Plan weiter Schritt für Schritt aus. Aber tut mir einen Gefallen … Stellt Euch beim nächsten Mal etwas geschickter an!«

* * *

Um 8 Uhr holten Claas die Nachrichten auf WDR 5 aus dem Schlaf. Noch vorsichtig blinzelnd, sog er die kühle Morgenluft ein. Der Wetterbericht versprach eine langanhaltende Schönwetterperiode. Verantwortlich dafür war ein kräftiges Hochdruckgebiet, das von Frankreich bis weit nach Russland hineinreichte. Heute sollte es dazu allerdings auch noch sehr heiß werden.

Als Claas durch die noch immer offenstehende Balkontür vom Bett aus nach draußen blickte, kam ihm das Ereignis der vergangenen Nacht wieder in Erinnerung. Ob alles vielleicht nicht doch nur ein böser Traum gewesen war? Zu diffus erschien ihm der Gedanke, dass er wirklich ein Maschinengewehr gehört haben könnte. Wer ballert denn damit mitten in der Nacht rum? Und warum hier? Ach, bevor ich mich hier und jetzt zu Tode grüble, dachte er, mache ich nachher mal einen Gang durch die Umgebung und gehe der Sache auf den Grund. Basta!

Nach der Morgentoilette – dem Sonntag angemessen mit gründlicher Nassrasur – freute Claas sich aber erst einmal auf ein ausgiebiges Frühstück. Denn wie eigentlich immer, wenn er außer Haus nächtigte, hatte er einen ordentlichen Appetit mitgebracht.

Der Frühstücksraum der Pension war zwar nicht modern, dafür aber liebevoll und gepflegt eingerichtet und kam ihm wie ein Zeitsprung in die 50er Jahre vor. Grünbezogene Stühle aus dunklem Eichenholz an dazu passenden Tischen, ein unheimlich verschnörkelter Teppich auf dem Boden und zahlreiche Schwarzweißfotos an den mit Barockmustern tapezierten Wänden zeigten Motive aus verschiedenen Epochen der Stadt.

Heimelig wie in einem Heimatfilm, es fehlt nur noch das Hirschgeweih überm Kamin, dachte Claas und ging ans Buffet, das auf einem Sideboard angerichtet war und keine Wünsche offen ließ. Die Pensionswirtin Frau Fürst-Schmidt kam mit einer großen Kanne in der Hand um die Ecke. Ihre grauen Haare hatte sie zu einem Bilderbuchdutt zusammengebunden.

»Kaffee, ganz frisch aufgebrüht! Schönen guten Morgen, Herr Haverstroh, haben Sie gut geschlafen?«

»Moin. Ja, kann man so sagen.«

»Das freut mich, möchten Sie denn Kaffee oder lieber Tee?«

»Kaffee, immer Kaffee bitte!« Die einzige Droge, die er sich gönnte, und da seine Wirtin gerade neben ihm stand, fragte er: »Haben Sie gestern Nacht kurz vor Zwölf draußen auch irgendwas gehört?«

»Wie meinen Sie das? Irgendwas gehört?«, fragte sie leicht irritiert zurück.

»Na ja, so ein Knattern … als hätte jemand mehrfach geschossen.« Die Information, dass es sich dabei seiner Ansicht nach um ein Maschinengewehr gehandelt hatte, ließ Claas lieber weg, denn er wollte keine unnötige Unruhe stiften.

»Nein, ich habe gar nichts gehört. Das ist aber auch kein Wunder …« Frau Fürst-Schmidt drehte ihren Kopf leicht zur Seite und tippte auf eines der beiden Hörgeräte hinter ihren Ohrmuscheln. »Die nehme ich nämlich immer raus, wenn ich zu Bett gehe … Wieso, ist was passiert?« Eine leichte Neugier schien sie gepackt zu haben, aber Claas beschwichtigte sie: »Ich weiß nicht, wahrscheinlich habe ich mich geirrt.« Er nahm seinen mit Brötchen, Schwarzbrot, Aufschnitt, Marmelade, guter Butter und Rührei vollgestapelten Teller und ging zum Tisch hinüber, den Frau Fürst-Schmidt ihm vorher zugewiesen hatte. Der Raum bot Platz für etwa dreißig Menschen, es waren aber nicht alle Tische besetzt, und als Claas in die Runde blickte, sah er hauptsächlich ältere Semester. Ob die wohl auch alle auf Kur waren? Oder hier gar freiwillig Urlaub machten?

Als er gerade dabei war, Rührei auf sein Brot zu türmen, stürmte Frau Fürst-Schmidts Tochter Viktoria in den Raum. Sie kam offenbar vom Joggen und war sichtlich außer Atem. Claas musterte sie in Sekundenbruchteilen, und es gefiel ihm, was er sah. Wohlgeformte Rundungen an Busen, Hüfte und Po zeichneten sich unter einem knappen Kleid ab. Er wollte sich schon tadeln, nicht nur auf das Äußere zu achten, da sprudelte es aus Viktoria heraus: »Der … der … der König Leopold ist tot!«

»Bitte was?«, fragte eine Dame am Nebentisch erschrocken.

»Watt denn für 'n Könich?«, krähte ein Mann, von dem Claas annahm, dass er aus dem Ruhrgebiet kam.

Frau Fürst-Schmidt eilte herbei und nahm ihre Tochter in den Arm. »Was sagst du da? König Leopold? Tot? Oh … oh mein Gott!« Sie setzte sich und fasste sich an den Kopf.

In der Ecke stand unvermittelt ein älterer Herr auf, der mit seinen schlohweißen Haaren, aristokratischen Gesichtszügen und dem Anzug mit Krawatte bei Claas Eindruck machte. Er erhob seine Kaffeetasse wie einen Marschallsstab und rief militärisch zackig: »Der König ist tot, lang lebe der König!« Dann setzte er sich wieder und trank weiter seinen Kaffee, als wäre nichts gewesen.

Der hat heute Morgen sicherlich die falschen Pillen geschluckt, dachte Claas.

Frau Fürst-Schmidt sagte vorwurfsvoll: »Also Herr zur Mühlen, das ist jetzt wirklich nicht der richtige Anlass dafür.«

Claas dagegen wollte jetzt aber wirklich wissen, welcher König überhaupt tot war. »Kann mich, und vielleicht auch alle anderen hier, mal jemand aufklären, was eigentlich los ist?«

Frau Fürst-Schmidt und ihre Tochter schauten zu ihm herüber, dann ergriff Viktoria das Wort. »König Leopold ist der Haupthirsch aus dem Rotwildgehege hinten am Landschaftsgarten. Er ist schon zwanzig Jahre alt und so was wie ein Maskottchen.« Frau Fürst-Schmidt zeigte auf eines der Fotos an der Wand, auf dem ein kleines Hirschkalb zu sehen war. »Er wurde damals als Waise im Teutoburger Wald am fürstlichen Jagdschloss gefunden. Aus dem kleinen Hirsch ist im Laufe der Jahre ein ganz prächtiger Achtzehnender geworden. Daher hat er auch den Namen König Leopold bekommen … Aber sag mal, Viktoria, weiß man, wie das passiert ist? Vielleicht Altersschwäche?«

»Nein, auf keinen Fall! Es ist ganz schrecklich, es sind nämlich auch … alle anderen Hirsche tot.« Sie wischte sich einige Tränen aus dem Augenwinkel. »Die … die liegen da alle rum. Habe ich eben gesehen, die Polizei ist auch schon da.«

Sieh an, sieh an, dachte Claas, dann hat mich mein erster Eindruck gestern Nacht doch nicht getäuscht, es war also doch kein Traum. Er biss noch einmal in sein Brötchen, stand auf und fragte: »Wo bitte ist dieses Gehege genau?«

Am Hotel Nautic vorbeigehend – einem zweckmäßigen Klotz aus den frühen siebziger Jahren und Stammhaus einer deutschlandweit vertretenen Kette – überquerte Claas fünf Minuten später die Parkchaussee und betrat den Landschaftsgarten. Weitläufige, kurz gehaltene Rasenflächen wurden von zahlreichen Wanderwegen durchzogen, einzelne Laub- und Nadelbäume von teilweise imposanten Ausmaßen verliehen dem Ganzen einen parkähnlichen Charakter.

Im Außenbecken einer weit über die Stadtgrenzen hinaus bekannten und beliebten Vitaltherme planschten einige Leute munter vor sich hin und Claas spürte in diesem Moment wieder sein lädiertes Bein – und damit die Ursache für seinen Aufenthalt in Bad Salzuflen. Ein Bad im warmen Solewasser könnte sicherlich nicht schaden, dachte er und blickte etwas leidend an sich herunter. Aber nichts da, erst mal hatte er was anderes zu tun!

Hinter einem Parkplatz bog er rechts ab. Unter einer kleinen Brücke plätscherte die Salze gemächlich Richtung Stadtzentrum, im Hintergrund zeichneten sich die Silhouetten großer Kurkliniken vor dem dahinter liegenden Wald ab. Ausgangs des Parks sah Claas dann schon eine Menschentraube, die sich am Rande eines großen eingezäunten Areals versammelt hatte. Er hatte das Wildgehege erreicht.

Rotweißes Flatterband trennte die neugierige Menge vom Ort des Geschehens. Zwei Streifenwagen und ein paar zivile Fahrzeuge parkten am Rande eines Wanderweges, der am Gehege vorbeiführte. Claas versuchte die Szenerie zu überblicken und kniff die Augen zusammen. Scheiße, dachte er, verdammt hell heute! Und meine Sonnenbrille liegt natürlich da, wo sie nicht hingehört: Zuhause. So musste er sich anstrengend, um zu sehen, was sich mitten im Gehege tat. Unter einem Buchengehölz fuhrwerkte ein Radlader und belud den LKW einer Firma zur Entsorgung von Schlachtabfällen. Claas wurde von einem Ekelschauer erfasst, und als er in die Gesichter der Leute um ihn herum schaute, registrierte er, dass es den meisten ähnlich erging. Eine üble Geruchsmischung aus Aas und Schlachthof drang herüber. Eine junge Frau wandte sich ab und kotzte in einen Busch, einem Pärchen standen Tränen in den Augen. Es herrschte eine beklemmende Fassungslosigkeit. Gesprochen wurde kaum. Claas reimte sich zusammen, dass letzte Nacht wohl die ganze Hirschherde zusammengeschossen worden sein musste. Kein Zweifel, da hatte jemand ordentlich gewildert. Wenn auch auf den ersten Blick unprofessionell und völlig gaga!

Claas war sich natürlich darüber im Klaren, dass er als Polizist auf fremdem Terrain eigentlich nichts zu suchen hatte und vermeiden sollte, den einheimischen Behörden in die Quere zu kommen. Aber es kann trotzdem nicht schaden, meine Fähigkeiten in Sachen Ermittlung und Aufklärung frischzuhalten, dachte er und versuchte im Menschengewühl jemanden zu entdecken, der ihm weiterhelfen konnte. Aus Erfahrung wusste er, dass es an solchen öffentlichen Tatorten immer Leute gab, die mehr wussten, als man ihnen auf den ersten Blick ansah. Wo war denn der Fuzzi von der Presse mit dem übergroßen Kameraobjektiv? Schließlich entdeckte Claas einen Reporter, der direkt am Zaun stehend seine Kamera so weit wie möglich durch die Drahtmaschen gesteckt hatte. Kein Zweifel, das war er, die ähnelten sich alle – unverwechselbar in Haltung und Gestik.

Claas schob sich an ihn heran. »Ziemliche Sauerei, was?«

»Kann man wohl sagen«, kam als knappe Antwort zurück.

»Was ist denn da genau passiert?«

Der Pressemensch blickte missmutig zur Seite und zuckte mit den Schultern. »Da müssen Sie schon die Herren von der Polizei dahinten fragen. Aber eines kann ich Ihnen versichern, von alleine sind die nicht tot umgefallen.«

Die Pfeife will wohl witzig sein, dachte Claas, aber gesprächig ist er trotzdem nicht. Ob der mehr weiß, als er vorgibt? Ein Aufkleber auf der Fototasche verriet, dass der Reporter vom Lippischen Landboten kam, einem örtlichen Käseblatt. Claas hatte die Samstagsausgabe schon in der Pension in den Papierkorb geschmissen, da sie vor lauter Werbeprospekten fast geplatzt war und er sowieso kein Interesse an frischem Schweinenacken im Sonderangebot hatte.

Da das Ergebnis dieser ersten Befragung eher mau war, hielt Claas nach einem neuen Ansprechpartner Ausschau. Bei der nächstgeeigneten Person schien es sich um einen Wildhüter zu handeln, der mit geschultertem Gewehr, Fernglas vor der Brust und grüner Joppe am Zaun stand. Als Claas sich näherte, schnäuzte der Mann gerade beherzt in ein Stofftaschentuch und wischte sich anschließend durch die Augen. Trotzdem sah man noch, dass ihm Tränen über die Wangen gelaufen waren.

Ohne dass Claas etwas gesagt hatte, begann der Grünrock zu reden. »Ist das nicht entsetzlich? Ich bin immer noch ganz geschockt. Alle Tiere tot. Unser herrlicher Leopold! Wer … wer macht denn so etwas nur?«

»Wilderer vielleicht?«

Der Mann guckte ungläubig. »Wilderer? Wohl kaum. Die hätten die Körper dann ja wohl auch mitgenommen, oder wenigstens die Geweihe als Trophäen. Wer metzelt denn so barbarisch eine ganze Herde ab? Das sieht ja aus, als hätte da jemand mit Kanonen reingeschossen.«

»Oder mit einem Maschinengewehr?«, fragte Claas lockend.

»Oder auch damit, egal, jedenfalls kann man mit den Viechern jetzt nichts mehr anfangen. Jahrelange Hege und Pflege für die Katz. Sie sehen es ja da hinten, geht alles in die Abdeckerei und wird zu Fett und Seife verarbeitet. Schrecklich!« Der Wildhüter benutzte erneut sein Taschentuch und rotzte laut hinein. »Aber wenn ich die erwische, dann …« Er griff zu seinem Gewehr.

»Nana, das sollten Sie lieber der Polizei überlassen«, versuchte Claas ihn zu beruhigen.

»Ach was, Polizei. Die stehen zwar da und gucken zu, aber was machen die schon?« Resigniert fügte der Mann noch leise hinzu: »Sind dann doch nur Tiere.«

»Eine Frage noch«, bat Claas um eine letzte Auskunft. »Wem gehört eigentlich das Gehege?«

»Dem Bäderbetrieb. Deshalb wird es wahrscheinlich keine neue Herde geben.« Als der Wildhüter Claas‹ fragenden Blick sah, ergänzte er: »Alles eine Frage des Geldes. Und das ist wie überall knapp. Na ja, jetzt hat man halt eine schöne, leere Wiese.«

Hinter der Ecke des Zaunes lehnte ein uniformierter Polizist an der geöffneten Fahrertür eines Streifenwagens. Claas ging zu ihm hinüber und beschloss, nun etwas offensiver vorzugehen. »Guten Tag. Sind sachdienliche Hinweise aus der Bevölkerung erwünscht?«

»Das kommt ganz drauf an. Wenn Sie bitte kurz warten, dann hole ich den leitenden Kommissar dazu.« Der Beamte wedelte mit der weißen Dienstmütze und rief in Richtung des Geheges: »Herr Bödefeld! Kommen Sie mal rüber?«

Ein Mann in legerer Kleidung drehte sich um und stapfte durch das Gras heran. Er trug eine hellbraune Windjacke und eine Leinenhose, die beim Einsatz bereits dreckig geworden und mit Schlamm und Blutspritzern übersät worden war. Die Haare standen ihm wild vom Kopf ab. Hat wohl eben noch an den Elektrozaun gepinkelt, dachte Claas, und er musste sich zusammenreißen, um nicht zu grinsen. Der Kommissar erinnerte ihn mit seinem Schnauzbart ein wenig an den leicht vertrottelten Inspector Clouseau, doch Claas wusste nur zu gut, dass man sich von solchen Äußerlichkeiten nicht täuschen lassen sollte.

»Der Herr hier möchte etwas aussagen«, überwies ihn der Streifenbeamte an seinen Kollegen in Zivil.

»Soso, dann lassen Sie mal hören.«

»Nun, ich habe heute Nacht Gewehrfeuer gehört. In schneller Schussfolge … Sehr schnell.«

»Und?« Bödefeld schien nicht wirklich verblüfft zu sein. Er wirkte leicht abwesend und guckte die ganze Zeit Richtung Himmel.

»Ich mutmaße sogar MG-Feuer«, versuchte Claas einen weiteren, interessanten Fakt einzubringen.

Weiterhin kaum Reaktion. »Da könnten Sie sogar richtig liegen, aber diese Vermutung hatten wir auch schon.« Der Kommissar machte eine gelangweilte Handbewegung und wollte sich schon wieder auf den Rückweg zum Ort des Massakers machen, als ihn der Streifenbeamte noch fragte, ob er Claas' Personalien aufnehmen solle. Aber Bödefeld hielt das nicht für nötig. »Nee, lass mal, brauchen wir nicht. Wozu denn auch, wenn eh nichts Neues dabei rauskommt?«

Der Streifenbeamte merkte, dass Claas erstaunt war über das Verhalten des Kommissars und meinte fast schon entschuldigend: »Äh, trotzdem vielen Dank«. Er setzte seine Mütze wieder auf. »Der Lorenz knallt aber schon wieder ganz schön auf die Birne, was? Und wir haben noch nicht mal Mittag. Na dann, schönen Tag noch.«

Claas war tatsächlich etwas konsterniert. Dass er nicht der Einzige war, der die nächtlichen Schüsse mitbekommen hatte, konnte er sich ja gut vorstellen, immerhin waren hier auch Kliniken in der Nähe. Und dass man am frühen Sonntagvormittag etwas Besseres vorhatte, als stinkende Kadaverhaufen zu untersuchen, war ihm auch klar. Aber dass es den Kommissar so gar nicht interessierte, was er zu sagen hatte, machte ihn stutzig, denn das wirkte nicht gerade professionell. Entweder ist der Herr Bödefeld abgebrüht bis unter seinen nicht vorhandenen Scheitel oder es stimmt was nicht, dachte Claas und schlug den Weg zurück in die Stadt ein. An der Zuwegung zum Gehege wurden derweil Absperrgitter aufgestellt, um Ausflüglern und Tagestouristen den grausigen Anblick des Gemetzels zu ersparen.

Beim Gehen konnte Claas seine Gedanken am besten sortieren. Also, was haben wir heute alles dabei? Einen Haufen toter Tiere, höchstwahrscheinlich niedergemäht mit einem Maschinengewehr. Einen muffeligen Presseheini, einen traurigen und gleichzeitig aufgebrachten Wildhüter und einen Kommissar, der sich für Zeugenhinweise aber nicht sonderlich interessiert. Juristisch gesehen ist das ja leider wirklich nur ein Fall von Sachbeschädigung, da hatte der Waidmann schon recht, trotzdem rechtfertigt das keine schlampige oder schleppende Ermittlung seitens der Polizei. Aber das sind alles erst mal ungepellte Eier, dachte er und kam zu dem Schluss, zunächst abzuwarten; vielleicht klärte sich ja alles auch ohne sein Zutun in Kürze auf.

Idyllische Wege führten ihn zur Parkchaussee zurück; Claas ließ die Pension dann allerdings rechts liegen, denn es war gerade erst früher Nachmittag und er hatte keine Lust gelangweilt im Zimmer abzuhängen. Zwar begann seine Hüfte wieder etwas mehr zu schmerzen, doch einen kleinen Umweg würde sie schon noch aushalten.

Kurz hinter dem Landschaftsgarten breitete sich ein etwas größerer Teich aus und ein Blick auf die Karte verriet, dass es sich dabei sogar um den offiziellen Kurparksee handelte. Auf dem Wasser zogen einige hölzerne Ruderboote ihre Kreise, eine Fontäne spritzte Wasser in den Himmel.

Hinter dem See begann dann der Kurpark, das eigentliche Herz des Kurortes. Das Kassenhäuschen am Eingang war nicht besetzt, denn anlässlich eines Sommerfestes zum einhundertjährigen Bestehen des Bades war der Park heute für jedermann geöffnet. Claas wurde sofort von emsigem Trubel umgeben. Alles war festlich geschmückt und unzählige Menschen flanierten durch den Park, einige Kapellen und Musiker verschiedenster Stilrichtung unterhielten die Gäste mit unaufgeregter Musik. Claas kam das Geschehen wie eine Reise in die Vergangenheit vor. Vorbei am Leopoldsprudel – ein Brunnen mit Säulen im klassischen Stil der Gründerzeit – ging es zur Wandelhalle, wo es die berühmten Trinkkuren gab, dahinter folgte die Konzerthalle. Beides typische Bauwerke der sechziger Jahre – aufgeräumte Sachlichkeit mit hohen gläsernen Fensterfronten und entsprechendem Charme – eingebettet in bunte Blumenrabatten und englischen Rasen. Viele der Menschen, denen Claas im Park begegnete, passten in jene vergangene Zeit hinein und er dachte, bestimmt hätte das alles vor vierzig Jahren genau so ausgesehen, nur etwas weniger faltig. Die Herrschaften hatten sich auch fast alle schick gemacht und das übliche Rentnerbeige gegen Farbe getauscht. Claas fühlte sich aber dennoch nicht unwohl in der Szenerie, denn Retro war schwer in Mode und das Ganze hatte auch schon wieder einen heimeligen Charakter.

In einer vor der Konzerthalle gelegenen Musikmuschel spielte heute das Oskar-Reinfeld-Orchester die beliebtesten Melodien von Bert Kaempfert bis James Last. Die meisten der Zuhörer wippten passend zum Takt mit, darunter erkannte Claas auch einige Gäste seiner Pension und der zackige Feldmarschall von heute Morgen ragte dabei besonders heraus. Obwohl, dachte Claas, der hört doch bestimmt lieber Marschmusik.

Nachdem das Orchester mit dem passenden *Theme from a Summerplace* geendet hatte, schwang sich ein gebräunter Mann mittleren Alters in einem schwarzen Anzug mit passendem Einstecktuch und ergrauten, streng zurückgekämmten Haaren auf die Bühne und Claas fürchtete schon, dass es ein Schlagersänger war, der die Stimmung zum Kochen bringen wollte. Doch der Mann namens Peer Stoltenbusch stellte sich dann als erster Vorsitzender der Bäderverwaltung vor. Die Leute dürften ihn aber auch Kurdirektor nennen, scherzte er und begann eine Ansprache. Allerdings war das Mikrophon falsch eingestellt, es knarzte und hagelte Rückkopplungen und der Mann klang, als führe er in einem Auto mit Motorschaden durch einen Tunnel; einige Zuhörer hielten sich schon die Ohren zu. Ein Techniker eilte herbei und begann, am Mikrophon rumzufummeln, währenddessen gab der Pianist des Orchesters eine kurze Soloeinlage, die am Ende vom Kurdirektor und dem Publikum beklatscht wurde.

»Meine sehr verehrten Damen und Herren, liebe Gäste unseres Bades. Herzlich willkommen!«, begann er dann störungsfrei seine Rede. »Einhundert Jahre Bad Salzuflen … Ja ja, sie haben ganz richtig gehört, wir feiern ein ganzes Jahrhundert Bad Salzuflen!«

Jubel und Applaus fielen eher gedämpft aus. Claas sah sich um und hätte wetten können, dass einige der Festbesucher bei der Gründung damals wohl auch schon dabei gewesen waren.

»Was klein begann vor langer Zeit mit ein paar Badewannen, hat sich heute zu einem der größten Heilbäder Deutschlands entwickelt. Höhen und Tiefen des zwanzigsten Jahrhunderts gingen jedoch nicht spurlos vorüber, denken Sie nur an die beiden Weltkriege … oder die Gesundheitsreform.« Es folgten weitere Eckdaten der Bädergeschichte, eine Zusammenfassung der heutigen Situation und Dank an das Publikum zum heutigen zahlreichen Erscheinen. Dann wollte Stoltenbusch auch schnell wieder Platz machen für den nächsten musikalischen Höhepunkt und gab nur noch ein kurzes Statement ab. »Genießen Sie noch das schöne und vor allem heiße Wetter.« Er steckte etwas angestrengt lächelnd den Zeigefinger in den Hemdkragen und zog daran. »Wir haben ja leider kein großes Gewässer in der Nähe, aber glücklicherweise unsere großartigen, erfrischenden Gradierwerke.« Er wünschte allen Anwesenden noch eine schöne Zeit und trat ab.

Ein großes Gewässer, dachte Claas, das wär's jetzt. Reinspringen, abhängen mit 'nem schönen, kühlen Bier in der Hand irgendwo am Strand. Er schloss kurz die Augen und träumte von Ferien an der Ostsee.

Gleich hinter der Konzerthalle war er dann schon wieder am Kurparkausgang angelangt. Der dortige rotgepflasterte Gustav-Güse-Platz war der Mittelpunkt der vom Kurdirektor erwähnten Gradierwerke: Wasser aus den salzhaltigen Quellen rieselte über große Geflechte aus Schwarzdornreisig von oben nach unten, und durch die dabei entstehende Verdunstung wurde in der unmittelbaren Umgebung eine Art Meeresklima erzeugt. Ehrfurchtsvoll bestaunte Claas die langgestreckten, haushohen Holzbauten, atmete tief ein, und sofort schmeckte er einen feinen Salzhauch auf der Zunge.

Am Rande des Platzes erblickte er eine bauwagengroße, weißgestrichene Holzbude. Bunte Werbefähnchen waren rund um die ganze Bude am Dach verteilt und an der Klappe, die sich wie eine geöffnete Motorhaube über dem Verkaufstresen spannte, stand auf einem Schild in geschwungener Schrift *Lille Tivoli.* Passend dazu wehte an einem Fahnenmast neben der Bude der Dannebrog, die rot-weiße dänische Nationalfahne. In der Bude gab es alles, wovon Dänemark-Urlauber immer schwärmten: Hot Dogs und Soft-Eis, Lakritze und Bonbons in allen Farben und Formen und natürlich dänisches Pils!

»Jesper, ich nehm' noch 'ne Flasche Tuborg.« An einem der Stehtische vor der Bude unter einem großen Sonnenschirm stand ein Mann mit dunkelgrünem Cord-Sakko, Schiebermütze und einer runden Hans-Fallada-Hornbrille. Er hatte eine dunkelgraue Dogge an seiner Seite, die fast so groß war wie ein Pony. Während der Hund ein paar Würstchen vertilgte, gönnte sich sein Herrchen ein kühles Pils. Claas bekam spontan Durst. Was der kann, kann ich auch, dachte er, ging zum Tresen und orderte auch eine Flasche. Der Kioskbesitzer hatte einen netten Akzent, sprach beiläufig vom ssönen Wedder und war womöglich wirklich ein Däne. Claas stellte sich an den Nebentisch, fluppte den Kronkorken ab und nahm einen großen Schluck. Mmhh, lecker! Das herbe, gut gekühlte Pils tat in diesem Moment einfach nur gut. Die Dogge nebenan hatte ihre Würstchen inzwischen verputzt und begann, an Claas' neuen Sneakers zu schnüffeln, ließ aber kurz darauf davon ab. Er hatte zwar keine Angst vor Hunden, aber einer dieser Größe nötigte ihm schon etwas Respekt ab. Das sah der Besitzer ihm scheinbar an. »Keine Angst, Gretel mag Sie. Aber die Schuhe sind wohl aus Kunstleder, oder?«

Claas schaute verblüfft nach unten. »Mag sein, die waren im Angebot, wieso?«

»Der Hund mag echtes Leder total gerne. Er hätte Sie sonst wahrscheinlich angeknabbert.«

Glück gehabt, dachte Claas, aber das fehlte mir noch, bei dem Riesenvieh wäre womöglich der halbe Fuß ab gewesen.

Gretels Herrchen hatte währenddessen ausgetrunken und gab die Flasche zurück. »Jesper, schreib mal an bitte. Ich muss noch in die Werkstatt … Komm Gretel, ab nach Hause.« Er verabschiedete sich, nahm seinen Hund an die Leine und nickte Claas beim Weggehen zu. Dabei kam ihm der Blick des Mannes etwas komisch vor, so als hätte er mit einem Auge an ihm vorbeigeschaut. Vielleicht lag's auch an der Brille, wunderte sich Claas nur kurz und ließ sich vom Kioskbesitzer noch ein Softeis geben. »Darf ich mal fragen, wie ein Däne nach Bad Salzuflen kommt und hier einen Kiosk betreibt?«, fragte er, als er nach der Waffel griff.

»Ja klar«, gab Jesper gerne Auskunft. »Ich bin jahrelang auf der Autofähre Kronprins Frederik gefahren, da war ich im Bordkiosk, das war mir dann aber zu langweilig. Ich wollte dann erst mal Urlaub machen und auf dem Weg nach Italien hatte ich hier eine Panne mit dem Wohnmobil. Da hat mir der Julius geholfen, das war der eben mit dem großen Hund. Im Hotel Nautic habe ich mich dann in ein Zimmermädchen verliebt, aber das ist mir wieder abgehauen und ich bin irgendwie hiergeblieben … Hm, ja, so ungefähr war's.«

Claas machte ein beeindrucktes Gesicht. »Interessante Vita … Der Mann mit dem Riesenhund heißt also Julius?«

»Ja, Julius Mock. Ein guter Freund. Magst du noch ein Bier?«

In diesem Moment fiel Claas wieder auf, dass sich die Dänen ja alle duzten – außer vielleicht ihre Königin. Er schleckte die letzten Reste Eis aus der Waffel und als er noch überlegte, ob er sich noch ein kühles Tuborg gönnen sollte, wurde schon eine Flasche aus der Bude gereicht. »Hier … Für das Kopenhagen-Feeling!«

»Wofür bitte?«

»Na, bei uns in Dänemark trinkt man gerne mal ein Bier auf der Straße«, erklärte Jesper. »Egal ob arm oder reich. Auch am Sonntag.«

Als Claas wenig später auf einer Bank an den Gradierwerken die kühle Luft einatmete und dabei die Flasche an den Mund setzte, kam ein älteres Pärchen vorbei. Während ihm der Herr anerkennend zunickte, schüttelte die Dame kaum merklich den Kopf. Tja, wohl noch nie in Kopenhagen gewesen, dachte Claas süffisant, hielt aber gleich darauf inne; das bizarre Geschehen rund um die toten Hirsche im Wildgehege wollte ihm partout nicht aus dem Kopf gehen. Was hatte das Ganze nur zu bedeuten? Und wie sollte er sich nun verhalten? Ein bisschen die Nase in den Wind halten oder sich besser aus der ganzen Sache raushalten? Denn eigentlich war er ja zur Erholung nach Bad Salzuflen gereist …

Ein paar Tage zuvor

»Mein lieber Haverstroh! Unser bester Mann in Hardt!«, posaunte Lutz Meijer – in Personalunion Claas' Chef, Polizeioberrat und Leiter der Direktion Verbrechen der Polizeibehörde in Mönchengladbach. »Da schnappt der einfach so mir nichts dir nichts die Banken-Radler. Chapeau!« Er erhob einen Plastikbecher mit Discountersekt, der zu warm und zu trocken war, um sich damit ordentlich besaufen zu können und prostete in die Runde. Die Kollegen erwiderten den Gruß, tranken einen Schluck und gratulierten Claas schulterklopfend. Allgemein wurde intern schon über den *Fall des Claas Haverstroh* gefrotzelt; er hatte sich dabei nämlich im wahrsten Sinne des Wortes ordentlich auf die Fresse gelegt.

Claas war es tatsächlich gelungen, die berühmt-berüchtigten Banken-Radler dingfest zu machen. Dabei handelte es sich um drei abgewrackte, ehemalige Radrennfahrer, die in ihrer aktiven Zeit in finanziell unattraktiven Regionen unterwegs gewesen waren, so dass sie nach Beendigung der Karriere versuchten, ihre Kasse mit Bankrauben aufzubessern. Seit gut einem Jahr war die Bande im deutsch-niederländischen Grenzgebiet tätig, wobei die Objekte ihrer Begierde meistens in Fußgängerzonen lagen; eine unmittelbare Verfolgung mittels Streifenwagen war so fast unmöglich und wenn die Polizei dann schließlich eintraf, war das Trio stets entkommen. Als sie in Mönchengladbach-Hardt zuschlugen, gelang ihnen dies jedoch nicht. Denn dort hatte an jenem Tag Kommissar Claas Haverstroh Dienst.

Und der besaß ein Hollandrad und gute Kondition. In diesem Falle half ihm aber mehr der Zufall: Als ihn nämlich der Alarm der örtlichen Sparkassen-Filiale erreichte, war er gerade beim Mittagessen an der Pommesbude. Die Raub-Radler kamen ihm dann bei seiner Fahrt zum Tatort praktischerweise direkt entgegen. Claas schnappte sich im Vorbeifahren den Krückstock eines damit wütend fuchtelnden Rentners und konnte ihn zwei Sekunden später erfolgreich im Fahrwerk eines der Täterfahrräder versenken. Dort verbiss sich der Stock im Speichengemenge und Radler Nummer eins wurde durch einen spektakulären Salto in die Auslage des Obst- und Gemüsehändlers Dikjendeel geschleudert. Für Radler Nummer zwei und drei reichte dann etwas weniger Aufwand: Ein finaler Kamikaze-Rammstoß setzte beide außer Gefecht. Unter Mithilfe der Bevölkerung wurden die Räuber solange festgehalten, bis ein Großaufgebot der regionalen Polizei auftauchte. Leider hatte sich Claas bei diesem Einsatz eine schmerzhafte Verletzung im Hüftbereich zugezogen und auch sein Hollandrad war nicht mehr diensttauglich.

Nachdem sich die Kollegenrunde langsam aufgelöst hatte und man wieder an die Arbeit gegangen war, nahm sich Meijer Claas zur Seite. »Sie machen jetzt erst mal eine Pause. Kurieren sich richtig aus. Und wenn Sie wieder an Bord sind, dann müssen wir mal über ihre unkonventionelle Polizeiarbeit reden. Es stößt nämlich einigen mittlerweile etwas sauer auf, wenn sie mit ihren Rambo-Methoden die Leute auf den … äh … Boden der Tatsachen holen.« Die letzte Passage begleitete er mit Fingerzeig-Gänsefüßchen und hüstelte künstlich dabei.

Claas hielt dagegen: »Chef, Sie kennen doch meine Devise: Der Zweck heiligt die Mittel.«

»Schon klar, diese Methode haben sie in den letzten Jahren ja auch des Öfteren angewandt. Mir könnte das auch recht sein, denn wichtig ist, was am Ende rauskommt. Aber wie schon gesagt, das wird in den höheren Abteilungen nicht so gerne gesehen. Dazu kommt noch kritische Presse, die alles auch noch so

Sinnvolle auseinanderpflückt. Und dann diese unseligen sozialen Netzwerke, wo jeder Heiopei überflüssige Kommentare abgibt … Schitt-Sturm oder wie dieser ganze Mist heißt.« Meijer rollte mit den Augen. »Davon kriegen die Damen und Herren Sesselpupser mit wenig Rückgrat schnell kalte Füße und treten nach unten durch. Und wer kriegt das als Erster ab? Ich natürlich!« Er war sichtlich bemüht, irgendwie eine Brücke zwischen der Bürokratie und der gelebten Praxis zu bauen. »Wie dem auch sei, ich nehme Sie erst mal aus der Schusslinie. Sie gehen schön in die Reha, das habe ich beim Doc für Sie durchgeboxt. Der meinte nämlich, sie hätten kaum was abbekommen und wollte nichts bewilligen. Aber ohne uns, was?« Meijer gab sich jovial.

»Na ja, es zwickt schon etwas und ich lahme ein bisschen«, versuchte sich Claas denn auch zu rechtfertigen.

»Wie so 'n alter Gaul, was? Aber Papperlapapp! Ich habe etwas sehr Schönes rausgesucht.«

Jetzt kommt's, freute sich Claas, vier Wochen an der See oder im Allgäu.

»Sie fahren nach Bad Salzuflen.«

»Wie bitte? Wohin?«

»Bad Salzuflen, Ostwestfalen-Lippe, einer der größten Kurorte, die wir haben.«

Claas überlegte. »Habe ich mit Sicherheit schon mal von gehört, wo liegt 'n das noch mal genau?«

»Hinter Bielefeld … von hier aus gesehen. Teutoburger Wald! Hermannsdenkmal! Mensch Haverstroh, Sie kommen doch ursprünglich aus dem Münsterland, das ist doch quasi Nachbarschaft! Wissen Sie, es gibt ja gewisse Richtlinien, die wir inzwischen einhalten müssen. Außerhalb von NRW ist jeglicher Gesundheitsurlaub für hiesige Beamte gestrichen worden. Da habe ich Ihnen das Bestmögliche rausgesucht, wir schicken inzwischen sehr viele Polizisten dahin.«

»Aha, ist das so?« Claas musste zugeben, dass Ostwestfalen-Lippe im Bewusstsein so mancher Menschen westlich des Rheins gerne ausgeblendet wurde und auch als die sprichwörtliche Provinz galt. Das war auch kein Wunder, denn zugegebenermaßen lag schon in Schulbüchern kurz hinter Dortmund die Grenze zum Niemandsland. Ab da wurde die A2 quasi zur Transitautobahn, bis man irgendwann in Hannover wieder rauskam. Claas selbst war zwar mal in Bielefeld auf der Alm zum Auswärtsspiel von Borussia Mönchengladbach gewesen, aber das war's dann auch.

Claas Haverstroh – siebenunddreißig Jahre alt, ledig und gerade nicht verpartnert, etwa 1,85 m groß, mit blauen Augen und dunkelblonden, kurzen Haaren, die außer ausgeprägten Geheimratsecken noch keine weiteren Alterserscheinungen zeigten – trug meist Dreitagebart und hatte eine an sich sportlich schlanke Figur, jedoch mit beginnender Tendenz zum Bequemlichkeitsbäuchlein. Sein angenehm anzuschauendes Gesicht mit einer natürlichen Heiterkeit darin sorgte dafür, dass er stets etwas jünger geschätzt wurde. Aufgewachsen bei Billerbeck im Münsterland hatte sich sein Leben bis heute nahezu ausschließlich im Westen Nordrhein-Westfalens abgespielt. Nach dem Abitur durchlief er mehrere Stationen des Polizeidienstes im Ruhrgebiet und im Rheinland, bevor es ihn nach Mönchengladbach verschlug, wo er bis heute Dienst schob. Ostwestfalen dagegen war tatsächlich noch ein weißer Fleck auf seiner persönlichen Karte.

»Nun gut, machen wir das Beste draus«, ergab er sich seinem vermeintlichen Schicksal.

»So gefallen Sie mir schon viel besser«, freute sich sein Chef und klopfte ihm auf die Schulter. Dazu musste er etwas nach oben greifen, denn Meijer war mindestens einen Kopf kürzer als Claas, dafür aber deutlich schwerer. »Bringen Sie erst mal die Reha hinter sich. Vielleicht gefällt es Ihnen doch und Sie hängen noch etwas Urlaub hinten dran. Die Überstunden müssen schließlich auch mal weg!« Er wühlte in seiner Hosentasche und fingerte noch einen Zettel heraus. »Als Bonbon habe ich noch etwas für Sie. Die Reparatur Ihres Fahrrades hat sich leider nicht mehr gelohnt. Alles krumm und schief, haben Sie sauber hingekriegt. Aber ich habe ein neues bestellen lassen. Steht unten beim Pförtner ... Ich hoffe, die Farbe gefällt Ihnen.« Meijer machte eine entschuldigende Geste. »Der Einkauf genehmigt leider nur einen Hersteller, der dummerweise nur zwei Farben zur Auswahl hat, und ... hm ... rosa wollte ich Ihnen nun wirklich nicht antun. Da habe ich die andere genommen. Lassen Sie sich überraschen!« Er schüttete sich den letzten Schluck der Sektplörre in den Rachen und verabschiedete sich augenzwinkernd. »Bis dann in alter Frische. Und passen Sie auf die Kurschatten auf! Ich will keine Klagen hören.«

Zwei Tage später stand Claas dann nach einer scheinbar endlosen Bahnreise mit vier Mal Umsteigen mitsamt einem neuen, babyblauen Hollandrad vor der Pension Benedikte in der Parkchaussee. Erbaut im Jahre 1910 war die Pension eines der typischen steingewordenen Sinnbilder jener vergangenen Epoche, in der die Stadt Salzuflen sich aufschwang, ein weithin bekannter Kurort zu werden. Im Jahre 1914 bekam es die offizielle Adelung und trug fortan den Namenszusatz Bad, was hundert Jahre später ausgiebig jubiliert wurde. Zahlreiche Plakate auf dem Weg vom Bahnhof bis zur Pension kündigten dieses Ereignis an.

Als Claas vor dem Haus stehend die beige getünchte Jugendstilfassade hinaufschaute, kam eine junge Frau aus der Eingangstür. »Kann ich Ihnen helfen?«

»Danke, ich wollte gerade einchecken. Kann ich mein Fahrrad irgendwo unterstellen?«

»Na klar, hinten bei den Garagen ist Platz genug.« Sie zeigte in Richtung Innenhof und fragte dann neugierig: »Haben Sie sich mit dem Rad hingelegt? Sie hinken ein bisschen.«

Claas nahm sein neues Gefährt in Schutz. »Da war das Vorgängermodell schuld dran, deswegen bin ich jetzt zur Reha hier. Ich hab mir gedacht, wenn alles gut läuft, kann ich mit dem Rad vielleicht noch ein bisschen die Gegend erkunden.«

»Och, bestimmt. Wenn Sie wieder fit sind, kann ich Ihnen ein paar schöne Wege zeigen. Aber gehen Sie erst mal rein, bei meiner Mutter können Sie die nötigen Formalitäten klären, ich muss jetzt in die Stadt. Übrigens … coole Farbe.« Sie zwinkerte ihm zu und ging dann auf dem Bürgersteig Richtung Innenstadt.

Claas schaute ihr verträumt hinterher. Welch angenehme Erscheinung, dachte er und besann sich sogleich der mahnenden Abschlussworte seines Chefs: Achtung! Kurschatten!

Aber Personal und Einheimische sind doch wohl ausgeschlossen, hoffte er.

Montag, 27. Juli

Das Frühstück am Montagmorgen verlief etwas ereignisärmer als am Tag zuvor. Das Massaker an den Hirschen im Wildgehege war zwar Gesprächsthema Nummer Eins unter den Pensionsgästen, aber neue Erkenntnisse konnte Claas aus den Gesprächsfetzen, die zu ihm herüberdrangen, leider nicht gewinnen; notgedrungen musste er daher alle Nachforschungen vorerst auf den Nachmittag vertagen. Mehrere Gäste beschwerten sich dann am Buffet auch noch über übelriechenden Honig, und auch Claas musste das bestätigen. Pfui Deibel, da hat der Bienenmeister aber versagt, dachte er, riecht und schmeckt ja wie ranziger Tapetenkleister. Frechheit!

»Dabei habe ich den Honig doch direkt bei Imker Nolte auf dem Markt gekauft«, meinte Frau Fürst-Schmidt etwas gekränkt. »Aber ich habe in der Speisekammer sicherlich noch ein gutes Glas Heidehonig.«

Am Vormittag begann für Claas jedoch erst einmal der Ernst des Reha-Lebens. Dazu begab er sich zur Therapie in den Fichtenhof – eine der zahlreichen Kliniken, die in den goldenen Zeiten der siebziger Jahre errichtet wurden, als die Kurgastzahlen Jahr für Jahr neue Rekorde brachen. Die Klinik war fußläufig gut von der Pension zu erreichen; der Weg war fast derselbe wie zum Wildgehege, kurz davor musste man eine Abzweigung nehmen.

Nach der Anmeldung im Foyer wurde Claas dort von seiner für ihn zuständigen Physiotherapeutin abgeholt. Schwester Sybille war eine routinierte Kraft Ende fünfzig und recht stämmig, was zu ihrer zupackenden Art passte. Zusammen stellten sie einen Übungs- und Trainingsplan für die kommende Woche auf, der in der Regel gestattete, am frühen Nachmittag oder nach Absprache auch schon früher Feierabend zu machen. »Es hat sie ja gar nicht so schwer erwischt, da brauchen wir nicht jeden Tag das volle Programm durchzuziehen«, meinte Sybille. »Da hatten sie aber einen milden Arzt, oder? Normalerweise gibt's bei so was eine Woche ambulante Pflege … vor Ort versteht sich. Das hier ist ja wie Urlaub für Sie!«

Hatte Claas vor einigen Tagen so was ähnliches nicht auch schon von seinem Chef gehört? »Wenn Sie meinen, liebe Sybille, dann habe ich ja mehr Zeit für 'n Kurschatten«, versuchte er ironisch zu scherzen, bevor sie ihm mit erfahrenen Griffen die Hüfte massierte. »Das könnte Ihnen so passen, Sie junger Hüpfer! Obwohl, ich würde die Frauen verstehen.« Sie zwinkerte ihm zu. Claas bedankte sich für das indirekte Kompliment und wusste es einzuordnen, denn Sybille stand kurz vor ihrer Rente und war bereits zweifache Oma, wie sie ihm beiläufig verriet. Kurz nach Mittag hatten sie voneinander genug und sie gab ihm noch mit auf den Weg, sich in der Stadt in einer Drogerie oder Apotheke eine Heilsalbe zu besorgen, um damit seine wunden Stellen vor dem Schlafengehen einzucremen.

Claas nahm dafür den direkten Weg in die Altstadt; dort staunte er nicht schlecht über die hohe Kneipendichte in der ansonsten doch recht überschaubaren Kleinstadt und er hoffte, dass sich vielleicht noch die eine oder andere Gelegenheit für einen gemütlichen Bummel ergab. Durch Gassen mit Kopfsteinpflaster kam er, an der alten Stadtmauer vorbei, ins Zentrum; restaurierte Kaufmannshäuser – viele davon in gemütlichem Fachwerk – beherbergten Restaurants, Bistros und Bars. Im historischen Rathaus, dessen Fassade von einem reichverzierten Giebel geschmückt wurde, gab es den obligatorischen Ratskeller mit gutbürgerlicher Küche und einem Biergarten direkt davor.

In der Rathausgasse stolperte Claas dann über einen wackligen Stein fast direkt in die Kaiser-Drogerie hinein. Nanu, war er hier in einem Museum gelandet? Eine fast schon antike hölzerne Einrichtung in Nussbaum, Messingständer für verschiedenste Waren, ein alter Linoleumboden im Schachbrettmuster, das den Augen schon fast wehtat und Werbeplakate von anno Tobak in ebensolchen Schaufenstern mit ultratiefer Auslage wirkten wie pure Nostalgie. Eigentlich müsste hier wie in alten Filmen alles schwarzweiß sein, dachte Claas und staunte. Hinter dem Verkaufstresen stand ein Drogistenpärchen jenseits des gesetzlichen Rentenalters in weißen Kitteln und Claas überlegte schon, ob sie mit zur Einrichtung gehörten, als sich einer von ihnen doch bewegte und fragte, ob man denn behilflich sein könnte.

»Äh … hm … ich bräuchte eine Heilsalbe … aber ich schaue mich erst einmal um.«

»Bitte sehr der Herr, lassen Sie sich Zeit.«

Unglaublich, was da alles auf kleinen Tischchen stand, kunstvoll drapiert wie ein Dosenhaufen im Supermarkt: Fußbadbrausepulver, Einlegesohlen, Rasierwasser, Belebungstropfen, Seifen im Stück und so viele Dinge mehr, von denen Claas gedacht hatte, dass es die alle gar nicht mehr gab. Dann fiel ihm die Kinnlade runter, denn auf einem ganz kleinen Beistelltisch fand er Produkte einer Firma namens Mock. Mal überlegen, den Namen hatte er doch gestern erst gehört … Genau, das war doch der Mann mit der Riesendogge und dem komischen Blick! Ob der was mit dem Zeug zu tun hatte? Wahrscheinlich nur ein Zufall. Claas betrachtete die gelbrot gestreiften Packungen und Tuben mit scheinbar abenteuerlichen Mitteln drin: *Mocks Mottentod, Mocks Wundsalbe* und als Krönung *Mocks Liebespillen*! Claas musste anfangen zu lachen und bat den Drogisten um Erklärung.

»Mein Herr, das sind ganz bewährte Produkte«, versuchte dieser seine Ware in ein gutes Licht zu rücken, während Claas einen ausgewachsenen Lachkrampf nur mühsam unterdrücken konnte. »Mottenpulver … okay, Wundsalbe geht auch in Ordnung, aber bitte ... was sind denn um alles in der Welt Liebespillen?«

Der Drogist versuchte ihn aufzuklären: »Die Liebespillen steigern Ihre ... äh ... sex ... sexuelle Lust. Eine Art ... hm ... Aphrodisiakum! Gibt's übrigens auch als Tropfen.« Meine Fresse, dachte Claas, ob Pillen oder Tropfen, der will mich wohl vergackeiern! »Nicht Ihr Ernst?«

»Doch, doch, in Kurstädten gehen solche Produkte erstaunlich gut, Stichwort Kurschatten. Die Präparate sind rein pflanzlich und gut verträglich.«

Ob nun pflanzlich oder nicht, das war Claas egal, aber das Wort Kurschatten begann ihn scheinbar zu verfolgen. Er konnte sich trotzdem beim besten Willen nicht vorstellen, welche Leute zu solchen Sachen griffen. Können ja eigentlich nur Idioten sein, dachte er, aber falls der Drogist noch nicht total verkalkt ist und seine Aussage stimmt, scheint es ja tatsächlich Abnehmer zu geben. »Ich nehme dann eine Tube Wundsalbe.« Claas bezahlte an der uralten Registrierkasse und verließ kopfschüttelnd den Laden. Liebespillen ... Wo war er hier bloß hingekommen?

Eine Straße weiter studierte er die Montagsausgabe des Lippischen Landboten, die Blatt für Blatt in einem gläsernen Kasten vor der Geschäftsstelle der Zeitung aushing. Der Bericht, der ihn interessierte, war gleichzeitig der Aufmacher des Lokalteils:

BLUTBAD IM WILDGEHEGE –
ALLE 30 TIERE ERSCHOSSEN!

Claas überflog den Artikel in der Hoffnung, dass wenigstens der Verfasser etwas Neues herausgefunden hatte. Aber außer ein paar Fotos vom Gemetzel und sowieso schon bekannten Allgemeinplätzen konnte der Reporter keine weiteren Details der Tat preisgeben; schlussendlich wurde auf eine noch folgende Pressekonferenz der Polizei verwiesen. Dann hat mich mein Eindruck nicht getäuscht, dachte Claas, der Schreiber weiß auch nicht mehr als ich. Immerhin sah der Reporter seine Daseinspflicht wohl eher in der braven Berichterstattung offensichtlicher Fakten und war kein schmieriger Aasgeier, der sich vage Informationen mit zwielichtigen Methoden beschaffte. Dafür war Bad Salzuflen dann wahrscheinlich doch zu klein.

Auf dem Heimweg zur Pension grüßte Jesper fröhlich aus seiner Bude heraus;

Claas nahm sich ein großes Eis mit und während er die Parkchaussee entlangschlenderte, dachte er über sein weiteres Vorgehen nach.

Um endlich wirkliche Neuigkeiten zu erfahren, musste er wohl doch selber aktiv werden … Gleich nach der morgigen Reha-Behandlung wollte er deshalb noch einmal den Tatort aufsuchen.

Dienstag, 28. Juli

Im Frühstücksraum ging es dem Feldmarschall an diesem Morgen nicht schnell genug; schneidig pfiff er eine Dame am Buffet zusammen, sie möge doch bitte sofort die Marschrichtung freigeben. Ein kleiner Tumult war die Folge, den Frau Fürst-Schmidt jedoch schnell und routiniert schlichten konnte. Claas amüsierte sich köstlich; gleichzeitig fragte er sich, ob Herr zur Mühlen wohl tatsächlich ein alter Militär außer Dienst war oder einfach nur zu viele Kriegsfilme gesehen hatte. Vielleicht war er ja sogar der ominöse MG-Schütze? Aber nein, das war natürlich Unfug; dafür war der gute Mann dann doch etwas zu alt. Nach der dritten Tasse Kaffee machte sich Claas bereit für die Klinik.

Schwester Sybille war gut gelaunt und so wurde es für beide ein angenehmer Tag. Claas berichtete ihr begeistert von seinem gestrigen Einkaufserlebnis. »Da haben Sie sich ja die älteste Drogerie auf diesem Planeten ausgesucht«, meinte sie lachend, »aber die Wundsalbe ist legendär. Haben Sie die gestern Abend noch aufgetragen?«

»Jawohl! Ich glaube auch, dass sie ein bisschen was bringt.«

»Ja hoffentlich. Schaden wird sie jedenfalls nicht. Wenn wir gleich mit den Dehnübungen fertig sind, gehen Sie bitte eine halbe Stunde auf den Ergometer. Aber ganz piano, verstanden? Wir wollen nichts riskieren.« Sie schwenkte tadelnd den Zeigefinger und sah dabei aus wie Klementine aus der Ariel-Werbung, nur ohne Mütze. »Und nach Mittag machen Sie einen schönen Spaziergang, klar?«

»Wird gemacht!« Das passt mir gut, dachte Claas, ich will ja sowieso noch wohin.

Am Wildgehege waren alle Reste der Kadaver beseitigt worden und auf dem Boden zwischen den Abdrücken des Radladers waren nur noch schmierige Schleifspuren aus Erde, Gras und Blut zu sehen. Claas schritt den Zaun ab und trat durch eine Lücke, die von der Polizei dort hineingeschlagen worden war, ins Gehege; dort nahm er sich das Umfeld des Gehölzes vor und suchte wie ein Spürhund den Boden ab. Irgendwo musste doch noch etwas Brauchbares zu finden sein – irgendwelche Spuren oder Hinweise. An einer Stelle entdeckte er schließlich Reste einer großen, dickflüssigen Lache mit oben angetrocknetem Blut. Hier mussten die Tiere gestanden haben, als der unbekannte Schütze das Feuer eröffnete. Claas blickte sich um, und in der Ferne am Ufer der Salze, die sich mitten durch das Gehege schlängelte, standen vereinzelt einige dicke Eichen. Höchstwahrscheinlich hatte der Schütze aber nicht vom Fluss, sondern vom Zaun her geschossen. Ein Maschinengewehr war ja immerhin kein Klappspaten und erfahrungsgemäß schwer zu tragen, deshalb stapfte man damit nicht unnötig weit durch unwegsames Gelände. Claas ging in Richtung der Bäume, bis er jenen erreichte, der auf einer Linie mit der Blutlache und dem Zaun lag. Die zerfurchte Rinde der alten, knorrigen Eiche war in Brusthöhe an einigen Stellen deutlich zerfetzt. Kein Wunder, dachte Claas, bei viel Geballer geht auch viel daneben. Er versuchte nun, im Baumstamm ein Einschussloch zu finden. Ein Teil des Baumes war schon morsch, deshalb nahm er sein kleines Taschenmesser und stocherte damit in dem mürben Holz herum wie in einer eitrigen Wunde. Plötzlich war ein Widerstand zu spüren! Claas klopfte mit der Messerspitze darauf, es klang metallisch hell. Um näher an den Gegenstand heranzukommen, musste er noch Teile des Holzes herausschnitzen, dann bekam er etwas Hartes zu fassen und einige Sekunden später hielt er ein Projektil in der Hand. Was auch immer die Polizei ermittelte, diesen Beweis hatte er sicher!

Er steckte das Geschoss in die Hosentasche, ging wieder zurück zum Zaun und suchte dort nach entsprechenden Patronenhülsen – fand aber keine einzige. Der Schütze musste also entweder sorgfältig darauf geachtet haben, keine sichtbaren Spuren zu hinterlassen – wofür eine einfache Fangvorrichtung am MG ausgereicht hätte – oder aber die Polizei hatte schon alles Brauchbare abgeräumt. Mist! Claas beendete seine Forschung vor Ort und trat auf den Wanderweg zurück und als er gerade dabei war, den Dreck von seinen Schuhen im Gras abzustreifen, kam Viktoria in ihrem Joggingdress vorbeigelaufen. Sie war außer Atem und stemmte gebückt die Hände auf die Knie, bis sie wieder einigermaßen bei Puste war.

»Hallo Fräulein Fürst-Schmidt. Sportlich, sportlich«, versuchte Claas etwas Small Talk.

»Nur Schmidt.«

»Bitte?«

»Ich heiße Viktoria Schmidt. Nicht Fürst-Schmidt … Meine Mutter … war schon mal verheiratet …«, presste sie hervor und holte tief Luft, »… bevor ich geboren wurde.«

»Ach so, verstehe«, sagte Claas und zeigte über seine Schulter. »Ich habe mir übrigens gerade mal den Tatort angesehen.«

»Ach ja, Sie sind ja auch bei der Polizei. Und, haben Sie schon einen Verdacht?«, fragte sie neugierig. Einige wenige dunkle Sommersprossen und eine Stupsnase über ausdrucksvoll geschwungenen Lippen verliehen ihrem Gesicht eine natürliche Jugendlichkeit, die sich noch verstärkte, als sie lächelte.

»Noch nicht, aber ich arbeite dran«, sagte er selbstbewusst und hielt ihr die Hand hin. »Ich heiße übrigens Claas.«

»Viktoria … Ach, sag ruhig Vicky«, erwiderte sie mit festem Händedruck und sah ihn mit ihren braunen Augen etwas länger an. Er spürte für Sekundenbruchteile ein leichtes, unbeschwertes

Gefühl in der Bauchgegend. »Nun gut, Vicky, wohin des Weges?«

»Ich drehe hier meine übliche Runde durchs Salzetal.« Sie machte eine ausschweifende Handbewegung und deutete über ein goldgelbes Weizenfeld hinweg Richtung Horizont. »Erst oben am Schloss entlang, über den Gutshof und unten am alten Bahndamm beim Pub vorbei wieder zurück in die Parkchaussee. Hier laufe ich, sooft es geht.«

Claas nickte anerkennend. »Tja, da würde ich dich gerne begleiten, aber meine schwere Verletzung …« Er rieb sich mit gespieltem Schmerz über die Hüfte.

»Haha! Nur nichts überstürzen. Wenn du wieder fit bist, nehm ich dich in die Mangel … Bis später!« Sie lachte und spurtete wieder los.

Leicht in Gedanken versunken, sah Claas ihrem wippenden, kastanienbraunen Pferdeschwanz hinterher und beschloss dann, denselben Weg einzuschlagen; immerhin hatte ihm Schwester Sybille noch am Vormittag aufgetragen, spazieren zu gehen.

Direkt hinter dem Wildgehege öffnete sich die Landschaft, der parkähnliche Landschaftsgarten ging in das natürliche und breitere Tal der Salze über. Das Flüsschen mäanderte hier noch ruhig und gemächlich durch Wiesen, kleine Wäldchen und einige Kuhweiden; Erlenbrüche säumten das Ufer. Beiderseits des Tals stiegen sanft die ersten bewaldeten Ausläufer des Weserberglandes auf. Zwischen dem Weg und einem Wäldchen am Fluss erblickte Claas einen Imker, der in einen weißen Overall gekleidet an einigen bunten Holzkisten herumhantierte. Mit einer rauchenden Blechkanne hielt sich der Imker die Bienen vom Leib, die ihn in Trauben umschwirrten. Als der Mann mit seiner Arbeit fertig war, trat er von den Kästen zurück, zog den Overall über den Kopf und steckte sich gemütlich eine Zigarette an. Langsam den Rauch in die Luft blasend, sah er sich um, und als er seinen Zuschauer erblickte, rief er herüber: »Was gibt's denn da zu glotzen? Das kostet was!«

Claas war kurz davor, entsprechend zu antworten, hielt sich dann aber zurück. Wenn das mal nicht der Kerl ist, der den ekelhaften Honig von heute Morgen fabriziert hat, dachte er. Was für ein Vollpfosten, der sollte mal besser den Beruf wechseln! Er zeigte ihm einen schönen Scheibenwischer und ging weiter.

Der Weg stieg leicht an und hinter einer Anhöhe gaben die Bäume langsam den Blick auf ein Schloss aus Bruchstein frei; mit einem quadratischen Türmchen, den Mauersimsen und den typischen Fenstern wirkte es wie die Miniaturausgabe eines englischen Adelslandsitzes. Claas ging an der Ruine eines alten Wachturmes aus der Zeit des dreißigjährigen Kriegs vorbei und erreichte die Zuwegung zum Schloss. Durch eine prächtige Lindenallee führte ihn der Weg zu einem schmiedeeisernen Tor, dessen rechter Flügel einladend offen stand. Claas blieb stehen und schaute in den Innenhof, dort umrundete ein breiter Kiesweg eine Rasenfläche, an deren Rand kunstvoll zurechtgeschnittene Tierfiguren aus Buchsbaum gepflanzt worden waren. Claas machte seine mangelnde Begabung für Flora und Fauna dafür verantwortlich, dass er überhaupt nicht erkennen konnte, um was für Tiere es sich dabei handeln sollte – für ihn sahen sie alle gleich aus. An einer Mauer neben dem Tor schnitt ein älterer Gärtner an Rosenbüschen herum. Vielleicht sollte ich den mal fragen, dachte Claas. Nein, lieber nicht. Wahrscheinlich wird der sauer, wenn ich mich als Banause oute und nicht erkenne, was er sich da zurechtgeschnippelt hat.

Plötzlich fing der Gärtner an zu fluchen: »Verdammte Drecksviecher, wenn ich euch erwische, mach ich euch kalt!«

Der ist aber mächtig böse, dachte Claas und war gleichzeitig froh, dass der Wutanfall nicht ihm galt. Er beugte sich über die Mauer. »Na Chef, gibt's Ärger?«

»Kann man wohl sagen. Sehen Sie sich diesen Mist doch mal an.« Der Gärtner zeigte auf den unteren Bereich der Büsche. »Hier haben mir die Scheißkarnickel schon wieder alles abgefressen. Wie ich diese Biester hasse!« Sichtlich erregt und schwitzend nahm er einen Zipfel seiner grünen Schürze in die Hand und wischte sich damit über die Stirn. Als Schutz vor den Rosenstacheln trug er eine speckige, braune Lederhose und derbe Lederschuhe.

»Da bin ich überfragt«, entschuldigte sich Claas. »Damit kenne ich mich leider nicht so aus.«

Der Gärtner überhörte das. »Da können Sie machen, was Sie wollen. Die vermehren sich wie die Scheißhausfliegen!«

Der kriegt sich ja gar nicht mehr ein, dachte Claas und ergriff nun seinerseits Partei für die Tiere. »Eigentlich sind die doch ganz niedlich. Hoppeln und hoppeln lassen, meinen Sie nicht auch?«

Der Gärtner guckte ihn entgeistert an. »Sehr lustig. Ich lache später ... Sie würden Ihre Meinung ändern, wenn Sie jeden Tag mit ansehen müssten, was diese kleinen Terroristen hier so anrichten. Ich schieße ja abends immer schon welche ab, aber die Drecksdinger sind hartnäckiger als Fußpilz!«

»Soso«, sagte Claas und überlegte einen Moment. »Aber dafür benutzen Sie doch sicherlich Schrotpatronen, oder?«

»Hä? Schrot? Für die Kaninchen? Auf keinen Fall! Wenn die mir hier schon meine Arbeit sabotieren, dann will ich doch noch was von den Scheißviechern haben.« Der Gärtner bewegte die Hand kreisförmig über seinem Magen und schmatzte dabei. »Wissen Sie, was das für eine Mühe wäre, Schrotkugeln aus einem Stück Wild rauszupulen, bevor es in die Röhre wandert?«

»Sie nehmen also Büchsenmunition?«

»Na klar! Ich bin ein erstklassiger Schütze, war drei Mal Schützenkönig und mehrfacher Meister bei der Kreisjägerschaft. Ein Schuss, ein Treffer!« Er nahm seine Rosenschere und wandte sich wieder seinen Gewächsen zu. »So junger Mann, jetzt muss ich aber noch ein bisschen schneiden.«

Claas hob die Hand zum Gruß. »Na dann, Waidmannsheil!«

Ein schießwütiger Gärtner, der Kaninchen hasste. Vielleicht auch Hirsche? Den Knaben wollte er sich jedenfalls merken.

Leicht abfallend führte der Weg wieder zurück ins Tal. In direkter Nachbarschaft zum Schloss lag ein alter Gestütshof; aus den Stallgebäuden links und rechts reckten Pferde neugierig ihre Hälse über die unteren Absperrungen ihrer Boxen und schauten Claas neugierig hinterher. Eine große Pyramideneiche markierte eine kleine Wegkreuzung, auf einem Reitplatz daneben machten ein paar Kinder unter Anleitung einer Reitlehrerin auf Ponys ihre ersten Erfahrungen. Sieht ja fast so aus wie auf dem Immenhof, dachte Claas und ging geradeaus weiter. Der Wanderweg wurde nun etwas breiter und war an dieser Stelle zugleich Zufahrtsweg für Fahrzeuge, die zum Gestüt wollten. Rechts des Weges erstreckte sich das weitläufige Gelände eines Golfclubs. Linker Hand schimmerte etwas zurückliegend und erhöht ein weiteres Gebäude hinter ein paar Tannen hindurch. Ein Hinweisschild an der Hofeinfahrt wies auf eine historische Wassermühle hin.

Als Claas noch überlegte, ob er hineingehen und sich die Mühle einmal anschauen sollte, donnerte ein rotschwarzes Ungetüm den Weg herunter direkt auf die Einfahrt zu. Erschrocken sprang Claas zur Seite. Gerade mal einen Meter vor ihm kam ein alter Magirus-Deutz-Feuerwehrwagen zum Stehen. Das große Rundgebläse des luftgekühlten Motors unter der mächtigen, eckigen Motorhaube fauchte laut wie ein Drache, der Diesel nagelte heiser. Ein Mann hielt seinen Kopf aus dem Seitenfenster der Fahrerkabine. »Hallo Sportsfreund, wollen Sie zu mir?«

Nanu, den kenne ich doch, dachte Claas. Das ist doch der Kerl mit der Dogge! Er versuchte, gegen den Lärm des Motors anzuschreien: » Eigentlich wollte ich mir nur diese Mühle hier anschauen!« Er zeigte auf das Schild.

»Gerne, kommen Sie ruhig rein. Ich fahr schon mal vor.« Der Mann grinste, gab Gas und hüllte Claas in eine schwarze Dieselwolke ein.

»Mock ... Julius Mock ... Doktor Julius Mock um genau zu sagen, aber den Doktor können Sie weglassen«, stellte sich der Mann vor, nachdem er den Wagen auf dem Hof abgestellt hatte.

Er trug wieder ein Cord-Sakko – diesmal in braun mit Ärmelflicken – und wirkte auf Claas wie eine Mischung aus Landjunker und Nick Knatterton, wozu auch das kantige Kinn beitrug. Mock war ähnlich groß wie Claas und mit seinen knapp sechzig Jahren recht drahtig geblieben; seine nicht mehr ganz vollen Haare waren altersgemäß ergraut. Er ließ seine Dogge aus dem Fahrzeug hüpfen; sie trottete in einen offenen Zwinger neben dem Mühlengebäude. »Haverstroh, Claas Haverstroh. Ich bin zur Reha hier und auf Erkundungstour.«

Sie gaben sich die Hand.

»Wie schön. Gefällt Ihnen unser Städtchen?«

»Och, inzwischen schon. Obwohl ich erst ein paar der üblichen Vorbehalte hatte … Provinz und so.«

»Aha«, sagte Mock und musterte ihn interessiert. »Wo kommen Sie denn her?«

»Aus Mönchengladbach. Aber früher …«

Weiter kam Claas nicht, denn sogleich hatte Mock das Wort ergriffen: »Ach so, Weltstadt, alles klar.« Er ging zum Magirus herüber, öffnete die Beifahrertür und holte aus dem Fußraum einen alten Apfel hervor, der mit Druckstellen übersät war. »Warten Sie mal, ich zeige Ihnen was.« Er hob einen kleinen Zweig vom Boden auf und brach drei gleich lange Stücke davon ab. »Das«, sagte er dann und hielt den Apfel hoch wie einst Wilhelm Tell, »ist unsere Erde. Und diese erbsengroße Druckstelle hier ist Deutschland. Und dies«, erklärte Mock nun und steckte die Zweige nebeneinander in den Apfel, »sind Gladbach, Bad Salzuflen und … sagen wir mal Berlin. Jetzt stellen sie sich mal zehn Meter weg«, forderte er Claas auf. Der war etwas perplex über die kleine Lehrstunde in Geographie und Astronomie, fügte sich aber dennoch wie ein Schüler und ging auf Position. Dabei fiel Claas erneut auf, dass Mock irgendwie scheel guckte und er fragte sich, ob das wirklich an der Brille lag. Aber es ist wohl unhöflich, so direkt danach zu fragen, dachte er, vielleicht später mal.

»So, Herr Haverstroh, Sie sind jetzt vom Mars und schauen auf die Erde. Sehen Sie hier irgendeinen Unterschied?«

Claas sah nicht mal mehr die Zweige, nur einen dunklen Fleck. »Nein, ehrlich gesagt nicht.«

»Sehen Sie!«, rief Mock triumphierend. »Alles eine Sache der Perspektive. Wenn ich das schon höre, Provinz!« Er holte aus und schmiss den Apfel mit Schmackes in die Büsche. »Damit kann man Leute aus der Großstadt immer wieder beeindrucken. Die meinen nämlich auch immer, sie wären der Nabel der Welt.« Scheinbar war Claas nicht der Einzige, den Mock entsprechend zurechtgewiesen hatte, aber die Lehrstunde ging noch weiter. »Zugegeben, dem Ostwestfalen an sich wird nachgesagt, er sei etwas dröge und der Lipper speziell an Geiz nicht zu überbieten, aber das stimmt auch nicht immer. Sind Sie denn so 'nen typischer Rheinländer? Ich meine, mit Karneval, Klüngel und immer witzig und so?«

Jetzt ergriff Claas die Gelegenheit, Mock über seine Herkunft aufzuklären. »Herr Mock, ich lebe zwar am Niederrhein, komme aber ursprünglich aus dem Münsterland.«

»Ach so, sagen Sie das doch gleich! Wenn das keine Provinz ist ... Na ja, sei's drum, Sie wollten ja eigentlich was von der Mühle sehen, stimmt's? Zeige ich Ihnen.«

Es folgte ein Rundgang um die alte Wassermühle. Ein Bach, der an anderer Stelle in die Salze abfloss, speiste einen Mühlteich, an dessen Ende ein Wasserrad unermüdlich seine Runden drehte. »Das Haus ist zwar denkmalgeschützt, die Mühle an sich ist aber schon lange außer Funktion«, erklärte Mock.

Das Gebäude selbst bestand aus einem Bruchsteinsockel, auf den ein schwarzweißer Fachwerkbau mit einem roten Ziegeldach aufgesetzt worden war. Auf der gegenüberliegenden Seite des kopfsteingepflasterten Hofes befand sich eine Remise, die zweigeteilt war und links eine Werkstatt beherbergte, rechts Raum für Mocks Fuhrpark bot. Neben dem Platz für den Magirus stand ein restaurierter, dunkelblauer Volvo Amazon 123 GT und ein schwarzer 5er BMW Kombi älteren Baujahrs.

Claas bedankte sich artig für die Führung und wollte schon zur Einfahrt zurück, als ihm noch etwas einfiel. »Sagen Sie mal, Herr Mock, ich habe gestern in der Drogerie eine Salbe einer Firma namens Mock gekauft. Haben Sie was damit zu tun?«

Mock lächelte. »Nicht mehr direkt. Die Mocksche Chemiefabrik unten in der Stadt ist schon vor langer Zeit von unserer Familie mitsamt aller Namensrechte an eine Firma aus Süddeutschland verkauft worden. Aus Tradition steht aber noch unser Name auf den Packungen. Die Produkte waren auch super … na ja, die meisten jedenfalls. Mit einem Teil vom Verkaufserlös konnte ich damals die Mühle hier kaufen und renovieren.«

»Aha, und was machen Sie sonst so?« Claas war neugierig geworden, erhielt aber bereitwillig Auskunft.

»Tja, einerseits arbeite ich noch manchmal als freiberuflicher Sachverständiger in meinem alten Metier; ich war damals in der Fabrik für die Technik zuständig. Des Weiteren halte ich ab und zu ein paar Vorträge.« Er machte eine kleine Pause. »Und dann erledige ich ab und an noch … hm … Spezialaufträge.«

Claas hob die Augenbrauen und fragte sich, was der Doktor wohl damit meinte. Agentenjobs? Spionage? Auftragsmorde? Stand hier womöglich gar schon der nächste Verdächtige in Sachen Hirschgemetzel vor ihm?

Mock bemerkte offensichtlich, dass es in Claas arbeitete. »Halb so wild. Ich fertige, bastle und erneuere alles, was unmöglich scheint.«

»Zum Beispiel so was wie den Feuerwehrwagen?«

»Ja genau, das war auch so ein Ding. In den habe ich mich beim Restaurieren verliebt und dann wollte ich ihn nicht mehr hergeben. Aber das Neueste ist …« Er wies mit einem Kopfnicken in Richtung Remise. »Haben Sie noch Zeit? Dann zeige ich Ihnen mein aktuelles Projekt!«

Claas hatte ja zugegebenermaßen viel Zeit und so folgte er Mock an den Fahrzeugen vorbei auf einen kleinen asphaltierten Platz. Dort blieb ihm der Mund offen stehen und er glaubte kaum, was er sah: Ein Flugzeug aus der Zeit des zweiten Weltkriegs. Im Neuzustand.

»Supermarine Spitfire! Englischer Jäger!«, erklärte Mock stolz. »Natürlich eine Attrappe. Obwohl ziemlich gut gelungen, was?«

Claas staunte tatsächlich nicht schlecht und ging einmal um die Maschine herum. Die kreisrunden, rot-weiß-blauen Hoheitszeichen der Royal Air Force prangten auf dem Rumpf und den für diesen Flugzeugtyp charakteristischen, elliptisch geformten Tragflächen, ein mächtiger dreiflügeliger Propeller dominierte die Front, der Tarnanstrich der Maschine glänzte schwach in der Sonne.

»Also Herr Haverstroh, es handelt sich hier um eine Auftragsarbeit für einen Club von Warbird-Fans aus Hamburg, das sind so ein paar flugbegeisterte Millionäre mit richtig viel Kohle. Vor zwei Jahren habe ich für die schon einen alten Fokker-Doppeldecker nachgebaut.« Mock klopfte sachte mit der Hand auf die Tragfläche. »Die Maschine wird so detailgenau wie möglich von mir und meinem Kollegen gefertigt, hauptsächlich aus Holz, Alublech und Drähten, also ähnlich wie die originalen Maschinen auch. Wenn man so will, ein Modellflugzeug im Maßstab eins zu eins. Ich habe mir dazu Originalpläne aus England kommen lassen.«

»Aber flugfähig ist die Maschine nicht?«

»Nein, das nicht, das wäre viel zu aufwendig. Aber immerhin wird sie rollen können. Kanonen gibt's natürlich auch nicht, gar nicht dran zu denken. Aber einen Clou haben wir noch!«

»Der wäre?«

»Wir bauen noch einen Motor ein. Damit es bei Flugtagen und Airshows so richtig abgeht! Natürlich keinen originalen, da kommt man kaum dran, außerdem sind die nahezu unbezahlbar. Aber es gibt baugleiche ausrangierte Panzermotoren vom britischen Militär, spottbillig. Wird uns demnächst geliefert, ist alles angeleiert.« Mock freute sich wie ein Lausbub. »Was meinen Sie, was das Ding dann für 'n Sound hat? Irre!«

Genau, vollkommen irre, dachte Claas, der Kerl hat zwar 'ne Schraube locker, aber er scheint was drauf zu haben.

Mock beendete die Führung; auf dem Rückweg zur Ausfahrt hoppelte ein kleiner Feldhase über den Weg, verharrte ein paar Meter entfernt und hielt neugierig sein Näschen in die Luft. Claas erinnerte sich an den fluchenden Gärtner und fragte, ob Mock auch so viele Probleme mit Wildkaninchen habe.

»Nein, wieso? Die tun doch nichts.«

»Da oben am Schloss habe ich einen Gärtner getroffen, der war ziemlich wütend auf die Tierchen.«

Mock stutzte. »Gärtner? … Wie sah der aus?«

Claas beschrieb den Mann so gut es ging. Als er die grüne Schürze und die derbe Hose erwähnte, intervenierte Mock sofort: »Ach, das war kein Gärtner, das war der Freiherr persönlich. Der macht nämlich alle Gartenarbeiten selbst.«

»Freiherr?« Claas war sichtlich verblüfft, denn unter einem Freiherrn hatte er sich eigentlich etwas anderes vorgestellt; auf jeden Fall kein fluchendes Rumpelstilzchen. »Ja, Sie haben Kuno von Beckstein kennengelernt. Oder vielmehr Kuno *Jähzorn* von Beckstein. Ist öfter impulsiv, der Gute.«

Das konnte Claas nur bestätigen. Mock lud ihn ein, wiederzukommen, falls er Lust und Zeit hätte. »Oder wir sehen uns bei Jesper an der Bude. Ich geb dann auch 'ne Flasche Tuborg aus!«

In sanften Kurven führte die Extersche Landstraße den Verkehr nordwärts aus Bad Salzuflen heraus, touchierte dabei das Tal der Salze und verließ hinter dem Golfclub, der in waldiger Umgebung lag, die Grenzen der Stadt. Parallel zur Landstraße verlief ein alter Bahndamm – der Rest einer bereits in den 60er Jahren stillgelegten Kleinbahn, die über Herford und das Salzufler Kurviertel bis nach Vlotho an die Weser führte. Die Gleise waren längst entfernt worden und hatten einem Rad-und Wanderweg Platz gemacht.

Claas ging auf dem Bahndamm zurück in Richtung Stadt, zunächst durch ein kleines Wäldchen, später dann wieder durch die Wiesen. Er dachte über die skurrilen Leute nach, die ihm heute in so kurzer Zeit begegnet waren. Ob einer von ihnen wohl etwas mit dem Hirschmassaker zu tun hatte? Mal abwarten, was die Pressekonferenz der Polizei ergab, morgen früh wusste er vielleicht mehr.

In einiger Entfernung kreiste ein Mäusebussard über den Wiesen; wie ein Segelflugzeug suchte er die Thermik und schraubte sich dabei immer weiter in den Himmel hinauf. Plötzlich sauste eine Rabenkrähe heran und attackierte den Raubvogel, doch der Bussard drehte immer wieder in letzter Sekunde seinen Fang zur Abwehr. Das Spektakel glich einem Luftkampf. Duell in den Wolken … Luftschlacht um England … Messerschmitt gegen Spitfire! Unwillkürlich musste Claas wieder an Doktor Mock und sein Jagdflugzeug denken und da er wissen wollte, wie es damit weiterging, nahm er sich fest vor, Mock demnächst einen weiteren Besuch abzustatten.

Die Vögel vollführten weiter ihre Kapriolen und Claas starrte wie gebannt in die Luft. Fast wäre er dabei in einen Weidezaun gelaufen.

»Pass doch auf, du Blindfisch«, rief jemand, der hinter dem Zaun stand – ein Bauer, von vierschrötiger Gestalt, unrasiert und ungepflegt, einen glimmenden Zigarrenstumpen im Mundwinkel. Er schob sich seine olivgrüne Kappe in den Nacken, die aussah wie eine Soldatenmütze und setzte einen Flachmann an die Kehle.

»Ist das nicht ein bisschen früh?«, fragte Claas und überging damit die unfreundliche Begrüßung.

»Wüsste nicht, was dich Komiker das angeht«, schnauzte der Bauer zurück, trank das Fläschchen in einem Zug aus und ließ einen Rülpser von ganz weit unten folgen. Mit einer Weidenrute in der Hand stapfte er zu den Kühen, die in der Mitte der Weide standen und schlug ihnen damit auf die Hinterteile. »Los schon, ihr Mistviecher, weg hier!«

Was stimmte denn mit dem nicht? Die Luft am Fluss schien nicht allen gut zu bekommen. Erst der unfreundliche Imker und jetzt dieser unverschämte Suffkopp … Noch weit vor den ersten Häusern der Stadt schob sich von links ein kleines Gasthaus ins Blickfeld. Es lag etwas zurückversetzt von Straße und Bahndamm am Rande der an dieser Stelle noch weitläufigen Flussauen. Doch was war das? Claas musste glatt zweimal hinschauen. *The White Horse Inn* prangte in weißer Schrift auf einem dunkelgrünen, kunstvoll geschwungenen Blechschild, darüber ein springendes weißes Pferd. Sieh an, dachte er, da hat Vicky doch eben von gesprochen. Ein englischer Pub! Und das mitten in Ostwestfalen!

Dem ursprünglichen Fachwerkkotten hatte man irgendwann ein Reetdach aufgesetzt und durch eine liebevolle Umgestaltung verströmte er einen Hauch von viktorianischem Flair. Alte, üppige Rosenstöcke wuchsen an der Fassade hoch bis fast an das Dach heran, buntes Glas in kleinen Fenstern verhinderte allzu neugierige Blicke nach drinnen und hinter dem Haus war ein Biergarten angelegt. Das Gebäude hätte jedoch eine Renovierung nötig gehabt, stellenweise fiel der weiße Putz herunter, alles wirkte insgesamt etwas morbide und wie im Dornröschenschlaf versunken. Claas bekam trotzdem spontan Durst auf ein kühles, rotblondes Ale, und er beschloss, der Versuchung nachzugeben.

Der kleine Parkplatz vor dem Pub war nicht sehr belegt; eine Gruppe Motorradfahrer hatte Rast gemacht und ihre starken Sportmaschinen am Rande abgestellt. Die heißen Motoren tickten noch vor sich hin und Claas betrachtete sie interessiert. Er selbst war schon ewig nicht mehr gefahren; nachdem sein letztes Bike vor Jahren gestohlen worden war, hatte er danach keinen Ersatz angeschafft. Er blickte sich vorsichtig um und spielte mit dem Gedanken, auf einer 1000er Suzuki Platz zu nehmen, um wenigstens noch einmal das Gefühl unterm Hintern zu spüren. Aber es gelang ihm nicht, seine Hüfte auch nur ein Stück weit über die Sitzbank zu heben. Scheiße, dachte er, aber was soll's.

Wenn der Besitzer mich dabei erwischt, gibt's vielleicht sogar noch einen auf's Dach!

Neben den Motorrädern parkten ein weißer BMW X6 und ein älterer Ford Mondeo; im BMW sah Claas im Vorbeigehen ein Golfbag liegen. Als er den Pub betrat, setzte sich auch dort der altenglische Stil fort, der sich schon draußen angedeutet hatte. Die Einrichtung war in rotbraunem Kirschholz gehalten, im Gastraum standen kleine runde Tische mit verschnörkelten Füßen aus Gusseisen und überall waren zahlreiche englische Accessoires zu sehen. An den Wänden lächelten einige Royals auf Fotos neben einer ganze Reihe messingfarbener Medaillen mit Pferdemotiven. Wieder kam es Claas ein bisschen so vor, als wäre die Zeit stehengeblieben. Emaillierte Werbeschilder aus den 30er Jahren hingen über der Theke, hinter der die typischen Gläser, die wie überdimensionale Kirmesgläser aussahen, mit langen Zapfhebeln befüllt wurden.

Die Motorradfahrer hatten es sich hinten im Biergarten bequem gemacht und ihre schweren Lederjacken ausgezogen. Zwei von ihnen kamen, noch leicht schwitzend, durch den hinteren Eingang wieder herein und bestellten eine Runde Alkoholfreies. Die Wartezeit vertrieben sie sich mit einer Partie Darts; die Scheibe hing etwas versteckt in einer Nische. »Alter, da muss man ja rechnen«, meinte einer von ihnen erstaunt.

»Tja Leute, nichts mit Elektronik, hier wird noch richtig gespielt«, rief der Wirt hinter der Theke hervor.

Wegen mangelnder Programm-Alternativen hatte sich Claas zur Jahreswende auch schon mal einen Tag lang Darts im Fernsehen angeschaut und war fasziniert gewesen von den meist unförmigen Männern, die ganze Hallen verrückter Fans zum Toben brachten, indem sie Pfeile auf eine Scheibe warfen, deren Aufteilung in Zahlen sowie rote und grüne Felder er bis heute nicht verstanden hatte. Er konnte sich aber gut vorstellen, wie der Wirt laut und gedehnt *Oooone-Hundred-And-Eightyyyyy* quer durch den Pub rief, wenn ein Spieler die Höchstpunktzahl getroffen hatte. Davon waren die Motorradfahrer jedoch meilenweit entfernt; sie hämmerten die Pfeile ins Brett und warfen den ein oder anderen auch vorbei, so dass die Pfeile in der Wand daneben steckenblieben.

Claas setzte sich an die Theke neben den einzigen weiteren Gast, bestellte ein Ale und betrachtete ein kleines Metallschild vor den Zapfhähnen. *Your Landlord: Dennis Millington* stand darauf.

»Sind sie das?«, fragte Claas und tippte auf das Schild.

»Yep«, kam die knappe Antwort.

Er besah sich den Mann genauer: Tätowierte Unterarme mit Seemannsmotiven, goldene Armbanduhr und Boxernase. Hm, dachte Claas, der Kerl könnte tatsächlich ein Engländer sein, jedenfalls erfüllt er das ein oder andere Klischee. »Millington ist aber auch nicht gerade lippisch, oder?« Er wollte wissen, was es mit dem Namen auf sich hatte. Der Wirt zeigte auf ein Foto hinter sich. Es war eine Schwarzweißaufnahme aus den 60ern, die einen Soldaten in englischer Uniform zeigte. »Mein Dad Harold war hier in Herford stationiert, gleich um die Ecke.«

»Alles klar, Sie sind also hier aufgewachsen?«

»Yeah, genau. Erst wollte die Familie wieder zurück nach England, aber dann ist Dad bei einem Unfall verunglückt. Wir sind dann hiergeblieben. Vom Papier her bin ich halb Deutscher, halb Engländer. Aber auf Englisch fluche ich höchstens noch … Und das mit dem Pub war eher Zufall; die Familie Born hat hier jahrzehntelang das Weiße Ross geführt, ein typisches Ausflugslokal. Dann lief der Laden nicht mehr so gut und das Haus sollte sogar abgerissen werden; da habe ich es billig kaufen können und versucht, meinen Traum zu verwirklichen.«

»Find ich klasse«, meinte Claas anerkennend und nahm einen Schluck. »So was gibt's ja nicht an jeder Ecke.«

»Und für die Verbindung von England und Deutschland habe ich das westfälische Pferd gelassen und nur den Namen verändert.«

»Daher also White Horse.«

»Genau. Der Pub ist mir auch schon ganz schön ans Herz gewachsen, glauben Sie mir. Wenn ich mal tot bin, würde ich am liebsten hier begraben werden.«

Eine Information, auf die Claas gut hätte verzichten können, denn wer wo begraben werden wollte, interessierte ihn nicht wirklich.

»Das erzählt er übrigens jedem, der hier reinkommt«, sagte unvermittelt der Gast nebenan. Millington wandte sich ihm zu. »Ja klar, ist doch auch kein Geheimnis, dass es mir hier gefällt. Noch einen Drink, Peer?«

Erst jetzt erkannte Claas seinen Nebenmann. Es war Kurdirektor Stoltenbusch, den er schon einmal – im Anzug auf dem Kurpark-Sommerfest – gesehen hatte. Im legeren Polohemd und mit Jeans sah er jetzt doch etwas salopper aus. Wahrscheinlich gehörte ihm der X6 draußen auf dem Parkplatz und er war nach dem Golfspielen noch auf einen Absacker hier vorbeigekommen. Stoltenbusch fuhr sich mit der Hand durch die Haare, die heute auch nicht adrett nach hinten gekämmt waren, sondern etwas verschwitzt vom Kopf abstanden. »Danke Dennis, gerne. Ich hab 'ne anstrengende Runde hinter mir. Habe mit Tielemann alle Löcher gespielt. Mit dem musste ich eh noch was besprechen, das kann man dann ja immer schön verbinden.«

Millington putzte Gläser und nickte kaum sichtbar dabei.

»Aber der hatte keine Schnitte, Anfänger halt. Obwohl er meinte, sich rächen zu wollen … bei der nächsten Runde, versteht sich.« Stoltenbusch lachte schadenfroh. »Natürlich«, sagte Millington und grinste, während sich ihre Blicke kreuzten.

Oha, dachte Claas, Wolken überm Golferhimmel? Ach, davon versteh ich sowieso nichts. Jedenfalls solange nicht, bis der Lottogewinn kommt …

»Es war übrigens sehr … hm … gediegen im Kurpark am Sonntag, auf dem Fest. Ich habe mich formidabel amüsiert.« Claas versuchte mit leicht ironischem Unterton ein Gespräch mit dem Kurdirektor zu beginnen und beugte sich leicht zu ihm hinüber. Stoltenbusch hatte die kleine Anspielung durchaus bemerkt. »Gediegen ist gut ausgedrückt. Aber schön, wenn es Ihnen trotzdem gefallen hat … Wissen Sie, alles was wir hier so veranstalten ist natürlich auf den typischen Kurgast zugeschnitten und der ist nun mal keine zwanzig mehr, sondern eher fünfzig Jahre älter. Das ganze Bad ist darauf abgestellt und die Oldies bringen auch ordentlich was ein, auch wenn das der Jugend nicht so schmeckt.« Er sah Claas direkt an. »Wes Brot ich ess, des Lied ich sing. Das war schon immer so und wird auch immer so bleiben, überall übrigens. Aber sicherlich sollte man dabei nicht ganz vergessen, in der Stadt und der Umgebung ein attraktives Umfeld für ein breiteres Publikum und auch die Einheimischen zu schaffen.« Er nippte kurz an seinem Glas, bevor er weitermachte: »Aber um noch mal auf das Fest zurückzukommen … War Ihnen am Sonntag auch so warm? Ich wäre fast gestorben! Dabei haben wir ja unsere Gradierwerke, die erzeugen immerhin eine leichte Brise, aber an dem Tag hat das auch nicht wirklich was gebracht, oder? Selbst unser Kurparktümpel steht bei solch einem Wetter kurz vorm Austrocknen.« Stoltenbuschs lakonische Ausführungen schob Claas auf das ein oder andere Gläschen, das der Kurdirektor wohl schon intus hatte. Der drehte sich erneut zu ihm und fragte: »Wo sind Sie denn eigentlich untergebracht? Pension? Hotel? Interessiert mich nur mal so, vielleicht gibt's was anzumerken oder zu verbessern. Die Gästeunterbringung liegt mir sehr am Herzen.«

Claas überlegte kurz. »Pension Prinzessin Benedikte in der Parkchaussee. Gefällt mir bis jetzt ganz gut. Sehr rührige Wirtin.«

Der Kurdirektor hob die Augenbrauen. »Jaja, die Frau Fürst-Schmidt ist 'nen alter Hase im Pensionsgeschäft, da sind sie gut aufgehoben … Sie sind Polizist, nicht wahr?«

Claas war etwas verdattert und guckte an sich runter, aber er fand nichts, was ihn verraten hätte. »Ja, aber woran haben Sie das jetzt erkannt?«

Stoltenbusch grinste. »Reine Vermutung. Wie schon gesagt, der Durchschnitts-Kurgast ist deutlich älter als Sie. Und Frau Fürst-Schmidt ist führend in der Akquisition von Kuren für Beamte. Das wiederum sind zu neunzig Prozent Polizisten, anderen werden Kuren ja kaum noch bewilligt. Da ist die Wahrscheinlichkeit, dass Sie einer davon sind, hoch, oder?«

Zugegeben, dachte Claas, da hat er gut kombiniert.

»Und, haben Sie hier schon was ermittelt?«, fragte der Kurdirektor anschließend und steckte sich einen Zigarillo an.

»Ermitteln? Darf ich doch gar nicht. Bin ja nicht im Dienst. Obwohl, Zeit hätte ich schon.« Claas nahm einen tiefen Schluck aus seinem Glas. »Die Sache mit den Hirschen beschäftigt einen natürlich sehr. Stimmt es, dass das Gehege dem Bad gehört?«

Der Kurdirektor guckte erstaunt. »Sie sind sehr gut informiert.« Dann trübte sich sein Blick. »Umso schlimmer für mich als Vorsitzenden. Wenn man so will, war das ja auch ein Angriff auf unser Unternehmen.«

»Na ja, das wird sich hoffentlich bald alles aufklären. Aber wie schon gesagt, ich will der Polizei hier nicht ins Handwerk pfuschen.« Das war zwar glatt gelogen, aber Claas wollte seine Neugierde nicht unbedingt jedem verraten.

Stoltenbusch kippte den letzten Schluck aus seinem Glas hinunter.

»An Ihrer Stelle würde ich mich da auch wirklich zurückhalten. Das mögen die nämlich nicht … überhaupt nicht.« Er räusperte sich, drückte seinen Zigarillo aus, legte fünf Euro auf den Tresen und verabschiedete sich. »Ich muss dann wieder. Auf Wiedersehen, ich wünsche Ihnen noch eine gute Zeit bei uns … Dennis, bis die Tage.«

Kurz darauf brauste der X6 über die Extersche Landstraße in Richtung Stadt davon.

Auch Claas hatte sein Ale geschafft. »Sehr lecker. Könnte sein, dass ich wiederkomme«, versprach er, zahlte und war eine Viertelstunde später wieder in der Pension. Als er die Hose auszog, kullerte das Projektil aus der Tasche. »Dich hätte ich ja fast vergessen«, murmelte er, »aber ich weiß schon, wem wir beide uns morgen zusammen vorstellen werden.«

Mittwoch, 29. Juli

»Bist du dir sicher, dass es diesmal klappt?«

»Todsicher!« Er lachte hämisch. »Obwohl, so weit wollen wir ja gar nicht gehen.«

»Das hast du letztes Mal auch gesagt. Und dann ist alles schiefgegangen!«

Er machte eine abwehrende Handbewegung. »Konnte ich ahnen, was mit dem alten Ding los ist? Warte mal ab, die hier sind zuverlässiger.«

Er öffnete die Tüte und nahm einen Pappkarton heraus. »Die machen ihm nur ein wenig Beine!«

* * *

»Gestatten, mein Name ist Haverstroh. Ich möchte Ihnen gerne etwas zeigen und Ihre Meinung dazu hören. Darf ich mich kurz zu Ihnen setzen?«

Der alte Herr blickte auf und setzte die Kaffeetasse ab. Er straffte den Rücken und wies mit der Hand auf einen der freien Stühle am Tisch. »Sprechen Sie! Aber zack, zack, ich habe nicht viel Zeit heute Morgen!«

Claas hatte von Frau Fürst-Schmidt ohne große Überredungsarbeit bereitwillig Auskunft zum beruflichen Werdegang von Friedrich-Wilhelm zur Mühlen bekommen und erfahren, dass der eine Offizierskarriere vom Leutnant im Krieg bis zum Oberst in der Bundeswehr hingelegt hatte. Claas' Vermutung war also gar nicht so verkehrt gewesen, wenn auch der Rang eines Feldmarschalls etwas zu hoch gegriffen war.

Er setzte sich an den Tisch und stellte das Projektil, das er gestern aus der alten Eiche im Wildgehege gepult hatte, mit der stumpfen Seite auf eine Untertasse. Das Geschoss hatte aufgrund der Schussentfernung beim Aufprall in das morsche Holz keine hohe Geschwindigkeit mehr gehabt und war deshalb ohne sichtbare Verformung geblieben. Trotz der fehlenden Patronenhülse hoffte Claas, dass ein erfahrenes Auge bei der Identifizierung der verwendeten Waffe helfen könnte.

Zur Mühlen schaute sich das kegelförmige Geschoss etwas genauer an. »MG, richtig?«

»Vermute ich auch.«

»Wurde abgefeuert, richtig?«

»Korrekt. Und um genau zu sein, Sonntagnacht.«

Der Oberst außer Dienst schaute Claas daraufhin verblüfft an. »Erst kürzlich? Kaum zu glauben …«

»Handelt es sich etwa um ein besonderes Objekt? Ich hatte ein MG 3 in Verdacht.«

»Knapp daneben, Haverstroh, ganz knapp daneben … MG 42!«

»Bitte? Die Waffe aus dem zweiten Weltkrieg?«

»Die Knochensäge, ganz richtig!«

Zur Mühlen wollte dann zwar noch ein paar persönliche Erlebnisse aus alten Zeiten zum Besten geben, aber Claas gab unter Anwendung einer Notlüge vor, nun seinerseits keine Zeit mehr zu haben. Was für ein Hammer, dachte er, die Tatwaffe ist also wahrscheinlich ein siebzig Jahre altes Maschinengewehr aus Kriegszeiten und mit Sicherheit nirgendwo gelistet. Er ließ sich an der Rezeption einen Briefumschlag geben und ging wieder auf sein Zimmer zurück. Denn obwohl der ehemalige Oberst sich mit seiner Analyse ziemlich sicher war, wollte Claas das Ganze noch durch die Ballistiker des kriminaltechnischen Instituts in Mönchengladbach untersuchen lassen. Er steckte das Projektil in ein Taschentuch, stopfte es in den Briefumschlag und adressierte ihn dementsprechend. Per SMS informierte er seinen Lieblingskollegen Horst Ebeling im Institut, dass Post für ihn unterwegs sei.

In der Klinik wurden leichte Fortschritte diagnostiziert, so dass der Therapieplan nicht verschärft werden musste. Schwester Sybille machte Claas sogar Hoffnung, dass er in Kürze auch sein eigenes Fahrrad als sanfte Unterstützung der Therapie mit einsetzen dürfe. Aber natürlich nicht, um damit gleich in die Berge zu fahren. »Nehmen Sie den Weg an der Werre entlang und fahren Sie nach Herford, dort können Sie ein Eis essen und falls Sie schlappmachen, nehmen Sie den Zug zurück.«

Mal sehen, dachte er, vielleicht radelt Vicky mit mir zusammen. In dieser Geschichte muss ich schließlich auch mal vorankommen!

Am Kiosk im Foyer der Klinik besorgte er sich in der Mittagspause die aktuelle Ausgabe des Lippischen Landboten und ein Eis am Stiel. Er setzte sich draußen auf eine Bank, schleckte am Eis und schlug den Lokalteil auf. Der Artikel über die Pressekonferenz der Polizei zum Hirschmassaker war wenig erhellend bis ernüchternd. Kommissar Bödefeld konnte weder einen Verdächtigen präsentieren noch Informationen zur benutzten Waffe geben. Es war lediglich von Jagdmunition die Rede. Weiterhin werde fieberhaft ermittelt, hieß es zum Abschluss.

Na ja, dachte Claas, ist ja klar, dass die Polizei mit diesen wichtigen Details nicht an die Öffentlichkeit geht, bevor ein Täter präsentiert werden kann. Erste Informationen zu Waffe und Munition hatte er inzwischen selbst bekommen und Details dazu kamen hoffentlich noch dazu. Entscheidend war, was die Polizei noch herausfand und präsentierte. Es würde sich zeigen, wer zuerst des Rätsels Lösung fand. Kommissar Bödefeld? Kur-Kommissar Haverstroh? Oder vielleicht doch Kommissar Zufall?

Bevor Claas sich darüber weiter den Kopf zerbrechen konnte, forderte ihn der Gong auf, die Mittagspause zu beenden. Er machte sich in den Geräteraum auf. Gerade dort angekommen, hörte er von draußen das schnell näherkommende Martinshorn von Polizei und Rettungswagen. Sofort hechtete er ans Fenster. Die Fahrzeuge bogen hinter der Klinik ab und rasten den gleichen Weg entlang, den die Polizei am Sonntag auch schon genommen hatte – Richtung Wildgehege.

* * *

Franz Noltes Geschäfte hätten besser gehen können. Auf dem Salzufler Wochenmarkt hatte der Imker seit Jahren seinen festen Platz neben dem Eiermann Fritz Tölle, und das Geschäft hatte bis jetzt auch immer für ein bescheidenes Auskommen gesorgt; aber seitdem die Leute vermehrt billigen Honig aus dem Supermarkt bevorzugten, kam er mit seiner kleinen Manufaktur kaum mehr auf einen grünen Zweig. Ihm gehörte ein großes Stück Land mitten im Salzetal, genau neben dem Wildgehege, wo auch seine Bienenkörbe standen. Die Bienen sammelten in der Umgebung reichlich Nektar und der gewonnene Honig war von mehrfach ausgezeichneter Qualität. Nolte war aber noch nie der freundlichste Zeitgenosse gewesen und legte eine gewisse Arroganz an den Tag, was seinem Geschäft zusätzlich abträglich war. Aber mit abnehmendem wirtschaftlichem Erfolg wurde er geradezu verbittert und zum Menschenfeind. Viele Kunden mieden ihn jetzt auch wegen seiner vermehrt mürrischen Art und nur treue Stammkunden hielten noch an ihm fest. Aber so leicht gab Nolte sich nicht geschlagen: Er wollte noch mal in die Offensive gehen und plante, den Absatz durch niedrigere Preise zu erhöhen. Mithilfe eines simplen Tricks – nämlich dem Honig einfach gefärbten Zuckersirup beizumischen und ihn damit zu strecken – wollte er seine Kundschaft übertölpeln. In der kleinen Hütte im Garten seines Hauses in der Goethestraße hatte er in den vergangenen Wochen mit verschiedenen Zusammensetzungen experimentiert, bis er eine in seinen Augen akzeptable Mischung gefunden hatte.

Am Nachmittag wollte Nolte noch zu seinen Bienen ins Salzetal hinüber. Eines der Völker war ihm zuvor gestohlen worden; der ganze Korb war weg. Er vermutete, dass es bloß ein einmaliger Dumme-Jungen-Streich war und deshalb hatte er relativ schnell einen neuen bunten Kasten aufgestellt. Den Karton mit dem frisch erworbenen Bienenvolk hatte er schon gestern auf dem Gelände deponiert, damit sich die Tiere über Nacht entsprechend akklimatisieren konnten.

Mit dem Fahrrad fuhr Nolte an der Vitaltherme vorbei durch den Landschaftsgarten und beim Anblick des leeren Wildgeheges freute er sich insgeheim. Endlich weniger Fliegen seit die Scheißhirsche weg waren, und weniger nervige Touristen, die sowieso immer nur im Weg standen und blöde glotzten!

An den Bienenstöcken angekommen, verzichtete er auf den Schutzanzug; der einfache Austausch eines Kartons würde die an sich friedlichen Tiere nicht verärgern, so seine Überzeugung, und an die restlichen Stöcke musste er heute eh nicht dran.

Er nahm den Karton hoch, schnitt die Papplaschen durch und als er den Deckel öffnete, strömte eine wildgewordene dunkelbraune Wolke heraus und begann, ihn zu umschwirren; im gleichen Augenblick schon bohrten sich Nadelstiche dutzendfach in seine Haut. Geistesgegenwärtig fasste er in die Hosentasche und bemerkte zu seinem Entsetzen, dass er dort nicht fand, was er suchte.

* * *

»Bravo, bravo, Herr Haverstroh, das war ja ein neuer Rekord«, lobte Schwester Sybille Claas' Einsatz an der Streckbank. »Ich denke, wir können für heute schon Schluss machen, einverstanden? Oder möchten Sie noch länger trainieren?«

Nein, er wollte nicht noch länger trainieren und nahm deshalb Schwester Sybilles Angebot dankend an. Nicht ohne Grund hatte Claas sich eben so angestrengt: Er musste unbedingt wissen, was am Wildgehege vor sich ging.

Bis dorthin war es nicht weit und keine fünf Minuten später erblickte Claas die Blaulichter der Einsatzfahrzeuge auf dem Weg, der zum Schloss führte, genau dort, wo er tags zuvor den unverschämten Imker beobachtet hatte. Mehrere Sanitäter und der Notarzt wuselten in unmittelbarer Nähe der Bienenstöcke um einen leblosen Körper herum. Um diese Zeit hatten sich hier nicht ganz so viele Menschen versammelt wie am Sonntagmorgen, daher erkannte Claas neben einigen Spaziergängern schnell die üblichen Verdächtigen: Kommissar Bödefeld beobachtete das Treiben der Mediziner, der Presseheini machte erste Fotos, Streifenbeamte machten sich Notizen und begannen, die Leute hinter eine eilig errichtete Absperrung zu lotsen. Ebenfalls angelockt durch die Sirenen standen auf der anderen Seite des Geschehens der schlecht gelaunte, trinkfreudige Bauer und der rosenzüchtende Freiherr von Beckstein; beide redeten wild gestikulierend miteinander.

Claas konnte von seinem Standort aus nur einen kurzen Blick auf die am Boden liegende Person erhaschen und er sah dort, wo eigentlich der Kopf hätte sein müssen, nur eine unförmige, rötliche und geschwollene Fleischmasse, aus der oben Haare rausguckten. Obwohl er rein von Berufs wegen schon Schlimmeres gesehen hatte, musste Claas erst einmal tief durchatmen, bevor er zu überlegen begann. War der vor ihm auf der Erde liegende Klumpen wohl wirklich dieser unfreundliche und miesepetrige Imker? Und wenn ja, wie war er zu Tode gekommen?

Eine Dame mittleren Alters schob sich heran und hatte des Rätsels Lösung parat. »Ich habe alles gesehen«, fing sie mitteilungsbedürftig und hektisch an zu reden. »Das war der Nolte … und die Bienen flogen immer um seinen Kopf rum und haben den totgestochen! Fiel um wie ein Stück Holz! Ich habe sofort die Feuerwehr gerufen, aber scheinbar zu spät …«

Wie auf Kommando klappten die Sanitäter in diesem Moment ihre Koffer zu und legten ein weißes Tuch über die obere Hälfte des Körpers. Ein Polizist schritt an der Reihe der Leute entlang und fragte, ob jemand etwas gesehen hätte.

»Hier, ich weiß was«, rief die Dame neben Claas erneut drängelnd. »Ich habe auch angerufen.«

Der Beamte holte daraufhin den Kommissar hinzu. Bödefeld schlenderte heran und hörte gelangweilt zu, was Frau Waterscheidt, wie sie sich vorstellte, zu sagen hatte. Immerhin sieht der Leiter der Ermittlungen heute einigermaßen ausgeschlafen aus, dachte Claas, jedenfalls nicht wie vom Kopfkissen gekämmt.

»Waren Sie nicht am Sonntag auch schon hier?«, fragte Bödefeld dann unvermittelt und blickte Claas hellwach an.

»Schon möglich ... ich gehe viel spazieren«, sagte der teilnahmslos. War er am Sonntag noch hilfsbereit gewesen, seine Informationen loszuwerden, hatte er jetzt keine Lust, mit dem Kommissar zu sprechen. Zu dem Fall hier konnte er ja eh nichts beitragen, außer vielleicht, dass der Imker wohl ein ziemlicher Stinkstiefel gewesen war.

»Soso«, meinte Bödefeld dann und wandte sich an den Streifenbeamten. »Hunekenmöller, dann nehmen Sie der Form halber mal die Personalien der Dame auf.« Er stiefelte wieder zur Leiche, drehte sich aber noch mal um und zeigte auf Claas. »Und von diesem Herrn auch bitte ...«

Donnerstag, 30. Juli

Ein Telefon klingelte …

»Hallo?«

»Ich bin's … Da habt ihr aber ganze Arbeit geleistet, Respekt. Ich brauche wohl nicht daran erinnern, dass das so nicht geplant war, oder?«

Am anderen Ende der Leitung wurde vielsagend geschwiegen.

»Wie dem auch sei, jetzt müssen wir halt etwas umdisponieren. Aber es gibt ein kleines zusätzliches Problem …«

»Aha, und welches?«

»Es ist ein anderer Polizist aufgetaucht und ich weiß nicht, ob der anfängt hier rumzuschnüffeln.«

»Aufgetaucht sagst du? Kommt der nicht von hier?«

»Nein, der ist zur Reha da. Ich will nicht, dass der uns in die Suppe spuckt, verstehst du? Du kümmerst dich bitte erst einmal um ihn, ja? Wie du es genau machst, überlasse ich dir. Ich werde die erforderlichen Schritte einleiten, damit du dich austoben kannst. Und falls nötig, muss er einen Schuss vor den Bug kriegen, capito?«

»Alles klar!«

* * *

»Der Kaffee schmeckt vorzüglich! Selbst aufgebrüht?« Claas war sichtlich erfreut, dass Vicky heute Morgen für das Frühstück zuständig war und nachdem alle Gäste des Buffets einigermaßen versorgt waren, setzte sie sich zu ihm an den Tisch. »Selbstverständlich, Herr Kommissar. Mit Liebe zubereitet … wie immer.« Sie klimperte übertrieben mit den Augenlidern, bevor sie neugierig fragte: »Und, gibt's was Neues? Hast du schon was rausgefunden?«

»Das mit dem toten Imker hat sich ja bereits herumgesprochen, wie ich mitbekommen habe.« Claas wusste über die schnelle Mundpropaganda in der Pension Bescheid. »Na sicher, das war das Topthema heute Morgen. Ob dahinter wohl auch die Hirschmörder stecken? Immerhin war es gleich nebenan.«

»Das kann ich dir nicht sagen, aber wie es aussieht, ist der Mann wohl von hunderten, wenn nicht gar tausenden seiner eigenen Bienen gestochen worden und dann hops gegangen … wenn ich jetzt fies wäre, würde ich sagen: Für die Imker-und Honigwelt kein großer Verlust!«

»Claas, jetzt bist du aber gemein«, meinte Vicky daraufhin mit einem leichten Vorwurf in der Stimme, aber auch sie hatte ein schelmisches Grinsen im Gesicht. »Aber du hast schon recht. Beliebt war er nicht gerade.«

»Und der Honig schmeckte auch widerlich, also ehrlich, wenn ich da an Montagmorgen denke.« Claas rollte mit den Augen, während Vicky laut nachdachte: »Möglicherweise ist er ja auch gerade deswegen gestorben.«

»Wie? Was? Weshalb jetzt?«

»Na ja«, sagte Vicky, »vielleicht hat jemand Nolte umgebracht, weil er schlechten Honig verkauft hat.« Sie merkte selbst, dass ihre Theorie ziemlich weit hergeholt war. »Gewagt, gewagt, Fräulein Schmidt«, meinte Claas dazu, »aber ich kann dir versichern, dass dieses Motiv mit an Sicherheit grenzender Wahrscheinlichkeit ausscheidet. Morde geschehen aus anderen Beweggründen. Manchmal aus Liebe, manchmal aus Neid, meistens aus Gier, Heimtücke oder Verdunkelung. Aber wohl kaum, weil der Honig nicht schmeckt. So was gibt's nur in reißerischen Krimis … Und wenn es kein Unfall war, müssten wir das ganze wohl auch eher als Passivmord betrachten, denn ausführend waren ja die Bienen!«

Jetzt mussten beide lachen, bevor Claas wieder etwas ernster wurde. »Was allerdings der genaue Grund für Noltes Ableben ist, werden wir hoffentlich bald erfahren.« Er nahm das Messer zur Hand und köpfte sein Frühstücksei; ungeschickterweise bekleckerte er sich dabei mit einem Spritzer Eigelb. »Mist, da kann ich gleich noch mal das Hemd wechseln.« Mit einer Serviette wischte er über den Klecks. »Jetzt haben wir aber genug von Mord und Totschlag geredet. Übrigens, meine liebe Physiotherapeutin hat mir erlaubt, dass ich wieder aufs Rad steigen kann und mein armes, krankes Bein wieder sanft belasten darf. Wie sieht's denn morgen Nachmittag bei dir aus? Zeit und Lust, meine Reha zu unterstützen?« Claas versuchte, Vicky mitleidserheischend anzublicken.

»Oh ja, so einem armen, kranken Mann kann man doch keinen Wunsch abschlagen«, flötete sie und legte ihre Hand auf seine. »Gerne. Ich suche uns auch eine schöne Route raus.« Sie schaute auf die Uhr. »So, jetzt muss ich aber sehen, dass ich hier fertig werde. Ich muss noch das Wurstpaket für Gretel fertigmachen.«

Claas legte die Stirn in Falten. »Hm, Gretel … Ist das nicht der Riesenhund von Doktor Mock?«

»Ach, du kennst ihn? Ich meine, Julius?«

»Wenn das der mit dem Flugzeug im Garten ist … Ja, den habe ich kennengelernt. Vorgestern, als ich deine Joggingroute nachgelaufen bin.«

»Sieh an. Na, der Besuch war bestimmt nicht langweilig, oder? Gretel bekommt immer unsere Wurstreste vom Frühstück; das wäre ja sonst die totale Verschwendung, wenn wir das alles wegschmeißen würden. Bleibt leider immer ordentlich was übrig.«

»Kann an mir nicht liegen«, sagte Claas und biss herzhaft in sein Schinkenbrot. »Dann grüß Herrn Mock später schön von mir!«

Zum Hemdenwechsel musste er kurz auf sein Zimmer zurück und dabei ging ihm abermals der Tod des Imkers durch den Kopf. Sicherlich konnte es ein unglücklicher Unfall gewesen sein. Aber die unmittelbare räumliche Nähe der Bienenstöcke zum Wildgehege ließ ja immerhin den Hauch eines Verdachts zu, dass es vielleicht doch nicht so war. Am besten ging er einfach noch mal dorthin; in Sachen Spurensuche hatte er hier ja immerhin schon so seine Erfahrung. Obwohl er durchaus gespannt war, was der Salzufler Superkommissar in diesem Fall herausfinden und präsentieren würde.

»Wenn man vom Teufel spricht …«, murmelte Claas dann verdutzt, als er kurz darauf wieder die Treppe herunterkam und zwei Männer an der Rezeption erblickte.

»Herr Claas Haverstroh, wenn ich nicht irre? Bödefeld, Kripo Bad Salzuflen. Und dies ist mein Kollege Tielemann, Staatsanwaltschaft Detmold.«

»Ja guten Tag erst mal, meine Herren. Sie können ihre Ausweise ruhig wieder einstecken, ich glaube Ihnen auch so«, meinte Claas spitzbübisch.

Bödefeld stockte kurz und ließ seine grüne Plastikkarte wieder in einem Fach seiner Geldbörse verschwinden, in der Claas neben einigen anderen Karten und Ausweisen auch ein Familienfoto des Kommissars erkennen konnte.

»Also Herr Haverstroh, oder besser Herr Kommissar Haverstroh. Natürlich kann Ihnen keiner verbieten, dass Sie sich in der Stadt und der Umgebung bewegen, aber wir möchten Sie doch bitten, Ihr Interesse auf, sagen wir mal, eher touristenübliches Niveau zu beschränken. Ein Polizist ist zwar immer im Dienst, keine Frage, aber wir haben hier alles im Griff, seien Sie beruhigt.«

»Ich wüsste nicht, wie Sie darauf kommen, dass ich meine Kompetenzen überschreite«, sagte Claas und tat so, als ob er sich keinerlei Schuld bewusst war. »Dafür sind Sie aber leider bekannt«, schaltete sich jetzt der Staatsanwalt hinzu, den Claas bisher ignoriert hatte. Tielemann wirkte auf Claas leicht nervös und drehte bei Bödefelds Ansprache dauernd an seinem Ehering herum, meinte aber dann recht bestimmt: »Eine Anfrage bei den Kollegen in Mönchengladbach hat ergeben, dass Sie kurz vor der Abbruchkante stehen, trotz so einiger Hauruck-Erfolge in der jüngeren Vergangenheit. Sie scheinen die Dienstordnung manchmal etwas lax auszulegen und ein paar zusätzliche Minuspunkte wären da sicherlich nicht weiter förderlich, meinen Sie nicht auch?«

Während Tielemann ihm drohend eine Standpauke hielt, dachte Claas fieberhaft nach, ob er dessen Namen zuletzt schon mal irgendwo gehört hatte; aber er kam nicht drauf. »Und da kommen Sie extra aus Detmold hergefahren, um mir das zu sagen? Hätte doch der Kommissar machen können«, raunzte er dann etwas schnoddrig.

»Hergefahren? Nein, ich wohne hier. Einen Tag in der Woche arbeite ich von zu Hause aus. Quasi heute. Home Office, auch wegen der Familie, verstehen Sie?« Jetzt lächelte Tielemann fast schon entschuldigend.

»Ich denke, wir haben alles gesagt, was es zu dieser Sache zu sagen gibt«, beendete Bödefeld nun ungeduldig das Gespräch, »trotzdem wünschen wir noch einen schönen Aufenthalt in unserer Stadt. Tschüs, Herr Haverstroh.« Er nickte zum Abschied und zog Tielemann mit sich.

»Darf ich denn noch fragen, so ganz unter Kollegen«, hakte Claas noch einmal nach, »was es mit dem Tod des Imkers auf sich hat?«

»Das dürfen Sie, natürlich. Der Mann hatte wahrscheinlich eine Allergie … und sein Gegenmittel leider nicht dabei«, erklärte Bödefeld mit Leichenbittermiene. »Tragisch, nicht wahr? Äußerst tragisch sogar.«

Claas saß danach wieder mal in seinem Zimmer. Aus der Minibar nahm er ein kleines Fläschchen Magenbitter Marke Baron von Kräut heraus. Den brauchte er jetzt. Es war schon sehr verwunderlich, dass der ermittelnde Kommissar und sein Staatsanwalt sich die Blöße gaben und meinten, einen ortsfremden Kollegen zurückpfeifen zu müssen. Und das nur, weil er sich an den jeweiligen Tatorten aufgehalten hatte? Wohl kaum, dachte Claas, die Herren müssen andere Gründe haben. Mit Sicherheit haben sie Dreck am Stecken. Oder Angst. Oder Beides. Der Sumpf hier wird ja immer morastiger! Er kippte den letzten Rest Schnaps hinunter und schleuderte die Flasche Richtung Papierkorb.

Er kam dann etwas verspätet zur täglichen Anwendung in die Klinik und wurde deshalb zu einer Sondereinheit im Kraftraum verdonnert. Hier verausgabte er sich völlig, da er immer noch an den Besuch von Bödefeld und Tielemann denken musste und dementsprechend angesäuert war. Zum Abschluss war der Boxsack an der Reihe und Schwester Sybille war schier begeistert, mit welcher Ausdauer und Härte er diesen trotz seiner steifen Hüfte bearbeitete.

»Jetzt ist aber gut, wir wollen ja keinen töten«, bremste sie ihn und wünschte anschließend zum Feierabend ein schönes Wochenende, da der Freitag traditionell therapiefrei war.

Ausgepumpt und müde hatte Claas dann keine große Lust mehr auf weitere kräftezehrende Aktivitäten. Nur den Unfallort von Imker Nolte wollte er noch abklappern, trotz der frostigen Ansage von Kommissar und Staatsanwalt, dass ein weiteres Interesse seinerseits unerwünscht war. Aber trau, schau, wem …

An den Bienenstöcken empfing ihn das Gestöber tausender umherschwirrender Insekten, doch Claas bewahrte Ruhe und vermied hektische Bewegungen. Nur zu gut waren ihm noch die schmerzhaften Erinnerungen an Bienenstiche aus der Kindheit im Gedächtnis eingebrannt.

Die Polizei hatte jene Stelle, an der Franz Nolte gestern ums Leben gekommen war, mit einem neongelben Farbklecks aus der Sprühdose markiert, weshalb sie für Claas leicht zu finden war.

Dass Bienen nach dem Stechen verendeten, war zwar tragisch für die Tierchen, aber hier und heute sein Glück: Der Boden war übersät von toten Körpern und es sah aus, als hätte jemand einen vollen Aschenbecher mit Kippen ausgeleert. »Na, ihr kleinen Mörder«, begrüßte er die Minikadaver, sammelte ein paar davon auf, legte sie in ein Taschentuch und betrachtete sie dann genauer. Handelte es sich vielleicht um eine besonders aggressive Rasse? Um das festzustellen, brauchte er einen Vergleich; an den übrigen Bienenstöcken ließen sich aber keine toten Tiere finden. Scheiße verdammt, dachte er, dann muss es wohl sein. Mit der flachen Hand begann er in der Einflugschneise eines der Kästen herumzufuchteln, wie ein Fechter ohne Degen. »Kommt her, stecht zu! Na los doch! Gebt's mir!« Tänzelnd und um sich schlagend hüpfte er vor dem Kasten hin und her, bis er plötzlich einen stechenden Schmerz auf dem Handrücken spürte und zurückzuckte. Eine Biene trudelte zu Boden und wand sich im Todeskampf, bis ihre Flügelchen sich nicht mehr bewegten. Claas pickte sie auf und legte sie in ein zweites Taschentuch. »Tut mir leid, aber vielleicht kannst du mir helfen, ein Verbrechen aufzuklären.«

Zurück auf dem Weg kam ihm wenig später eine ältere Spaziergängerin entgegen, der seine sportliche Einlage scheinbar nicht entgangen war. »Sie sind bestimmt Artist! Ist ein Zirkus in der Stadt?«

Freitag, 31. Juli

»Pssst. Sei leise! Er darf uns nicht hören … Und leuchte hierhin, damit ich was sehe.« Im Schein der Taschenlampe öffnete er den Deckel des Tanks und steckte den durchsichtigen Schlauch hinein. Das andere Ende nahm er in den Mund und sog kräftig daran, bis die Flüssigkeit das Schlauchende erreicht hatte. Schnell drückte er den Schlauch auf den Boden und spuckte aus. »Igitt! Scheißzeug! … So, der läuft jetzt von allein aus … Und wenn er leer ist, füllen wir den Inhalt von dem Fass da vorne einfach hier wieder rein.« Er summte leise vor sich hin, während der Tankinhalt langsam plätschernd und stinkend über den Hof in einen Gully lief.

»Klingt ja einfach. Hoffentlich klappt's jetzt endlich mal wie geplant und die Aktion wird nicht wieder so ein Fiasko wie beim Nolte. Von wegen, die Bienen machen ihm nur ein wenig Beine …«

»Konnten wir was dafür? Der muss 'ne Krankheit oder so was gehabt haben. Mich haben die Viecher beim Umpacken auch gestochen, und ich lebe ja noch, oder? … So, ich glaube, der Tank ist alle. Nur noch umfüllen und fertig … Ich sag's dir, der wird morgen ganz schön Augen machen!«

* * *

Zum Glück hatte Claas die Wundsalbe noch nicht aufgebraucht. Es hatten sich zwar keine allergischen Reaktionen gezeigt, aber der Stich der kleinen Honigbiene gestern war dennoch schmerzhaft gewesen. Jetzt aber war kaum mehr etwas zu spüren, nur ein kleiner roter Punkt erinnerte noch an seine Slapstick-Einlage. Ausgestreckt auf einer Gartenliege, satt vom reichhaltigen Frühstück und die Arme hinter dem Kopf verschränkt, genoss er den freien Tag auf dem Balkon. Langsam zogen ein paar wenige Schönwetterwolken über den Himmel hinweg, weiße Kondensstreifen großer vierstrahliger Jets unterbrachen das Blau und nur ein schwaches Lüftchen bewegte die Blätter der Platanen an der Parkchaussee. Über eine Woche schon war es beständig warm gewesen und erst zum Ende der nächsten Woche rechneten die Meteorologen mit einer Unterbrechung der beständigen Wetterlage. Einem schönen Wochenende stand also nichts im Wege; eine Radtour mit Vicky in die Umgebung und danach ein kühles Bier würden schon zu seinem Glück reichen. Vorher galt es nur noch ein paar Kleinigkeiten zu erledigen.

Claas packte die toten Bienen vorsichtig in einen gepolsterten Umschlag, adressierte ihn erneut an Horst Ebeling vom Kriminaltechnischen Institut und griff zum Telefon, um seinen Kollegen schon mal vorzuwarnen.

»Ebeling …«

»Moin Hotte, Claas hier.«

»Claas, altes Haus. Wie läuft's? Schon wieder fit?«

»Geht so, ich denke, noch eine Woche und ich kann wieder Verbrecher fangen.«

»Schön zu hören. Aber ganz ohne Arbeit kannst du selbst auf Kur nicht, was? Bist du in tödlicher Mission unterwegs oder wie soll ich die kleine Postwurfsendung deuten, die gerade auf meinem Schreibtisch gelandet ist?«

»Mein lieber Horst, das könnte der Auslöser einer riesigen Intrige sein«, übertrieb Claas und musste lachen. »Denk nur mal an den Juni 1914.«

Kurzes Schweigen am anderen Ende. »Du meinst den österreichischen Thronfolger? Das Attentat in Sarajevo?«

»Genau. Und das Geschoss, das du jetzt in der Hand hältst, hat quasi auch einen König dahingemeuchelt. Einen Hirschkönig sozusagen.«

Erneut Pause beim Kollegen Ebeling. »Claas, mal ehrlich, muss ich mir Sorgen machen?«

»Nee, absolute Entwarnung … Also, es handelt sich wahrscheinlich um ein MG-Projektil, vielleicht sogar MG 42. Irgendwelche Spitzbuben haben damit am Sonntag in einem Wildgehege hier in der Gegend eine ganze Hirschherde zusammengeschossen. Ein widerlicher Anblick, das kannst du mir glauben. Ich bräuchte von unseren Ballistikern eine Analyse zu Munition und Waffe … soweit das möglich ist, natürlich.«

»Claas, für dich machen wir doch alles. Außerdem ist hier im Moment sowieso nichts los. Was auch kein Wunder ist, wenn du nicht da bist. Sonst noch was?«

»Ja, ich schicke dir noch zwei tote Bienen.«

»Bienen?«

»Ja, Bienen. Biene Maja, Willy und so … Ernsthaft Horst, wie ich finde, sind die beiden kleinen Körper leicht unterschiedlich, es könnten vielleicht verschiedene Rassen sein. Aber ich war in Bio ja immer eine Niete, das muss also nichts heißen. Kannst du dich da auch mal drum kümmern oder jemanden fragen, der sich mit Zoologie besser auskennt?«

»Auch das mache ich. Ich sehe schon, langweilig ist dir jedenfalls nicht.«

In diesem Moment klopfte es an der Zimmertür und eine Sekunde später steckte Vicky ihren Kopf ins Zimmer. Claas wünschte seinem Kollegen daher schnell ein schönes Wochenende und beendete das Gespräch.

»Wenn ich erst mal drauf sitze, geht es schon. Treten ist dann kein Problem.«

Claas stand auf der Eingangstreppe und Vicky hielt ihm sein Hollandrad passend hin, damit er leichter auf den Sattel kam, dabei stützte er sich mit einer Hand auf ihrer Schulter ab. War die Hüfte beim Gehen nicht mehr das größte Problem, merkte er doch, dass vergleichsweise komplexe Bewegungsabläufe – wie zum Beispiel auf ein Fahrrad zu steigen – ihm doch noch Schwierigkeiten bereiteten.

Wie Schwester Sybille ihm gestern schon empfohlen hatte, fuhren sie anschließend über flaches Terrain an der Werre entlang in Salzuflens Nachbarstadt Herford. Sie nahmen den ihm schon bekannten Weg zum Bahnhof, in dessen Nähe die Salze in die Werre mündete, danach ging es weiter durch Felder und Wiesen. Kurz vor Herford wurde die Werre breiter und ähnelte vor einem Stauwehr fast schon einem Kanal; Ruderer nutzten diesen Abschnitt für ihren Sport. In der Stadt selbst führte ein breiter Weg für Radfahrer und Fußgänger auf einer begrünten Wallanlage einmal um die Innenstadt herum. Bürgerhäuser im Jugendstil mit parkähnlich angelegten Gärten ließen vornehm gediegen den alten Wohlstand der ehemaligen Kaufmannstadt aufleben, Neubauten mit viel Glas, grauen Steingärten und zumeist dunklen SUVs davor zeugten von eher neuerem Reichtum. Claas und Vicky mussten auf dem Weg ins Stadtzentrum eine kleine Schleife fahren, da mitten auf dem Wall eine orientalische Volksgruppe demonstrierte und ihren eigenen Staat forderte. Auf dem alten Markt im Herzen der Stadt nahmen sie ein Eis auf die Hand und bummelten eine Runde durch die Fußgängerzone, bevor sie wieder den Heimweg antraten. Seine Hüfte machte Claas insgesamt wenig Probleme, trotzdem hatten die Leute ringsum was zu lachen, als er sich wieder aufs Fahrrad setzte. Aber je öfter er es probierte, umso besser klappte es, bis er es später sogar ganz alleine schaffte. An einem Kiosk am Denkmal des Sachsenherzogs Widukind kaufte Claas noch ein echtes Bier für sich, für Vicky brachte er ein Alster mit.

Mit dem Flaschenbier in der Hand saßen sie kurze Zeit später auf einer Bank in den Werreauen und ließen ihren Blick über die Felder schweifen. Goldgelb leuchtend stand das Getreide; ein dunkelgrüner Mähdrescher begann, eines der Felder abzuernten. Claas atmete tief durch. Er liebte diesen Geruch, das Stroh, das Korn, das Alles. Es roch nach Sommer und Kindheit. Ganz verträumt schaute er auf das Feld, so dass er Vicky erst beim zweiten Fragen hörte.

»Claas?«

»Äh, ja?«

»Bist ja ganz selig … Was 'n los?«

»Och, nichts … Ich denke nur gerade an früher.«

»Was Schlimmes?«

»Im Gegenteil … Immer wenn im Sommer geerntet wurde, bei uns auf 'm Dorf, dann waren Ferien, man war den ganzen Tag draußen, bis in die Nacht, barfuß natürlich, man aß Eis, spielte am Bach. Es war einfach nur schön. Daran muss ich immer denken, wenn ich einen Mähdrescher sehe und den Duft von frischem Stroh rieche.«

»Bist ja 'n richtiger Romantiker.«

»Findest du das doof?«

»Nein … ganz und gar nicht. Aber bei deinem Nachnamen war mir das schon klar.« Sie lächelte über die kleine ironische Einlage und gab ihm einen kurzen, aber dennoch zärtlichen Kuss auf die Wange. Wow, es durchzuckte ihn und er sah ihr lange in die Augen; normalerweise die Situation – und das wussten sie beide –, die einem richtigen, mindestens dreiminütigen und sehr sinnigen Intensivkuss vorangeht. Für einen Moment wünschte sich Claas, diesen Augenblick für ewig anzuhalten, aber dies klappte nur in schwülstigen Liedern und in der Realität ebenso wenig, wie kochendes Wasser einzufrieren.

»Na ihr beiden Turteltäubchen«, rief da plötzlich und unvermittelt eine Nordic-Walkerin, die den Weg entlangstakste.

Etwas erschrocken und verschämt unterbrachen die beiden ihr Vorhaben, mussten aber gleichzeitig grinsen und begannen stattdessen, sich lebhaft zu unterhalten. So erfuhr der eine vom anderen, dass sie beide Singles ohne wirkliche Lust auf Einsamkeit waren, ihr jeweiliges Seelenleben zum Glück recht in Ordnung war und Altlasten passenderweise keine oder nur eine unwesentliche Rolle spielten. Die Sache könnte wirklich was werden, dachte Claas, in dessen Bauch sich gerade ein wunderbares Gefühl ausbreitete.

»Wollen wir noch ein Eis am Tivoli essen?«, fragte Vicky, als sie wieder auf den Rädern saßen.

Puh, schon wieder Eis? … Na ja, warum nicht … »Gute Idee!«, antwortete er und dachte: Jetzt bloß keine Spaßbremse sein! Außerdem ist mein Bäuchlein ja noch nicht so dick, dass nicht noch was reinpasst.

»So dick bist du ja auch noch nicht«, sagte Vicky zeitgleich mit einem Blick auf seine kleine Rolle und Claas war sich nun noch sicherer, dass alles gut war.

»Na ihr zwei Hübssen, Pölser oder Eis?«

Claas bestellte zwei Softeis mit Schokoüberzug und musste wie immer schmunzeln, wenn Jesper das weiche ›sch‹ als scharfes ›s‹ aussprach. Mit den zwei Eistüten kam er an den Stehtisch zurück und drückte Vicky eine davon in die Hand. »Pass mit der Glasur auf, die fällt leicht runter, wenn das Eis schmilzt«, gab er ihr einen Klugschiss gratis dazu.

»Danke Claas, ich bin ja schon groß«, frotzelte sie zurück.

Auf dem Kurparkvorplatz war für einen Freitagnachmittag schon recht viel los; das nahe Wochenende kündigte sich mit ersten Fremdenverkehrsgästen an, die auf dem Parkplatz vor den Badehäusern aus Reisebussen stiegen und wie Lemminge in die Stadt strömten. Und obwohl Claas mit dem Rücken zum Parkplatz stand, meinte er den Wagen, der sich eben dazugestellt hatte, sofort am Klang erkannt zu haben. Als er sich umdrehte, kletterte Julius Mock schon aus seinem roten Magirus Deutz und kam zur Bude geschlendert. »Ach Hallo, wart ihr radeln?«

»Hi Onkel Ju, richtig geraten. Wir kommen gerade aus Herford.«

Hatte Claas da gerade richtig gehört? »Onkel? … Ju? … Seid ihr verwandt oder hat das was mit dem Flugzeug zu tun?« Er kannte natürlich die sprichwörtlich gute, alte Tante Ju. Und wie jedes Kind wusste er, dass es sich dabei um ein Flugzeug und nicht um eine wirkliche Tante handelte.

»Nee, nicht wegen der Fliegerei«, klärte Vicky ihn auf, »Julius ist mein Patenonkel. 'tschuldige, das hatte ich ja noch gar nicht erwähnt.«

»Besser spät als nie, wie ich immer sage«, meinte Mock dazu und ergänzte: »Herr Haverstroh, Salzuflen ist ein Dorf, da laufen Sie immer Leuten über den Weg, die irgendwie was miteinander zu tun haben.«

An den Nebentisch hatten sich in diesem Moment Kurdirektor Stoltenbusch und ein Mann gestellt, den Claas noch nicht kannte. Sie schienen etwas Geschäftliches erledigt zu haben und tranken beide jeweils ein Pils.

»Der hat mir gerade noch gefehlt«, knurrte Mock und holte sich bei Jesper einen Hotdog mit einer Extraportion Röstzwiebeln. Beim Essen musste er deshalb aufpassen, dass nichts daneben fiel.

»Tja, Mock, nur den Mund nicht zu voll nehmen«, kommentierte der Mann vom Nebentisch und lachte dreckig.

Als Claas sich umdrehte, um zu gucken, wer da so ungefragt von der Seite einstieg, klatschte von seinem Eis ein Teil der Schokoglasur auf den Boden. Na prima. Vicky kicherte spontan und schadenfroh.

»Hoppla! Aber der Onkel Ju kauft dir sicher ein neues Eis«, gab der Mann von nebenan erneut ungefragt seinen Senf dazu, bevor er sich wieder dem Kurdirektor zuwandte und weiter mit ihm diskutierte. Ab und zu sahen die beiden zu Mock, Vicky und Claas hinüber, aber Claas sah vorerst wenig Chancen für eine neue Freundschaft. Mock schluckte die Reste des Hotdogs herunter und machte eine abfällige Handbewegung. »Nicht hinhören. Der mag mich nicht … und ich ihn erst recht nicht.« Er bemerkte

Claas‹ fragenden Blick. »Ludger van Boysen, Architekt und Chef vom Golfspiel-Club, deshalb leider so 'ne Art Nachbar von mir. Gab mal Scherereien mit den Leuten ...«

Plötzlich – wie aus dem Nichts – lief in der Nähe eine Luftschutzsirene an, unmittelbar darauf stimmten überall in der Stadt weitere mit ein und binnen kürzester Zeit hing ein ohrenbetäubendes Geheule in der Luft.

»Probealarm?« Claas schaute fragend in die Runde, doch Mock und Vicky zuckten mit den Schultern.

Ein paar Minuten später donnerten drei Löschzüge die Straße hoch und fuhren stadtauswärts.

»Los, kommt ... Eure Fahrräder packen wir in den Wagen. Da muss was passiert sein!«

* * *

»Boah ey, Gerdi, geh mir nicht auf 'n Sack!«

»Du kannst mich mal am Arsch lecken! Bist wieder voll wie zwanzig Russen und machst hier einen auf Hofkönig! Sieh zu, dass du deinen Kram erledigt bekommst, dann gibt's vielleicht auch was auf den Tisch! Und pack' mich nicht noch mal an, klar?«

Karl-Otto Stratemann konnte einem wirklich leidtun; seit Wochen schon ging es steil bergab mit ihm und seiner Ehe. Angefangen hatte alles vor gut einem Jahr, als er das Erbe seiner Eltern angetreten hatte. Der Bauernhof auf der Krüttheide – einer Feldgemarkung zwischen Bad Salzuflen und dem nordöstlich gelegenen Dorf Wüsten – war nicht nur schuldenfrei, Stratemann hatte sogar noch einen ordentlichen Batzen Geld obendrauf bekommen. Seine Eltern waren sparsame Leute gewesen – im wahrsten Sinne des Wortes – sie hatten stets bescheiden gelebt und alles, was nicht fürs Nötigste gebraucht wurde, auf die hohe Kante gelegt. Bis sie starben. Ausgestattet mit einem Haufen Bargeld und einer natürlichen Faulheit, schaffte es Stratemann dann jedoch binnen kürzester Zeit, das komplette Vermögen zu verprassen.

Er verlor Pokerrunden im Wüstener Dorfkrug und Dartturniere im White Horse Inn.

Er fiel auf einen Anlagebetrüger herein, der billige Wohnungen in Nordkorea anpreiste und 50 Prozent Rendite versprach.

Er überwies einen nicht unbeträchtlichen Vorschuss an einen Anwalt auf den Cayman Islands, der ihm per E-Mail weismachte, Alleinerbe einer in den USA verstorbenen Milliardärin namens Josephine Streetman zu sein.

Er versuchte sich als Dorfzuhälter gegen den Salzufler Bordellbetreiber Hugo Layer zu etablieren und geriet bei der ersten Kontaktaufnahme mit vermeintlichen Prostituierten an litauische Transvestiten, die ihn auf einem Autobahnparkplatz ausraubten.

Als schließlich von dem Geld nichts mehr übrig war, wurde aus ihm auch noch ein Säufer und als seine Frau deswegen keine Lust mehr auf ihn hatte, prügelte er sie erst grün und blau und vögelte zu guter Letzt auch noch die olle Rita vom Hof gegenüber.

Die einzige Chance, die er jetzt noch hatte, war der Hof selbst. Die Familie hatte immer Milchviehwirtschaft betrieben, zum Besitz gehörten Weiden im benachbarten Salzetal, die den Kühen naturgemäß gutes Gras lieferten. Stratemann empfand für seine Kühe allerdings keine große Zuneigung, sie waren für ihn reine Mittel zum Zweck. Wichtig war ihm ein maximaler Ertrag bei minimalem Aufwand. Er hatte sich deshalb über das Internet einen in der EU verbotenen Flüssigdünger aus Weißrussland besorgt, denn dieser versprach doppelt so schnelles Wachstum bei nur noch halber Düngermenge. Zur Lagerung nutzte er ein kleines Tanklager, das er sich in seinem Stall eingerichtet hatte; dort standen unter anderem neben einigen vollen Benzin- und Dieselfässern auch immer ein paar leere. Billigen Kraftstoff für seine Gerätschaften, sein Auto und den Traktor bekam er von einem örtlichen Autoverwerter, der es aus den angelieferten Autos pumpte, bevor diese in der Presse landeten. Und immer wenn dann der illegale Transport aus Minsk kam, füllte Stratemann den Dünger in die leeren Fässer. Diese würden, so hoffte er, bei einer möglichen Kontrolle neben den Spritfässern gar nicht auffallen.

Am späten Nachmittag raffte sich Stratemann dazu auf, eine Weide zwischen dem Golfplatz und dem Wildgehege zu düngen. Er tuckerte mit seinem alten Fendt, den er schon gestern einsatzbereit mit gefülltem Düngertank vor den Stall gestellt hatte, über die Extersche Landstraße; vor Ort stieg er vom Traktor und steckte sich erst mal eine Zigarre an, dann klappte er das Geschirr des umfunktionierten Pestizidsprühers auseinander. Langsam anfahrend begann er anschließend das Gras einzunebeln. Nach einer Kehrtwende an der Salze folgte die nächste Bahn. Zwischendurch hielt er an, öffnete die Fahrertür und hielt die Nase nach draußen. Ein stechender Geruch drang in die Kabine und er bekam augenblicklich Kopfschmerzen. Scheiß Fusel ... Ab morgen besser nichts Selbstgebranntes mehr saufen! Er schmiss den noch glühenden Zigarrenstumpen aus dem Fenster und ließ das Fahrzeug wieder anrollen. Am Waldrand vollzog der Traktor erneut eine Kehrtwende, dann stand er plötzlich einer orangegelben Wand gegenüber, die rasend schnell näherkam.

* * *

Dennis Millington reichte gerade ein Ale über den Tresen, als wildes Geschrei aus dem Biergarten ertönte.

»Da vorne brennt was! Das ... das ganze Feld fängt an zu brennen!«

Er stürzte nach draußen, um mit eigenen Augen zu sehen, was da vor sich ging. Etwa zweihundert Meter vom White Horse Inn entfernt in Richtung der Salze erhob sich eine Feuerwand, die sich wie eine Schwarzpulverlunte Richtung Waldrand fraß. »Oh mein Gott, was macht der da?«, rief einer der Umstehenden. »Warum steigt der nicht aus?«

Ein Traktor rumpelte vor dem Feuer her, machte dann sogar kehrt und stand plötzlich den Flammen gegenüber – wie das Kaninchen vor der Schlange. Alle Besucher des Pubs waren aufgestanden und drängelten sich an dem kleinen Holzzaun, der den Biergarten von der Umgebung abtrennte.

»Vielleicht hat er das Feuer nicht bemerkt … Ruft die Feuerwehr … Schnell … Da muss doch einer hin und den warnen!«

Millington stand wie angewurzelt und konnte nicht begreifen, was er da sah. Ein Mann boxte ihn in die Seite. »Die Feuerwehr! Los doch!«

Er lief zurück in den Gastraum und als er den Hörer abhob, erschütterte eine heftige Explosion das Tal, ein Hitzeschwall rollte einem Tsunami gleich dem Pub entgegen. Brennende Fragmente des Traktors flogen mit pechschwarzen Rauchfahnen wie bei einem Feuerwerk in alle Himmelsrichtungen, eine riesige Qualmwolke stieg empor und war bald kilometerweit zu sehen.

»Wenn es nicht so traurig wäre, man könnte meinen, es sieht aus wie mit Sahne überzogen … Die gruselige Schönheit des Löschschaums.« Claas blickte zusammen mit Vicky und Mock auf die Trümmer des Traktors, der auf der Weide unter einer weißen Hülle begraben stand. Langsam löste sich der Schaum auf und gab nach und nach ein ausgeglühtes, schwarzes Gerippe aus Stahl frei. Auf dem Fahrersitz saßen – am Lenkrad festgekrallt – die verkohlten, knöchernen Überreste eines Menschen. Die Überreste von Karl-Otto Stratemann.

Kurz zuvor hatte Mock den Magirus wie ein Kapitän seinen Kreuzer im Sturm durch die Kurven der Exterschen Landstraße geprügelt, immer den echten Löschfahrzeugen hinterher. Er widerstand der kurzen Versuchung, verbotenerweise Blaulicht und Martinshorn einzuschalten und den historischen Feuerwehrwagen in den Pulk der echten einzureihen. Stattdessen stellte er ihn am Rande des Parkplatzes vom White Horse Inn ab. Kurz dahinter war die Straße bereits abgesperrt worden.

»Ehrlich gesagt bin ich ja doch erleichtert, dass es nicht bei mir oder auf dem Gestüt gebrannt hat«, gab er noch eine Erklärung für seine Höllenfahrt ab.

Vom Biergarten aus hatten sie jetzt den besten Blick auf die grausige Szenerie. Dennis Millington hatte den Laden für heute eigentlich schon abschließen wollen, aber so viele Leute waren seit Jahren nicht mehr dagewesen und er kam mit dem Zapfen gar nicht mehr hinterher. Jetzt wäre ihm sogar eine Aushilfe recht gewesen. Die Nachricht vom Feuer hatte sich schnell herumgesprochen; aus der Stadt kamen sogar Kurgäste mit dem Fahrrad herbeigefahren, so dass Millington heute den Umsatz des Jahres machte. Die Feuerwehr zog sich nach getaner Arbeit zurück und stellte eine Brandwache ab; Mitarbeiter der Spurensicherung in weißen Overalls machten sich daran, die Reste von Mensch und Maschine zu untersuchen.

Im Biergarten hatte Claas im Gemisch von Einheimischen und Ortsunkundigen den ein oder anderen gefunden, der ihm erzählen konnte, was genau passiert war und um wen es sich bei dem Opfer handelte. Der Mann, der da nur noch als schwarzes Gerippe in den Resten seines Traktors hing, war doch tatsächlich der unsympathische Miesepriem gewesen, der ihn vor ein paar Tagen gar nicht weit von hier so stumpf angemeckert hatte. Tja, so schnell kann's gehen, dachte Claas. Ihm stellte sich im Nachhinein nur die eine Frage: Konnte Dünger oder Pflanzenschutzmittel eigentlich brennen? Denn wie sonst hätte eine ganze Weide binnen Sekunden abfackeln können?

»Sieh an, der Herr Haverstroh. Immer da, wo was passiert, nicht wahr?« Kommissar Bödefeld war ebenfalls dabei, Augenzeugenberichte zu sammeln und so standen sich die beiden urplötzlich im Getümmel gegenüber.

»Ehrlich, Herr Kommissar, das ist reiner Zufall«, meinte Claas mit aufgesetzter ernster Miene. »Ich wollte hier nur ein Bier trinken … Aber wenn Sie Amtshilfe brauchen, noch bin ich nüchtern.«

In Bödefelds Blick lag eine Mischung aus Missbilligung und Gleichgültigkeit, als er sagte: »Ach, lassen Sie mal gut sein. Aber es bleibt beim Biertrinken, ja? Nicht, dass wir Sie da vorne auf der Weide erwischen, das ist absolutes Sperrgebiet … Sie haben unser gestriges Gespräch ja hoffentlich nicht vergessen?«

Claas erinnerte sich zähneknirschend und bevor er passend antworten konnte, war Bödefeld im Gewühl der Menschen schon wieder verschwunden.

Mock brachte Claas und Vicky anschließend zurück zur Pension und nachdem er wieder gefahren war, blieben sie noch eine Weile auf dem Bürgersteig vorm Haus stehen.

»Mensch Vicky, ist ja echt was los hier bei Euch«, meinte Claas salopp.

»Also, auf diesen Trubel könnte ich verzichten«, antwortete Vicky, die den Anblick des toten Bauern in seinem Traktorwrack noch nicht ganz verdaut hatte. »Was meinst du, war das eben ein Unfall?«

»Das weiß ich nicht«, sagte Claas, »aber mir kommt die Häufung dieser Ereignisse hier in der Gegend in so kurzer Zeit schon recht merkwürdig vor. Außerdem liegen alle Tatorte sehr dicht beisammen … » Er musste gähnen. »Entschuldigung. Bin schon etwas müde.«

»Schon gut«, sagte sie. »War immerhin ein langer Tag. Aber bis auf den Schluss hat er mir sehr gut gefallen. Das könnten wir wiederholen.«

»Na klar, das sollten wir sogar«, meinte Claas und umarmte sie herzlich.

Als er dann im Bett lag und ihm noch ein paar Gedanken des Tages durch den Kopf gingen, meinte er förmlich zu spüren, dass diese ganze Salzufler Geschichte immer mysteriöser wurde. Die Geschichte mit Vicky allerdings kann ruhig so weitergehen, dachte er dann erleichtert und schlief noch während die Nachrichten liefen ein.

Sonntag, 2. August

Vicky stand Schmiere. »Findest du was?«, fragte sie und schaute regelmäßig nach links und rechts, ob nicht doch noch Polizei im Anmarsch war. Sie wollten auf jeden Fall vermeiden, dass Claas beim Begutachten der Weide, auf der vorgestern Karl-Otto Stratemann mitsamt seines Traktors verbrannt war, nochmals in die Fänge von Kommissar Bödefeld geriet. Claas war sich zwar nicht sicher, ob der Kommissar und sein Staatsanwalt mit ihrer Androhung, ihn anzuschwärzen, blufften, doch das Risiko war ihm dann doch etwas zu hoch. Aber die Neugier, etwas über den Tod des Bauern herauszufinden, hatte naturgemäß über das Risiko einer Beschwerde durch Bödefeld und Tielemann gesiegt. Deshalb war Claas froh, jemanden dabeizuhaben, der mithalf und die Lage peilte.

Am Samstag war die Spurensicherung noch damit beschäftigt gewesen, die Brandstelle eingehend zu untersuchen, bevor anschließend damit begonnen wurde, das ausgeglühte Stahlskelett des Traktors wegzuräumen. Vorher war noch versucht worden, den verkohlten Leichnam des Bauern aus dem Wrack zu bergen. Unglücklicherweise brach der Torso dabei in der Mitte durch wie ein mürber Zwieback, wofür es im Biergarten des White Horse Inn von einigen betrunkenen Gästen auch noch Applaus gab. Claas musste seine Nachforschungen wegen der Bergung um einen Tag aufschieben und hatte Vicky deshalb erst heute zu einer Radtour in die Umgebung eingeladen, auch mit dem Hintergedanken, die Vorteile der gemeinsamen Unternehmung mit den Recherchen verbinden zu können.

»Nein, leider nichts mehr zu sehen.« Claas stiefelte über das verkohlte Gras. »Aber es riecht irgendwie komisch …«

»Ja, nach Kuhscheiße und Asche, oder was?«

»Also bitte«, empörte er sich gespielt, dass Vicky einen solchen Kraftausdruck benutzte, obwohl er selbst durchaus öfter unschöne Worte auf der Zunge hatte. »Das ist keine Kuhscheiße …« Er schnüffelte noch einmal intensiv. »Es riecht irgendwie … nach Tankstelle … Ein bisschen jedenfalls.« Konnte das sein? Aber ja doch! Tankstelle … gleich … Benzin! Und Benzin brennt. Und eine Weide, auf die man Benzin sprüht, die brennt dann natürlich auch. So einfach war das. Auch wenn Claas sich momentan nicht erklären konnte, warum ein Bauer mit Benzin um sich spritzen sollte. War es ein Unfall? War es ein Versehen? Oder war es gar Mord? Ein weiteres mysteriöses Puzzlestück schien sich hier aufzutun. Wie dem auch sei, der Großteil des Benzins war jedoch mit Sicherheit verbrannt und die flüchtigen Bestandteile dürften sich längst in Luft aufgelöst haben. Dennoch nahm Claas eine Probe von verbrannter Erde und verkohltem Gras und wickelte das Ganze in ein Taschentuch. Neue Arbeit für Horst Ebeling.

»Wollen wir noch deinen Patenonkel besuchen«, fragte er, als sie wieder auf dem Weg standen und unschlüssig waren, in welche Richtung es jetzt gehen sollte.

»Ja, warum nicht. Vielleicht gibt's ja sogar Kuchen. Obwohl, nee, wahrscheinlich nicht, Tante Sabine ist ja noch nicht wieder da.«

»Seine Frau? Ist die ohne ihn weg?«

»Die ist auch zur Kur, fast so wie du, aber in Sankt Peter-Ording.«

Claas musste schmunzeln. »Da hätte sie ja eigentlich auch hierbleiben können, an den Gradierwerken gibt's immerhin auch ein maritimes Mikroklima.«

Vicky zeigte sich beeindruckt. »Respekt, du hast ja schon was gelernt. Aber als Einheimischer hat man vielleicht einfach mal das Verlangen, woanders hinzukommen, meinst du nicht auch?«

»Wird wohl so sein. Oder braucht sie gar Urlaub von ihrem Mann?«

Vicky winkte ab. »Nee, die verstehen sich echt super. Aber Onkel Ju muss ja auch sein Flugzeug fertigkriegen und da hat er gesagt: Fahr mal und genieß die Zeit ohne deinen anstrengenden Gatten. Na ja, jetzt muss er halt ein paar Wochen mit Tiefkühlkost und Pommesbude auskommen. Richtig Kochen ist nämlich nicht gerade seine Stärke.«

Äh … ja … dieses Defizit haben viele Männer, dachte Claas und schloss sich dabei nicht aus.

»Ach, Kinder, wenn ich gewusst hätte, dass ihr kommt, wäre ich zur Konditorei Schulze gefahren und hätte Kuchen besorgt«, begrüßte sie Mock kurz darauf. »Dann mache ich uns aber wenigstens einen schönen Kaffee. Oder lieber ein Bier, Herr Haverstroh?«

»Och, lassen sie uns mal ruhig Kaffee trinken, ist ja noch früh.«

Während Mock im Haus zugange war, kümmerten sich Claas und Vicky um Gretel, die sich dankbar für die Streicheleinheiten zeigte und sich an ihre Beine schmiegte.

Mit vier Bechern Kaffee auf einem Tablett kam Mock zurück.

Claas überlegte, ob sich der Doktor verzählt hatte, doch da rief dieser schon in Richtung Remise: »Hardy, du trinkst doch auch einen mit, oder?«

Aus dem Off antwortete postwendend eine sonore Stimme: »Bier oder Schnaps?« Einen Augenblick später tauchte neben dem Magirus ein leicht untersetzter Mann auf, der eine geschälte und halb abgebissene Banane in der Hand hielt. Mit etwas Bauch, Glatze und einer Narbe auf der rechten Stirnhälfte erinnerte er Claas an einen Film-Bösewicht, er wusste gerade nur nicht, an welchen. Das hochgekrempelte Hemd und die ölverschmierten Händen verrieten aber, dass es sich wohl um Mocks Schrauberkollegen handelte.

Hardy Klingenschmitt griff Doktor Julius Mock bei all seinen Projekten tatkräftig unter die Arme und war als gerade frisch verrenteter Schlossermeister die perfekte Ergänzung zum Genius Mock, wie dieser selbstironisch erklärte.

Mit dem Kaffee in der Hand lotste er seine Besucher dann hinter die Remise zur Spitfire. »Bald ist Hochzeit!«, rief er jubilierend und erklärte in einem Atemzug, was er damit meinte: »Das ist die Verbindung von Motor und Flugzeug. Dafür müssen natürlich noch einige Vorbereitungen getroffen werden: Tank einbauen, Benzinleitungen legen und so weiter. Deshalb arbeiten wir auch ausnahmsweise am Sonntag. Aber Hardy, für heute machen wir lieber Schluss, oder?«

»Das würde mir gut passen, ich wollte zu Hause noch den Grill anschmeißen«, sagte Hardy und ging in die Werkstatt zum Waschbecken. Während er sich die Hände wusch, besprach er sich noch mit Mock zur weiteren Vorgehensweise für die anstehenden Arbeiten an der Maschine.

»Habt ihr denn die Ereignisse von Freitag gut verdaut?«, wollte Mock wissen, als Hardy gegangen war und sie wieder zu dritt auf dem Hof standen.

»Ich fand das wirklich grausam«, sagte Vicky, während Claas etwas abgeklärter meinte: »Nicht schön anzusehen, in der Tat. Aber ich habe ja auch schon ein paar Brandleichen in meinem Leben gesehen, deshalb geht mir das nicht mehr ganz so an die Nieren.«

»Ach stimmt, Sie sind ja Polizist, das hat mir Vicky neulich schon erzählt … Und, haben Sie schon mal über den Fall nachgedacht?«

»Nicht nur über diesen. Die toten Hirsche, der Imker, jetzt dieser Bauer. Alles kurz hintereinander, alles relativ nahe beieinander. Da kann man schon ins Grübeln kommen, finden Sie nicht auch?«

Mock blickte beide nachdenklich an und nickte dabei. »Kann man, Herr Haverstroh … Sollte man sogar.«

Auf dem Rückweg in die Stadt ging Claas durch den Kopf, ob nicht vielleicht doch Mock selbst in die ganze Sache verwickelt sein könnte. Immerhin war er dabei, ein Flugzeug aus dem Krieg nachzubauen, und bei dem Hirschmassaker hatte man ebenfalls eine Waffe aus dieser Zeit verwendet. Nicht, dass ich jetzt womöglich noch in irgendeine braune Nazisache verwickelt werde, dachte Claas, das fehlte mir gerade noch. Hoffentlich hat Mock nichts damit zu tun! Aber als er Vicky so neben sich radeln sah, meldete sich sein gesunder Menschenverstand und sagte ihm, dass bei einem so wohlgeratenen Patenkind wohl auch der Onkel dementsprechend war.

Zum Abschluss machten sie noch einen kleinen Schwenker an den kleinen Kurparksee und suchten einen der dortigen Biergärten auf.

»Trifft sich hier die Salzufler High Society?«, fragte Claas trocken, als sie an einem kleinen Zweiertisch Platz genommen hatten. Die Besetzung des Nebentisches schien jedenfalls dazuzugehören, denn jedes zweite Wort, das von dort herüberschwappte, war Sylt, Golf oder tausend Euro.

»Na ja, mehr oder weniger«, beruhigte Vicky ihn und erstickte so einen beginnenden Minderwertigkeitskomplex schon im Keim. »Manch einer meint wohl, dass er zu den oberen Zehntausend gehört. Ein paar Bonzen und Blender haben wir natürlich auch hier, aber die meisten sind Leute wie du und ich und benehmen sich auch so.«

Nachdem die Bedienung die Getränke gebracht hatte, wechselte Claas das Thema. »Was mir eben wieder aufgefallen ist«, begann er und nahm einen tiefen Schluck aus seinem Weizenbierglas. »Was hat dein Patenonkel eigentlich mit seinem Auge? Einen Knick in der Optik? Oder kommt das nur mir so vor, dass er damit … na ja … etwas komisch guckt?«

»Superkommissar Haverstroh entgeht aber auch nichts!«,

meinte Vicky ironisch. »Da hatte er vor Jahren einen kleinen Unfall, ich weiß aber auch nichts Genaues. Richtig darüber gesprochen hat er nie. Jedenfalls hat wohl das eine Auge ein bisschen was abbekommen. Aber an den Anblick gewöhnst du dich mit den Jahren, das fällt dir dann gar nicht mehr auf.«

»Soso, aber du weißt schon, dass ich offiziell nur ein paar Wochen hier bin.«

»Offiziell schon, ja … aber inoffiziell …«

Es dauerte eine Weile, bis Claas antwortete: »Was heißt inoffiziell?«

»Na, inoffiziell bleibst du hier, wir heiraten, werden zwei Kinder haben und ein schönes Haus an der Salze!«

Uff! Was hatte Vicky da gerade gesagt? Claas versank augenblicklich in einer Gedankenspirale, in der sich die Worte Heirat, Kinder, Haus, Umzug, Versetzung, Vergangenheit und Zukunft wirr durcheinanderdrehten. Natürlich ist mir klar, dachte er, dass bei einer Anbändelei mit ernsthaftem Hintergrund irgendwann diese Fragen zu klären sind. Altersunterschied? Kein Thema, super sogar, ich bin 37 und Vicky 33, das passt. Fernbeziehung? Auf Dauer keine Option, das hatte ich schon mal, das ist Murks. Umzug nach Bad Salzuflen? Hmm, wohl kaum … oder vielleicht doch? Oder sie kommt nach Gladbach. Warum eigentlich nicht? Oder wir bauen uns irgendwo ganz unverbraucht was Neues auf … egal, das klärt sich schon. Alles wird sich klären. Alles …

»Claas? … Claaaas?«

»Huch, ja? Was denn?«

»Du träumst ja schon wieder. Ich wollte dich doch nur ein bisschen locken.«

»Keine Sorge, habe ich schon verstanden. Wollen wir zahlen?« Er hatte es plötzlich eilig. Schon auf dem Hinweg zum Biergarten war ihm ein verträumtes Bänkchen in einem lauschigen Buchenhain aufgefallen, der am Rande des Sees zwischen dem Rundweg und der Parkchaussee lag. Dort kamen sie auf dem Weg zur

Pension wieder entlang, und als er sie bat, sich kurz zu setzen, wunderte sich Vicky kein bisschen. Hier und heute sollten sie jedenfalls nicht gestört werden …

Montag, 3. August

Auf dem Weg in den Frühstücksraum wurde Claas von Frau Fürst-Schmidt abgefangen. »Haben Sie schon die Zeitung gelesen?«, fragte sie aufgeregt und begleitete ihn zum Buffet, wo sie alle Teller zurechtrückte und dabei weiter vor sich hin brummte: »Ich kann es kaum glauben. Hat man dafür Worte?« Ohne jedoch seine Reaktion abzuwarten, verließ sie kopfschüttelnd mit einem »Nein, also so was« gleich wieder den Raum.

Hm, wirklich interessant, dachte Claas, aber ich bräuchte schon ein paar mehr Details. Er packte schnell seinen Teller voll, schnappte sich vom Zeitungsständer die Montagsausgabe des Lippischen Landboten, setzte sich an den Tisch und fummelte umständlich den in seinen Augen völlig unnützen Lesestock ab. Hastig blätterte er die Salzufler Seite des Lokalteils auf.

Neubau der Exterschen Landstraße

Bad Salzuflen – Nach Jahren fruchtloser Diskussionen über den beklagenswürdig schlechten Zustand einer der Haupteinfallstraßen der Stadt kommt endlich Bewegung in die Sache. Laut Bezirksregierung stellte das Land NRW in seinem jüngst verabschiedeten Haushaltsetat entsprechende Gelder zur Verfügung, um den maroden Straßenbelag der L 772 von Grund auf zu erneuern. Mit einem Baubeginn darf daher in Kürze gerechnet werden.

Na ja, das ist jetzt aber nicht die Hammermeldung, dachte Claas. Zwar konnte er die Straßensanierung nachvollziehen, denn bei der Fahrt mit Mock am Freitag hatte er sich fast permanent den Kopf gestoßen, als der Magirus durch gefühlte tausend Schlaglöcher gebrettert war. Aber nach der Ankündigung seiner Pensionswirtin eben hatte er doch etwas mehr erwartet. Fahrig blätterte er weiter. Als er auf Seite drei – Neues aus Ostwestfalen-Lippe – angekommen war und den dortigen Aufmacher erblickte, fiel ihm fast sein Brötchen runter. Ein Paukenschlag!

Hirschmörder in eigenem Traktor verbrannt!

Bad Salzuflen – Bei einem tragischen Unfall unweit des Gasthauses The White Horse Inn ist am Freitagabend der Landwirt Karl-Otto S. ums Leben gekommen. Augenzeugenberichten zufolge war zunächst eine Weide in Brand geraten. Das sich daraufhin in Windeseile ausbreitende Feuer griff binnen Sekunden auf den Traktor über und führte schließlich zu einer heftigen Explosion. Für den Mann kam jede Hilfe zu spät, er verbrannte am Steuer seines Fahrzeugs. Bei der Untersuchung des Unfallortes entdeckten Brandermittler Reste von Benzin, das höchstwahrscheinlich aus Versehen anstelle von Dünger versprüht worden war und auf noch ungeklärte Weise Feuer fing. Im Zuge der weiteren Ermittlung untersuchte die Polizei auf dem Hof des Opfers im Ortsteil Wüsten ein Vorratslager für Dünger und Schädlingsbekämpfungsmittel. Ebenfalls dort gelagerte brennbare Flüssigkeiten erhärten den Verdacht, dass es zu einer folgenschweren Verwechslung beim ursprünglich geplanten Abfüllen des Düngers gekommen sein muss. Des Weiteren wurde in einem Stall ein Maschinengewehr aus Wehrmachtsbeständen gefunden. Aufgrund dieses Beweisstückes geht die Polizei im Moment davon aus, dass es sich bei Karl-Otto S. um den mutmaßlichen Mörder der Hirsche im Wildgehege handelt. Weitere Informationen und Tathintergründe werden laut Polizei in Kürze bekanntgegeben.

Oha, dachte Claas, das ist aber viel auf einmal. Das muss erst mal verdaut werden. Während er seine Gedanken sortierte, ließ er sich von Frau Fürst-Schmidt dreimal Kaffee nachschenken.

»Passen Sie auf Ihre Pumpe auf!«

»Jaja«, sagte er abgelenkt. »Danke.«

Er las den Artikel gleich noch ein zweites Mal, um sicher zu gehen, keine Information übersehen zu haben. Im Grunde, so dachte er dabei, gibt es jetzt nur zwei Möglichkeiten ...

Variante Eins: Alles stimmt, wie es in der Zeitung steht. Der Fall ist so gut wie abgeschlossen. Ich lehne mich zurück und habe viel Zeit für Vicky und vielleicht auch für die Kur.

Variante Zwei: Die Zeitungsmeldung, dass man beim Bauern was gefunden hat, stimmt zwar, ist aber nur die halbe Wahrheit. Die Beweise sind ihm untergeschoben worden. Der Fall ist bei Weitem noch nicht abgeschlossen und ich habe noch jede Menge zu tun.

Einerseits hätte sich Claas gerne auf Variante Eins eingelassen, denn das würde die restliche Zeit seines Aufenthaltes sehr viel angenehmer machen. Andererseits erschien ihm diese Version eine Nuance zu einfach, das machte Variante Zwei wahrscheinlicher. Wie dem auch sei, dachte er, die Klinik wartet. Vielleicht habe ich im Laufe des Tages eine Idee, wie es weitergehen könnte.

»Sie sind bestimmt der Herr Haverstroh«, säuselte eine Stimme in der Tür zum Behandlungsraum, wo er es sich schon wie gewohnt auf einer Liege bequem gemacht hatte. Claas runzelte die Stirn. »Der bin ich, ganz richtig, kommt Schwester Sybille denn heute nicht?«

»Nein, Sybille ist erst ab Donnerstag wieder für Sie eingeteilt. Bis dahin müssen Sie schon mit mir vorlieb nehmen.« Eine blonde junge Frau mit der durchtrainierten Figur einer Kickboxerin betrat den Raum und reichte ihm die Hand. »Ich bin Schwester Sophie«, sagte sie mit funkelnden, dunkelblauen Augen. »Wollen wir starten?«

Claas verbrachte die Mittagspause in der Regel auf einer Bank vor der Klinik, denn hier konnte er in Ruhe nachdenken. Doch daraus wurde heute nichts, denn Schwester Sophie hatte ihn entdeckt. »Ach, hier sind Sie«, rief sie und saß im gleichen Augenblick schon neben ihm. »Haben Sie eigentlich diese schrecklichen Verbrechen hier in der Umgebung letzte Woche auch verfolgt?«, wollte sie von ihm wissen und zündete sich eine Zigarette an. »Oder haben Sie als Kurgast gar nichts davon mitbekommen?«

»Doch, doch, das hat wohl keinen kalt gelassen, aber der Fall scheint ja geklärt zu sein. So steht es jedenfalls in der Zeitung.« Er tat so, als wäre die Sache für ihn gegessen.

»Wie ich den Patientenunterlagen entnehme, sind Sie aber doch von der Polizei, oder? Hat man da nicht zwangsläufig Interesse?«

Hört, hört! Da ist aber jemand gut informiert und neugierig, dachte Claas und versuchte Schwester Sophie vom Thema abzulenken. Als sie gerade genussvoll an ihrer Kippe zog und tief inhalierte, fragte er: »Rauchen ist aber auch nicht gerade die gesündeste Art, alt zu werden, oder?«

»Ach, das ist nur eines von zwei Lastern. Ansonsten lebe ich gesund.«

»Aha, und was ist das zweite?«

»Männer!«, erwiderte sie prompt und streichelte ihm dabei über die Hand und Claas war so perplex, dass er sie nicht einmal wegzog.

»Wollen wir uns nicht duzen?«, fragte ihn Schwester Sophie dann, als sie zurück im Massageraum waren. »Ich heiße Sophie.« Sie zeigte dabei auf ihr Namensschild und lächelte.

»Sag bloß«, erwiderte Claas. Er hatte sich von seinem ersten Schreck über ihr forsches Auftreten erholt, aber trotzdem beschlich ihn ein komisches Gefühl in der Magengegend und er hoffte, dass es nur eine Einbildung war. Dann gab er sich einen Ruck; schließlich war am Duzen auch noch keiner gestorben. »Okay, warum nicht. Claas mein Name.«

Bei der Massage ging Sophie dann richtig ans Werk; ihre geübten Hände strahlten eine wohlige Wärme aus, während sie über Claas' Körper glitten. Sie hatte ein Massageöl auf ihm verspritzt und verteilte es mit gekonnten Griffen. Der Geruch des Öls stieg ihm langsam in die Nase und schien ihn regelrecht zu benebeln.

»Na, gefällt dir das?«, hörte er sie wie aus weiter Entfernung herüberrufen. »Das geht aber noch besser. Jetzt drehen wir uns mal auf den Rücken, ja?« Langsam bearbeitete sie Arme und Beine mit dem Wunderöl und Claas fühlte sich wie in Trance. »Ahh, tut das gut ... so gut ...«

»Ja, mein Lieber, das glaube ich dir gerne ...«

Plötzlich fühlte er, dass sich in seinen Boxershorts etwas tat und schnell größer wurde. Bloß das jetzt nicht, durchfuhr es ihn, doch auch Sophie blieb seine Reaktion auf ihre Knetkunst in der Leistengegend nicht verborgen. »Hallo! Sagt da jemand guten Tag?«, meinte sie und lachte lasziv. Sie beugte sich über ihn und flüsterte ihm ins Ohr: »Du brauchst dich gar nicht zu genieren. Eigentlich sind wir für heute fertig, aber wenn du willst, mache ich noch ein bisschen weiter ...«

Claas versuchte, wenigstens noch einen klaren Gedanken zu fassen; er dachte an Vicky und wie schön es gestern auf der Bank im Park gewesen war und als er sich dann umblickte und Sophie sah, kam ihm in den Sinn, dass sie wahrscheinlich nur eine notgeile Nymphomanin war. »Nee du, lass mal gut sein für heute ...«, sagte er gedehnt.

»Na gut, dann machen wir morgen weiter. Ich denke, wir sollten bei den Massagen bleiben, die scheinen dir gut zu bekommen.« Sie zwinkerte ihm keck zu, während sie sich die Hände abwischte. Die Flasche mit dem Massageöl ließ sie in einen gelbrot gestreiften Pappkarton gleiten. »Hast du Lust, mit mir heute Abend was trinken zu gehen?«, fragte sie dann und Claas suchte schnell nach einer Ausrede. »Puh, heute ist aber schlecht, ich muss … äh … unbedingt noch spazieren gehen. Wegen der Hüfte, die braucht … hm … ja auch Bewegung.« Uff, was für ein Gestammel, dachte er, aber das geht nun wirklich nicht.

»Okay, dann vielleicht ein andermal. Bis morgen.« Sie warf ihm einen Handkuss zu und verließ den Raum mit einem sinnlichen Lächeln auf den Lippen. Claas dagegen blieb erst einmal auf der Liege sitzen. Hatte er das gerade eben alles geträumt oder war er tatsächlich kurz davor gewesen, durch die Massage seiner neuen Physiotherapeutin einen Ständer zu kriegen? Langsam lichtete sich der Nebel in seinem Kopf, aber wie sollte diese Geschichte bitteschön weitergehen?

»Entschuldigen Sie bitte, ich hätte gerne eine neue Physiotherapeutin.«

»Ja, und warum wenn ich fragen darf?«

»Ich bekomme laufend Erektionen, wenn sie mich massiert.«

NEIN! Wie peinlich ist das denn? Das kann ich nicht bringen.

»Hallo Claas. Na, bereit für die nächste Massage? Wo soll ich anfangen? An deinem Arsch, deinem knackigen, geilen Arsch …«

NEIN! Das will ich nicht … Jedenfalls nicht von dieser Frau.

»Lass besser deine Hände von mir! Und wenn, dann massier mich gefälligst ohne dieses komische ›Mach-mich-wuschig-Öl!‹«
SCHON BESSER!

Stopp! Woran hatte er da gerade gedacht? Er hielt kurz inne. Na klar, das Öl! Das Massageöl! Es war so einfach. Wo kein Öl, da keine zweideutige Reaktion und die Sache hätte sich erledigt! Claas suchte den Raum ab und machte alle Schränke auf, konnte aber die Flasche nirgends finden. Wahrscheinlich hatte Sophie sie mitgenommen. Scheiße! Aber je länger er über das Öl nachdachte, desto stärker trat etwas anderes vor sein inneres Auge. Die Packung. Diese gelbrot gestreiften Papp-Packungen hatte er doch neulich schon irgendwo gesehen …

Angewandt von kund'ger Hand, gibt's flotten Spaß rasant! las Claas auf der Flasche von *Mocks Liebesbalsam* und er dachte dabei, dass auch die Werbeabteilung dieser Firma ganz rasant frischen Wind bräuchte. Hatte er sich vor kurzem noch über aphrodisierende Produkte lustig gemacht, stand er nun erneut in der museumsähnlichen Drogerie in der Rathausgasse. Dort wollte er sich vergewissern, ob es sich bei Schwester Sophies Öl tatsächlich um ein lustanregendes Mittel handelte, und als der Inhaber mit der charakteristischen gelbroten Packung um die Ecke kam, waren alle seine Zweifel beseitigt.

»Das ist ein Klassiker, der immer wieder gerne gekauft wird«, sagte der Drogist strahlend und entblößte zwei Etagen perfekter Drittzähne.

Gebisshaftcreme wird hier bestimmt auch gerne gekauft, dachte Claas unvermittelt und ließ dann einen Vortrag über die Wirkung des Balsams und seine Inhaltsstoffe über sich ergehen. In Gedanken war er aber schon wieder bei Schwester Sophie. Zwar konnte er sich nach wie vor keinen eindeutigen Reim auf ihr Verhalten machen, aber falls sie wirklich Sex wollte, sollte sie sich doch bitteschön anderswo Nachschub holen. Gibt doch bestimmt genug faltige alte Knacker hier, die darauf abfahren, dachte Claas. Du kleines Biest, was immer du im Schilde führst, den Zahn werde ich dir schon ziehen!

Bei Jesper an der Bude kaufte er einen Salzlakritzlutscher und ging noch einmal die Zeitungen des Tages durch. Aber dort gab es nichts Neues zu lesen. Gedankenverloren an seinem Lolli lutschend überlegte er, was er mit dem Rest des Tages anfangen sollte und kam zu dem Schluss, dass ihn eigentlich nur eine erneute Recherche weiterbrächte, und zwar auf dem Hof des toten Bauern. Vielleicht fand er dort Anhaltspunkte, die seine Vermutung bestätigten, dass die Beweise manipuliert und die Schuld dem verbrannten Bauern untergeschoben worden waren. Dann könnte man dem Kommissar endlich Feuer unterm Hintern machen! Und dem Staatsanwalt gleich mit. Und zwar ganz offiziell, denn wenn die was vertuscht hatten, dann war es egal, ob er hier zur Kur war oder auf Urlaub oder auch nur aus Versehen. Und wenn sich doch wider Erwarten nichts Erhellendes ergibt, dachte er, dann wird das Ganze halt im Ordner Pech gehabt abgelegt. Schließlich gibt's hier noch andere schöne Sachen, auf die ich mich konzentrieren muss!

»Der Hof von Stratemann? Der liegt auf der Krüttheide. Nimm am besten das Rad, zu Fuß ist das doch etwas zu weit.« Vicky stand im Vorgarten der Pension, bewaffnet mit einem ganzen Arsenal an Gartengeräten und war gerade dabei, den Rasen und das Blumenbeet auf Vordermann zu bringen. »Ich würde dich ja gerne begleiten, aber ich habe hier heute schwer zu tun.«

Claas wollte ihr schon zur Hand gehen, doch sie hielt ihn davon ab. »Das lässt du mal schön bleiben, du bist doch Gast hier«, meinte sie bestimmt, bevor sie ihm den Weg erklärte: »Also, du fährst am White Horse vorbei, bei meinem Patenonkel auch, immer weiter stadtauswärts. Hinter dem Golfplatz kommt eine Abzweigung, links liegt der Waldkrug Roose. Da fährst du rechts, dann geht's einen leichten Berg hoch Richtung Wüsten. Nach ein paar hundert Metern siehst du den Hof schon rechter Hand liegen, den kann man gar nicht verfehlen.« Sie nahm ihn am Arm und flüsterte ihm ins Ohr: »Es war übrigens sehr schön gestern. Würde mich freuen, wenn wir das mal wiederholen könnten.«

»Ich wüsste nicht, was uns davon abhalten sollte«, gab er erfreut zurück.

Vicky druckste herum. »Eine klitzekleine Sache wäre da noch … Ich fahre Freitag mit einer Freundin für zwei Wochen in Urlaub … 'tschuldige, dass ich das erst jetzt erwähne … Aber ich hoffe doch stark, dass wir uns danach noch mal wiedersehen, bevor du wieder abreist?«

Claas zeigte Verständnis und lächelte. »Könnte klappen. Vielleicht hänge ich noch ein paar Tage dran. Ich hab Überstunden satt, die muss ich eh alle abbummeln. Und außerdem«, sagte er und machte eine einladende Handbewegung, »ist Mönchengladbach jetzt nicht am Ende der Welt.« Er nahm sie in den Arm und gab ihr sachte ein Küsschen auf die Wange. »So, min Deern, dann will sich dein Chefermittler mal auf seinen blauen Flitzer schwingen.«

Nach der Fahrt über den Bahndamm legte Claas am Waldkrug Roose – einer ehemaligen Försterei am Rande des Stadtforstes – eine kurze Pause ein. Den kleinen Hügel hinauf zum Hof schob er dann, denn Anstiege wollte er seiner Hüfte noch nicht zumuten. In einen großen Findling an der Hofeinfahrt war der Familienname der Stratemanns eingemeißelt, ein verwittertes Schild an einem Kirschbaum warnte ungebetenen Besuch vor einem bissigen Hund. Claas lehnte das Fahrrad an einen Zaunpfosten und betrat den Hof. Das Haupthaus – eine Mischung aus altem Fachwerk und hässlichem Beton – duckte sich unter hundertjährigen Eichen, ein Stall rechts davon verfiel zusehends. Unter einem schiefen Carport mit Wellblechdach neben dem Haus stand ein klappriger alter Golf, vor der Stalltür parkte ein schwarzes Motorrad. Demzufolge müsste ja eigentlich jemand zu Hause sein, dachte Claas und ging zur Haustür. Nach dem Betätigen des abgegriffenen Klingelknopfes hörte er zwar das helle Sirren der Schelle im Haus, sonst aber tat sich nichts. »Tja, dann halt nicht«, seufzte er, ging zum Stall herüber und blieb vor dem Motorrad stehen. Fettes Teil, dachte er dabei und fasste beinahe instinktiv an den Auspuff der Kawasaki. Noch warm! Dann war hier wahrscheinlich doch jemand, nur wo? Die Stalltür, die aus ein paar zusammengenagelten Brettern bestand, war nur mit einem drehbaren Holzbrett verschlossen. Claas drehte den Riegel herum und rief mit fester Stimme in den Stall hinein: »Hallo? … Jemand zu Hause? … Der Scherenschleifer ist da!« Auch hier keine Reaktion. Vorsichtig betrat er den Stall; eine Geruchsmischung aus Stroh, Stalldung und Maschinenfett lag in der Luft; durch Ritzen zwischen den Giebelbrettern drang etwas Sonnenlicht herein und erhellte spärlich den ansonsten düsteren Raum. Ein Haufen verrosteter Erntemaschinen neben einem Dutzend gammliger Fässer hätten nach Claas' Ansicht eher auf den Schrottplatz als zu einem landwirtschaftlichen Betrieb gehört. Mithilfe einer kleinen LED-Taschenlampe leuchtete er in die Ecken, fand dort aber nichts, was von Interesse war. Plötzlich hörte er draußen ein Geräusch; schnelle, harte Schritte schallten über Hof. Noch bevor Claas richtig reagieren konnte und zurück an der Tür war, wurde diese von außen zugeschlagen und verrammelt.

Scheiße, dachte er, ich Doofmann lasse mich einsperren wie ein Anfänger.

Als kurz darauf das Motorrad gestartet wurde und sich mit hohen Drehzahlen schnell entfernte, fiel ihm zu seinem Leidwesen ein, dass er sich das Kennzeichen nicht notiert hatte. Das auch noch. Dilettant!

Gertrud Stratemann staunte dagegen nicht schlecht. Sie war auf dem Heimweg von ihrer Gassirunde mit ihrem Hund Bruno und konnte nur im letzten Moment einem Motorradfahrer ausweichen, der mit einem Affenzahn aus der Hofeinfahrt herausgeschossen kam. Als sie sich von diesem Schreck erholt hatte und den Hof betrat, krachte es plötzlich vom Stall her. Holzsplitter flogen umher, ganze Bretter folgten und dann stolperte ein Mann mit einer rostigen Pflugschar in der Hand durch die jetzt nur noch in Fetzen hängende Tür auf den Hof. Er stutzte kurz, bevor er sich vorstellte: »Guten Tag, mein Name ist Kulaschkinow … Professor Kulaschkinow.«

Genauer gesagt stellte sich Professor Jochen Kulaschkinow als zuständiger Beamter der Kriminalanstalt gegen Kriegswaffenmissbrauch vor, umriss kurz den Grund seines Besuchs und hielt dabei eine zerknitterte Visitenkarte in der Hand. »Tut mir leid wegen der Tür, der Motorradfahrer hat mich eingeschlossen.«

»Ist nicht schlimm, hier wird eh bald alles abgerissen. Ich will hier nirgendwo mehr an meinen Mann erinnert werden.« Gertrud Stratemann zeigte ihm ein blaues Auge und einige andere Blutergüsse. »Dem weine ich keine Träne nach!«

»Üble Sache, gewiss … Darf ich Sie trotzdem etwas fragen?«

Sie nickte stumm.

»Können Sie sich vorstellen, dass Ihr Mann ein Maschinengewehr versteckt hielt und damit die Hirsche erschossen hat?«

»Der? Die Hirsche im Wildgehege? Nie im Leben. Alles was der zuletzt angepackt hat, ist nach hinten losgegangen, glauben Sie mir. Nur noch besoffen der Kerl. Der war zu vielem fähig, aber nicht zu einer Tat, für die man nur ansatzweise eine präzise Planung benötigt. Sie waren doch gerade im Stall, da haben Sie doch bestimmt den ganzen Schrott gesehen, oder? Und da soll ein Gewehr siebzig Jahre überlebt haben? Ich lach mich tot!« Ergänzend dazu fügte Frau Stratemann noch die interessante Information hinzu, dass die Polizei unter Kommissar Bödefeld vor Ort gar nicht viel unternommen hatte. »Nicht mal was gefragt. Die haben meine Personalien aufgenommen, waren einmal kurz im Stall und das war's.« Zum Motorradfahrer konnte sie leider auch kaum etwas sagen, zu kurz war die Begegnung vorhin gewesen. »Schwarze Lederkleidung, dunkler Helm. Und schlank war er. Das Kennzeichen habe ich leider auch nicht erkennen können.«

Jochen Kulaschkinow hatte vorerst genug erfahren. »Ich danke Ihnen. Auf Wiedersehen Frau Stratemann, und alles Gute für die Zukunft.«

Sie blickte ihm nach und wunderte sich dann doch ein wenig, dass der höfliche und nette Beamte der Kriminalanstalt gegen Kriegswaffenmissbrauch mit einem blauen Hollandrad vom Hof fuhr.

Claas rollte bergab auf den Waldkrug Roose zu, blieb dort erneut auf dem Parkplatz stehen und zog ein positives Resümee aus seinem Sondereinsatz unter falschem Namen. Für Fälle dieser Art hatte er in seiner Geldbörse immer ein paar selbstgedruckte Visitenkarten parat; glücklicherweise hatte noch nie jemand näher hingeschaut, denn außer einem unleserlichen Namen und einem Polizeiwappen stand nichts weiter sonst auf der Karte. Die Aussage von Frau Stratemann jedoch passt perfekt zu meiner Vertuschungstheorie, dachte er, dann noch ein Mopedfahrer, der mich wie einen Polizeischüler verlädt und unerkannt abhaut. Dass da was faul war, konnte wohl keiner leugnen. Claas wusste, dass nun im Grunde die Arbeit erst richtig losging und er stichhaltige Beweise für seinen Verdacht brauchte. Ein Plan musste her! Dafür benötigte er jedoch Ruhe und deshalb beschloss er, in die Pension zurückzufahren und zu arbeiten. Er hatte den Fuß schon auf dem Pedal, als Blaulicht durch die Bäume blitzte und ein Polizeiwagen von der Exterschen Landstraße in Richtung Wüsten abbog. Mist, dachte er, hat die gute Frau Stratemann etwa gepetzt?

»Geht der eine, kommt der andere.« Gertrud Stratemann war sichtlich genervt, als schon wieder Polizei auf dem Hof erschien.

»Keine Sorge, es geht schnell«, sagte Kommissar Bödefeld beruhigend, »wir haben gestern nur etwas vergessen.« Mit einer Handbewegung wies er seinen Kollegen Hunekenmöller an, hinter den Stall zu gehen. »Da müsste er irgendwo sein, schau dich mal um.« Er wandte sich an Frau Stratemann: »Was meinten Sie denn gerade mit: Kommt der andere?«

»Eben war schon mal jemand hier. Irgendein Professor Kalaschnikow oder so, den Namen habe ich nicht richtig verstanden, er kam von der Kriegswaffenanstalt.« Bödefeld sah sie fragend an und grübelte. Professor? Kalaschnikow? Kriegswaffenanstalt? Die Frau machte doch wohl Witze! »Und was wollte der genau?«

»Also erst mal hat der die Tür vom Schuppen zerdeppert, aber das ist ja nicht weiter schlimm. Dann wollte er was über dieses

Maschinengewehr wissen, dass Karl-Otto hier angeblich versteckt haben soll.«

»Was heißt angeblich, Frau Stratemann«, entgegnete Bödefeld ärgerlich. »Das ist Fakt, nur mal so am Rande. Oder wollen Sie uns was unterstellen?«

Doch sie fuhr ihm in die Parade. »Ach was, aber ich glaube bis heute nicht, dass der versoffene Mistkerl jemals ein Maschinengewehr gebunkert hat. Aber wissen Sie was? Es ist mir auch scheißegal! Nächste Woche kommen die Bagger und dann ist alles weg, was Karl-Otto Stratemann jemals auch nur angefasst hat!«

Kommissar Bödefeld geriet sichtlich in die Defensive. »Okay, okay, eine Frage noch. Wie sah dieser Herr Professor denn aus?«

Gertrud Stratemann musste nicht lange überlegen. »Gut sah der aus, so Anfang bis Mitte dreißig, groß, dunkelblonde Haare, Dreitagebart … Und er fuhr ein hellblaues Fahrrad!«

Der Kommissar merkte auf. »Ach, sieh an … Ich danke Ihnen, Frau Stratemann.« In Bödefeld begann es zu arbeiten. Wenn das mal nicht dieser Haverstroh war … Aber der konnte ab jetzt ruhig machen, was er wollte … Die Geschichte war eh durch. Wie auf Bestellung kam in diesem Moment Hunekenmöller um die Ecke. In seinen Händen trug er einen bunten Bienenkorb und eine Pappschachtel. Auf der Schachtel war etwas aufgedruckt. *Danger! African Honey Bee!* stand darauf.

Claas wollte natürlich vermeiden, dass ihn die Polizei auf dem Rückweg vielleicht noch abpasste und unbequeme Fragen stellte. Sein falscher Name war allenfalls eine kurze Ablenkung und selbst der unfähigste Kommissar würde ihn anhand einer Personenbeschreibung von Frau Stratemann wiedererkennen. Deshalb hielt er es für besser irgendwo einzukehren, bis Ruhe herrschte. Es war fünf Uhr am Nachmittag und im Waldkrug Roose erreichte der allseits beliebte Tanztee gerade seinen Höhepunkt. Umherschwofende Senioren bei Klaviergeklimper waren aber nicht Claas' Sache und weil bei Doktor Mock auch niemand zu Hause war, fuhr er eine Station weiter ins White Horse Inn.

Im Gastraum wurde er gleich von Dennis Millington begrüßt: »Sehen Sie, jetzt sind Sie schon das dritte Mal hier. Ich habe heute ein schönes dunkles Ale aus Liverpool im Anstich, wie wär's?«

»Klingt gut, nehme ich. Gibt's einen besonderen Anlass dafür?«

»Na klar, der FC Liverpool spielt heute Abend gegen Arsenal. Und aus den englischen Kasernen in Herford kommen immer viele FC-Fans zum Fußballgucken vorbei.«

»Liverpool? Cool!« Claas wusste natürlich von der besonderen Fan-Freundschaft, die zwischen der Borussia und Liverpool bestand; er wollte deshalb das Spiel in britischer Atmosphäre als willkommenen Zeitvertreib nutzen und den Liverpoolern die Daumen drücken.

Da es bis zum Anpfiff noch dauerte, setzte sich Claas mit seinem Pint in den Biergarten und nutzte die Zeit für eine Analyse. Er war sich sicher, dass alle drei Fälle im Zusammenhang standen, denn es war mit Sicherheit kein Zufall, dass erst Hirsche erschossen wurden, dann ein Imker umkam und schließlich ein Bauer verbrannte. Das letzte Opfer sollte aber nun laut Polizei und Presse der Urheber der Hirschmorde sein. Aber das ergab keinen Sinn! Seine Recherche eben auf Stratemanns Hof und vor allem die Aussage seiner Frau ergaben ein ganz anderes Bild. Dazu kam noch dieser ominöse Motorradfahrer. Claas seufzte, nahm einen großen Schluck aus seinem Glas und blickte vom Biergarten in die Weite des Salzetals. Die örtliche Nähe der Tatorte muss der Schlüssel zu allem sein, dachte er, aber ohne detaillierte Ortskenntnisse wird es nicht einfach werden, Licht ins Dunkel zu bringen …

Langsam füllte sich der Pub; auf dem Parkplatz fuhr ein olivgrüner Land Rover nach dem anderen vor. Einige englische Soldaten trugen noch Uniform, andere hatten sich schon umgezogen und waren in den Trikots der Reds erschienen, Arsenal-

Fans gab es nur wenige unter ihnen. Insgesamt reichten knapp vierzig Engländer aus, den kleinen Pub derart mit Leben zu füllen, dass es Claas vorkam, als säße er mitten in einem Fußballstadion. Legendär waren die britischen Schlachtgesänge und Fanhymnen ja schon immer, das wusste er und der Beweis bot sich ihm hier und heute.

Liverpool siegte 3:2, was die an sich schon gute Stimmung nochmals anheizte. Claas hatte inzwischen Freundschaft mit einem Lance Corporal und einem Sergeant geschlossen und unterhielt sich lebhaft mit ihnen über Gott und die Welt. Nachdem er sein viertes Glas ausgetrunken hatte, meinte er zwar, immer besser Englisch zu sprechen, aber die Wirkung des Alkohols machte sich zunehmend bemerkbar und bevor er ganz betrunken wurde, wollte er lieber die Segel streichen.

»Brauchst du ein Taxi?«, fragte Millington und griff zum Telefon.

»Neeee, ich muss ja mein Fahrrad noch nach Hause schieben … hab ich hinten abgestellt.«

»Okay, dann mach's gut«, sagte Millington zum Abschied, als Claas durch den Hinterausgang verschwand.

Die klare Luft des Sommerabends tat gut und als er auf dem Weg zurück in die Stadt das Fahrrad neben sich herschob, zog vom Fluss ein kühles Lüftchen herüber. Auf halber Strecke stand am Wegesrand eine überdimensionale Bank, die aussah wie eine große Gartenliege; eine von insgesamt dreien, die im Kurgebiet an exponierten Stellen aufgestellt worden waren. Claas legte sich hinein, denn er fühlte sich leicht angeschlagen und wollte ein paar Minuten verschnaufen.

Wie ein samtener Bezug überzog die Abendstille friedlich das Tal; am wolkenlosen Nachthimmel funkelten bereits die Sterne, während über dem Waldrand langsam die Mondsichel aufstieg; eine Eule strich lautlos über Claas hinweg. Die herrliche Ruhe wurde nur ab und zu durch Fahrzeuge unterbrochen, die auf der Externschen Landstraße vorüberfuhren. Claas war müde und dämmerte schon in den Halbschlaf hinüber, da kam es ihm so vor, als ob er das gerade vorbeifahrende Fahrzeug schon mal gehört hatte. Wenn das jetzt kein Traum war, dachte er behäbig, klang das gerade so wie das Motorrad von heute Nachmittag auf Stratemanns Hof … Kann aber auch ein Zufall sein, gibt ja wohl mehrere solcher Geräte. Bevor er wieder richtig wach war und sich auf das Motorengeräusch konzentrieren konnte, war es schon verstummt.

Claas stieg wieder aus der Liege und nahm das Fahrrad an die Hand. Hinter einer Abzweigung führte eine kleine Holzbrücke links über die Salze und der Weg darüber hinauf zum Schloss. An dieser Stelle hatte sich in den Wiesen des Tals etwas Wasser aufgestaut und bereits einen kleinen Teich gebildet; Frösche quakten und gaben ein kostenloses Mondscheinkonzert. Claas verharrte kurz, stützte sich auf dem Querbalken des Brückengeländers ab und hörte gespannt zu. Es muss wohl gerade Laichzeit sein, dachte er dabei und als er auf das Wasser blickte, das sich im fahlen Licht des Mondes abzeichnete, hatte er für den Bruchteil einer Sekunde einen Gedanken, von dem er meinte, dass dadurch die Lösung des Falles ein Stückchen näher rücken könnte. Doch bei dem lauten Gequake der Frösche konnte Claas nicht festhalten, woran er gerade gedacht hatte; es rann ihm weg wie Wasser durch ein Sieb. Als er sich umdrehte und nach dem Fahrrad greifen wollte, war da plötzlich ein schwarzer Schatten, irgendwas Hartes donnerte gegen seinen Schädel, er sah wieder Sterne, aber das waren andere als vorhin und alles fing an sich zu drehen. Er sah sich am Fahrrad vorbeifallen und als seine Hände versuchten, irgendwo Halt zu finden, dachte er noch: Mensch, das fühlt sich ja an wie ein Lederhandschuh.

Dienstag, 4. August

Nur ganz langsam begannen die Synapsen wieder zu arbeiten, nur ganz langsam drang wieder Licht durch die verengten Augenlider. Wie durch einen wattigen Wolkenschleier verzerrt sah er den Mann mit Glatze und der Stirnnarbe, der ihm irgendwoher bekannt vorkam. Was war geschehen? Wo war er?

»Guten Tag, Mister Bond … Schön, dass wir uns endlich kennenlernen … Mein Name ist Ernst Stavro Blofeld«, sprach der Mann mit der Glatze.

Träge begann Claas mit den Armen zu rudern. Aber er spürte keine Fesseln oder sonstige Fixierungen. Und er sah auch keine Todesmaschinerie, die ihn kunstvoll ins Jenseits befördern sollte. Was also lief hier für ein Film ab?

»Ach Hardy, lass doch den Scheiß!«, sagte da Doktor Mock aus dem Hintergrund. »Deine Scherze verträgt er im Moment noch nicht so gut.« Mock hielt ein Whiskeyglas mit goldgelbem Inhalt in der Hand. »So, mein Lieber, der ist für Sie.«

Claas setzte sich auf, seine Bewegung war noch etwas gehemmt, sein Blick zögerlich.

»Los, austrinken!«, befahl Mock jetzt bestimmt. »Sie haben ordentlich einen auf die Laterne gekriegt. Das wird Ihnen helfen … Sie können im Übrigen froh sein!«

»Froh sein? Worüber?«, fragte Claas irritiert.

»Dass Hardy und ich gestern Abend noch in der Stadt waren und dass Gretel noch so ein gutes Näschen hat … Wir wären in der Dunkelheit sonst glatt an Ihnen vorbeigelaufen.«

Claas betastete seinen Kopf und versuchte ein zaghaftes Lächeln hinzubekommen.

»Der Schädel brummt noch etwas, aber sonst scheint es nicht so schlimm zu sein. Wahrscheinlich hat mir der Schlag auf den Kopf nur den Rest gegeben. Ich war vorher nämlich noch im White Horse ... Vielleicht vertrage ich einfach kein englisches Bier.« Er nahm einen Schluck aus dem Glas. »Ah, der Whiskey tut aber gut ... Single Malt?«

»In der Tat, da spricht der Kenner ... Ich sehe, es geht Ihnen schon wieder etwas besser. Aber falls Sie zur Sicherheit noch mal ins Krankenhaus möchten ...«

Claas winkte ab. »Ach was. Eine leichte Gehirnerschütterung ... Schonen Sie sich ... Und so weiter. Ich kenne das, glauben Sie mir. Ist nicht mein erster Bumms. Und die Polizei lassen wir auch schön außen vor.«

Mock wollte gerade fragen, warum, aber Claas war schneller. »Das erkläre ich Ihnen später.«

»Nun gut, aber ich schlage vor, dass Sie heute trotzdem hier bleiben, abgemacht? Ich habe schon in der Pension angerufen und dort alle beruhigt; Sie wurden heute Morgen natürlich schon vermisst. Ihren Zustand habe ich vorsorglich nicht erwähnt, sondern geflunkert und gesagt, Sie wären bei uns versackt.« Mock zwinkerte und machte eine Schluckergeste. »Das erspart Ihnen später einige Fragen.«

»Oh super, danke. Dann muss ich gleich nur noch die Klinik informieren.«

Hardy hatte währenddessen kurz den Raum verlassen und als er wieder zurückkam, hielt er einen Zettel in der Hand. »Das hier haben wir ebenfalls gefunden. Den hat Ihnen wohl jemand in die Jacke gesteckt.«

LETZTE CHANCE –
HÖR AUF ZU STÖREN!!!

»Das ist ja nett …« Claas betastete das schmale Blatt Papier, das mit einem dicken, schwarzen Filzstift in großen Druckbuchstaben beschrieben war.

»Drollig, nicht wahr?«, sagte Mock und überlegte einen Augenblick, bevor er fragte: »Haben Sie irgendeinen Verdacht, wer dafür verantwortlich sein könnte? Hat das möglicherweise was mit diesen Kriminalfällen hier in der Umgebung zu tun?«

»Davon können Sie ausgehen. Aber leider konnte ich nicht sehen, wer mir da eins übergebraten hat. Ging viel zu schnell.«

»Versuchen Sie sich mal zu erinnern …«, drängte Mock etwas fordernder.

»Tu ich ja schon«, erwiderte Claas leicht genervt. »Immerhin kann ich wohl ausschließen, dass Sie da irgendwie mit drin hängen.«

Mock tat etwas beleidigt. »Herr Haverstroh! Wenn dem so wäre, säßen Sie jetzt bestimmt nicht mit einem Whiskey in der Hand bei mir auf dem Sofa.«

»Ja, ich weiß, Sie hätten mich dann ja auch nicht gerettet, sondern wahrscheinlich gleich in die Salze geschmissen … Entschuldigen Sie, Verdächtigungen sind bei uns so eine Art Berufskrankheit.«

»Ach, das nehme ich Ihnen nicht krumm. Aber so einfach wären Sie uns wirklich nicht davongekommen, was Hardy?« Schelmisch guckte Mock zu seinem Kollegen herüber, der den Ball aufnahm und ergänzte: »Nö, da hätten wir uns eine besonders fiese Tötungsart ausgedacht.«

»Ja, ich ahne schon … Blofeld lässt grüßen … hab ich also eben doch richtig gehört.« Hardy nickte und Claas versuchte sich wieder zu konzentrieren. »Also, ich stand gerade an der kleinen Brücke … da hatte ich einen Gedanken, was den Fall betrifft, aber der war leider sofort wieder weg.«

»Schade«, meinte Mock. »Und sonst? Gar nichts mehr da?«

»Nur als ich hinfiel … da hatte ich was in der Hand … oder habe irgendwie in was reingefasst, das fühlte sich an … wie … wie Leder!«

»Leder?« Mock schaute leicht irritiert. »Sind Sie sicher? … Was könnte das denn sein? … Eine Lederhose? Aber wer trägt denn so was? Almjodler vielleicht.«

Claas schüttelte den Kopf und meinte spöttisch: »Almjodler, natürlich. Davon laufen ja auch tausende rum … hier im Hochgebirge!«

»Oder ein Motorradfahrer«, schaltete sich Hardy dazwischen.

»Schon besser«, meinte Claas und erinnerte sich dann an ein Detail des Vorabends. »Hm, ich glaube sogar, dass ich Minuten vor dem Schlag noch ein Motorrad gehört habe, das mir vom Sound her irgendwie bekannt vorkam. Zwei Stunden zuvor hatte ich nämlich schon mal eine unschöne Begegnung mit einem Motorradfahrer auf dem Hof des toten Bauern. Vielleicht war's sogar derselbe.«

»Was Sie alles erleben«, staunte Mock, »aber immerhin könnte das ja so was wie eine Spur sein.«

»Das wird sich hoffentlich zeigen«, sagte Claas, »und wo wir hier schon mal alle zusammensitzen; ich brauche jemanden, der mir Informationen über die Besitzverhältnisse und die Grundstücke hier und in der näheren Umgebung geben kann. Können Sie mir da weiterhelfen?«

Mock nickte wohlwollend. »Nichts leichter als das. Kann ich Ihnen anhand einiger Karten alles erklären. Aber wissen Sie was? Wir frühstücken erst mal was Ordentliches!«

Mock und Hardy hantierten in der Küche wie ein altes Ehepaar, es ging laut zu, dauernd schepperte irgendwas und einen der beiden hörte man stets fluchen. Zwischendurch erschien Mocks Kopf in der Durchreiche. »Wissen Sie, nicht dass Hardy keine große Hilfe wäre, aber ich bin schon froh, wenn meine Frau wieder von ihrer Kur zurückkommt.«

Claas indes wollte die Zeit nutzen, um in der Klinik anzurufen, wunderte sich jedoch über die schlechte Verbindung seines Handys.

Mock bemerkte das und gab Entwarnung. »Das liegt nicht an Ihrem Gerät, wir liegen hier im Tal scheinbar mitten in einem

Funkloch. SMS geht so gerade, aber Sprechen ist meistens unmöglich.«

»Ist das in der Gegend überall so?«

»Hier auf dem Hof ist es ganz schlimm. Drüben am White Horse geht es komischerweise schon wieder besser. Zum Telefonieren nehmen Sie mal lieber das Festnetz. Der Apparat steht oben in der Bibliothek.«

Über eine buntbemalte Holztreppe ging es eine Etage höher, an den Wänden neben der Treppe und im anschließenden Flur hingen farbenfrohe Bilder aus der Zeit des Blauen Reiters. Vorbei an einem hölzernen Harmonium betrat Claas einen kleinen Leseraum, dessen eine Ecke durch einen mächtigen dunkelgrünen Ohrensessel nahezu komplett ausgefüllt wurde. Links und rechts davon stand jeweils ein antikes Bücherregal mit Klassikern der deutschen Literatur, üblicher Belletristik und zahlreichen technischen Fachbüchern aus verschiedensten Themengebieten der letzten zwei Jahrhunderte. An der Wand tickte eine Schwarzwalduhr, daneben hing eine uralte Pistole auf einem Holzbrett mit einem Pulverhorn darunter, einige Landkarten und Luftbilder füllten die noch freien Stellen. Claas griff zum Hörer des Telefons, das auf einer kleinen Kommode neben einem alten Faxgerät stand und wählte die Nummer der Klinik. Der Dame in der Telefonzentrale erzählte er, dass er sich unpässlich fühle und Schwester Sophie deswegen heute auf ihn verzichten müsse. »Das tut mir außerordentlich leid. Bestellen Sie ihr bitte liebe Grüße. Morgen komme ich wieder«, versprach er, während Mock von unten rief: »In fünf Minuten können wir frühstücken!«

Noch war also etwas Zeit. Den Kollegen Horst habe ich lange schon nicht mehr genervt, dachte Claas und griff erneut zum Hörer.

»Claas, lebst du auch noch? Was ist denn das für eine Nummer?«

»Festnetz, Horst. Der Handyempfang ist hier nicht gerade gut.«

»Holla, ist auch kein Wunder, da wo du dich rumtreibst«, stichelte Horst Ebeling scherzhaft. »Wundert mich ja, dass es da überhaupt schon Telefon gibt. Wahrscheinlich noch mit Freilandleitung.«

Claas sah aus dem Fenster, wo sich gerade eine Spatzenfamilie auf einer Leitung tummelte, die an Holzmasten befestigt vom Hause wegführte. Er schmunzelte. »Wenn du wüsstest, Horst, wenn du wüsstest … Aber jetzt mal was anderes. Hast du schon was Neues für mich?«

»Jede Menge, mein Freund. Soll ich Dir die Ergebnisse meiner akribischen, nächtelangen und schweißtreibenden Recherchen aufs Handy schicken?« Man hörte ein kurzes Kichern am anderen Ende. »Ich meine, soll ich's versuchen?«

»Mach das bitte. Kann sein, dass es etwas dauert, bis es hier ankommt, aber dann hab ich's wenigstens schwarz auf weiß …« Claas machte eine kurze Pause. »Ebeling, du bist ein Teufelskerl!«

»Und ein Kriminalgott, ich weiß!«

Nachdem Claas aufgelegt hatte, stieg ihm schon auf der Treppe der Duft von frischem Kaffee und herzhaftem Rührei in die Nase.

»Schon die Zeitung gelesen?« fragte Mock, schob die Montagsausgabe des Lippischen Landboten über den Tisch und schenkte eine große Tasse Kaffee ein. Claas blätterte die Zeitung durch und sofort sprang ihm der Artikel entgegen.

Hirschmörder auch für Imkertod verantwortlich! Mordfall geklärt!

Bad Salzuflen – Der mutmaßliche Hirschmörder Karl-Otto S., der am Freitag in seinem Traktor verbrannte (wir berichteten), soll nach Polizeiauskunft auch für den Tod des Imkers Franz N. am Mittwoch letzter Woche verantwortlich sein. Bei einer Nachsuche auf dem Hofgelände des mutmaßlichen Täters konnten die Ermittler einen zuvor entwendeten Bienenkorb finden, der eindeutig dem Besitz von Franz N. zugeschrieben wird. Die Polizei geht davon aus, dass Karl-Otto S. durch eine Manipulation einen allergischen Schock beim Opfer Franz N. auslöste, der schließlich zu dessen Tode führte. Der leitende Beamte, Kommissar Guntram B. erklärte dazu: »Der Fall ist so gut wie gelöst. Nachdem wir anhand des schon vorher aufgefundenen Maschinengewehrs nachweisen konnten, dass Karl-Otto S. die Hirsche erschossen hat, haben wir durch den Fund der Utensilien aus dem Besitz des Imkers begründeten Anlass zu der Vermutung, dass er zumindest indirekt auch am Tod von Franz N. schuldig ist. Die Staatsanwaltschaft hat laut meiner Kenntnis aber schon in Aussicht gestellt, das Verfahren gegen Karl-Otto S. einzustellen, da er selbst ums Leben gekommen ist. Ich möchte mich hiermit bei allen Beteiligten für die schnelle und konzentrierte Arbeit, die schlussendlich zum Erfolg geführt hat, bedanken.«

»Nach Ihrem Blick zu urteilen, entspricht das da nicht Ihren Erwartungen«, meinte Mock erkannt zu haben, was in Claas vorging.

»Doch, eigentlich schon. Oder sagen wir mal so: Ich hatte es befürchtet. Für die Polizei ist der Fall scheinbar erledigt.«

»Tja, und für Sie nicht?«

»Nein, ganz im Gegenteil. Für mich geht es jetzt erst richtig los.«

Unter dem Artikel waren auf einem Foto die Ermittler zu sehen, wie sie auf der Pressekonferenz die Beweisstücke präsentierten. Eine Person hielt das seidenmatt glänzende Maschinengewehr hoch, jemand daneben einen Pappkarton mit einer skizzierten Biene darauf. Die Köpfe der Beamten hatte man nachträglich verpixelt, dadurch war auch der obere Teil des Gewehrs verschwommen.

»Werfen Sie die Ausgabe bitte noch nicht ins Altpapier, vielleicht brauchen wir sie noch«, bat Claas und nahm sich noch eine Portion Rührei. »Sehr lecker übrigens. Genau die richtige Mischung aus Speck und Ei.«

Hardy strahlte. Nebenbei blickte Claas immer wieder auf sein Handy, ob eventuell schon Bilder oder Ergebnisse von Horst Ebeling angekommen waren. Aber noch tat sich nichts und so steckte er das Gerät vorerst wieder in die Tasche zurück.

Zu dritt standen sie dann im Leseraum, Mock hatte sich vor einer der Karten postiert. »Der Einfachheit zuliebe fange ich im Süden an.«

»Äh, Süden ist unten, richtig?«, fragte Hardy unsicher und Claas musste ein Grinsen unterdrücken, aber das gelang nicht und es sah aus, als ob er mit geschlossenem Mund gähnte.

»Ganz richtig Hardy«, sagte Mock mit lehrerhaftem Unterton, »Süden ist unten, Norden oben. Das war übrigens schon immer so.«

»Man kann ja nicht alles wissen, in Erdkunde hatte ich immer eine fünf«, rechtfertigte sich Hardy für seine geographischen Defizite.

Schritt für Schritt tastete Mock nun auf der Karte das trichterförmige Tal der Salze von Süden nach Norden ab und steckte farbige Heftzwecken an markante Orte, wobei er mit der Stadtmitte begann. »Also, hier hätten wir das Zentrum, dann kommen Kurpark und Landschaftsgarten. Darüber liegt das Wildgehege. Das ist alles städtisch oder Teil des Bades.« Sein Finger wanderte weiter die Karte hinauf. »Aber dann beginnt Privatgelände. Hinter dem Wildgehege liegt das Land von Imker Nolte.« Dafür nahm er eine blaue Heftzwecke.

»Dem wiederum schließen sich Stratemanns Wiesen an, richtig?«, trug Claas etwas Gelerntes bei.

»Prima mitgedacht!« Eine rote Heftzwecke landete in der Karte. »Dessen Wiesen reichen bis zur Zufahrt zum Gutshof, also quasi bis zu uns hier.«

»Gehören Ihnen denn auch Grundstücke in nennenswerter Größe?«

»Nur das unmittelbare Umland der Mühle, ungefähr viertausend Quadratmeter.« Mock wischte nun mit der Hand über den Gutshof und das Schloss. »Dieser ganze Bereich hier«, sagte er und beschrieb einen immer größer werdenden Kreis, »das ist alles im Besitz derer von Beckstein. Bis zum Gelände vom Golfplatz. Und der wiederum erstreckt sich dann bis zum Waldkrug Roose, dort ist dann Schluss mit Salzuflen.« Für Beckstein wählte Mock eine gelbe Heftzwecke, für den Golfclub eine grüne.

»Um es kurz zu machen«, resümierte Claas und zählte für sich noch mal zusammen: »Stadt, oder meinetwegen auch Bad, dann Nolte, Stratemann und von Beckstein. Ach ja, und den Golfclub nicht zu vergessen.«

»Völlig korrekt, Herr Haverstroh.« Mock war zufrieden mit seiner Lehrstunde, als er schlussendlich festhielt: »Das ganze Tal wiederum wird im Westen durch den Bahndamm, und im Osten durch bewaldete Hügel begrenzt.« Dann blickte er zu Hardy, der wegen der ganzen Himmelsrichtungen sichtlich verwirrt war, und raunzte barsch: »Der Bahndamm ist die linke Grenze des Tals, die Hügel sind die rechte!«

»Danke Herr Chefkartograph, das habe ich schon verstanden, bin ja nicht blöd!«

»Das hat ja auch keiner behauptet.«

Hardy hatte trotzdem vorerst genug von Mocks Geographiestunde. »Ich gehe jetzt in die Werkstatt, da gibt's genug für mich zu tun«, meinte er leicht angesäuert. »Ruft mich, wenn was ist.« Er krempelte die Hemdsärmel hoch und verließ den Raum. »Keine Sorge«, sagte Mock zu Claas gewandt, »der ist nicht nachtragend.«

Claas guckte noch lange auf die Karte und sein Blick wurde leicht schwammig dabei. Irgendwo dort musste doch verdammt noch mal der Grund dafür liegen, dass furchtbare Verbrechen geschehen waren. »Ich mutmaße jetzt mal was. Wie ich es schon vermutet hatte und Sie es mir eben gezeigt haben, sind die Grundstücke aller Toten benachbart. Das Wildgehege, dessen ehemalige Bewohner ja auch tot sind, eingeschlossen. Irgendjemand hat Interesse an diesem Areal, und dabei handelt es sich zu hundert Prozent um denjenigen, der die Hirsche ermordet hat, für den Tod des Imkers verantwortlich ist und den Bauern auf dem Gewissen hat.«

»Und warum ist der Bauer nicht selbst der Täter, so wie es die Polizei vermutet?«, fragte Mock. »Vielleicht wollte der die zwei anderen Bereiche für sich haben.«

»Weil der laut Aussage seiner Frau dazu nicht fähig war, also rein intelligenzmäßig gesehen …«

»War er etwa zu blöde?«

»Zu blöde und zu besoffen wahrscheinlich. Und er scheidet auch aus, weil ihm jemand die Beweise untergeschoben hat. Als ich gestern auf dem Hof war, hat mich ein Motorradfahrer im Schuppen eingesperrt …«

»Ach ja, Sie sprachen vor dem Frühstück von einer unschönen Begegnung. Aber warum lassen Sie sich denn überhaupt in einem Schuppen einsperren?«

»Nun ja, dumm gelaufen«, gab Claas zu und versuchte, seinen Kardinalfehler etwas zu beschönigen. »Ich hatte halt Pech, weil ich momentan ja auch nicht so schnell laufen kann. Aber egal, kaum ist der Biker weg, fährt die Polizei vor und sichert mir nichts, dir nichts einen entscheidenden Beweis, der so ganz zufällig die Täterschaft des Bauern am Imker erbringt. Ich bitte Sie, wie faul ist das denn?«

»Dann hat also der Motorradfahrer den Bienenkorb dort deponiert«, schlussfolgerte Mock. »Sie kommen ihm in die Quere, er sperrt sie ein und … und dann?«

»Gab's wahrscheinlich einen anonymen Hinweis an die Polizei, man möge sich doch den Tatort noch mal genauer anschauen, ganz einfach. So stelle ich mir das jedenfalls vor.«

Mock überlegte und kratzte sich am Kinn. »In der Zeitung steht aber, dass die Polizei den Fall für abgeschlossen erklärt hat …«

»Was doch nur zeigt, dass denen sehr daran gelegen ist, das Ganze schnell abzuwürgen. Das deckt sich wiederum mit einer Begegnung ganz anderer Art, die ich neulich hatte.«

»Aha, was denn für eine?«, fragte Mock neugierig.

»Kommissar Bödefeld und Staatsanwalt Tielemann waren in der Pension und haben mir nahegelegt, dass ich mich gefälligst zurückhalten solle. Da kam mir schon der Verdacht, dass die beiden irgendwie in die Sache verwickelt sind.«

»Gut, Herr Haverstroh«, sagte Mock nachdenklich, »das ist nicht von der Hand zu weisen. Dann ist es auch kein Wunder, dass Sie die Polizei nach dem Vorfall von heute Nacht außen vor lassen wollten.«

Währenddessen hatte Claas' Handy vibriert, er zog es hervor und öffnete die Nachricht. Horst Ebelings Ergebnisse waren endlich vollständig angekommen.

Hallo, Cläschen!

1. Bei der Patrone, die du uns geschickt hast, handelt es sich um eine deutsche Gewehrpatrone 7,92 × 57 mm. Verwendet in beiden Weltkriegen und auch heute noch als Jagdpatrone in Gebrauch. Das Projektil ist aber definitiv durch ein MG 42 abgefeuert worden, die Waffe hat charakteristische Spuren hinterlassen. Zum genauen Alter der Patrone kann ich dir heute noch nichts sagen.

2. Eine der Bienen ist eine gemeine europäische Honigbiene, die andere eine sogenannte afrikanisierte amerikanische Honigbiene, die sind wesentlich aggressiver als heimische Arten.

3. Im Erd-Grasgemisch habe ich eindeutig Spuren von gewöhnlichem Superbenzin gefunden und nur geringe Spuren eines Flüssigdüngers.

Hilft dir das? Ich hoffe doch!

Grüße, Horst

Zurück im Esszimmer schenkte Mock noch mal Kaffee ein. »Und Herr Haverstroh? Wie soll es weitergehen? Haben Sie einen Plan?«

»Ich habe gerade interessante Infos von meiner Heimatbehörde bekommen. Dort hatte ich meine Beweise nämlich hingeschickt, weil ich misstrauisch war, ob die Polizei hier zu denselben Untersuchungsergebnissen kommen würde.«

»Aha, und was haben Ihre Kollegen rausgefunden?«

»Nun ja, zwar sind die Ergebnisse wohl ähnlich …«

»Aber?«

»In der Täterfrage bin ich anderer Meinung. Unser Laborteam untermauert mit seinen Ergebnissen im Grunde meine Vermutung, dass Imker Nolte eine besonders aggressive Bienenart untergejubelt wurde, Bauer Stratemann Benzin statt Dünger verspritzt hat und die Hirsche auch tatsächlich mit einem originalen MG 42 aus dem Krieg niedergemäht worden sind. Nur … der Täter war niemals Stratemann!«

»Jaja, das habe ich jetzt kapiert«, meinte Mock leicht genervt, »aber es läuft ja nun niemand freiwillig mit einem Schild auf der Stirn rum, wo draufsteht ›Hallo, ich war's‹!«

»Nein, natürlich nicht«, sagte Claas und ballte die Faust, »das wäre ein bisschen zu einfach. Jetzt beginnt die eigentliche Arbeit … Wir müssen rausfinden, wer die Hirsche erschossen hat – dann haben wir auch den Täter, der alles andere verzapft hat!« Claas fühlte sich jetzt in seinem Element. Da die Salzufler Behörden keinerlei Ermittlungen mehr anstellen konnten oder wollten, hatte er nun freie Fahrt. Stück für Stück klappere ich jetzt meine Hitliste ab, dachte er. Angefangen mit …

»Kuno von Beckstein!«

Mock schien fast vom Glauben abzufallen. »Herr Haverstroh, darf ich fragen, ob ihr Kopf nicht doch noch etwas wehtut? Wie kommen Sie denn bitteschön auf den?«

»Ganz einfach. Da von Becksteins Ländereien direkt an Stratemanns Wiesen grenzen, kann er sein Territorium ganz einfach vergrößern, wenn der nicht mehr lebt. Was, wie wir alle wissen, ja nun der Fall ist. Aber er plant mehr … deshalb musste vorher Imker Nolte sterben und mussten davor auch noch die Hirsche dran glauben. Jetzt hat der Freiherr freie Bahn im Salzetal! Denn das will er sich alles unter den Nagel reißen.«

Mock nahm von Beckstein brüskiert in Schutz. »Blödsinn, der hat doch schon genug Land, Teile seines Besitzes liegen sogar brach und er hat viel an andere Bauern verpachtet. Der käme doch viel leichter an was Neues, wenn er wollte.«

Doch Claas ließ sich nicht beirren. »Ja, käme er vielleicht. Aber nicht an das Land im Salzetal. Das ist nämlich der springende Punkt!« Er war sich sicher und zog ein weiteres Kärtchen aus dem Ärmel. »Außerdem zieht ein Adliger als Ursprung krimineller Handlungen in jeder Geschichte gut … Und er hat eine Lederhose, da schließt sich der Kreis.« Claas erinnerte sich an seine Begegnung mit dem rosenschneidenden Freiherrn im Schlosspark, doch Mock wollte das partout nicht gelten lassen. Er rückte seine Rundbrille zurecht und guckte wie ein strenger Lehrer. »Ich glaube, Sie verrennen sich da in was. Mag sein, dass er in Lederhose durch die Gegend fährt, wenn er nicht gerade gärtnert. Kuno hat immerhin ein Motorrad, das stimmt. Eine BMW, über zwanzig Jahre alt. Aber Lederhosen gibt es viele. Schon mal auf dem Oktoberfest gewesen?«

Jetzt wurde Claas ungeduldig. »Kommen Sie mir nicht wieder mit Ihren Almjodlern … Wie soll ich den Täter denn finden, wenn ich nicht wenigstens irgendwo die Nase reinstecke? Verstehen Sie mich denn nicht?«

»Doch, doch, vollkommen, ich bin ganz bei Ihnen. Aber trotzdem hielte ich es durchaus für sinnvoll, wenn Sie den ein oder anderen wirklich stichhaltigen Beweis gegen Kuno hätten. Nicht nur so ein schwammiges Stochern im Nebel.«

Claas sammelte sich wieder. »Okay, Doktor, wenn ich meine Informationen noch mal durchgehe, stoße ich auf einen Fakt, der widerlegt werden muss.«

»Und der wäre?« Mock war ganz Ohr.

»Die Munition. Das Massaker an den Hirschen wurde mit MG-Patronen Kaliber 7,92×57 mm durchgeführt. Das wiederum ist Standard-MG-Munition, die man zu Gurten zusammengefügt oder in Trommeln verschießt.«

»Ja, interessant. Wirklich. Ich bin zwar kein Waffenfetischist, aber schon rein aus beruflichen Gründen daran interessiert.« Mock zeigte nach draußen zur Spitfire, an der man in unregelmäßigen Abständen Hardy montieren hörte. Dann fragte er ironisch: »War das etwa schon alles? Oder kommt da noch was?«

»Ja, da kommt noch was«, äffte Claas Mocks Tonlage nach, »und zwar wird Munition genau dieses Kalibers auch heute noch in Jagdwaffen verwendet. Als stinknormale Einzelpatrone. Und Ihr feiner Kuno von Beckstein ist Jäger, das hat er mir selbst verraten.« Zufrieden mit sich und seiner Argumentation hob Claas den Zeigefinger. »Und jetzt kommt der Clou: Wenn wir wissen, dass seine Jagdpatronen mit der von mir gefundenen und überprüften Massakerpatrone übereinstimmt, haben wir ihn!« Mock schaute skeptisch drein; er war weiterhin nicht wirklich von Claas' Theorie überzeugt. »Erstens ist das nicht mein feiner Herr von Beckstein. Mit dem habe ich auch schon das ein oder andere Tänzchen gehabt. Trotzdem respektieren wir uns. Zweitens, dass er Jäger ist, oh Wunder, jeder Bauer hier ist in der Jägerschaft, da wird ein Freiherr wohl nicht als Treiber in Warnweste danebenstehen, oder? So, und drittens, Herr Kommissar, Ihrer Theorie nach sitzt der Mann also im Keller und bastelt aus einzelnen Jagdpatronen ganze Gurte zusammen?«

»Oder andersrum, aus alten Patronengurten bedient er auch seinen Vorrat an Jagdmunition für heute.«

»Ja klar«, meinte Mock aufgebracht, »wahrscheinlich liegt der ganze Keller voll mit Munition und alten Waffen, was? Mann! Ich werd verrückt!« Er zeigte Claas einen Vogel, zu abwegig kam ihm dessen Argumentation vor. Doch dann hielt er inne, und als hätte man irgendwo einen Schalter umgelegt, sprach er ruhig weiter:

»Frage meinerseits: Wie alt ist denn die Munition, die beim Attentat auf die Hirsche verwendet wurde?«

»Die Untersuchung läuft noch, das könnte länger dauern«, antwortete Claas und zuckte mit den Schultern.

Mock verschränkte die Arme hinter dem Kopf, überlegte wieder und sagte dann: »Das ist doof. Wollen Sie solange darauf warten?«

»Das müssen wir wohl.«

»Sie sprechen immer von … wir«, erwiderte Mock und stand auf. »Wissen Sie was? Wir … sollten jetzt mal die Taktik ändern.«

»Die Taktik ändern? Was soll das bedeuten?« Nun war es Claas, der ungläubig guckte.

»Das bedeutet, wir wenden eine neue Methode an.«

»Ach, und welche?«

»Ganz einfach. Die Methode Mock!«

Auf Claas‹ ungläubigen Blick hin begann Mock seine Gedanken zu erörtern. »Auch wenn ich Ihre Theorie nach wie vor nicht wirklich teile … aber Sie geben ja sonst keine Ruhe. Außerdem hätte ich auf meine alten Tage durchaus Lust auf etwas Detektivarbeit und ich helfe ja, wo ich kann. Wenn ich Sie also richtig verstanden habe, benötigen Sie eine Patrone aus dem Jagdgewehr des Freiherrn zum Vergleich mit Ihrer gefundenen?«

»So habe ich mir das gedacht, ganz richtig.«

»Dann gehen Sie doch einfach hin und fragen ihn danach.«

»Das ist eine Scherzfrage, oder? Sie wissen doch, dass ich hier keine polizeilichen Kompetenzen habe. Oder meinen Sie, der rückt freiwillig eine raus?«

»Mitnichten tut er das.«

»Und Ihnen gibt er wahrscheinlich so einfach auch keine ab?«

»Bestimmt nicht. Ich selbst bin ja nicht der Jägerzunft angehörig und das weiß er auch. Und ich habe auch keine Lust, mich deswegen mit ihm anzulegen …« Für einen kurzen Augenblick überflog ein spitzbübisches Lächeln Mocks Gesicht. »Und deshalb wenden wir jetzt meine Methode an!«

»Wären Sie denn so liebenswürdig, mir zu verraten, was es damit genau auf sich hat?«, fragte Claas mit einem Unterton, der zunächst wenig Begeisterung und mehr Skepsis verriet.

»Aber gerne«, sagte Mock und lächelte gewinnend. »Wir wollen Beweise, also besorgen wir sie uns. Und zwar auf eine einfache, aber zugleich geniale Art und Weise.« Wie ein Dirigent hob er triumphierend beide Hände und rief: »Wir starten die Operation Falscher Hase!«

Claas war für einen Moment komplett irritiert.

»Die Idee ist im Grunde recht simpel. Wenn er so gerne Karnickel abknallt«, fabulierte Mock, »dann machen wir uns das zunutze. Werfen ihm quasi einen Köder hin. Er ballert da rein – und zack – haben wir unsere Kugel!«

Claas schwankte zwischen Faszination und Entsetzen. »Das Ganze hört sich so bekloppt an, dass es glatt funktionieren könnte.«

»Nicht wahr? Und wenn es klappt, wovon wir ausgehen dürfen, mit null Risiko für alle Beteiligten.« Mock rieb die Handflächen aneinander. »So, dann lassen Sie uns mal ins Detail gehen.« Er holte zwei Flaschen Salzufler Solebier aus dem Kühlschrank, ließ die Kronkorken zu mindestens hundert anderen in einen Blecheimer fallen und stellte das Bier auf den Tisch. »Gucken Sie nicht so sparsam, der Eimer wird nicht jede Woche geleert. So schlimm ist es dann doch noch nicht mit uns gekommen. Aber ein guter Plan braucht gute Vorbereitung. Prost!«

Doch Claas hatte noch keinen rechten Appetit.

»Nehmen Sie ruhig einen Hieb, ist immerhin kein englisches Bier«, mokierte sich Mock über die Zurückhaltung seines Gastes und ließ eine kleine Verkaufsveranstaltung folgen. »Echtes Salzufler Pils, eine wahre Spezialität. Durch einen Hauch Salz besonders würzig. Hoher Mineraliengehalt, ein echtes Elixier. Aber wenn Sie wollen, können Sie auch eine Flasche Tuborg haben, das besorge ich mir immer bei Jesper, Originalimport aus Dänemark.«

Claas entschied sich dann doch für die regionale Biermarke und nahm einen ersten, zaghaften Schluck. »Oh … Oho … lecker!«

Mock nickte zustimmend, erklärte dann seine Operation detailliert und schloss mit der Einkaufsliste ab. »Wir brauchen ein ausgestopftes Kaninchen, fünfzig Meter Wäscheleine, ein Stück Draht, zwei Holzpflöcke, zwei Nägel und eine Dose Hopfenextrakt. Was ich nicht da habe, besorge ich morgen früh in der Stadt. Start der Aktion: Morgen Abend, 21:00 Uhr, bei Sonnenuntergang. Ich erwarte Sie pünktlich!«

Mittwoch, 5. August

Ein Telefon klingelte …

»Ja bitte?«

»Hallo, ich bin's.«

»Ja, schön dass du dich meldest.«

»Ich wollte dir nur schnell einen kurzen Zwischenstand im Falle unseres Polizisten auf Kur geben.«

»Dann lass mal hören.«

»Also, deine Vermutung war richtig; der Typ mischt sich in die Sache ein.«

»Verdammt … Immerhin ist der Fall von offizieller Seite abgeschlossen …«

»Was ihn offensichtlich nicht davon abhält, weiter zu schnüffeln. Ich habe ihm aber einen Denkzettel verpasst und ihm erst mal eins übergezogen. Er wird sich jetzt hoffentlich zweimal überlegen, ob er damit weitermacht.«

»Gut so. Wenn er klug ist, hält er sich zurück. Sonst müssen wir härtere Bandagen anwenden; da kommt es jetzt auch nicht mehr drauf an. Aber wir wollen ja nicht unnötig Blut vergießen.« Er lachte schadenfroh.

»Es steht eine Menge Kohle für uns auf dem Spiel, denk daran, das dürfen wir uns von so einem dahergelaufenen Supercop nicht versauen lassen.«

»Nee, nee, ist mir schon klar. Ich bleibe ja auch an ihm dran, den kriege ich schon so weit, dass er uns in Ruhe lässt. Lass mich mal machen.«

»Du, ich vertraue dir voll und ganz. Ich weiß ja, von wem du's hast!«

* * *

»Du hast uns gestern Morgen einen ganz schönen Schreck eingejagt«, sagte Vicky tadelnd zu Claas und hob drohend den Zeigefinger. »Einfach ohne Abmeldung wegbleiben, das geht so nicht!« Sogleich schien sie ihm aber verziehen zu haben, denn sie gab ihm einen schnellen Kuss auf die Wange und flüsterte ihm ins Ohr: »Ich hoffe, die Feier hat sich wenigstens gelohnt ...«

Er errötete zaghaft, war aber zugleich erleichtert, dass Mocks kleine Flunkerei über die wirklichen Hintergründe seines Ausflugs nicht aufgeflogen war. Nach einem kleinen Klaps auf den Hintern trollte er sich zum Buffet.

»Wollen wir heute oder morgen Abend vielleicht ins Kino?«, fragte Vicky, als er wieder am Tisch saß und sein Ei köpfte. »Es läuft ›Salzige Tränen schmecken nach Meer‹ ... Der soll gut sein, so richtig schön kitschig.«

»Ach wirklich? Klingt ziemlich brutal.«

»Haha. Nee, mal im Ernst, hast du Lust?«

»Na klar hab ich Lust. Für dich würde ich mir sogar die triefendste Schmonzette anschauen, die Hollywood je hervorgebracht hat«, heuchelte er.

»Schmeichler. Also, wann passt es dir?«

»Du, das ist eigentlich egal«, antwortete er und plötzlich fiel ihm ein, dass er heute Abend schon was vorhatte. »Äh ... aber besser wäre es morgen. Heute wollte ich deinem Onkel noch was helfen.« Er bog sich schnell eine Ausrede zurecht, denn von der Operation Falscher Hase wollte er lieber nichts erzählen. »Am Flugzeug kann er im Moment jede Hand gebrauchen. Natürlich würde ich lieber mit dir ...«

»Ach, brich dir mal keinen ab. Schon in Ordnung. Bleibt ja in der Familie ... Hauptsache, wir machen noch mal was zusammen, bevor ich in Urlaub fahre, okay?«

»Immer gerne, mein Schatz.«

Vicky sah ihn mit großen Augen an. »Herr Haverstroh, Herr Haverstroh, Sie gehen ja ganz schön ran«, sagte sie lachend und verließ den Raum.

Eigentlich habe ich sie ja gar nicht angelogen, dachte Claas und steckte den Löffel in die geleerte Eierschale. Denn es stimmte ja, dass er Mock helfen wollte. Oder besser gesagt: Mock wollte ihm helfen.

Doktor Mock betrat nach seinem morgendlichen Gang über den Markt gegen 10 Uhr den Verkaufsraum der Tierpräparation Alfons Hasenheger – unweit des alten Rathauses. Ein Glockenspiel über der Tür begleitete sein Eintreten und es dauerte eine Weile, bis der Inhaber aus der Werkstatt kam und nach seinem Wunsch fragte. »Ein normales, braunes Wildkaninchen? Kein Problem, da habe ich noch eins von da.« Er verschwand für kurze Zeit im Hinterraum und kramte in verschiedenen Kisten und Mock war froh, dass er kein Angorakaninchen oder sonstige Exoten benötigte. »Soll ich es Ihnen einpacken?«

»Ja, bitte.«

»Als Geschenk?«

»Nein, danke.« Als er den Laden verließ, fragte er sich, ob Herr Hasenheger dies aus Höflichkeit gefragt hatte oder ob es wirklich Leute gab, die ausgestopfte Tiere verschenkten.

Eine Viertelstunde später hielt er eine kleine Blechdose mit pechschwarzem Inhalt in der Hand, die ihm der Braumeister der Salinenbrauerei persönlich ausgehändigt hatte. Das kleine urige Brauhaus war für seine regionalen Spezialitäten bekannt und bot neben dem von Mock geschätzten Solebier auch noch einige Spezialitäten an, die Bierfreunde von nah und fern anlockten.

»Für einen Stammkunden mache ich ja fast alles, aber sagen Sie mal, Herr Doktor, was wollen Sie mit einer kleinen Portion Hopfenextrakt überhaupt anfangen?«

»Einen bleibenden Eindruck hinterlassen, mehr nicht.«

Claas war etwas spät dran und musste sich beeilen, um pünktlich in der Klinik zu erscheinen. Auf dem Weg stakste ihm Herr zur Mühlen entgegen, der seine morgendliche Runde durch den Landschaftsgarten drehte. »Schütze Haverstroh«, rief er schon von weitem, »gibt's was Neues von der Front?«

»Lage unverändert, Gegner wagt sich nicht aus der Deckung«, schmiss Claas ihm schnell entgegen, was dem Oberst als Information jedoch anscheinend genügte, denn er befahl lediglich ein »Weitermachen!«

Nachdem Sophie Claas begrüßt und gefragt hatte, wo er denn gestern abgeblieben wäre, machte sie sich gleich bereit zur Massage. Die Flasche mit dem Liebesbalsam deponierte sie zunächst am Fußende der Liege, bevor sie mit behutsamen Griffen anfing. Kurz darauf blieb sie dann an der Beule, die Claas nachhaltig an den gestrigen Vorfall erinnerte, hängen. »Oha, was hast du denn hier gemacht?«

»Bin hingefallen«, sagte er lapidar, denn was ihm genau passiert war, sollte lieber keiner erfahren.

»Das hat doch bestimmt wehgetan, oder? Soll ich mal pusten?«

Sie kam ihm schon wieder unheimlich nahe und steckte fast ihre Zunge in sein Ohr, als sie flüsterte: »Aber ich weiß schon, wie ich dich wieder aufrichten kann.«

Ich kann mir schon denken wie … aber jetzt ist Feierabend, dachte Claas in dieser Sekunde und gerade als Sophie nach dem Balsam greifen wollte, zuckte er kurz mit dem rechten Fuß und stieß die Flasche von der Liege. Mit einem lauten Knall zersplitterte sie in tausend Scherben und Mocks Liebesbalsam ergoss sich über den Fußboden.

»Ups … also das tut mir leid«, log Claas, »ich habe manchmal noch so leichte Probleme mit der Muskulatur …«

»Wie man sieht … sah trotzdem irgendwie nach Absicht aus«, zischte Sophie und ihr Blick verriet Entsetzen und Wut zugleich.

»Aber es wird ja wohl auch ohne das Öl gehen, oder?«, setzte er hinterher.

»Natürlich«, meinte Sophie daraufhin schnippisch und begann Claas zu massieren – zu seinem Leidwesen ohne jegliche Behutsamkeit.

»Ahh, gestern war das aber schöner …«

»Tja, man kann nicht alles haben.« Zwei Sekunden später drehte sie ihm ihre Fingerknöchel ins Kreuz.

»Aua! Geht's nicht noch 'nen bisschen härter?«, stöhnte er. »Habe ich keinen Anspruch auf fachgerechte Behandlung? Schluss damit!«

Ohne Kommentar packte Sophie daraufhin ihren Kram zusammen und ging zur Tür, warf ihren blonden Zopf zur Seite und meinte kess: »Eigentlich hätte ich gedacht, mit dir wäre mehr anzufangen, aber so kann man sich irren!«

Ja, so kann man sich irren, dachte Claas wie zur Bestätigung, aber immerhin bin ich sie los. Was Sophie dann im Weggehen noch Unfreundliches grummelte, konnte er nicht mehr hören.

»Warum haben Sie nicht gleich eine Warnweste angezogen?«, fragte Mock spöttisch und schüttelte den Kopf, als Claas am Abend kurz vor der vereinbarten Zeit in der Mühle auftauchte. »Sie wissen schon, dass wir gleich nicht sofort gesehen werden wollen, oder?«

Claas merkte erst jetzt, dass es besser gewesen wäre, auf eines seiner geliebten, farbigen Sommer-T-Shirts zu verzichten. »Haben Sie vielleicht irgendwas Passendes für mich zum Anziehen?«, fragte er deshalb kleinlaut.

»Habe ich. Drüben im Kabuff.« Damit meinte Mock einen schmalen Abstellraum, der neben der Kellertreppe lag und in dem unzählige Kartons standen, die allesamt muffig rochen und mit verschiedensten Requisiten vollgestopft waren. »Ein Theaterfundus«, erklärte er nicht ohne Stolz. »Den habe ich kurz nach der Wende für hundertzwanzig Mark einer Schauspieltruppe aus Dresden abgekauft. Die waren auf der Durchreise und hatten kein Geld mehr für Sprit. Wenn ich also mal Karneval feiern wollte, hätte ich immer was zur Auswahl.« Er zwinkerte. »Clever, oder?«

Na ja, dachte Claas, die Betonung liegt auf *wollte* … Wer eh keinen Karneval feiert, der braucht dafür wohl auch kein Kostüm! Trotzdem erwies sich der Fundus für das geplante Unternehmen als äußerst nützlich, denn nachdem sie sich dann durch ein paar der Kartons gewühlt hatten, fanden sich zwei Jacken mit Tarnmuster, die sogar einigermaßen passten.

»Ein bisschen sehen wir ja aus wie zwei Landstreicher«, meinte Claas, als sie sich gegenüberstanden.

»Und das komplettieren wir noch hiermit …«, spaßte Mock und holte einen alten Jutesack hervor. Er stopfte die Utensilien für die Aktion hinein und warf sich den Sack über die Schulter. Um den Riesenschnauzer des Freiherrn in Schach zu halten, ging Mock noch am Zwinger vorbei. »Gretel und Gonzo verstehen sich gut, sie wird ihn ablenken, bis wir fertig sind.«

Als sie sich auf den Weg zum Schloss machten, war die Sonne schon hinter den Höhenzügen der Wälder am Horizont verschwunden und die Abenddämmerung begann sich über das Salzetal zu senken. Ganz friedlich lag das Schloss da. Erste Abendsegler schwirrten nahezu lautlos durch den Park, Grillen zirpten. Mock ließ den Hund von der Leine und lief anschließend mit Claas in geduckter Haltung zur Veranda herüber, die in den fünfziger Jahren nachträglich über dem Eingangsbereich errichtet worden war.

»Die Tür der Veranda schließt Kuno erst zu Mitternacht ab«, sagte Mock leise, »weil er abends meistens noch mal eine Runde durch den Park dreht. Diese Gewohnheit wird uns behilflich sein.« Langsam drückte er die Klinke herunter, zog die Tür auf und verteilte anschließend den schmierig-schwarzen Hopfenextrakt mit einem Holzspatel unter der Innenklinke. Dabei musste er unentwegt kichern. »Sie werden staunen. Es gibt nichts auf der Welt, was klebriger ist als dieses Zeug.« Vorsichtig zog er die Tür wieder zu.

Gretel und Gonzo hatten sich inzwischen in der Weitläufigkeit der Anlage gefunden, beschnupperten sich und begannen, friedlich miteinander den Schlosspark zu durchstreifen. »Super, die sind beschäftigt«, flüsterte Mock zufrieden. »Dann kommen wir jetzt zu Teil zwei. Zur heißen Phase!«

Zusammen hockten sie sich hinter einen der frisierten Buchsbäume auf den Rasen; dort steckte Mock den Draht durch das Kaninchen, bog die Enden um und befestigte jeweils ein Stück Wäscheleine an den Ösen. Einen der beiden Holzpflöcke, in den er schon vorher einen Nagel geschlagen hatte, rammte er in den Boden. »Das gleiche machen Sie mit dem zweiten Pflock hinter dem anderen grünen Pferd da vorne.« Mock wies auf die gegenüberliegende Seite der Rasenfläche.

»Welches Pferd?«, fragte Claas irritiert.

»Sind Sie blind? Der Busch da!«, zischte Mock ungeduldig und zeigte nochmals vehement auf den Buchsbaum auf der anderen Seite.

Schließlich saßen beide optimal in Stellung, jeder mit einem Ende der Schnur in der Hand, das sie dann über den Nagel des Holzpflocks hängten. Das Kaninchen befand sich nun perfekt drapiert auf dem Rasen genau in der Mitte zwischen ihnen. Mit einem Handzeichen startete Mock die Aktion; er begann, die Schnur in seine Richtung zu ziehen, und tatsächlich bewegte sich das Kaninchen wie gewünscht knapp über dem Rasen. Im Anschluss daran zog Claas solange, bis der Köder wieder auf seiner Seite war. »Das klappt ja wie am *Schnürchen*«, murmelte er und war froh, dass niemand seinen schlechten Witz gehört hatte. Gleichzeitig hoffte er, dass Kuno von Beckstein auch heute Abend seinem Jagdtrieb nachgab.

Lange mussten sie sich nicht gedulden, denn keine fünf Minuten später öffnete sich im Obergeschoss des Schlosses knarrend ein Fenster und das Gesicht des Freiherrn wurde sichtbar. Mit einem Fernglas vor den Augen suchte er den Schlosshof ab und als er den falschen Hasen erspähte, der sich langsam und ruckelnd über den Rasen bewegte, dauerte es keine zwei Sekunden, bis er ein Gewehr in der Hand hielt. Claas hörte das Durchladen bis hinter seinen Busch und kurz darauf zerriss ein Schuss die abendliche Stille.

Daneben!

Weiter abwechselnd zogen Mock und Claas die Schnur, immer hin und her.

Durchladen … Schuss … Daneben! … Durchladen … Schuss … Daneben!

Als das Kaninchen wieder auf seiner Seite war, bekam es Claas mit der Angst zu tun, er hörte die Kugeln nun gefährlich pfeifen, die Einschläge kamen immer näher. Doch Mock zog den Köder rechtzeitig wieder zu sich heran. Die Erde um das Kaninchen spritzte immer wieder auf, eine Kugel nach der anderen bohrte sich ins Gras.

Was für eine bescheuerte Aktion, dachte Claas. Ein Schuss, ein Treffer … von wegen! In welchem Verein der wohl Schützenkönig gewesen sein wollte? Grün-Weiß-Fahrkarte oder was? Es wäre bestimmt klüger gewesen, einfach nur den Garten umzugraben, ging es ihm weiter durch den Kopf, dann hätten wir schon zig Geschosse gefunden!

»Was für ein hartnäckiges Scheißviech!«, raunzte währenddessen der Freiherr am Fenster. »Haut nicht mal ab, wenn's donnert!« Er hatte schon einen ganzen Haufen Patronen verschossen, als seine Frau Hildegard im Türrahmen auftauchte und skeptisch sein Treiben betrachtete. »Kuno, muss das denn sein?«

»Ruhe! Den Bock lasse ich mir nicht entgehen. Will mich wohl verarschen!« Er winkte seine Frau näher heran. »Das musst du dir angucken … Der kann sogar rückwärts laufen!« Erneut gab von Beckstein zwei Schüsse ab, die sich jetzt wieder Mocks Position näherten. Doch plötzlich flog das Kaninchen mit einem Salto durch die Luft.

»Wer sagt's denn? Volltreffer!« Aber ehe der Freiherr sich versah, wickelte Mock die Schnur auf und der falsche Hase hopste über den Rasen zu ihm zurück.

»Heiliger Bimbam! Der läuft ja immer noch … Aber nicht

mehr lange, den kaufe ich mir!« Mit Schwung warf von Beckstein das Fenster zu und machte sich auf den Weg nach unten. Mock wiederum sammelte flott alles Material wieder ein, pfiff nach Gretel und winkte Claas heran. Jetzt musste es schnell gehen. Als sie auf halbem Weg zum Schlosstor waren, erschien von Beckstein schon in der Veranda und griff nach der Türklinke. »Scheißeee! Was ist denn das für ein Kackmist hier …«

Übelste Schimpftiraden schallten über den Schlosshof, und als Claas sich umdrehte sah er, wie der Freiherr an der Klinke festklebte und sich gar nicht mehr einkriegte.

Wenn der mal nicht die ganze Tür in Trümmer haut, dachte er noch, als sie schon wieder auf dem Rückweg zur Mühle waren. Dort angekommen, hörten sie Kuno von Beckstein noch immer fluchen.

»Trara!« Triumphierend wie ein stolzer Jäger hielt Mock das Kaninchen hoch. »Was sagen Sie nun? Hiermit erkläre ich die Operation Falscher Hase als erfolgreich durchgeführt.«

Claas war etwas blass um die Nase. »Das hätte auch ganz schön ins Auge gehen können, meinen Sie nicht? Wenn ich gewusst hätte …« Weiter kam er nicht, denn Mock unterbrach ihn prompt. »Ach, ein bisschen Risiko gehört doch dazu. Und wir waren erfolgreich!«

Genie und Wahnsinn liegen dicht beieinander, an diesem Spruch scheint echt was dran zu sein, dachte Claas.

Mit einem spitzen Messer sezierten sie anschließend das Kaninchen und pulten ein Projektil heraus, das mit einem metallischen *Pling* auf den Tisch fiel. Claas nahm es in die Hand und betrachtete es genauer.

»Und, sehen Sie einen Unterschied zu Ihrer Massakerkugel?«, fragte Mock interessiert.

»Sie scheint mir etwas heller und blanker zu sein, aber ich kann mich auch irren. Näheres wird uns das Labor dazu sagen können.« Claas wühlte in seiner Hosentasche, hatte aber heute keine Plastiktüte dabei. »Geben Sie mir doch bitte mal ein Stück Zeitungspapier, damit ich die Kugel einwickeln kann.«

Mock reichte ihm die Zeitung vom Vortag. »Ach, gucken Sie mal. Was sagten Sie gestern noch? Sie wollten diesen Bericht doch behalten, oder?«

Claas sah sich noch mal den Artikel über die Pressekonferenz an und als er das Foto mit den verpixelten Ermittlern und dem Gewehr näher betrachtete, fiel ihm noch etwas auf. »Sehen Sie hier diesen rötlich blauen Fleck auf dem Gewehr?«

Mock trat hinzu und beäugte angestrengt das Foto. »Da im verzerrten Bereich? Hm, was könnte das sein? Warum ist das überhaupt unkenntlich gemacht? Sind die Polizisten so wichtig, dass man die Köpfe nicht zeigen will?«

Claas zuckte mit den Schultern. »Datenschutz vielleicht. Oder auf besonderen Wunsch … sonst ist das eher ungewöhnlich. Aber wissen Sie was? Ich schicke das Foto mit dem Projektil zusammen noch heute nach Mönchengladbach. Mein Kollege ist ja 'n fitter Bursche, vielleicht findet er noch mal was Brauchbares raus.«

»Na hoffentlich«, meinte Mock dazu, »aber bis Sie das Ergebnis haben, wird wohl etwas Zeit verstreichen. Die sollten wir nutzen.«

»Aha, und was haben Sie sich als Zeitvertreib gedacht?« Ob sich Mock gerade wieder einen Hammerplan ausgedacht hatte? Der womöglich erneut unmittelbare Todesgefahr bedeutete?

»Ich mache Ihnen einen Vorschlag«, sagte Mock dann aber relativ nüchtern. »Sie gehen doch davon aus, dass der Grund allen Übels in den Salzewiesen liegt?«

»Jawohl, nach wie vor.«

»Okay. Worauf ich hinaus will: Manche Zusammenhänge werden erst aus einer anderen Perspektive deutlich.«

Claas stutzte. »Hm, ja … Schön … Und was soll ich jetzt Ihrer Meinung nach tun, um eine neue Perspektive zu erhalten?«

Mock machte mit erhobenem Zeigefinger eine kreisende Bewegung in der Luft. »Sie machen mit mir einen Rundflug. Gleich morgen.«

»Fliegen? Mit Ihnen?« Claas war sich nicht sicher, ob Mock das wirklich ernst meinte, aber der beruhigte ihn: »Keine Angst, meine aktive Zeit ist vorbei. Ich darf inzwischen auch nicht mehr. Aber ich habe einen guten Bekannten, der uns gerne durch die Gegend fliegt. Seien Sie gewiss, das wird sehr schön!«

»Da bin ich gespannt«, meinte Claas und fing an zu gähnen.

Je länger er dann auf dem Heimweg darüber nachdachte, desto besser gefiel ihm Mocks Vorschlag. Das Repertoire an Verdächtigen hatte sich mit Kuno von Beckstein nämlich vorerst schon ausgeschöpft, das wollte er sich selbst und vor Mock nur noch nicht recht eingestehen. Da man die Schießfertigkeiten des Freiherrn wohl getrost als ausbaufähig beurteilen konnte, kamen ihm aber doch ein paar Zweifel an dessen Tatbeteiligung.

»Grüß dich Claas. Wieder unterwegs in geheimer Mission?« Vicky war trotz der späten Stunde gut gelaunt. Sie hatte noch hinter der Rezeption zu tun und freute sich, ihn zu sehen.

»Ganz genau«, sagte er wortkarg und drückte sie kurz. Mit einem »Du, ich bin ziemlich müde … muss ins Bett … bis dann …« ließ er Vicky verdutzt zurück.

Donnerstag, 6. August

Noch bevor Claas den Frühstücksraum betreten konnte, wurde er von Vicky abgefangen.

»Sag mal, was war das denn gestern Abend?«, fragte sie mit einem strengen Unterton.

Er war sich jedoch keiner Schuld bewusst. »Wieso, habe ich was falsch gemacht?«

»Na ja, du hast mich ganz schön blöde stehen lassen. Oder warst du so in Gedanken?«

»Ich war einfach kaputt«, sagte er und setzte eine Unschuldsmiene auf. »Tut mir leid, wird nicht wieder vorkommen, ehrlich!« Ein Dackelblick von schräg unten half ihm, sie wieder zu beschwichtigen. »Na gut, dann lasse ich dir das noch mal durchgehen. Dass wir heute Abend was vorhaben, vergisst du aber nicht, klar?«

»Klar!« Er salutierte gespielt und durfte frühstücken gehen.

In der Klinik feierte er zunächst erleichtert seine Weiterbehandlung durch Schwester Sybille; die wiederum freute sich über seinen Genesungsfortschritt. »Alle Achtung, das geht ja gut voran bei Ihnen. Viel können wir jetzt auch gar nicht mehr machen. Ich schlage vor, wir lassen die Woche gemütlich ausklingen. Auf keinen Fall sollten Sie es jedoch überstürzen.«

»Was meinen Sie genau?«

»Keine hastigen Spurts, keine Rennen laufen und so was.«

»Und nicht vom Fünfer springen … Okay, habe verstanden. Ich tue alles, was Sie wollen.« Er faltete die Hände wie zum Gebet.

»Ich bin ja nur froh, dass Sie wieder da sind und ich von Schwester Sophie verschont bleibe.«

Daraufhin wurde Sybille etwas schmallippig. »Da sind wir beide froh … Mehr sage ich dazu nicht.«

Was auch immer das bedeuten sollte, Claas wollte ihr nicht weiter aufs Zahnfleisch fühlen; dieses Kapitel war glücklicherweise abgeschlossen.

Gegen 16 Uhr traf er bei Mock ein. »Wir nehmen den Kombi«, meinte der, »ich habe dem Piloten gesagt, dass wir kurz nach vier da sind.«

Claas nahm auf dem Beifahrersitz des BMW Platz und fünf Minuten später fuhren sie über die Anschlussstelle Exter auf die A2 auf. Mock ließ den brettharten Wagen über die Bahn fliegen. »Sportfahrwerk«, lobte er die Fahreigenschaften. »Was fahren Sie denn eigentlich für 'n Auto, wenn Sie mal nicht mit dem Fahrrad unterwegs sind?«

»Einen Lancia Delta HF Integrale, Baujahr 1990, ein Erbstück meines Onkels«, gab Claas nicht ohne Stolz Auskunft, was Mock mit einem respektvollen Blick huldigte. »Alle Achtung, kein Wagen für Anfänger.«

Keine Viertelstunde später erreichten sie den kleinen Flugplatz von Porta Westfalica in Vennebeck, der in den Niederungen und Wiesen des großen Weserbogens lag. Im Flugplatzrestaurant suchte Mock nach seinem Bekannten und an einem der Tische sah er ihn schließlich sitzen. »Grüß dich Peter!«, rief er von weitem und winkte.

Der besagte Peter winkte zurück und stellte sich vor: »Peter Lilienberg, sehr erfreut.«

»Guten Tag, Haverstroh, freue mich auch.«

Der Pilot schwenkte eine Thermoskanne. »Wollt ihr noch Kaffee oder sollen wir gleich starten?«

Ein kurzes Briefing folgte; dieses konnte Lilienberg jedoch auf ein Minimum abkürzen, da weder das Wetter noch das Flugziel

Besonderheiten bargen. »Es ist ja beständig schön, da können wir lange draußen bleiben«, meinte er, als sie sich auf den Weg zum Hangar machten. Er hatte eine Cessna 172 reserviert – eine der typischen Vereinsmaschinen mit Platz für bis zu vier Personen. Nachdem die Maschine vollgetankt war, wurde Claas von Mock neben den Piloten gesetzt.

»Da können Sie Peter mal ein bisschen beim Hantieren zugucken, ich kenne das ja schon.« Er drückte ihm einen Kopfhörer mit Mikrophon in die Hand und nahm selbst auf der Rückbank Platz. Claas wunderte sich über die doch etwas beengten Platzverhältnisse und die etwas in die Jahre gekommene Innenausstattung des Fliegers. Ist ja gemütlich wie in 'nem Käfer, dachte er, und sieht auch genauso alt aus. Tatsächlich waren die Sitze und Bedienelemente schon recht abgegriffen. Lilienberg konnte Claas aber beruhigen: »Keine Bange, die Maschine ist zwar schon etwas betagt, dafür aber sehr zuverlässig.« Er startete den Motor, nach kurzem Warmlaufen erhöhte er die Drehzahl und langsam rollte die Maschine in Startposition.

Claas hatte noch nie in einem kleineren Flugzeug als einem Airbus gesessen und so war der Flug von Beginn an eine neue Erfahrung, mit regem Interesse verfolgte er deshalb die Handgriffe des Piloten. Lilienberg meldete sich beim Tower, erhielt das nötige Okay für den Start, ließ die Maschine sachte anrollen, gab nach einigen Sekunden Vollgas und nach einem kurzen Anlauf zog er schon das Steuerhorn zu sich heran. Das Flugzeug löste sich von seinem Schatten auf der Startbahn und gewann rasch an Höhe. Der Motor dröhnte, der Propeller kreiste unermüdlich und rasch hatten sie die nötige Flughöhe erreicht. Lilienberg nahm etwas Gas zurück und in einem weiten Bogen flogen sie über das Kaiser-Wilhelm-Denkmal, das über dem Wittekindsberg thronte, der wiederum mit dem Jakobsberg gegenüber die westfälische Pforte bildete – den Durchstich der Weser ins norddeutsche Tiefland. Über den Kamm des Wiehengebirges zuerst in westliche Richtung und später nach Süden drehend orientierte sich der Pilot zumeist an der A2, die sich wie ein schmales graues Band durch die hügelige Landschaft zog.

Nach einem Abstecher zum Hermannsdenkmal, das blassgrün in der Sonne schimmerte, folgte eine Runde um den rotweißen Mast des WDR-Senders, bevor die Maschine über dem lippischen Hügelland wieder Kurs Richtung Bad Salzuflen nahm. Claas fand durchaus Gefallen an dem, was er von oben sah. Kleine Dörfer und Städtchen, goldgelbe Kornfelder, tiefgrüne Wälder und Wiesen wirkten bunt zusammengewürfelt und sahen aus der Luft aus wie eine Modellbahnanlage; alles wirkte zum Greifen nah. Auf den Straßen wuselten die Autos wie ferngesteuert, in den Innenstädten liefen die Menschen klein wie Ameisen umher.

Sie erreichten Salzuflen und überflogen das Zentrum; der runde Altstadtkern hob sich mit seinen roten Ziegeldächern leicht von seiner Umgebung ab.

»So, jetzt wird's interessant«, sagte Mock dann und zeigte aus dem Fenster. »Wir sind gleich über dem Tal.«

Über den Flusskrümmungen der Salze nördlich der Stadt ließ Lilienberg das Flugzeug nun in einer weiten Kurve mehrfach kreisen. Nördlich der Zufahrt zum Gestüt begann der Golfplatz; gepflegtes Grün, Sandbunker und kleine Teiche, die wie Knopfaugen herausstachen, prägten die Fläche.

»Ist das eigentlich eine Neun- oder Achtzehn-Loch-Anlage?«, fragte Claas.

»Neun Löcher«, erläuterte Mock. »Eine Erweiterung war mal im Gespräch, aber das wurde wieder verworfen.«

Sieh mal an, dachte Claas und notierte sich *Golfplatz* auf seinem Notizblock.

»Ich drehe mal eine größere Runde«, meldete sich Lilienberg, »vielleicht sehen Sie dann noch mehr.« Er gab ordentlich Querruder, die Maschine zog über den Salzufler und Herforder Stadtwald hinweg und drehte über der Autobahn ein, genau dort, wo sich die Fahrbahnen für ein paar hundert Meter teilten und dazwischen eine schmale, ovale Insel bildeten. Inmitten der Bäume entdeckte Claas einige quaderförmige Gebilde. »Was sind denn das da für graue Brocken im Wald?«

»Das müssten die Überreste der alten Bunker sein«, erklärte Mock von hinten. »Das waren mal Munitionslager. Früher deutsches Militär, nach dem Krieg von den Engländern übernommen.«

Rein prophylaktisch notierte sich Claas *Bunker.*

»So, meine Herren, da wären wir wieder«, erinnerte Lilienberg, dass sie erneut das Salzetal ansteuerten. »Ich würde vorschlagen, dass wir noch ein paar Kreise ziehen, bevor wir uns wieder auf den Rückweg machen.«

»Okay«, antwortete Mock spontan und auch Claas war einverstanden. »Ja bitte, ich brauche noch den unmittelbaren Kick!«

»Meinen Sie, dass Sie noch nicht gefunden haben, was Sie suchen oder soll ich ein paar Kunstflugeinlagen einbauen?«

»Ersteres, Herr Lilienberg, Ersteres.«

»Gott sei Dank«, lachte der, »für waghalsige Manöver sitzen wir nämlich im falschen Flugzeug.«

In einer stetigen Linkskurve drehten sie erneut Runde um Runde, während die Wiesen und Weiden unter ihnen ein ums andere Mal vorüberzogen. Claas ließ den Blick abwechselnd in das kleine Tal und die Umgebung wandern. Warum fällt mir denn nichts auf, dachte er. Verdammt, mir muss doch was auffallen!

Und ja, in der vierten oder fünften Runde, als er schon fast einen Drehwurm bekam, da fiel ihm etwas auf: Er erblickte den kleinen Teich, den er von der hölzernen Brücke aus gesehen hatte, an jenem Abend, als er niedergeschlagen worden war. Und jetzt fiel ihm auch wieder ein, was ihm durch den Kopf gegangen war, als er sich auf das Brückengeländer gestützt hatte. Ein Stausee! Das ganze Tal könnte ein Stausee sein, oder besser gesagt: Einer werden. Damit ihm der Gedanke dieses Mal nicht wieder abhanden kam, kritzelte er schnell *Stausee* auf seinen Block.

»Wollen wir dann mal zurück?«, fragte Mock und als Claas bejahte, vollführte der Pilot eine letzte Drehung und nahm Kurs Richtung Heimatflugplatz.

Bis zur Landung hatten sie noch etwas Zeit, die Landschaft kurz vor Sonnenuntergang zu genießen. Die Ernte war in vollem Gange, auf den Getreidefeldern zogen Mähdrescher ihre Bahnen; von oben sahen sie aus wie nagende Raupen, die sich durch das Korn fraßen. Es war immer noch recht warm, und besonders jetzt zum Ende des Fluges stieg die Temperatur auch durch die Motorwärme in der Kabine merklich an, so dass die drei Insassen schon leicht zu schwitzen begannen. Die Landebahn kam in Sicht, für Claas' Empfinden waren sie noch recht hoch, doch Lilienberg drückte beherzt die Höhe weg. Kurz vor dem Aufsetzen überflog die Maschine noch die Weser; sie sahen die Menschen am Ufer schwimmen und planschen, kleine Boote kurvten herum.

»Ach, haben die's gut«, kommentierte Mock das bunte Treiben unter ihnen. »Schön für die Leute hier, so ein großes Flüsschen in der Nähe zu haben, oder? … So was fehlt uns ja irgendwie in Salzuflen.«

Moment, dachte Claas, so was ähnliches habe ich doch neulich schon mal irgendwo von irgendwem gehört. Just in dem Moment, als der Pilot die Maschine sanft auf dem Asphalt der Landebahn aufsetzte und die Reifen nur ganz kurz quietschten, fiel es ihm wieder ein und er kritzelte *Wasser* und einen Namen auf den Notizblock.

Die Rückfahrt nutzten sie dann für eine erste kurze Manöverkritik. Claas ging noch einmal seine Notizen durch und versuchte daraus konkrete Anhaltspunkte für seine Theorie einer, wie er es nannte, feindlichen Übernahme im Salzetal herzuleiten. »Was haben Sie sich denn da so alles aufgeschrieben?«, fragte Mock, der den BMW jetzt ganz brav und gesittet nach Hause steuerte.

»Verschiedenes. Zuallererst den Golfplatz. Vielleicht wollen die den doch erweitern.« Mock brummte daraufhin nur abwägend.

»Okay, dann habe ich die Bunker im Wald notiert. Keine Ahnung, ob die was damit zu tun haben. Glaube ich zwar eher nicht, aber schauen wir mal. Weiter steht hier Stausee …«

»Stausee? Was soll das denn bedeuten? Wo soll der sein?«, fragte Mock etwas ruppig; offenbar konnte er mit den Notizen bis jetzt nicht viel anfangen.

»Sie müssen mich auch mal ausreden lassen«, sagte Claas und forderte etwas mehr Geduld ein, »denn es kommt noch was.«

Mock wartete nun eine Sekunde, bevor er weitersprach: »Jetzt bin ich aber gespannt.«

»Ich habe noch das Wort Wasser notiert. Und einen Namen.«

»Aha, Wasser, da schau her. Sehr mysteriös, ich muss schon sagen. Und den Namen werden Sie mir sicherlich auch gleich verraten?«

»Morgen, Doktor, morgen. Ich möchte gerne eine Nacht darüber schlafen«, beschloss Claas und schaute dabei beiläufig auf sein Handy. »Oh, Akku alle … wie spät ist es eigentlich?«

»Schon zehn.«

»Meine Güte, die Zeit verging ja fast wie im Fluge«, sagte Claas scherzhaft und unterdrückte ein Gähnen. »Zum Glück habe ich morgen keine Anwendung in der Klinik, da kann ich dann auch etwas früher zu Ihnen kommen, damit wir alles zusammentragen können.«

»Gerne, wann immer Sie wollen«, sagte Mock. »Ich bin den ganzen Tag zu Hause. Aber es ist nicht nett von Ihnen, mich bis dahin so auf die Folter zu spannen.« Er schmollte leicht, musste dann aber grinsen. »Na ja, ich werde es überleben.«

»Sag mal, spinnst du?«, fauchte Vicky Claas an, nachdem er aus dem Wagen gestiegen war. Sie stand im Eingang der Pension und war gar nicht gut gelaunt. »Ich warte hier seit zwei Stunden und wer kommt nicht? Claas Haverstroh!«

Das saß! So eine Scheiße, dachte er. Wie konnte ich nur unsere Verabredung vergessen? »Du … äh … entschuldige bitte, das war keine Absicht, ich … wir haben heute ziemlich viel erlebt, da hab ich nicht auf die Uhr geguckt und dann war mein Handy auch noch aus … aber ich mach's wieder gut. Versprochen!« Beschämt schaute er sie an. »Wollen wir vielleicht nicht doch noch kurz in die Stadt und was trinken gehen?«

»Nee, das kannst du dir schenken«, sagte Vicky kühl, drehte sich auf der Stelle um und ließ ihn stehen.

Freitag, 7. August

Wie ein Blitzlichtgewitter durchzuckten wilde Gedanken sein Gehirn. Von allen Seiten tauchten halbverschwommene Gesichter auf: Vicky von links, Doktor Mock von rechts, Sophie von oben, Peter Lilienberg von unten. Die Gesichter vermengten sich zu einem bunten Strudel, aus dessen Mitte eine riesige Leinwand aufstieg, auf der ein abstruser Film ablief: Eine nymphomanisch veranlagte Physiotherapeutin und ein Pilot flogen in einem nachgebauten Flugzeug und während des Landeanfluges ging sie ihm an die Wäsche. Doch plötzlich kam Mocks BMW mit Schallgeschwindigkeit im Rückwärtsgang herangebraust, bremste das Flugzeug auf der Landebahn nach einem spektakulären Fahrmanöver mit einer Rockford-Wende aus und rettete den Piloten so vor unzüchtigen Handlungen. Dann stieg Vicky aus dem Wagen und machte Claas, der auf seinem blauen Fahrrad das Flugfeld patrouillierte, eine Riesenszene, weil er sie angeblich versetzt hatte …

Puh, unglaublich! Aber zum Glück nur ein Traum, dachte Claas. Eine Viertelstunde später saß er das zweite Mal innerhalb einer Woche mit einem Fläschchen Magenbitter Marke Baron von Kräut auf dem Bett. Auf seine Frage beim Frühstück, ob Vicky heute frei hätte, antwortete Frau Fürst-Schmidt verwundert: »Viktoria? Die ist doch heute früh mit ihrer Freundin in den Urlaub gefahren. Wussten Sie das nicht? Ich dachte, das hätte sie Ihnen vielleicht erzählt.«

So oder so ähnlich musste sich Graf Dracula gefühlt haben, als er van Helsings Holzpflock ins Herz gerammt bekommen hatte, dachte Claas und starrte mit leerem Blick die Wand an. Wie hatte er eigentlich vergessen können, dass Vicky heute abgereist war? Und wie hatte er gestern Abend um alles in der Welt auch ihre Verabredung vergessen können? Was bin ich nur für ein Blödmann, dachte er, was soll Vicky denn jetzt nur von mir denken?

Er leerte die Flasche in einem Zug aus und warf sie treffsicher in den Papierkorb.

Er ärgerte sich maßlos und hatte Angst, dass er diesen Fehler nicht so schnell wieder ausgebügelt bekam, denn Vicky war vorerst unerreichbar – sie hatte sich ausgerechnet auf einen Rucksack-Wanderurlaub in den Alpen aufgemacht und wollte nur ab und zu eine Postkarte schicken. Das jedenfalls hatte ihm ihre Mutter erzählt und so war die Möglichkeit, in den nächsten zwei Wochen Kontakt mit ihr aufzunehmen, um sich ganz, ganz klein mit Hut zu machen, nahezu aussichtslos. Den Gedanken an eine Versöhnungs-SMS verwarf er genauso schnell, wie er ihm gekommen war …

Lass mich erklären, es tut mir leid …
Idiot!
Bitte! … So darf es doch nicht enden!
Lass mich endlich in Ruhe!
Schickst du mir wenigstens 'ne Karte?
Aus dem Abschiedsland? Die kannst du haben!

Claas ließ sich aufs Bett fallen und stierte minutenlang an die Decke. So ein Dreck, dachte er, da hilft wohl nur abwarten. Er beschloss, einfach so lange dazubleiben, bis Vicky wiederkam und er hoffte inständig, dass sie währenddessen nicht irgendeinem dahergelaufenen Tiroler auf den Leim ging.

Am Vormittag fuhr Claas zu Mock und versuchte, sich nicht anmerken zu lassen, dass er unter einem Anflug von Liebeskummer litt. Mock war gerade dabei, in der Werkstatt einige Teile an der

Drehmaschine zu bearbeiten; er kurbelte an den Handrädern der Maschine herum, begleitend prasselten Metallspäne in eine blecherne Auffangwanne. Als er Claas erblickte, hob er den Arm und rief gegen den Lärm der Maschine an: »Moin! Bin gleich fertig, Kaffee steht da vorne auf der Werkbank in der Thermoskanne.«

Claas goss sich einen Becher ein und guckte sich derweil um. Er hatte zwar vom Handwerk nicht wirklich viel Ahnung, aber die Werkstatt schien einem Hobbybastler gehobener Klasse alle Wünsche erfüllen zu können: Mehrere Metallbearbeitungsmaschinen in Hammerschlag-Grün, Schweißgeräte, Sägen, Werkzeug und ein immenser Vorrat an Metall, Holz und sonstigen Materialien waren wohlsortiert und ordentlich angeordnet; sogar eine Hebebühne für Arbeiten am Auto war vorhanden und auch der Boden war sauber.

»Hardy hat heute leider keine Zeit. Normalerweise ist er ja mein Mann für diese Dinge, aber ich kriege das auch so hin.« Mock hielt zwei Hülsen aus Messing in der Hand. »Für die Motorhalterung … Der Motor selbst kommt übrigens nächste Woche, da könnten wir zusätzliche Hilfe gebrauchen. Haben Sie Lust?«

Claas musste nicht lange überlegen. »Gerne … Wenn ich denn helfen kann. Sie wissen ja, ich bin kein Handwerker.« Er hob unschuldig die Hände in die Höhe, doch Mock winkte ab: »Keine Angst, und wenn Sie nur aufpassen, dass nichts runterfällt.« Er nahm einen Schluck aus seinem Kaffeebecher. »So, mein Lieber. Dann lassen Sie uns mal rübergehen. Sie wollten mir ja noch was verraten, stimmt's?«

Lässig wie ein Showmaster mit einer Hand in der Tasche stand Claas vor der Wandkarte und präsentierte die Ergebnisse, die er aus den Notizen vom Rundflug erarbeitet hatte; Mock saß gespannt im Ohrensessel gegenüber. Da sich Claas mittlerweile schon gut in der Gegend auskannte, kreiste sein Finger souverän über der Karte. »Wie schon gesagt, meine erste Vermutung ist der Golfplatz mit einer geplanten Expansion auf achtzehn Löcher.

Dafür braucht man natürlich Land, und wenn die Besitzer dieses Land nicht freiwillig abgeben, dann …« Er machte eine Schnittbewegung an seiner Kehle.

Mock schaute skeptisch, bevor er sagte: »Ich kann's mir eigentlich kaum vorstellen, aber vielleicht haben Sie mit der Expansion gar nicht so unrecht. Ich habe ja gestern schon erwähnt, dass das zwar schon mal im Gespräch war, jedoch nicht realisiert wurde. Das ist aber auch schon wieder gute zehn Jahre her …«

»Und inzwischen könnte man dort schon wieder neue, expansive Pläne haben, oder?«

»Was zu beweisen wäre«, stellte Mock fest und blickte Claas fragend an.

»Was zu beweisen wäre«, wiederholte der wie ein Diktiergerät.

Über Mocks Gesicht huschte kurz darauf ein listiges Grinsen, doch noch ehe er etwas sagen konnte, kam ihm Claas zuvor: »Kommen Sie mir nicht wieder mit einer Ihrer Operationen. Ich möchte gerne noch etwas länger leben.«

»Nun machen Sie sich mal nicht ins Hemd«, sagte Mock amüsiert. »Sie wissen ja noch gar nicht, was ich mir ausdenke. Aber falls Ihre Vermutung stimmt, brauchen wir doch sicherlich Beweise, die man auf legalem Wege nicht bekommt. Schon allein deshalb müssen wir wohl etwas Risiko eingehen, oder?«

Claas mochte es noch nicht zugeben, doch er wusste, dass Mock recht hatte.

»Erst mal weiter im Text«, fuhr Claas fort, »das war ja noch nicht alles.«

»Richtig, hatten Sie nicht noch irgendwas von einem Stausee erwähnt?«

»Genau. Könnte es nicht sein, dass jemand plant, einen künstlichen See aus dem Salzetal zu machen?«

»Bitte? Ein See? Im Salzetal?« Mock schüttelte ungläubig den Kopf. »Und wer soll sich das ausgedacht haben?«

»Ganz einfach«, sagte Claas wie selbstverständlich. »Der Kurdirektor.«

»Peer Stoltenbusch? Wieso gerade der?«

»Also neulich, als es an einem Sonntag so tierisch heiß war, da hat er auf diesem Kurparkfest in einer kurzen Rede davon gesprochen, dass hier ein großes Gewässer fehlen würde. Das ist mir wieder eingefallen, als wir gestern mit dem Flugzeug kurz vor der Landung über die Weser geflogen sind. Sie selbst haben mich darauf gebracht!«

»Ist das so?« Mock schien nicht wirklich von Claas' Theorie überzeugt zu sein. »Ihrer Meinung nach plant also unser Herr Kurdirektor, das Salzetal zu fluten, damit dort ein Riesensee entsteht?« Er fasste sich mit der Hand an die Stirn. »Bei aller Liebe, das klingt aber doch sehr weit hergeholt.«

»Aber unmöglich ist es nicht, schauen Sie sich mal genau die Karte an.«

Mock tat ihm den Gefallen und stand auf. Er sah lange auf die Wandkarte, dann blickte er erstaunt zu Claas herüber, bevor er sich erneut der Karte zuwendete. »Ein See … hm … ein See«, summte er. »Könnte klappen … könnte tatsächlich klappen.« Er ließ den Finger über das Tal wandern und beschrieb ein großes, umgedrehtes U, das beim Bahndamm im Westen begann und sich über die Zufahrt zum Gestüt im Norden zu den Hügeln auf der östlichen Seite erstreckte. »Okay, überredet. Theoretisch wäre das sogar möglich, denn das Tal bildet in der Tat eine natürliche Mulde. Der Fluss würde den See füllen und man bräuchte nur hier in Richtung Stadt eine Begrenzung errichten.« Er tippte auf eine Stelle der Karte. »Hier, am Wildgehege.«

Claas zeigte sich zufrieden. »Sehen Sie, und da wären wir wieder am ersten Tatort angelangt.«

»Gewiss, gewiss«, sagte Mock nachdenklich, »aber ich hatte bis jetzt nicht den Eindruck, dass Stoltenbusch ein kaltblütiger, über Leichen gehender Mensch ist.«

»Kennen Sie ihn überhaupt näher?«

»Näher nicht, nein. Er hat sich vor Jahren mal die Mühle angeschaut und ich habe ihm ein paar Sachen zur Umgebung erzählt, weil er ja aus der Lüneburger Heide stammt und sich hier noch nicht so gut auskannte. Man grüßt sich für gewöhnlich hier und da.«

»Tja, Doktor«, sagte Claas nun verallgemeinernd, »Sie können den Menschen aber nicht in den Kopf gucken, weder einem Freiherrn noch einem Golfclubpräsidenten und auch nicht einem Kurdirektor … Wenn die Gier regiert, wird der Mensch zur Bestie.«

Mock zog die Mundwinkel leicht nach unten. »Hm, ist das nicht ein wenig zu klischeehaft? … Aber gut, Sie werden damit wohl mehr Erfahrung haben.«

Claas nickte. »Leider ja. Ist halt mein Beruf.«

»Vielleicht sollten wir das erst einmal sacken lassen«, meinte Mock für den Moment und strich sich über den Bauch. »Außerdem kriege ich langsam Hunger. Wollen Sie was mitessen?«

»Äh, liebend gerne, was gibt's denn?«

»Das können Sie sich aussuchen. Entweder Kartoffelsuppe von meiner Frau, die ist eingefroren … Was lachen Sie denn so?«

»Ihre Frau ist eingefroren?«

»Haha, Humor hat er auch noch, der Schelm. Ich meine natürlich die Suppe, die ist im Tiefkühler. Oder ich werfe schnell ein paar Würstchen auf den Grill.«

Claas war zwar für Gutes vom Grill immer zu haben, entschied sich aber ohne Kenntnis von Frau Mocks Kochkünsten für deren Kartoffelsuppe.

»Boah, die ist ja echt lecker!« Claas war begeistert, denn die Suppe schmeckte köstlich.

»Ja, die ist 'ne Wucht, oder? Sabines Suppen und Eintöpfe sind legendär.« Mock hatte noch zwei Flaschen Tuborg aus dem Kühlschrank geholt und prostete Claas zu. »Wenn Sie lieber ein Salzufler Bier haben wollen, das ist aus. Ich fahre erst morgen früh wieder einkaufen.«

Claas zeigte sich jedoch mit der Alternative zufrieden. »Keine Ursache, mir schmeckt beides. Aber um wieder aufs Thema zu kommen; ich hatte noch diese Bunker im Wald notiert. Was hatte es damit noch mal auf sich?«

Mock drehte die Flasche in der Hand und las irgendwas auf dem Etikett. »Ach, die Dinger. Also, in Herford gibt's ja einige Kasernen. Das waren bis zum Krieg natürlich deutsche, danach haben die Briten sie übernommen. Bis heute übrigens.«

»Ja klar, noch sind die ja nicht abgezogen. Ich habe neulich sogar ein paar von den Engländern im White Horse Inn beim Fußballspiel kennengelernt.«

Mock nickte. »Stimmt, unter anderem weil einige Armeeangehörige nach Feierabend da vorbeikommen, läuft der Laden überhaupt noch. Ich glaube, sonst würde der sich echt nicht lohnen ... Aber zurück zu den Bunkern. Das waren früher alles Munitionslager. Kurz vor Kriegsende haben die Deutschen dann im Herforder Wald große Mengen Munition und Waffen gesprengt. Überall lagen später noch Blindgänger rum. Selbst in den letzten Jahren hat der Kampfmittelräumdienst dort noch zu tun gehabt; an jeder Ecke standen Schilder, dass man die Wege nicht verlassen durfte. Inzwischen dürften die letzten Reste aber entsorgt sein. Die Bunker sind jetzt nur noch Ruinen und verfallen langsam.«

Claas' Handy summte; eine SMS war gekommen. Im ersten Moment hoffte er, dass Vicky ihm geschrieben hatte, aber im gleichen Atemzuge wurde ihm bewusst, dass das ein Wunschtraum blieb. Stattdessen hatte Kollege Horst Ebeling Neuigkeiten zu vermelden.

Hallo Claas,

na, was macht deine Gesundheit? Alles wieder im Lack?

Ich habe heute auch das letzte Projektil unters Mikroskop gelegt. Es hat zwar das gleiche Kaliber (7,92 × 57 mm) und ist vom Typ her gleich mit dem von letzter Woche, ist aber definitiv aus einer neueren Legierung hergestellt, quasi fabrikneu, auch die Riefen auf dem Projektil sind einer anderen Schusswaffe zuzuordnen.

Anbei auch das entpixelte Foto.

Grüße, Horst

»Was für uns dabei?«, fragte Mock und lugte zu Claas herüber.

»Ja, Nachricht vom Labor. So wie es aussieht, ist der Freiherr gerade eben aus dem Kreis der Kandidaten ausgeschieden.«

»Aha, die Patronen stimmen also nicht überein?«

»Nein, Herr von Beckstein verschießt frisch gekaufte Munition. Aber das Foto aus der Zeitung ist auch mit dabei.«

Claas öffnete das Bild, konnte allerdings nicht viel erkennen. »Haben Sie 'nen Laptop oder PC im Haus? Auf einem größeren Bildschirm könnte man vielleicht mehr sehen.«

»Klar, die Moderne ist auch bei mir schon eingezogen. Kleinen Moment …« Mock räumte die Teller vom Tisch, kam nach zwanzig Sekunden mit einem Notebook wieder und ließ sich von Claas das Foto auf das Gerät übertragen.

»Also, die Personen sind uns ja bekannt«, meinte Claas dann, als sie gemeinsam vor dem Bildschirm saßen. »Kommissar Bödefeld und sein Assistent, aber die interessieren mich jetzt nicht weiter.«

»Stimmt, es ging uns ja eh um den ominösen Fleck auf dem Gewehr«, sagte Mock und sah genauer hin. »Und jetzt wissen wir auch, was es damit auf sich hat … So sehen englische Kokarden aus, ganz eindeutig. Sieht aus wie auf meiner Spitfire, oder?«

Zwischen dem Abzug und dem hölzernen Schulterstück des Maschinengewehrs war deutlich ein roter Kreis zu erkennen, der von einem weißen und einem blauen Kreis umrandet war.

»Warum prangt auf einer Wehrmachtswaffe ein englisches Hoheitszeichen? Was ergibt das für einen Sinn? Haben die Engländer die Dinger auch verwendet?« Claas war ratlos, und auch Mock konnte ihm nicht erklären, was es damit auf sich hatte. »Zugegeben, das ist auch für mich rätselhaft. Es könnte natürlich auch einfach jemand draufgemalt haben. So aus Jux.«

»Das wäre natürlich die einfachste Erklärung«, meinte Claas und war nicht gerade begeistert. »Vielleicht handelt sich aber auch um eine Beutewaffe, die von den Engländern weiterverwendet wurde.« Dieser Gedanke schien Mock wiederum zu gefallen. »Gar nicht mal so abwegig.« Er klappte den Laptop zu. »Das rauszufinden sollte uns doch ein Leichtes sein, schließlich haben wir die Engländer ja fast vor der Tür. Wie wär's nachher mit einem Fünf-Uhr-Tee im White Horse Inn?«

Claas war einverstanden und nach einer kurzen Denkpause machte Mock einen Vorschlag: »Ich werde mir heute Abend oder morgen etwas überlegen, wie wir am Golfplatz weiterkommen. Vielleicht haben Sie dann schon alles, was Sie brauchen. Falls nicht, werden wir weitersehen. Können Sie damit leben?«

»Kann ich. Das Ausschlussprinzip scheint mir jetzt das einzig sinnvolle zu sein. Und eventuell bekommen wir ja nachher noch eine Info über die Waffe.«

Zusammen mit Gretel wanderten sie am späten Nachmittag über den Bahndamm zum Pub; der Hund lief den beiden immer ein paar Schritte voraus und schnupperte mal links, mal rechts am Wegesrand.

»Sehen Sie mal, Doktor, hier sieht man es ganz deutlich«, sagte Claas und zeigte den Damm entlang. »Wie geschaffen als vorhandene Begrenzung für einen See.«

»Jaja, Herr Haverstroh, das will ich gar nicht abstreiten. Wir werden schon noch rausfinden, ob jemand wirklich etwas in dieser Richtung plant.«

Ein paar Nordic-Walker kamen entgegen; sie zogen lustlos ihre Stöcke hinter sich her und gaben nur widerwillig eine Seite des Weges frei.

»Arschgeigen«, knurrte Mock. »Die würden es auch schaffen, zu zweit 'ne ganze Autobahn lahmzulegen.«

Als sie wieder nebeneinander gingen, fragte er: »Haben Sie eigentlich keine Angst, dass der Motorradfahrer, oder wer auch immer Sie erwischt hat, Ihnen erneut was antun könnte?«

Claas dachte nur kurz nach. »Na ja, noch bin ich ganz entspannt. Ich glaube, dass er mir nicht wirklich was antun wollte. Vielleicht ist er nur ein Handlanger des wirklichen Täters. Außerdem sind wir ja noch nicht konkret weitergekommen, somit sollte es momentan für ihn keine Veranlassung geben, gegen mich aktiv zu werden. Das wiederum könnte sich bald ändern.« Er sah rüber zu Mock, der daraufhin ergänzte: »Wenn wir den Golfplatz und Ihren Stausee abgearbeitet haben, meinen Sie?«

»Ganz genau. Ich fresse einen Besen, wenn an einem dieser Orte nicht der Grund des ganzen Dilemmas liegt.«

Die Teestunde im White Horse Inn war gut besucht. Zahlreiche Angehörige der britischen Armee, die in den Herforder Kasernen stationiert waren und in Bad Salzuflen wohnten, nutzten die Gelegenheit auf der Fahrt von oder zur Dienststelle für einen kurzen Zwischenstopp und gönnten sich trotz der Sommerhitze dieser Tage eine heiße Tasse Tee am Nachmittag. Sogar an der Dartscheibe tummelten sich ein paar Leute und ließen Pfeile fliegen. Claas und Mock bevorzugten ein kühlendes Ale und setzten sich mit ihren Pints in den Biergarten hinters Haus; Gretel schlabberte derweil aus einem gusseisernen Trog literweise Wasser.

»Für mich ist es ein Glücksfall, dass hier so viele Engländer vorbeikommen«, sagte Mock, »denn so konnte ich für mein Projekt gute Kontakte knüpfen. So bin ich an interessante Leute geraten, die wiederum mit ihren Verbindungen so einiges möglich machen konnten.«

»Zum Beispiel einen Panzermotor organisieren?«, folgerte Claas.

»Genau!«

»Passt der denn überhaupt? Ich dachte immer, die fahren mit Diesel.«

»Ganz richtig, heute ist das meistens so, aber früher waren das Benziner. Und passen wird er, keine Sorge, denn der Clou dabei ist, dass der Panzermotor eigentlich ein kastrierter Flugmotor ist.« Er lehnte sich zurück und klärte Claas auf: »Warum das Rad zweimal erfinden, dachten sich die Tommies früher. Und das kam so: Bei den Briten mangelte es im Krieg an leistungsfähigen Motoren für Panzer. Da haben sie einfach einen bewährten und ausgereiften Rolls-Royce-Flugmotor etwas abgewandelt, den Höhenlader weggelassen und einige Teile ersetzt. Stahl statt Alu, alles etwas solider und schwerer, mit reduzierter Leistung, dafür dann standfester und billiger. Fertig! Und meine Maschine kratzt das wenig, ob der Motor siebzig Kilo mehr wiegt, fliegen soll sie ja eh nicht. Wir wollen nur Sound und Drehzahl!« Mock strahlte wie ein Schuljunge.

An den Nebentisch hatten sich inzwischen zwei Herren in Uniform gesetzt; ihre Barette hatten sie unter die Schulterstücke geklemmt. Bei Tee und Gebäck drangen immer mal wieder englische Wortfetzen zu Claas und Mock herüber, scheinbar unterhielten sich die Soldaten zuerst über das Wetter, bevor einer über einen unzufriedenen Rekruten klagte.

Mock ergriff die Gelegenheit für ein Gespräch. »Pardon, Sirs? May I interrupt you?«, parlierte er in feinstem Oxford. Er wäre damit mit Sicherheit auch ans Ziel gekommen, dies war jedoch nicht nötig, denn einer der beiden Briten sprach noch besser Deutsch als Mock Englisch. Bereitwillig räumten die Soldaten ihre Stühle beiseite und machten Platz, so dass sich Mock und Claas dazu setzen konnten. Erst jetzt fiel es Claas auf, dass er schon am Montag Lance Corporal Roger Brown beim Liverpool-Spiel hier im Pub getroffen hatte, er war ihm in seiner Uniform heute aber erst gar nicht aufgefallen.

»Du bist auch etwas betrunken gewesen«, meinte Brown mit einem süffisanten Lächeln, was alle bis auf Claas recht lustig fanden.

Leider konnten die Soldaten jedoch keine konkreten Informationen zu Beutewaffen, Markierungen oder dergleichen machen.

»That is alles so long her«, meinte Warrant Officer Allistair McIntosh, der eine interessante Mischung aus Deutsch und Englisch sprach. »I know, that fruher in die Wald viele weapons wurden gesprengt. Maybe ihr solltet mal bei die Army Press Office fragen.«

Brown war derselben Meinung und nickte, und McIntosh sagte: »I can give dir gleich die adress!«

Auf dem Parkplatz waren Fahrzeuge mit britischem Kennzeichen um diese Uhrzeit eindeutig in der Mehrheit. McIntosh wühlte im Handschuhfach seines Rovers und holte eine Kladde hervor. Claas notierte sich die Telefonnummer der britischen Armee-Pressestelle in Herford, wo er sich zur nächstmöglichen Gelegenheit am Montagmorgen melden wollte.

»Bye, bye … bis zum nächsten Spiel«, verabschiedeten sich Brown und McIntosh von Claas und Mock mit Handschlag.

Schnell leerte sich der Parkplatz, denn genauso pünktlich, wie die meisten zum Fünf-Uhr-Tee kamen, fuhren sie eine knappe halbe Stunde später auch wieder weg. Auf der Exterschen Landstraße war plötzlich viel los, denn in die abfahrende Autoschar mischten sich erste Sattelschlepper, die Baumaschinen für die Erneuerung der Fahrbahn heranbrachten. Mitten im Getümmel tauchte ein Mercedes G-Modell auf und nahm einen der gerade frei gewordenen Parkplätze des Pubs ein. Freiherr Kuno von Beckstein stieg aus; in Reithose, Stiefeln und mit dicken Bauarbeiterhandschuhen wirkte er wie aus einer Komödie entsprungen.

»Sind das Ihre Herrenfahrer-Handschuhe, Freiherr Kuno?«, rief Mock ihm entgegen, als von Beckstein zu ihnen herüberstapfte, mit seinen Händen in der Luft rumfuchtelte und wie ein Rohrspatz zu schimpfen begann: »Guck dir das mal an Doktor! Muss man sich mal vorstellen! Haben mir doch irgendwelche marodierenden Hurensöhne so ein Seuchenzeug unter die Türklinke geschmiert! Klebt wie Sau und geht nicht wieder ab, die Scheiße! Ohne die Handschuhe könnte ich gar nix mehr anpacken!« Sein Gesicht hatte inzwischen einen auf der nach oben offenen Rötungsskala ungesunden Wert erreicht. »Wenn ich die erwische, ich stopfe denen das Zeug eigenhändig ins Maul! Bis sie es wieder auskotzen!«

Mock machte ein betrübtes Gesicht, blickte zu Claas herüber und dann wieder zum Freiherrn, bevor er nachdenklich sagte: »Nein so was! Es wird ja immer schlimmer!«

Man hörte von Beckstein noch brummen und mosern, als die Tür zum Gasthaus schon hinter ihm zugeschlagen war.

»Sehen Sie, ich habe doch nicht zu viel versprochen, oder?«, meinte Mock und musste losprusten.

»Auf keinen Fall«, juchzte Claas. »Diese Handschuhe! Göttlich!«

Sie standen auf dem Parkplatz und bogen sich vor Lachen.

Von einem der Sattelschlepper wurde im selben Moment eine Planierraupe heruntergefahren, deshalb musste Kurdirektor Stoltenbusch, der nach seiner Golfrunde am White Horse Inn vorbeifuhr, kurz anhalten. Als er herüberblickte und die beiden Spaßvögel auf dem Parkplatz sah, fragte er durchs geöffnete Fenster, ob es was zu feiern gäbe. Mock und Claas hatten sich schnell wieder im Zaum und antworteten unisono: »Nee, wir sind immer gut drauf.«

Stoltenbusch guckte etwas irritiert und sauertöpfisch, dann umkurvte er den Lastwagen und setzte seinen Weg fort.

»Oho, Herr Haverstroh, einer Ihrer Verdächtigen«, unkte Mock, der von der Beteiligung des Kurdirektors nach wie vor nicht recht überzeugt schien.

»Machen Sie nur Ihre Witze, Doktor, wir werden hoffentlich schon bald sehen, wer der Übeltäter ist. Aber eins nach dem anderen …«

Samstag, 8. August

Da Doktor Mock erst wieder am Nachmittag Zeit für ihn hatte, nutzte Claas die freie Zeit am Samstagmorgen für einen Besuch der Vitaltherme. Das warme Solewasser aus den Thermalquellen tat gut, und auch weil seine Hüfte nicht mehr so stark schmerzte, genoss er das Bad und ließ sich im Außenbecken unter freiem Himmel treiben. Auf dem Weg von der Umkleide zum Ausgang kam er im Kassenbereich an einem Display mit Veranstaltungsflyern vorbei, von denen einer seine ganze Aufmerksamkeit erlangte:

Schnuppertraining am Wochenende

Der Golfspielclub Bad Salzuflen bietet ambitionierten Neueinsteigern zum Kennenlernen ein Probetraining an. Für einen geringen Unkostenbeitrag von nur 29,99 Euro für Material, Verpflegung und Versicherung können Sie unsere Driving Range zwei Stunden nach Herzenslust benutzen. Ein fachkundiger Trainer und entsprechendes Equipment (Leihschlägerset + Driving-Range-Bälle) stehen selbstverständlich zu Ihrer Verfügung und sind im Preis inbegriffen. Um geeignete Kleidung wird gebeten.

Seien Sie dabei und erleben Sie das unmittelbare Golf-Feeling!

Ihr Golfspielclub Bad Salzuflen

Na, wenn das nicht die ideale Gelegenheit ist, dort mal *Guten Tag* zu sagen, dachte Claas und steckte den Flyer ein. Eigentlich hatte er ja geplant, den Golfplatz gemeinsam mit Mock anzugehen, doch diese Gelegenheit erschien ihm zu verlockend. Der Preis ging in Ordnung, aber hatte er geeignete Kleidung? Seine mitgebrachten Jeans, T-Shirts und Hemden waren bestimmt nicht das, was man im Club unter standesgemäß verstand. Um seine Garderobe dem Anlass anzupassen, entschied sich Claas für einen Stadtbummel und im 2-Euro-Shop in der Badstraße wurde seine Suche schließlich belohnt. Für insgesamt läppische zehn Euro erstand er quietschende Kunstlederslipper, eine Nylonhose mit Karomuster und ein Polohemd mit hippem *Camp-Coconut*-Aufdruck. Das Ganze komplettierte er mit einer passenden Kappe und einer Pilotenbrille. Als Claas schließlich vor dem Spiegel stand, fand er sich in seinem Dress gar nicht mal schlecht ausgestattet und auch das gepiercte, kaugummikauende Mädchen an der Kasse hob den Daumen.

Obwohl es noch nicht mal Mittag war und die größte Tageshitze noch bevorstand, fing er in seinen neuen Klamotten schon auf dem Bahndamm an zu schwitzen, außerdem stanken die Kunstfasern wie eine ganze Chemiefabrik. Claas ließ Mocks Mühle rechts liegen und stellte sein Fahrrad dann etwas versteckt hinter ein paar großen Findlingen an der Einfahrt zum Club ab. Vorbei an hochwertigen Fahrzeugen überwiegend deutscher Premiumhersteller – auf jedem zweiten Kofferraumdeckel pappte arschgeweihähnlich der Aufkleber eines nordischen Szenetreffs – kam er über einen Kiesweg zum Haupteingang. Das Clubhaus ähnelte einem großen, weißen Bungalow, gleich daneben war ein idyllischer Teich mit einem kleinen hölzernen Steg angelegt. Direkt am Eingang wies schon ein großer Pappaufsteller auf die heutige Werbeaktion des Clubs hin; eine kleine, junge und sehr blonde Frau stand strahlend daneben. Ihr Namensschild verriet, dass sie Uschi hieß. Sicherlich die Tochter vom Clubchef, dachte Claas im Scherz und schob seine Sonnenbrille hoch. »Hallo, Uschi. Ich würde hier auch gern ein bisschen … einlochen.«

Sie kicherte und führte ihn zur Anmeldung, wo schon eine Menge anderer Leute darauf wartete, Schläger und Bälle entgegenzunehmen. Claas schob dreißig Euro über den Tresen, verzichtete mit einem gönnerhaften »Stimmt so« auf einen Cent Wechselgeld und schrieb sich schwungvoll, aber für seinen Geschmack heute wenig kreativ unter dem Alias Andi Borgmeier ein. Bevor es dann zum Training nach draußen ging, sah er sich im Clubhaus um; er suchte den Bürotrakt, denn wenn es irgendwo interessante Informationen und Geheimnisse zu erforschen gab, dann dort. Neben einem Restaurant- und Barbereich mit angeschlossener Küche war im ebenerdigen Teil des Gebäudes noch ein Golf-Shop untergebracht, daneben begann hinter einer Glastür der private Verwaltungsbereich. Claas blickte sich verstohlen um; im Clubhaus herrschte durch die Menge der anwesenden Menschen ein hoher Lärmpegel, der für eine gewisse Ablenkung sorgte. Die Gelegenheit! Durch die Glastür hindurch erreichte er einen Gang, dort befanden sich rechts und links hinter Milchglastüren die Büros. Fünf Meter weiter hatte er schon sein Ziel erreicht: *VORSTAND* prangte fett auf einem Messingschild neben der Tür. Claas drückte die Klinke herunter. Scheiße … Natürlich abgeschlossen! Er besah sich das Schloss etwas genauer, doch genau in diesem Moment hörte er jemanden nach ihm rufen – es klang fast wie im Supermarkt: »Herr Borgmeier, Herr Borgmeier, bitte!«

Mist! Schnell drehte er sich um und eilte den Gang herunter zurück zur Anmeldung.

»Ich war noch auf Klo«, entschuldigte er sich; einige Teenies vom Elite-Nachwuchs blickten schon genervt in seine Richtung. Sie konnten es scheinbar kaum erwarten, dass es endlich losging.

In einem weißen Holzverschlag, der nach vorne offen war, führten die Trainingsteilnehmer erste Trockenübungen durch. Der Golflehrer des Tages stellte sich als Fred Vossmann vor und war wie alle übrigen Teilnehmer etwas nobler als für zehn Euro gekleidet, wie Claas feststellen musste. Aber die haben das Training bestimmt auch aus anderen Gründen gebucht und wollen vielleicht noch mal wiederkommen, dachte er und stellte sich in Position.

Geduldig zeigte Vossmann der Reihe nach jedem die Grundhaltungen und erste Schlagübungen und griff ein, wo es nötig war. Claas kannte Golf eigentlich nur aus dem Fernsehen und konnte ausschließlich Minigolfkenntnisse vorweisen, doch er zeigte Talent; Vossmann lobte ihn und benutzte ihn sogar als Vorzeigemodell vor den anderen Teilnehmern. Dabei tuschelten einige schicke Damen und die Jünglinge von vorhin lästerten hämisch über seine Plastikkleidung; sie alle verstummten jedoch ehrfürchtig, als er kurz darauf den ersten scharfen Schlag mit Ball gegen die Holzverkleidung zimmerte und dabei einige Verschalungsbretter zerlegte.

»Bitte jetzt alle nur noch auf der Driving Range abschlagen«, bat dann auch Fred Vossmann, der Claas' Kraftschlag ehrfürchtig zur Kenntnis genommen hatte und eine weitere Zerstörung des Clubeigentums vermeiden wollte. Die Driving Range lag in einem Abstand von weniger als fünfzig Meter parallel zur Rückwand des Hauptgebäudes, so dass man vom Abschlagpunkt die Fenster der Büroräume gut sehen konnte. Jeder Teilnehmer bekam nun einen ganzen Sack voller Bälle, jeder eine andere Farbe, damit später Schlagweite und Treffpräzision leichter ermittelt werden konnten. Claas' Bälle waren allesamt laubfroschgrün. Im Sekundentakt sausten sie nun über den Rasen, mal mehr, mal weniger weit. Einige Teilnehmer jedoch trafen nicht einmal den Ball und stolperten oder rammten Holz und Eisen in den Boden; ein Spieler hämmerte sich sogar den Schläger an die Stirn, blutete daraufhin wie eine angebohrte Wasserleitung und musste von Fred Vossmann notdürftig verbunden werden.

Claas' Versuche waren alsbald von Erfolg gekrönt: Die meisten seiner Abschläge flogen in die gewünschte Richtung. Natürlich war sein Bewegungsablauf nicht perfekt, aber Vossmann nickte anerkennend und sagte: »Schon ganz ordentlich für 'n Anfänger. Nur noch etwas steif.«

Sicherheitshalber hatte Claas erst gar nichts von seiner lahmen Hüfte erwähnt, glücklicherweise konnte er sie als Standbein benutzen. Unmittelbar nachdem er dann seinen zehnten Schlag ausgeführt hatte, wobei er mit Abschlag und Flugbild inzwischen recht zufrieden war, kam ihm plötzlich eine Idee.

Die Umsetzung dieser Idee scheiterte jedoch grandios und brachte ihm einigen Ärger ein. Vorerst unbemerkt von allen anderen hatte Claas seine Abschläge peu à peu gen Clubhaus wandern lassen, immer weiter zum Fenster des Vorstandbüros hin. Wenn das erst mal in Scherben liegt, dachte er, werde ich mich natürlich persönlich entschuldigen müssen und deswegen sicherlich ins Büro gebeten werden. In der Höhle des Löwen angekommen könnte ich dort bestimmt wenigstens einen kurzen Rundumblick nehmen oder vielleicht noch mehr erforschen.

Doch leider ging dieser Plan nicht auf, denn Claas traf das Fenster nicht. So treffsicher war er dann doch noch nicht. Mehrfach gingen die Bälle über das Clubhaus hinweg, manche auch gegen die Wand, einer traf immerhin scheppernd eine Fenstersprosse. Schließlich entdeckte Vossmann seine Versuche außerhalb des erlaubten Bereichs und wies ihn entsprechend zurecht.

Nachdem Claas einsehen musste, dass er auch auf dem Platz seinem Ziel nicht nähergekommen war, versuchte er dem Vormittag wenigstens noch etwas Gutes abzugewinnen. Im Clubrestaurant gönnte er sich ein Schinkensandwich und ein großes Pils und genoss von der großen Terrasse aus noch ein wenig das Treiben auf dem Platz. An sich hätte er sich für den Sport sogar erwärmen können, doch er fühlte sich dafür noch nicht etabliert genug. Falls irgendwann einmal Privatier auf meinen Visitenkarten steht, dachte er, können wir noch mal darüber reden. Er wusste natürlich, dass dies äußerst utopisch war, aber das störte ihn nicht wirklich.

»Der da muss es gewesen sein! Der hatte doch diese grell-grünen Bälle!«

Hinter Claas tauchten zwei aus der Jünglingstruppe auf; sie waren ziemlich aufgebracht. Im Schlepptau hatten sie einen Mann dabei, den Claas auch schon mal gesehen hatte.

»Sie sind der Herr …?«, fing der gleich hektisch an, ohne sich vorzustellen. »Borgmeier heiß ich. Und Sie?« Claas machte jetzt ebenfalls keine Anstalten, freundlich zu sein.

»Van Boysen, Ludger van Boysen. Ich bin der Vorstand hier.« Der Mann mit rotblonder Günter-Netzer-Gedächtnisfrisur schaute Claas prüfend an und fragte dann: »Kennen wir uns nicht?«

Claas ließ die Pilotenbrille zurück auf die Nase fallen und meinte keck: »Nein, das wüsste ich. Ich bin nicht von hier.« Immerhin wusste er jetzt wieder, dass es sich bei dem Mann um den Clubchef höchstpersönlich handelte, der ihn neulich am Lille Tivoli schon so blöde von der Seite angequatscht hatte.

»Also, machen wir's kurz. Sie sollen das Fahrzeug der jungen Herren hier beschädigt haben.« Van Boysen schaute pikiert und mit stillem Vorwurf.

»Ach, ist das so?«, fragte Claas daraufhin, denn eigentlich war er sich keiner Schuld bewusst. »Dann sollten wir uns das vielleicht einmal anschauen.«

Auf dem Parkplatz musste er sich arg zusammenreißen, um nicht loszulachen.

Ein schwarzer AMG-Mercedes – frisch gewaschen und poliert – hatte eine dicke Delle in der Tür und eine im Dach, ein Außenspiegel hing halb zerfetzt herunter und zur Krönung steckte einer von Claas' Bällen gut sichtbar im Kühler fest.

An die Autos auf dem Parkplatz vor dem Clubhaus hatte Claas bei seinen Versuchen, das Fenster zu zerdeppern, natürlich nicht gedacht, aber immerhin waren die Abschläge alle zielgenau gelandet, wenn auch woanders als geplant. Mit betroffener Miene wandte er sich an die beiden jungen Männer, die ihn inzwischen feindselig musterten. »Tja, Jungs, das tut mir entsetzlich leid. Da wird Papa sicherlich nicht erfreut sein.« Er streckte beide Daumen nach oben. »Aber fahren tut er sicherlich noch. Also Kopf hoch!«

»Moment mal, Sie Arsch!«, geiferte nun einer der beiden Jungspunde los. »Das werden Sie uns bezahlen müssen!« Er blickte abfällig an Claas herunter und konnte seine Überheblichkeit kaum unterdrücken. »Und das wird richtig teuer!«

»Sie sollten sich vielleicht wirklich Gedanken über die Regulierung des Schadens machen«, ergriff jetzt van Boysen Partei für seine zukünftigen Schützlinge.

Claas ließ das aber völlig kalt und er klopfte van Boysen kumpelhaft auf die Schulter. »Alles klar, Chef, aber heute war doch eh alles inklu, oder?« Er zog den Flyer aus der Tasche und wedelte damit herum. »Immerhin habe ich dreißig Euro bezahlt! Und was kann ich dafür, dass ich aus Versehen mal einen Ball verschieße? Bin Anfänger!«

»Sie sind gut«, presste van Boysen hervor. »Ich sehe hier mindestens vier Mal ›aus Versehen‹!« Er atmete einmal tief durch und sagte dann mit leichter Verachtung im Blick: »Tun Sie mir bitte einen Gefallen.«

»Der da wäre?«

»Gehen Sie … und kommen Sie nicht wieder!«

Ludger van Boysen sah dem Mann, der sich als Andi Borgmeier in die Trainingsliste eingetragen hatte, noch etwas länger hinterher und er überlegte dabei, ob er diesen flegelhaften Chaoten nicht doch schon mal gesehen hatte. Hm … Aber ja doch! Als er neulich zusammen mit Kurdirektor Stoltenbusch nach der Besprechung an der Bude vom lustigen Dänen noch ein Absackerpils getrunken hatte, stand doch dieser Kerl zusammen mit dem blöden Mock am Nebentisch. Blieb die Frage, ob der heute wirklich zum Probetraining da war oder gar was anderes wollte. Mal sehen, vielleicht kam heute noch jemand auf eine Runde vorbei, der Andi Borgmeier auch schon mal gesehen hatte … oder denjenigen, der lediglich vorgab, so zu heißen.

»Das war kein Heldenstück, Octavio!« Doktor Mock zitierte Schiller. Und Doktor Mock kritisierte Claas. Allerdings nicht für das, was im Golfclub passiert war, sondern weil er den Versuch,

Beweise für seine Theorie zu beschaffen, alleine gewagt hatte. »Sie konnten es wohl nicht abwarten, was? Aber zugegeben, an sich war die Idee, die Sie da hatten, nicht die schlechteste ... Vielleicht sollten wir uns in Zukunft zusammentun und einen Laden aufmachen.« Mit einer Hand malte Mock einen imaginären Halbkreis in die Luft. »Mock und Haverstroh – Aufträge aller Art ... oder so ähnlich. Denken Sie mal drüber nach.«

Dass Claas sich für diesen Vorschlag noch nicht ganz erwärmen konnte und etwas skeptisch guckte, ignorierte Mock weitestgehend, stattdessen feixte er: »Ich hätte wirklich zu gerne van Boysens Gesicht gesehen; geschieht dem Penner ganz recht!«

Scheinbar gab es zwischen den beiden tatsächlich einige Differenzen und Claas wollte schon ansetzen, Mock danach zu fragen, doch da war der schon in der Küche verschwunden.

Na, irgendwann werde ich vielleicht noch aufgeklärt, dachte Claas; im selben Moment hörte er eine elektrische Kaffeemühle rasseln und gleich darauf den Wasserkocher sprudeln.

»Es geht doch nichts über einen frisch aufgebrühten Kaffee, oder?«, sagte Mock, als er mit zwei Bechern wieder zurückkam.

»Sie mahlen Ihren Kaffee selber?« Claas staunte über Mocks Liebe zum Detail, denn er selbst gab sich in der Regel mit Automatenkaffee zufrieden.

»Natürlich, so viel Zeit muss sein. Wenn ich mal zitieren darf: Die beste Methode, das Leben angenehm zu verbringen, ist, guten Kaffee zu trinken. Hat mal ein berühmter Ire gesagt, Swift oder so hieß der ... Und haben Sie mal einen versifften Kaffeeroboter von innen gesehen? Da würde selbst Ihnen Ihre gute Laune abhandenkommen. Hier geht es schließlich ums Aroma!« Er ließ sich den Dampf in die Nase steigen. »Mmhh, herrlich. Dagegen schmeckt alles andere doch wie Katzenpipi!«

»Keine Ahnung, das habe ich noch nicht probiert«, meinte Claas und grinste. Er musste aber anerkennen, dass der Kaffee wirklich gut duftete und auch so schmeckte.

»So lustig das Ganze vielleicht gewesen sein mag«, meinte

Mock dann wieder ernsthaft, »aber vielleicht haben Sie sich mit ihrem Mercedes-Facelift einen Bärendienst erwiesen. Hat van Boysen Sie eigentlich wiedererkannt?«

Claas überlegte. »Nö, ich glaube nicht. Er hat mich damals doch nur kurz am Lille Tivoli gesehen, und da auch nur von der Seite. Zwar hat er gerätselt und gefragt, ob wir uns kennen, ich habe das aber abgestritten.«

Mock guckte trotzdem etwas zerknirscht. »Nichtsdestotrotz sollten wir jetzt schnell und vorsichtig agieren. Ich spinne mal Ihre Gedanken von gestern weiter. Also … gesetzt den Fall, Ihre Theorie stimmt und der Golfplatz ist der Ursprung allen Übels, dann wäre van Boysen wahrscheinlich selbst der treibende Faktor. Und gerade den haben Sie jetzt womöglich aufgeschreckt …«

»Ach was, von meinen Rechercheversuchen im Bürotrakt hat der ja gar nichts mitbekommen. Vergessen Sie nicht, offiziell war ich nur zum Probetraining da!«

Mock stand auf und grinste ihn an. »Ja klar, mit solchen Klamotten! Da hätten Sie sogar in meinem Ostfundus besseres Zeug gefunden … Aber lassen Sie uns jetzt mal überlegen, wie wir vorankommen.« Er setzte sich wieder an den Tisch und nahm einen Schluck aus dem Kaffeebecher. »Wir benötigen Einlass in das Büro des Clubchefs, unbestritten, das hatte ich mir auch schon überlegt.«

»Genau«, sagte Claas. »Wenn der Dreck am Stiefel hat, dann vermute ich dort etwas Stichhaltiges zu finden. Ich habe mir vorhin die Schlösser an den Bürotüren angesehen; das Öffnen dürfte kein Problem sein, ich bräuchte nur etwas Zeit.«

»Aha … nur etwas Zeit …« Mock kratzte sich am Kinn, blickte an die Decke und verschränkte die Hände hinter dem Kopf und es sah fast so aus, als ob er träumte. »Okay, Herr Haverstroh, ich habe eine Idee, wie wir es machen …«

Au Backe, dachte Claas, jetzt kommt wieder so ein Unternehmen Donnerblitz, Gewittersturm oder Kanonenschlag.

Doch Mock winkte beruhigend ab. »Keine Sorge, total harmlos diesmal … Wir starten Montagfrüh … mit der Operation Irischer Teer!«

Da ihm die morgendlichen Abläufe im Golfspielclub von zahlreichen Spaziergängen mit Gretel annähernd bekannt waren, gab Mock Claas das Versprechen, ihm die nötige Zeit für einen erneuten Besuch im Büro des Clubchefs verschaffen zu können. »Jeden Morgen das Gleiche, habe ich über Jahre beobachten können … Die Putzfrau beginnt stets in den Büros und arbeitet sich nach vorne durch. An der müssen Sie irgendwie vorbei. Wenn die dann vorne rumwuselt, haben Sie hinten solange freie Bahn, bis van Boysen erscheint. Normalerweise ist der um Punkt acht da.« Seine Stimme erhob sich um eine Nuance. »Aber jetzt greift Irischer Teer! Wenn meine Kalkulation aufgeht, werden wir ihn mindestens eine Viertelstunde hinhalten.«

»Hm, das könnte knapp werden«, sagte Claas, »aber immer noch besser als die Scheibe einzuschlagen.« Die einfachste aller Zugangsmöglichkeiten hatte er gleich wieder verworfen, denn bei seinem gestrigen Besuch hatte er feststellen müssen, dass das Objekt durch eine Alarmanlage gesichert war.

»Das Gebäude war schon zu oft Ziel von Einbrechern, es liegt ja auch etwas ab vom Schuss«, sagte Mock. »Trotzdem wären in fünf Minuten ihre Kollegen da, und denen gegenüber würden wahrscheinlich selbst Ihnen die Argumente ausgehen. Deshalb müssen Sie durch die Tür. Und das geht nur, wenn die Putzdame schon da ist …«

»Und van Boysen noch nicht, verstehe.« Claas konnte sich langsam mit dem Plan anfreunden.

»Und tagsüber können Sie es vergessen, das haben Sie selbst festgestellt«, erinnerte Mock noch einmal an Claas‹ erfolglosen Ausflug.

»Okay, Doktor, dann erklären Sie mir mal, was es mit Ihrer tollen Aktion auf sich hat.«

Nach den ersten Schlucken aus einer frisch geöffneten Flasche Solebier, für die er sich nach einem Blick auf die Uhr die Genehmigung erteilt hatte, legte Mock los: »Haben Sie schon mal von einer irischen Teerkolonne gehört? Die ist so lästig wie Scheiße unterm Fuß und dreimal so dreist! Bin selbst vor drei Jahren auf solche Burschen reingefallen.«

Claas musste nicht lange nachdenken. »Ach, diese Geschichte. Die klopfen ungefragt an und erzählen, dass sie von irgendwelchen Bauarbeiten noch 'ne Schippe Teer übrighätten ...«

»Genau. Und ob ich nicht noch was bräuchte, für kleines Geld natürlich. Okay, sage ich, vorne in der Zufahrt sind zwei Schlaglöcher, da könnt ihr Euch austoben.«

»Und dann kam vermutlich das Übliche?«

»Wenn Sie damit sagen wollen, dass die dann alles blockiert haben und meinten, also sie müssten jetzt aber noch mal so 'nen richtig dicken Schein sehen, damit sie wieder abhauen ... Ja, da liegen Sie richtig.«

Claas war die Masche schon aus Mönchengladbach bekannt; mehrfach waren dort verschiedene Banden aus dem englischsprachigen Raum negativ aufgefallen und hatten mehrere Grundstücksbesitzer überrumpelt. »Wie ist denn das Ganze ausgegangen? Haben Sie gelöhnt oder die Polizei gerufen?«

Mock setzte ein Strahlen auf. »Weder noch. Ich habe einfach den Magirus angeworfen und gedroht: Wenn ihr Pissnelken nicht binnen einer Minute vom Hof verschwunden seid, schiebe ich euch und euren ganzen Mist zusammen, bis nur noch Matsche übrigbleibt! Hat gewirkt, ratzfatz waren die weg. Schade eigentlich ...«

»Warum schade?«

»Ich hätte gerne mal gesehen, was der Deutz so kann ... Aber sei's drum. Die Teerflicken waren natürlich auch nichts Wahres, wahrscheinlich bestanden die nur aus alten Kaugummis; nach einer Woche hatten die sich jedenfalls komplett aufgelöst.« Er blickte ins Leere, dann aber entschlossen zu Claas herüber und rieb die Hände gegeneinander. »Aber ein Gutes hat das Ganze: Das flegelhafte Verhalten dieser Banden werden wir uns zunutze machen.«

Über den schweren Esstisch gebeugt erläuterte Mock kurz darauf seine Planung: »Es ist ganz einfach. Unter der Tarnkappe der irischen Teerkolonne wird die Einfahrt zum Club blockiert. Währenddessen können Sie Ihren zweiten Versuch unternehmen, ins Büro vorzudringen.«

Claas konnte sich nicht verkneifen, Mock auf den Aufwand hinzuweisen. »Warum stellen wir nicht einfach ein kaputtes Auto in die Einfahrt? Das würde doch einiges an Mühe sparen.«

»Wie witzlos ist das denn?«, stellte Mock beinahe entrüstet fest. »Sehen Sie, Herr Haverstroh, ich will dem Ganzen auch noch was abgewinnen. Und wenn es nur ein blödes Gesicht ist. Außerdem hält ein kaputtes Auto keinen auf, da kann man nämlich drum herumlaufen, oder etwa nicht? Wir brauchen schon einiges an Aktivität, um van Boysen hinzuhalten.«

Zugegeben, dachte Claas, da hat er wohl recht.

Mock straffte sich und schaute gutmütig herüber. »Aber um mal grundlegend etwas klarzustellen. Sie haben sich doch bestimmt schon so manches Mal gefragt, warum ich mir immer so komische Sachen ausdenke, oder?«

Jetzt hatte Mock Claas kalt erwischt.

»Richtig … Herr Doktor … nicht nur einmal«, stammelte der grundehrlich und war umso verblüffter über das, was er von Mock als Antwort erhielt.

»Weil wir's können! Ganz einfach. Aber bitte nicht falsch verstehen, das soll nicht überheblich klingen … Zur Verdeutlichung ein Beispiel …« Er blickte nach draußen, bevor er wie elektrisiert erklärte: »Ich muss kein altes Feuerwehrauto fahren … aber das macht einfach Spaß! … Ich muss auch kein künstliches Kaninchen über den Rasen ziehen, um an eine Gewehrpatrone des Freiherrn zu kommen … aber auch das hat doch unsäglich Spaß gemacht und wir haben das Ziel erreicht! Da können Sie Ihren Enkeln noch von erzählen.«

Claas dachte kurz darüber nach, dass bei der Aktion Falscher Hase nicht viel gefehlt hätte, dass er selbst vom Freiherrn eine

Ladung abbekommen hätte. »Na ja«, sagte er deshalb, »Nervenkitzel würde es wohl besser beschreiben.«

Mock schob dann noch leise hinterher: »Im Grunde bin ich Ihnen ganz dankbar.«

»Dankbar? Wofür?«

»Dass Sie vorbeigekommen sind mit Ihrem Fall. Und sich festgebissen haben. Erst dachte ich ja, das wäre völliger Quatsch, aber dann wurde es interessant und jetzt hänge ich hier mit drin und werden das Ganze auch konsequent bis zum Schluss durchziehen. Wenn vielleicht auch etwas unkonventionell …« Mock setzte wieder sein fröhliches, unbekümmertes Schuljungengesicht auf. »Ich bin kein Kind von Traurigkeit und habe mir abgewöhnt, zu lange über manche Sachen nachzudenken. Das zerstört nur die Chance des Augenblickes. Den muss man nämlich manchmal blitzschnell ergreifen, sonst ist er weg. Das nur mal so am Rande, damit Sie nicht dauernd denken, ich wäre total plemplem.« Er drehte sich wieder zum Tisch. »So, jetzt wieder zum Fall. Wir müssen also Personal aufbieten, das van Boysen bindet, und das wird einer Teerkolonne mit Sicherheit gelingen.«

»Okay, ich gebe mich geschlagen«, sagte Claas und war noch ganz benebelt von Mocks vorangegangener Erklärung. Letztendlich wollte er aber schnell an Ergebnisse gelangen, und es war ihm eigentlich piepegal, wer, wo, wann und wie den Clubchef daran hinderte, auf das Gelände zu gelangen. Und wenn es der Ministerpräsident von Lippe persönlich macht, dachte er, wohlwissend, dass es den gar nicht gab. Trotzdem galt es noch etwas zu klären. »Wen haben Sie sich denn eigentlich als Kolonne gedacht? Alleine werden Sie das wohl nicht hinkriegen und ich bin ja schon woanders verplant.«

»Ach, da machen Sie sich mal keinen Kopp drum. Ich hatte an Hardy und Jesper gedacht. Für die beiden wäre es ja eigentlich völlig ungefährlich und harmlos. Ich selbst werde im Hintergrund bleiben … Schließlich muss einer ja die Übersicht behalten.«

Claas musste lachen. »Verstehe schon, der Chef kocht, macht aber nicht sauber … Was brauchen wir denn alles für die Aktion? Ich denke, ein Haufen Teer allein reicht dafür nicht aus?«

»Nein, ein paar weitere Zutaten benötigen wir schon noch. Die besorge ich mir bei meinem Freund Walter.«

»Walter? Welcher Walter?«

»Brauchste Kies, Sand oder Steine? Frag am besten Walter Heine!«, reimte Mock und klärte Claas auf: »Unser hiesiger Tiefbauunternehmer; hat sich vom Schulabbrecher zum Selfmade-Millionär hochgearbeitet. Wir kennen uns schon seit Kindertagen und kommen immer noch gut miteinander aus. So kommen wir schon einmal umsonst an den ganzen Baustellenkram; ich kümmere mich gleich darum, dass wir das Zeug bis Montagmorgen auf dem Hof haben. Dann brauchen wir nur noch ein paar Kleinigkeiten.«

»Und welche?«

»Wirklich nicht viel: Einige Requisiten aus meinem Theaterfundus, einen dunkelblauen Filzstift und etwas Klebstoff.«

* * *

Die drei Personen saßen im Hinterzimmer zusammen; der Laden hatte schon geschlossen.

»Wir stehen wirklich kurz davor, unser Ziel zu erreichen. Auch wenn bis jetzt nicht alles so geklappt hat, wie wir uns das anfangs vorgestellt haben und die Dinge anders verlaufen sind als geplant. Fakt ist, dass die Hindernisse aus dem Weg geräumt sind, so oder so.«

»Dann wäre also nur noch unser Polizist Haverstroh im Weg …«

»Ja, theoretisch schon. Aber du meintest doch, dass du ihn in den Griff kriegst?«

»Ja, da bin ich von ausgegangen. Aber so ganz von gestern scheint der Kerl auch wieder nicht zu sein.«

»Hm, merkwürdig. Ehrlich gesagt, ich bin mir nicht sicher, ob das wirklich ein guter Bulle ist. Auf dem Golfplatz hat er auch

schon Randale gemacht. Ist in Kleidung aus dem Discounter aufgelaufen und hat das Auto von Rummsfeldt beschädigt, vielleicht sogar mit Absicht. Hat jedenfalls dessen Sohn gesagt.«

»Eines dieser eingebildeten Jüngelchen aus der Gruppe der Berufssöhne?«

»Genau einer davon. Aber keine Ahnung, was der Kerl auf dem Golfplatz wirklich wollte …«

Alle guckten sich fragend an.

»Könnte das was mit dem letzten Turnier zu tun haben? Immerhin wurden da einige Grundlagen unseres Plans gelegt.«

»Das kann ich mir nicht vorstellen. Woher sollte er davon wissen? Da war der doch noch gar nicht hier. Das dürfte auch niemand ausgeplaudert haben; die wären doch alle schön blöd …«

»Vielleicht ist der auch einfach nur bekloppt und hat Langeweile.«

»Schön ausgedrückt … Aber mal im Ernst, was mir noch aufgefallen ist: Dieser Haverstroh scheint sich in letzter Zeit mit Doktor Mock abzugeben.«

»Doktor Mock? Der mit dem schiefen Blick und diesen ollen Flugzeugen aus Holz und Pappe?«

»Genau der. Den sollten wir auch nicht ganz aus den Augen verlieren.«

»Du meinst also, wo Mock ist, ist Haverstroh nicht weit und umgekehrt? … Was also sollen wir machen?«

»Ich schlage Folgendes vor: Wir warten ab, bis der Bulle wieder abgereist ist. Das wird nicht mehr lange dauern. Und da er im Moment wohl nichts Konkretes weiß und nur im Nebel stochert, können wir ihn wohl erst einmal in Ruhe lassen. Falls er sich aber noch einmal in die Sache einmischt und uns zu nahe kommt, müssen wir schnell handeln.«

»Aus dem Weg schaffen?«

»Das sehen wir dann. Aber es scheint mir das Klügste zu sein. Wenn wir es einigermaßen geschickt anstellen, kommt uns keiner auf die Schliche. Hat doch bei den anderen auch gut geklappt. Es muss nur wie ein Unfall aussehen … Also haltet Augen und Ohren auf.«

Sonntag, 9. August–Montag, 10. August

Am Sonntagmorgen schlief Claas lange aus und verbrachte den Tag überwiegend faulenzend auf dem Balkon; erst am Nachmittag ging er noch etwas spazieren. Am Abend fragte er bei Frau Fürst-Schmidt nach, ob sie ihm das Frühstück für den nächsten Morgen schon vorbereiten könnte, da er zeitig aufbrechen müsste.

»Kein Problem, ich stelle Ihnen alles hin, nur die Kaffeemaschine müssen Sie dann selbst einschalten.«

»Fein. Ich denke, das bekomme ich hin.«

»Morgens um sieben ist die Welt noch in Ordnung …«

Den sehnsuchtsvoll-heiteren Evergreen von James Last leise vor sich hin summend, radelte Claas dann am nächsten Morgen gutgelaunt durch die Wiesen zu Mocks Mühle. Die Sonne war schon aufgegangen und blinzelte ihm durch die Baumkronen am Rande des Tals entgegen. Langsam zeichnete sich jedoch eine Wetteränderung ab; die nächsten Tage sollten zunehmend schwül werden. Trotz der frühen Tageszeit kamen Claas schon einige Jogger und Walker entgegen, ansonsten war es noch herrlich ruhig, auch weil der Berufsverkehr noch nicht eingesetzt hatte.

Fünf Minuten später fuhr ihm ein gehöriger Schreck durch die Glieder. In Mocks Küche standen zwei Gesellen, die Claas erst bei genauem Hinsehen als Hardy Klingenschmitt und Jesper Svendborg identifizieren konnte. Mock hatte ganze Arbeit geleistet. Hardys Glatze wurde vollständig durch ein graues Toupet mit kurzen, dichten Stoppelhaaren bedeckt; auch Jesper hatte ein künstliches Haarteil bekommen und trug nun anstatt seiner braunen Kurzhaarfrisur einen schulterlangen, rotblonden Zopf. Claas hatte bis jetzt immer nur Jespers obere Hälfte im Fenster des Kiosks gesehen und staunte nun über den baumlangen Dänen, der, direkt neben Hardy stehend, diesen um fast einen halben Meter überragte.

»Die Perücken passen nicht ganz hundertprozentig«, meinte Mock, »und für Hardys Pläte habe ich auch den Klebstoff gebraucht.«

»Jau«, sagte Hardy und fasste gleichzeitig nach oben. »Das juckt jetzt schon. Hoffentlich bleibt das nicht so.«

Mock war sichtlich stolz auf seine beiden Schauspieler, auch weil sie sich ohne großes Zögern spontan für die Aktion bereit erklärt hatten.

»Aber das dauert hoffentlich nicht so lange, Julius«, meinte Jesper zwischendurch. »Ich muss um neun die Bude aufmachen, da kommt der erste Bus.«

»Keine Bange, maximal eine halbe Stunde. Versprochen. Und jetzt: Beide die Arme freimachen!«

Jesper und Hardy krempelten die Hemdsärmel hoch und Mock begann mit einem blauen Edding einfache, furchtbar hässliche Motive auf die Haut zu malen, die er aus einem alten Buch über englische Piraten rausgesucht hatte. »Haben Sie schon einmal so schöne Tätowierungen gesehen? Könnte mich glatt selbständig damit machen, meint ihr nicht auch? Gegen das, was manche Leute heutzutage ihrer Umwelt zumuten, sind das doch regelrechte Kunstwerke!« Mock war vollständig von seiner künstlerischen Arbeit überzeugt und als er sah, dass sich Hardy, Jesper und Claas etwas mitleidig ansahen, setzte er nach: »Na kommt schon, irische Malocher ohne Tätowierung, das gibt's doch gar nicht … Aber keine Sorge, man kriegt das auch wieder ab.« Es folgten noch ein paar Instruktionen und Anweisungen, wer heute was zu übernehmen hatte. »Sprecht so, dass es sich irgendwie englisch anhört, damit es halbwegs authentisch wirkt.« Er wandte sich an Claas und warf gleichzeitig einen Blick auf die Uhr. »Also, ich bin zufrieden. Wüsste nicht, was da schiefgehen sollte … Gentlemen, gleich halb acht, es wird Zeit. Unser Wägelchen ist schon gepackt. Let's go!«

Als Claas wenig später geduckt hinter einer Hecke am Eingangsbereich des Clubs die Lage peilte, erregte ein kleiner Haufen auf dem Rasen seine Aufmerksamkeit. Mit einem Taschentuch griff er nach dem Rest einer Hundewurst, klaubte sie vom Boden auf und ging zum Eingang herüber, wo direkt neben einer Golfballwaschvorrichtung ein gelber Hundekotbeutelspender hing. Claas zog eine der schwarzen Plastiktüten heraus und ließ das Taschentuch samt Hundescheiße hineingleiten. Behutsam, jedes unnötige Geräusch vermeidend, drückte er dann die Klinke der Eingangstür herunter und lauschte ins Gebäude hinein. Er hörte deutlich, wie die Putzfrau im hinteren Bürobereich tätig war, ganz wie es Mock vorausgesagt hatte. Jetzt musste er nur noch an ihr vorbeikommen.

Kurz zuvor hatte Claas Hardy und Jesper in der Einfahrt hundert Meter vor dem Clubhaus zurückgelassen und sie zusammen mit Mock nachdrücklich aufgefordert, hartnäckig zu bleiben und van Boysen nach dessen Ankunft möglichst lange aufzuhalten.

»Haben Sie Ihr Handy parat? Ich werde Sie warnen, falls was passiert«, gab Mock ihm noch mit auf den Weg, bevor er selbst hinter ein paar Bäumen am Rande des Geländes verschwand, von wo er seine beiden Schützlinge gut beobachten konnte.

Ludger van Boysen war spät dran. Normalerweise pflegte er jeden Werktag exakt um 8 Uhr im Vorstandsbüro des Golfspielclubs zu beginnen. Die Reinigungsfachkraft hatte dann wie üblich schon ihre morgendliche Runde gedreht und alles wieder auf Vordermann gebracht; auch die Kaffeemaschine hatte sie schon eingeschaltet, damit er sich gleich bei Ankunft eine frische Tasse einschenken konnte. Normalerweise erledigte er in der folgenden Stunde die nötigsten Arbeiten, denn auch die Leitung eines Golfclubs war aufwendig und der Papierkram nahm beständig zu. Danach gönnte er sich, sofern das Wetter es gestattete, eine kleine Partie auf dem Platz, bevor er sich kurz vor zehn zurück in die Stadt in sein Architekturstudio begab und seiner hauptberuflichen Tätigkeit als Planer, Sanierer und Generalunternehmer von meist öffentlich genutzten Immobilien nachging.

Doch heute klappte es nicht wie gewohnt. Schuld daran war zuerst die mühsame Fahrt aus der Stadt heraus über die Extersche Landstraße, die aufgrund der begonnenen Bauarbeiten nur halbseitig befahrbar war. Als er dann endlich seinen dunkelgrünen Jaguar XJ6 in die Einfahrt zum Club lenken wollte, traute er seinen Augen nicht. Was war denn hier los? Zwei abgerissen aussehende Arbeiter standen mitten auf dem Weg herum und lamentierten wild gestikulierend in einem unverständlichen Kauderwelsch. Sie hatten einen kleinen Anhänger dabei, darauf ein Haufen Teer, von dem die beiden immer wieder kleine Mengen mit einer Plattschüppe abstachen und in der Einfahrt verteilten. Diese hatte aufgrund eines mangelhaften Unterbaus aus den siebziger Jahren über die Jahre hinweg zwar einige Schlaglöcher bekommen und zahlreiche Clubmitglieder hatten sich schon darüber beschwert, doch van Boysen hatte bis jetzt keine Modernisierung in Auftrag gegeben. Was also machten diese beiden Vögel da? Er stoppte seinen Wagen und ließ das Fenster herunter. »He, ihr da! Wer zum Teufel seid ihr und was macht ihr da?« Hardy und Jesper machten jedoch keine Anstalten, ihm zu antworten und verteilten munter immer mehr von dem schwarzen Zeug auf dem Weg.

»Hurry, hurry!«, forderte Hardy.

»Give me more! More black stuff!«, blaffte Jesper zurück.

Van Boysen traute seinen Augen und Ohren nicht. Waren das Engländer? Die schlechten Tätowierungen und das Gebrabbel deuteten schon mal darauf hin. Aber wer hatte die bestellt? »Hey guys«, rief er und versuchte mit ihnen ins Gespräch zu kommen. »What are you doing here?«

Hardy guckte etwas verdutzt, denn er hatte sich auf vieles vorbereitet, nur nicht darauf, wirklich Englisch sprechen zu müssen, denn das war nicht gerade seine Stärke. »We … we … make the street new …«, faselte er, bevor Jesper sich dazwischenschaltete. »We are hard working men. This street needs to be repaired. Look here …« Er zeigte mit der Schaufel auf die Schlaglöcher.

Doch van Boysen ließ sich nicht so einfach abspeisen. »Do you have any order to do this? Who's your boss?«

Claas ging das erste Risiko des Tages ein. Auf dem Weg zum Bürotrakt lagen die Toilettenräume – links die der Damen, rechts daneben die der Herren. Er schlich sich in die Männerabteilung und schmierte den Hundekot aus dem Plastikbeutel satt auf eine der beiden Klobrillen. Pfui deibel, dachte er angewidert, die schmierige Scheiße stinkt ja pestilenzartig! Dann machte er kehrt, stellte sich in der Damentoilette auf einen Klodeckel und wartete mit dem Ohr an der Wand ab. Die Putzfrau hatte ein Radio dabei, die ersten Schlager des Tages dudelten durch die Räume und langsam, mit penetrant quietschenden Rädern, näherte sich ihr Wägelchen den Sanitärräumen.

»What's the matter? What do you want?«, bölkte Jesper und versuchte so grimmig wie möglich zu gucken.

Van Boysen war perplex. »Was die Mätter ist? Kann ich dir sagen! Ich wüsste gerne, wer euch beauftragt hat, verdammt!« Langsam begann sein Gesicht rot anzulaufen. »Okay, okay«, beschwichtigte Jesper jetzt und versuchte den Clubchef hinzuhalten, »the lady in the house told us to do this.«

»Lady? Gibt keine Lady hier! Wen meinst du damit?«

»The cleaning woman over there«, log Jesper und zeigte zum Clubhaus hinüber. »She gave us order!«

Van Boysen war wie vor den Kopf gestoßen. Seit wann erteilte eine Putzfrau hier Bauaufträge? »Bullshit!«, schrie er fast. »Ich glaube euch kein Wort! Sagt mir endlich, wer ihr seid und wer euch geschickt hat!«

Das bisschen Haushalt macht sich von allein … sang Johanna von Koczian im Radio, als das Putzwägelchen Richtung Herrentoilette bugsiert wurde. Dort traf die Putzfrau der Schlag. »Kerl noch mal, wie ekelig!«, fluchte sie. »Gibt's das denn? Diese Schweine!«

Nebenan atmete Claas erleichtert durch. Glück gehabt, der Köder war geschluckt. Er verließ sein Versteck und ging leise in Richtung der Büros, vorbei an der ächzenden Putzfrau, die ihm den Rücken zuwandte und die Sauerei zu entfernen versuchte. »Schimpft sich hier Elite und hat so was nötig! Das werde ich dem Chef melden … Nee, was ist das widerlich!«

Vor der Milchglastür des Vorstandsbüros kramte Claas sein Türen-Notfall-Besteck aus der Tasche; er hatte das schmale Etui, das auch auf Reisen stets ein treuer Begleiter war, extra heute Morgen eingepackt. Ein inoffizieller Lehrgang bei den Berliner Schlösserfreunden hatte ihm vor Jahren die Technik der lautlosen und zerstörungsfreien Öffnung verschlossener Türen nähergebracht und so einige Male konnte er davon dienstlich auch schon Gebrauch machen. Doch so einfach, wie er es sich gedacht hatte, war dieses Schloss hier nicht zu knacken. Claas versuchte, den ersten Dietrich im Schließzylinder zu drehen. Erfolglos. Auch mit dem zweiten und dritten kam er nicht weiter. Erste Schweißperlen bildeten sich auf seiner Stirn, seine Finger wurden fahrig. Die Zeit drängte, es war schon nach acht und jede Minute war kostbar. Was er jetzt nur nicht gebrauchen konnte, war Hektik. Ganz ruhig bleiben, impfte er sich ein. Noch war alles im Plan, das Handy blieb weiterhin ruhig und aus der Toilette hörte er die Putzdame noch immer fluchen.

Als van Boysen Jesper näher betrachtete, kam ihm der Gedanke, dass er dessen Gesicht auch schon mal gesehen hatte, doch just da wurde er erneut abgelenkt.

»Say the man, that he shall go wech!«, rief Hardy und schwang seine Schaufel.

Van Boysen hielt inne. Hatte der gerade wech gesagt? Moment mal! Kannte er die beiden vielleicht aus dem Fernsehen? Versteckte Kamera? Hier? So weltbedeutend war der Club nun auch wieder nicht. Was für ein Affentheater tischten die beiden Komödianten ihm also auf?

Klack! Mit der vorletzten Schlüsselahle hatte Claas endlich die richtige erwischt: Nach einiger Fummelei sprang das Schloss auf und gab den Weg frei. Schnell wanderte sein Blick durch das Büro; er suchte nach verwertbaren Dingen, verdächtigen Unterlagen oder sonstigen Beweisen, die belegten, dass der Clubchef Ludger van Boysen in den Fall involviert sein könnte. Auf dem Schreibtisch lagen ein paar Bestellungen von Shopartikeln, Mitgliedsanträge und Einladungen für ein demnächst anstehendes Golfturnier. Aber nichts, was mit einer Erweiterung des Clubgeländes in Verbindung gebracht werden konnte. In einem Regal neben dem Fenster standen sorgfältig beschriftet eine Reihe DIN-A4-Ordner. Mit Sicherheit steht dort aber keiner mit dem Label Golfplatzerweiterung – Mord 1–3 oder so ähnlich, dachte Claas und so nahm er sich zuerst den Ordner mit den Rechnungen vor. Wie ein Daumenkino blätterte er dann schnell einen Ordner nach dem anderen durch; zwischendurch huschte er immer wieder zur Tür und lauschte, ob sich jemand näherte. Doch noch war alles ruhig, nur aus der Herrentoilette kamen weiterhin ächzende und fluchende Geräusche. In den letzten Ordnern fand Claas aber auch nichts, was dort nicht hingehörte. Er blickte erneut umher. Die Rollcontainer unter dem Schreibtisch waren allesamt verschlossen. Scheiße, dachte er, schon wieder Fummelarbeit. Jetzt wird's aber knapp. Zum Glück waren die Schlösser einfachster Bauart und mit Hilfe einer dicken Büroklammer, die er sich passend zurechtbog, gelang es ihm in relativ kurzer Zeit, eins nach dem anderen zu öffnen. Als er die erste Schublade aufzog, summte sein Handy.

»Es wird mir jetzt zu bunt mit euch Spinnern!«, schrie van Boysen giftig und fuchtelte mit seinem Schlüsselbund. »Und es ist mir inzwischen auch scheißegal, wo ihr herkommt oder wer euch geschickt hat!«

Hardy und Jesper gingen langsam die Ideen aus und sie wussten nicht mehr recht, was sie noch tun konnten, um weiterhin halbwegs glaubwürdig zu wirken. Mehr und mehr kamen sie ins Schwitzen, und dass nicht nur durch die langsam in alle Ritzen kriechende Schwüle. Langsam begannen die Tattoos, die Mock so mühevoll auf Jespers und Hardys Arme gemalt hatte, durch Schweiß und Hitze zu zerlaufen und sahen kurz danach aus wie surreale Kunstwerke von Salvador Dalí. Das bemerkte auch van Boysen, dem zunächst der Mund offen stehen blieb, bevor sich sein Wutanfall komplettierte. »Saubande! Was wird das für ein Mist, wenn's fertig ist?« Er war kaum zu halten und machte zwei Schritte auf Hardy zu. Der zeigte eine gute Reaktion und wich entsprechend schnell zurück. Das Toupet auf seinem Kopf hatte inzwischen allerdings ebenfalls durch Schwitzwasser den Haftkontakt zur Glatze verloren und fiel van Boysen mit Schwung direkt vor die Füße. Mit spitzen Fingern hob der es auf. Made in GDR las er auf einem eingenähten Schild auf der Innenseite. »Seid ihr vom Fernsehballett oder was?« Er blickte zu Hardy, der nun in seiner natürlichen Schönheit vor ihm stand. »Ach nee, Sie sind das!« Van Boysen kannte Hardy zwar nur vom Sehen, aber er wusste durchaus, wo er ihn hinstecken musste. »Dann wird unser gemeinsamer Freund Mock ja auch nicht weit sein! Hätte ich mir ja gleich denken können … Seien Sie gewiss, das wird Konsequenzen haben!« Er kickte das Toupet mit dem Fuß in die Hecke, drohte mit der Faust und setzte sich zurück in den Wagen.

Der Sechszylinder des Jaguar heulte laut auf, und nur im letzten Moment gelang es Jesper, den Handwagen zur Seite zu ziehen, bevor van Boysen den Weg zum Clubhaus hinauf beschleunigte.

»Mock hier! Hauen Sie ab, van Boysen ist gerade durchgebrochen!«

Claas ließ das Handy sinken und obwohl ihm die Zeit davonlief, riss er noch schnell alle anderen Schubladen auf. Aber diese offenbarten auch keine verdächtigen Unterlagen, sondern waren nur mit Büroutensilien, leerem Papier, unnützem Nippes und anderem Krimskrams vollgestopft. Claas ärgerte sich. Schon wieder so eine Pleite hier! Rein gar nichts hatte er gefunden und nun war auch keine Zeit mehr, um weiterzusuchen. Im Gegenteil, jetzt musste er sogar achtgeben, dass er van Boysen nicht noch in die Hände fiel. Beim Rausgehen blieb sein Blick dann aber noch auf einem großen, gerahmten Foto neben der Tür hängen. Es zeigte eine Gruppe mit Golfern, von denen ihm einige durchaus bekannt waren. 20. Solesieder-Turnier – 04.05.2014 stand unter dem Bild. Claas hatte schon davon gehört, dass es alljährlich ein großes Stadtfest gab, das den historischen Hintergrund der Salzgewinnung aufgriff und stets Anfang Mai im gesamten Altstadtbereich gefeiert wurde; vermutlich sprang der Club auf den Zug mit auf und veranstaltete zeitgleich ein Golfturnier. Claas wollte gerade wieder sein Handy zücken, um das Bild zu fotografieren, da hörte er draußen ein sich schnell näherndes Motorengeräusch. Scheiße, zu spät! Hastig zog er die Tür hinter sich zu und eilte zum Ausgang.

Die Putzfrau hatte es derweil geschafft, sein übles Machwerk in der Herrentoilette zu beseitigen und war eine Abteilung weitergezogen. Die hat schon mal nichts mitbekommen, dachte Claas, gerade noch mal gutgegangen! Erleichtert öffnete er die Eingangstür, trat nach draußen und wollte gerade um die Ecke verschwinden, als van Boysens Wagen heranpreschte und genau vor ihm stoppte.

Clubchef van Boysen hatte insgeheim schon befürchtet, dass die Hinhalte-Aktion an der Einfahrt kein blöder Zufall war und als er Hardy erkannt hatte, schwante ihm erst recht nichts Gutes. Denn ihm war bewusst, wo Hardy auftauchte, konnte Mock nicht weit sein und allein das sorgte bei ihm für schlechte Laune. Doch noch konnte er sich keinen richtigen Reim auf die Sache machen. Mit einem unguten Gefühl steuerte er seinen Wagen zum Clubhaus und war entsetzt und empört zugleich, als er Claas dort stehen sah. Denn in ihm erkannte er sofort denjenigen wieder, der am Samstag seiner Meinung nach vorsätzlich das Auto eines der potentesten Clubmitglieder ramponiert hatte. Der vorgegeben hatte, zum Schnuppertraining gekommen zu sein und Andi Borgmeier zu heißen. Was gelogen war. Denn kurz nachdem er ihn am Samstag des Geländes verwiesen hatte, bekam van Boysen die interessante Info, um wen es sich bei diesem Mann wirklich handelte.

»Sie haben mir gerade noch gefehlt! Bleiben Sie mal schön stehen«, rief er, während er aus seinem Jaguar stieg. »Ich weiß, dass Sie Polizist sind und hier rumschnüffeln, Herr Hafenstrolch oder wie auch immer Sie heißen.« Van Boysens Haarhelm bewegte sich trotz seiner Erregtheit kaum und Claas fragte sich, wie viele Dosen Haarspray dafür wohl nötig gewesen sein mussten.

»Was Sie hier Samstag gemacht haben, war ja schon ziemlich dreist, mein lieber Scholli. Aber das heute setzt dem Ganzen ja noch die Krone auf! » Wütend wie ein HB-Männchen hüpfte van Boysen vor seinem Wagen auf und ab und zeterte los.

Claas hatte jedoch die Ruhe weg. Alte Coolness-Schule. Je mehr sich der andere aufregte, desto ruhiger wurde man selbst. »Ich weiß gar nicht, wovon Sie reden. Ich mache nur einen Spaziergang«, sagte er und versuchte von seinem illegalen Besuch abzulenken, doch der Clubchef gab nicht klein bei. »Moment, Moment, das haben wir gleich.« Er riss die Eingangstür auf und rief laut in das Clubhaus hinein: »Frau Wäscher! Kommen Sie doch mal bitte!« Einige Sekunden später kam die Putzfrau und schaute zur Tür heraus. »Guten Morgen, Herr van Boysen, spät dran heute?«

»Kann man wohl sagen. Ich bin … etwas aufgehalten worden.« Er sah Claas böse aus dem Augenwinkel an und zischte: »Tolle Aktion da unten, alle Achtung. Nahezu oscarreif! Haben Sie sich das mit Mock ausgedacht? Ich frage mich nur, wie und warum Sie an den geraten sind.« Dann wandte er sich an Frau Wäscher: »Haben Sie diesen Herrn hier eben im Gebäude gesehen?«

»Nicht dass ich wüsste. Ich habe jedenfalls niemanden gesehen oder gehört. Aber etwas anderes muss ich Ihnen unbedingt erzählen …«

Van Boysen war fast ein bisschen enttäuscht, dass Frau Wäscher Claas drinnen nicht angetroffen hatte und schien an weiteren Neuigkeiten nicht interessiert zu sein, deshalb fragte er gelangweilt: »Hm, was gibt's denn?«

»Also so eine Sauerei habe ich ja lange nicht erlebt. Da hat einer Ihrer feinen Herren aber ganze Arbeit geleistet. So etwas ekliges, also das habe ich …«

»Frau Wäscher, bitte! Was ist passiert?« Van Boysen war gewohnt ungeduldig.

»Die Toilette war zugeschissen! Aber völlig! Reicht das als Info?« Entrüstet stemmte sie beide Fäuste in die Seiten.

Van Boysen hatte jedoch gerade andere Sachen im Kopf als eine versaute Toilette und sagte desinteressiert: »Okay, okay, ich mache einen Aushang, dass sich das nicht wiederholt. Tut mir leid, wenn Sie sich da etwas mehr engagieren mussten.« Er entließ Frau Wäscher wieder in ihre Tätigkeit, hielt kurz inne und wandte sich musternd Claas zu. »Oder haben Sie eventuell etwas damit zu tun? Würde irgendwie passen, Ihnen ist wahrscheinlich alles zuzutrauen.«

Claas hob entwaffnend beide Hände. »Guter Mann, ich weiß mich zu benehmen. Außerdem treffe ich die Schüssel meistens punktgenau. Ich habe eine gute Erziehung genossen und …«

Van Boysen schnitt ihm das Wort ab: »Machen Sie sich nur lustig. Ich kann Ihnen zwar nichts beweisen, aber ich traue Ihnen nicht über den Weg.«

Claas wollte gerade etwas erwidern, aber der Clubchef ließ sich nicht unterbrechen, hob die Hand und hielt einen hektischen Stakkato-Monolog: »Was ich Ihnen schnell und eindeutig sage: Ich habe Verbindungen nach ganz oben. Falls Sie das interessiert. Am kommenden Wochenende findet unser alljährliches Sommerturnier statt; ein hochrangiges Mitglied der Landesregierung mit Kontakten zum Innenminister wird auf meine persönliche Einladung hin dabei sein. Und den rufe ich heute noch an und werde mich über Sie beschweren. Ich werde mir doch von so einer kleinen Beamtenseele meinen Club nicht in den Schmutz ziehen lassen!«

Claas brachte auch das nicht aus der Fassung, denn verbale und persönliche Angriffe auf den kleinen Polizisten, der aus niederen Gründen anderen Leuten was am Zeug flicken wollte, gehörten zur Tagesordnung und wurden intern als Herausforderung angesehen. »Dann sagen Sie ihm aber auch meinen richtigen Namen, bitte. Den hatten Sie eben falsch ausgesprochen. Darf ich Ihnen eine Visitenkarte aushändigen?« Er war sich sicher, dass van Boysen ihm gleich an die Gurgel ging, aber noch war es nicht so weit.

»Nein danke. Ihren Namen habe ich mir schon notiert, Sie Schlaumeier!« Van Boysens Blick wurde nun eisig. »Und jetzt verschwinden Sie von hier. Ich erteile Ihnen absolutes Hausverbot!« Wie eine finale Bestätigung seiner Wutrede warf er die Autotür mit Schmackes zu und verschwand im Clubhaus.

»Nun, Herr Haverstroh, wie beurteilen Sie die Situation?«, fragte Mock am Nachmittag, nachdem Claas die Behandlung in der Klinik hinter sich gebracht hatte und sie in der Küche bei drei Flaschen Bier Manöverkritik hielten. »War es ein Erfolg oder nicht? Wir für unseren Teil sind eigentlich ganz zufrieden, oder?«

»Na ja, es war ganz schön brenzlig«, meinte Hardy dazu. »Mich hat van Boysen jedenfalls wiedererkannt, bei Jesper weiß ich's nicht genau.«

»Dem ist ja auch nichts vom Kopf geflogen«, sagte Mock feixend. »Aber sonst war es doch super!«

»Kein Wunder«, reklamierte Claas. »Sie lagen ja auch nur hinterm Busch. Die meiste Arbeit haben ja auch andere erledigt.«

»Aber, aber, wir sollten jetzt nichts gegeneinander ausfechten. Was zählt, ist allein das Ergebnis.«

Claas nahm einen großen Schluck und blickte auf den Boden. »Und dieses Ergebnis war, abgesehen von Ihrer gelungenen Aktion, für mich leider ernüchternd. Ich habe nämlich nichts Belastendes gefunden. Nichts auf dem Schreibtisch, nichts in den Ordnern und nichts in den Schubladen unter dem Schreibtisch.«

Mock kratzte sich am Kinn. »Aber das ist andererseits auch nicht unbedingt schlecht. Wo keine Beweise sind, kann man schließlich auch keine finden. Vielleicht sollten wir das als Ergebnis verbuchen.«

Sie schwiegen eine Weile, bevor Claas weitermachte. »Ich bin mir noch nicht ganz sicher, was ich von van Boysen halten soll. Mir kommt es fast so vor, als ob er einfach nur ein cholerischer Giftzwerg ist und kein kaltblütiger Mörder oder Strippenzieher.«

»Cholerisch ist er auf jeden Fall«, ergänzte Mock, »und wenn ich meine persönlichen Antipathien ausblende, pflichte ich Ihnen sogar bei. Aber wie Sie schon sagten, man kann den Menschen nicht in den Kopf gucken.«

»So ist es, Doktor. Sie haben mir allerdings immer noch nicht erzählt, was es mit Ihrer Feindschaft, wenn ich das so sagen darf, auf sich hat.« Claas wollte endlich wissen, was zwischen dem Clubbesitzer und Mock stand.

»Später, Herr Haverstroh, später, es ist wirklich nicht wichtig.«

Unfreiwillig begnügte sich Claas mit dieser Aussage. »Wenn Sie meinen … Etwas allerdings könnte uns vielleicht doch weiterbringen, ich weiß nur noch nicht ganz genau, wie. Beim

Rausgehen habe ich ein großes Foto gesehen, vom letzten Sole-sieder-Turnier.«

»Ach, sagen Sie bloß. Da haben sich dort wohl mal wieder die Großen die Klinke in die Hand gegeben ... und natürlich die, die sich dafür halten.«

Claas kommentierte das nicht weiter, sondern beschrieb, wen er auf dem Foto gesehen und erkannt hatte. »Kurdirektor Stoltenbusch und van Boysen, was nicht verwunderlich ist. Daneben lächelten allerdings Staatsanwalt Tielemann und Kommissar Bödefeld gequält in die Kamera, so als wären sie angeschickert gewesen oder hätten irgendwas eingeworfen. Und ganz in der Mitte stand ein Mann, den ich nicht kannte. Der trug eine ziemlich auffällige, bunte Hose und grinste, als wäre er der Boss vom Ganzen.«

Mock nestelte an seiner Brille herum. »Also, bei so einem Turnier ist es doch normal, dass gesoffen wird. Denke ich jedenfalls. Allerdings wusste ich noch nicht, dass die beiden Herren von Polizei und Justiz jetzt auch schon da mitspielen ... Oder meinen mitspielen zu müssen ... Aber wer könnte der Kerl mit der bunten Hose sein? Ich meine, Golfer tragen doch alle bunte Hosen. Oder karierte. Oder beides zusammen. Und grinsen ist ja auch nicht verboten ... Wie sah der denn sonst so aus?« Mock blickte fragend zu Claas herüber.

»Na ja, etwa Mitte vierzig, Igelfrisur, dicke Sonnenbrille, etwas feist im Gesicht ... keine wirkliche Augenweide.«

»Hm«, sagte Mock, »diese Beschreibung dürfte auf hundert Leute hier im Ort zutreffen.«

»Vielleicht war's Nutten-Hugo«, meinte Hardy mehr im Scherz, aber auch Mock musste schmunzeln. »Ja genau, der alte Hugo. Ob der jetzt auch noch unter die Golfer gegangen ist? Ich glaube, dessen Klientel ist doch wohl eine andere.«

Claas blickte in die Runde. »Wer zum Teufel ist Nutten-Hugo?«

Mock und Hardy sahen sich vielsagend an, bevor Mock erklärte: »Ach, unser örtlicher Puffbesitzer. Hugo Layer, genannt

Nutten-Hugo. Etwas derb und schmierig, wie man sich solche Kerle halt so vorstellt. Aber wer es auch immer gewesen ist auf dem Foto, vielleicht war die Person mit der bunten Hose ja auch nur aus Zufall mit auf dem Bild. Und wenn wir den mal außen vor lassen, haben wir doch immerhin mit den vier anderen den Zusammenhang, nach dem wir gesucht haben, oder?«

Claas wirkte leicht desillusioniert. »Na ja, das stimmt zwar. Alle Personen, die ich in der Sache involviert sehe, stehen auf einem Foto zusammen. Das ist aber auch schon alles. Was wir brauchen ist der finale Beweis. Stellen Sie sich vor, die vier sitzen zusammen in einer Kneipe und trinken Bier; daraus könnte man denen auch keinen Strick drehen.«

Mock blickte daraufhin sinnierend nach draußen. »Ist wahrscheinlich so wie mit dem Schlüsselbund ...«

Claas guckte irritiert. »Wie? Schlüsselbund? Was soll das heißen?«

»Ganz einfach. Sie sollen eine Tür aufschließen, sagen wir mal im Haus ihres Onkels, also mit einem fremden Schlüsselbund. Welches ist dann der passende Schlüssel?« Claas überlegte, ob das eine Scherzfrage sein sollte, aber Hardy guckte listig und war schon mit einer Antwort zur Stelle. »Garantiert der letzte, den man probiert!«

»Genau, das ist immer so«, sagte Mock. »Müssen Sie mal drauf achten. Hat wahrscheinlich mit Murphys Gesetz zu tun. Und so ist es mit unserer Suche bestimmt auch. Der letzte Ort, den wir uns vornehmen ... der wird es sein!« Er stellte drei neue Flaschen Bier auf den Tisch, da schellte oben das Telefon und er verließ kurz den Raum.

Claas fragte währenddessen bei Hardy nach, ob es einer großen Überredung bedurft hatte, bei der letzten Aktion mitzumachen.

»Nein, gar nicht. Ich habe mit Julius schon so viele Sachen erlebt und die sind immer alle gut ausgegangen. Und in einem hat er ja zweifelsohne recht.«

»Worin genau?«

»Es hat Spaß gemacht. Unheimlich, das können Sie glauben. Was erleben denn die meisten in meinem Alter noch? Nachdem man vierzig Jahre in seinem Betrieb malocht hat, wird man freitags in der Frühstückspause mit einem Blumenstrauß für zehn Euro und einer Uhr aus Plastik verabschiedet und dann war's das. Zuhause fällt den Leuten dann die Decke auf den Kopf und man läuft aus lauter Langeweile dauernd zum Arzt. Aber ohne mich!«

Mock kam mit einem Strahlen zurück. »So Leute, aufgepasst. Es wird ernst. Morgen kommt der Motor! Ich hatte gerade die Engländer am Telefon. Sie verladen ihn noch heute und morgen Nachmittag bringen sie ihn her.«

Hardy erhob sich und nahm seine Bierflasche mit. »Dann gehe ich mal in die Werkstatt zum Vorbereiten. Tschüs, Herr Haverstroh.«

Claas fiel in diesem Moment ein, dass er ja auch noch mit den Engländern telefonieren wollte, um etwas über die ominöse Markierung auf dem Maschinengewehr in Erfahrung zu bringen. Er ging hoch in den Leseraum, wählte die Nummer der Pressestelle der 1st Armoured Division in den Wentworth Barracks in Herford und ließ sich dort mit einem zuständigen Mitarbeiter verbinden. Dem erzählte er, auf Empfehlung von Warrant Officer Allistair McIntosh an die Pressestelle verwiesen worden zu sein, woraufhin man ihm bereitwillig Auskunft gab. Glücklicherweise war der Zivilangestellte des Archivs schon lange dabei und konnte sich an das ein oder andere erinnern. Allerdings hatte er für Claas lediglich die etwas enttäuschende Information, dass es wohl kaum Archivmaterial über Bunker und Waffenfunde im Wald gab, und wenn überhaupt, dann nur noch in Form alter Zeitungsberichte.

»Aber können Sie mir am Telefon etwas darüber sagen, was es mit englischen Kokarden auf deutschen Waffen auf sich haben könnte? Gab es so was oder haben wir uns verguckt?«

Am anderen Ende der Leitung verging einige Zeit und man konnte förmlich hören, dass dort nachgedacht wurde. »Ja richtig«, kam dann die Antwort. »Ich kann Sie beruhigen, mit Ihren Augen ist alles in Ordnung. Bis Anfang der sechziger Jahre, wenn ich mich recht erinnere, hat man in den Wäldern der Umgebung Waffen und Munition der Wehrmacht gefunden; die Deutschen hatten ja kurz vor der Besetzung die ganzen Waffenlager in die Luft gejagt. Die Waffen wurden gesammelt und dann für die Registrierung mit englischen Zeichen markiert, bevor sie schließlich verschrottet wurden.«

Sieh an, sieh an, dachte Claas, wir waren mit unserer Vermutung also auf dem richtigen Weg.

Der Mitarbeiter der Pressestelle versprach, in den nächsten Tagen das Army-Archiv zu durchforsten, um Näheres in Erfahrung zu bringen. Ob er das Ergebnis dann per Fax schicken könne, fragte er noch.

»Können Sie«, antwortete Claas und war froh, dass Mock noch so eine technische Antiquität besaß.

»Schluss für heute«, sagte Mock dann, als Claas wieder unten war. »Ich schlage vor, wir machen morgen weiter. Bis dahin mache ich mir Gedanken, wie wir vorgehen.« Auf dem Rückweg zur Pension spekulierte Claas gespannt, was bei diesen Gedanken wohl herauskommen würde.

Dienstag, 11. August

Ein rechteckiger, grauschwarzer Klotz mit den Ausmaßen einer Gefriertruhe hing am Haken des Krans, der sich langsam drehte und seine Fracht dann in die geöffnete Motorhaube der Spitfire absenkte. Der nato-olive Bedford-Transporter der britischen Streitkräfte hatte sich am Vormittag rückwärts in die Mühleneinfahrt manövriert und für den sicheren Stand beim Abladen seitliche Stützen ausgefahren. Mock und Hardy dirigierten nun den Kranführer und seinen Assistenten mit kurzen, präzisen Ansagen. Bis spät abends hatten sie gestern noch alles Nötige erledigt, damit heute der Einbau des Motors ohne größere Schwierigkeiten über die Bühne gehen konnte. Langsam glitt das Aggregat durch eine gefräste Zwangsführung in die Motorhalterung des Flugzeuges, ein sattes Klacken signalisierte die Endstellung, so dass Hardy rechts und Mock links nur noch zwei fingerdicke Bolzen einführen mussten, die den Motor schlussendlich fixierten.

»Das hätten wir geschafft. Super Arbeit, Leute!« Mock war sichtlich stolz und auch Hardy und die beiden britischen Armeeangehörigen machten ein freudiges und erleichtertes Gesicht.

Als Claas am frühen Nachmittag dazukam, war die Hauptarbeit schon erledigt und er gönnte sich mit den anderen ein Bier zum Feierabend, ohne vorher großartig viel dafür getan zu haben, denn auch seine Behandlungen in der Klinik war nicht sehr anstrengend gewesen. Mit Schwester Sybille hatte er sich darauf geeinigt, in seiner Kur keine Experimente mehr zu wagen, zudem waren die täglichen Anwendungen in der letzten Therapiewoche bereits mittags zu Ende.

Bevor die beiden Engländer wieder fuhren, machten sie noch Fotos von sich und dem Flugzeug, denn wie sie erzählten, hatten sie noch nie eine Spitfire aus der Nähe gesehen. Abwechselnd stellten sie sich vor die Maschine und lachten in die Kamera. »Ist das nicht ein Gedicht? Rolls-Royce Meteor, 27 Liter Hubraum, 650 PS. Sie werden staunen, wenn wir den das erste Mal laufen lassen. Dann bebt hier alles!« Mocks Enthusiasmus war spürbar, als er Claas später um die Maschine herumführte und ihm zeigte, was jetzt noch alles zu erledigen war. »Luftschraube anflanschen, Auspuffrohre installieren, Kraftstoffleitungen verbinden, Elektrik, Zündung und noch etwas Kleinkram und dann hätten wir's im Großen und Ganzen geschafft. Das machen wir in den nächsten Tagen.«

Claas stieg über einen kleinen Tritt auf die Tragfläche und sah ins Cockpit hinein.

»Die wichtigsten Rundinstrumente sind natürlich direkt vor dem Piloten angebracht«, erklärte Mock ihm von unten. »Höhenmesser, Variometer, Fahrtmesser, künstlicher Horizont und so weiter. Steuer natürlich in der Mitte und einige Bedienhebel an der Seite. Trimmung, Verstellung und noch ein paar andere Geschichten.«

Claas fand, dass in der Maschine höchstens Platz für eine Person war, und selbst für die wurde es eng. »Ein paar der Hebel und Instrumente kommen mir sogar bekannt vor. Ähnlich wie neulich im Flugzeug von Herrn Lilienberg.«

»Jaja, von der Technik her ist es weitgehend gleich. Wir haben das alles aber auch sehr stark vereinfacht, und manche Sachen sind reine Attrappe. Am wichtigsten sind für uns eigentlich nur Startknopf und Gashebel. Die haben jeweils einen roten Knauf.«

»Ah richtig, nicht zu übersehen«, meinte Claas und hüpfte wieder zurück nach unten. Hardy kam mit zwei großen Benzinkanistern aus Blech um die Ecke und stellte sie in Reichweite des Flugzeugs ab.

»Sie sehen, Herr Haverstroh, es kann nicht mehr lange dauern.« Mock rieb sich die Hände, bevor er fragte: »Gibt's eigentlich schon was Neues aus dem Armee-Archiv?«

»Nein, noch nicht. Ein paar Tage werden sie da wohl brauchen, aber wie es aussieht, besteht Hoffnung, dass dabei was rumkommen könnte.« Claas' Zuversicht bekam allerdings einen kleinen Dämpfer, als er sein Handy summen hörte, das aber gleich wieder verstummte, so dass er nur noch den Namen des Anrufers auf dem Display las. »Ach, diese lausige Verbindung hier … Ich gehe mal in die Bibliothek und rufe zurück.«

»Ich hoffe, nichts Ernstes?«, fragte Mock, doch Claas winkte ab. »Nein, ernst wohl nicht … höchstens unangenehm.«

»Meijer!«, schallte die Stimme aus dem Hörer, nachdem Claas die Nummer des Anrufers gewählt hatte. »Mein lieber Haverstroh, was muss man oft von bösen Kindern hören oder lesen …«, begann sein Chef dann eine moralische Ansprache in Anlehnung an Wilhelm Busch herunterzuleiern. »Was haben Sie sich denn jetzt wieder geleistet? Ich dachte, wir hätten uns verstanden, bevor Sie abgereist sind.« Lutz Meijer brachte erfahrungsgemäß kaum mehr etwas aus der Ruhe und auch jetzt schien er nur eine Spur zu sehr genervt zu sein als richtig aufgebracht.

»Darf ich fragen, um was es geht?«, bat Claas dann in einer Sprechpause Meijers um Aufklärung.

»Bitte? Ach so, dürfen Sie, natürlich. Ich habe heute einen Anruf aus dem Innenministerium gekriegt. Irgend so ein Staatssekretär, Name tut jetzt nichts zur Sache, meint uns an den Koffer scheißen zu müssen. Also, er hat sich erst nur mal vorsichtig erkundigt und ich habe ihn sofort beruhigt, ohne genau zu wissen, um was es geht. Mensch, Haverstroh, ist da was dran? Der faselte was von einem guten Bekannten, Golfclubbesitzer oder so was, Belästigung und unerlaubter Ermittlung. Sie haben doch wohl nichts am Laufen dort in Bad Salzuflen? … Sagen Sie jetzt bloß nicht ja!«

Claas versuchte, unbeteiligt zu klingen. »Nö, nichts worüber wir uns Sorgen machen müssen. Ich habe alles im Griff.«

Meijer kannte ihn jedoch zu gut; immerhin hatten sie zusammen schon einige Kämpfe ausgefochten, lagen an sich aber auf einer Wellenlänge. »Ach, machen Sie mir mal nichts vor. Denn was in Bad Salzuflen seit einiger Zeit los ist, kann man auch hier in der Zeitung lesen.«

»Sagen Sie bloß? Und was steht so in der Gladbacher Presse?«

»Unter anderem, dass der Fall abgeschlossen ist.« Seine Stimme wurde etwas bestimmter. »Und zwar von der örtlichen Staatsanwaltschaft ganz offiziell abgeschlossen. Punkt!«

»Jaja, so weit so gut.« Da sein Chef nun eh Bescheid zu wissen schien, konnte sich Claas auch aus der Deckung wagen. »Ich habe aber berechtigte Zweifel, dass da was nicht stimmt. Deshalb bin ich einigen Hinweisen nachgegangen. Aber völlig inkognito …« Am anderen Ende der Leitung hörte er einen leisen Seufzer.

»Also doch … Aber inkognito ist gut. Oder vielmehr … wäre gut gewesen. Denn scheinbar ist Ihnen das nicht so ganz gelungen, sonst hätte sich hier ja wohl niemand beschwert. Hören Sie mal zu, bei aller Liebe …« Meijer glitt in ein sanftes Flehen ab. »Halten Sie die Füße still und machen Sie nichts weiter. Noch ist alles gut und nichts passiert. Das soll auch so bleiben. Muss ich mehr dazu sagen oder gar drohen?«

»Nein, Chef, das habe ich schon verstanden.«

»Gut. Eines kann ich Ihnen jedoch nicht ersparen.«

Scheiße, dachte Claas, jetzt kommt der Pferdefuß. »Aha, und das wäre?«

»Der Staatssekretär macht es zur Bedingung, dass Sie sich bei dem Herrn, der sich beschwert hat, entschuldigen. Ein gewisser …« Man hörte Meijer in Papieren rascheln.

»Van Boysen«, sagte Claas daraufhin eingedenk seines Erlebnisses auf dem Golfplatz.

»Richtig, so heißt der Mann … Hat übrigens nichts auf dem Kerbholz, bevor Sie danach fragen. Reißen Sie sich zusammen und erledigen Sie das, ja? Auch wenn's schwerfällt, ich weiß, wie das ist. Kurz und bündig reicht ja, danach können Sie den Kerl meinetwegen zum Teufel wünschen. Aber dann ist die Sache vom Tisch.« Ohne eine Antwort abzuwarten, ging Meijer in den Schlussspurt. »Ungeachtet dessen wünsche ich Ihnen natürlich noch eine gute Erholung. Was macht denn die Verletzung?«

»Danke der Nachfrage, es wird so langsam. Nur schnell laufen kann ich noch nicht.«

»Das sollen Sie ja auch nicht.« Jetzt konnte sich Meijer einen Lacher nicht verkneifen. »Sie sind schließlich nicht im Dienst. Das sollten Sie vielleicht mal beherzigen!«

Dass er einen Rüffel bekommen hatte, war nichts Neues für Claas, immerhin war er in der Vergangenheit schon das ein oder andere Mal disziplinarisch aufgefallen, nicht immer zum Vorteil seiner Karriere. Aufgrund von Rückendeckung seiner jeweiligen Chefs hatte er jedoch meistens Glück gehabt, aber auch das wollte er nicht überstrapazieren. Sich jetzt allerdings gerade bei van Boysen entschuldigen zu müssen, sorgte bei ihm dafür, dass er sich wie ein Bergsteiger fühlte, der auf dem Brechreizgrat balancierte.

»Na, welche Laus ist Ihnen denn über die Leber gelaufen?«, wollte Mock wissen, als Claas die Treppe heruntergestiegen kam. Vor einem Bild von August Macke, das in heiteren Farben eine Gesellschaft im Park zeigte, blieb Claas stehen und sein Gesicht spiegelte den Verlauf des Gesprächs mit seinem Chef wider. »Mir steht eine etwas unangenehme Aufgabe bevor.«

»Es gibt wahrlich schönere Momente«, meinte Mock, nachdem er den Grund des Telefonats erfahren hatte, »aber in Anbetracht der latenten Gefahr einer beruflichen Schelte für Sie sollten wir das gleich erledigen. Ich werde Sie natürlich begleiten … immerhin bin ich nicht ganz unschuldig an der Sache.«

Sie stiegen in den Volvo, dessen dunkelblaue Lackierung von zwei weißen Rallystreifen unterbrochen wurde, die von der Motorhaube über das Dach bis zum Kofferraum reichten. Vier große, runde Zusatzscheinwerfer auf der vorderen Stoßstange zeugten ebenfalls von einer besonderen Verwendung des Wagens.

»Den habe ich mir vor ein paar Jahren nach einer Wohnmobiltour durch Skandinavien aus Nordschweden mitgebracht«, erklärte Mock. »Der Vorbesitzer war Hobbyrennfahrer und hatte den Wagen für eine Nordland-Rally hergerichtet. Daher auch die Lackierung und natürlich die Scheinwerfer; in Schweden ist es ja ganz schön dunkel, nachts, auf dem Land. Der Motor ist auch aufgebrezelt: Doppel-Vergaser und 'ne scharfe Nockenwelle! Nur die Startnummern habe ich abgemacht … Wir können ja gleich noch eine Runde um den Pudding drehen, wenn wir unseren Gang nach Canossa hinter uns gebracht haben. Dann lasse ich Sie auch mal ans Steuer. Wenn Sie wollen …«

»Natürlich, gerne«, freute sich Claas, stieg ein und machte es sich bequem. Mock drehte den Zündschlüssel; der Motor startete nach einigen Anlasserumdrehungen und tuckerte zuverlässig vor sich hin, nur eine schwarze Wolke aus dem Auspuff verriet eine etwas längere Standzeit. »Hm, alter Schwede, sollte vielleicht öfter bewegt werden«, murmelte Mock nachdenklich und versuchte mit etwas Mühe, den ersten Gang einzulegen. Das Getriebe knarzte und erst nach einigem Hin und Her mit dem Schaltknüppel setzte sich der Wagen in Bewegung.

Die kurze Strecke zum Golfclub war in weniger als zwei Minuten bewältigt; van Boysens gediegener XJ6 in makellosem Racing-Green auf dem eigenen Parkplatz des Vorstands kündete von der Anwesenheit des Clubchefs.

Den Weg ins Chefbüro konnte sich Claas dann aber sparen, denn van Boysen fing ihn schon am Kopierer eingangs des Bürotraktes ab. Einen cocktailfarbenen Cashmerepullover hatte er lässig über die Schultern geworfen und die Ärmelenden vor der Brust zusammengeschlagen, seine Lesebrille steckte oben in der

Betonfrisur fest. »Was treibt Sie denn schon wieder hierher?«, fragte er kühl, bevor plötzlich ein überhebliches Grinsen seinen Mund umspielte und er sich die Frage selbst beantwortete: »Eigentlich kann es ja nur einen Grund geben …«

Claas gab sich ganz unterwürfig wie ein kleiner Junge, der eine Fensterscheibe eingeschmissen oder zu seiner Lehrerin blöde Kuh gesagt hatte. »In aller Form möchte ich mich für mein Verhalten entschuldigen. Ich bin mir bewusst, Grenzen überschritten zu haben, was mir in meiner Position nicht passieren darf. In keiner Weise wollte ich Ihnen oder Ihrem Verein schaden. Es wird meinerseits keine weitere Aktion geben, die zu einer Beschwerde führen könnte. Des Weiteren hoffe ich inständig, sehr verehrter Herr van Boysen, dass Sie meine Entschuldigung annehmen.« Puh, das war's, dachte er, noch weiter runter geht aber nicht mehr, sonst brauche ich wirklich einen Kotzeimer.

Van Boysen hatte mit einer derartigen Reaktion nicht gerechnet und schien im ersten Moment ziemlich überrascht zu sein, doch er griff die Entschuldigung schnell auf. »Okay, Herr Haverstroh, akzeptiert. Belassen wir es dabei.« Immer noch lag ein leichter Spott in der Stimme. »Wie gut doch manche Kontakte sein können … wenn man welche hat, finden Sie nicht auch?«

Den blasierten Blick des Clubchefs deutete Claas als unausgesprochene Feststellung dessen, dass er selbst als kleiner Beamter wohl über keine solchen Kontakte verfügte. Van Boysen wies mit der Hand nach draußen und als sie die Tür erreichten, zwang sich Claas zu einer versöhnlichen Geste, die jedoch unbeantwortet blieb. »Ich wünsche Ihnen noch einen schönen Tag.« An einer Gruppe von Anzugträgern, die in die Umkleideräume drängten, schlängelte er sich vorbei ins Freie.

»Oho, hoffentlich kommen Sie mit der Kiste heil nach Hause«, rief van Boysen hämisch, als er den Volvo erblickte. Damit Claas wie vorher besprochen das Steuer übernehmen konnte, hatte Mock sich bereits auf den Beifahrersitz gesetzt und hielt nun seinen Kopf aus dem geöffneten Fenster. »Wer so einen englischen Rosthaufen fährt, sollte sich mit solchen Kommentaren mal brav zurückhalten«, blaffte er van Boysen entgegen, der jetzt schnellen Schrittes zum Wagen kam. »Nur keinen Neid. Aber war ja klar, dass Sie wieder dabei sind«, giftete er los. »Ich hatte gleich den Verdacht, dass die Blockade mit diesen Halbaffen gestern auf Ihrem Mist gewachsen ist. Ich sollte Sie anzeigen! Mit Ihnen bin ich noch nicht fertig!«

Mock tippte sich mit einem Finger ans Auge und erwiderte: »Ich mit Ihnen auch nicht.« Er kurbelte das Fenster wieder hoch. »Dieser arrogante Pinsel«, brummte er und befahl daraufhin barsch, sofort abzufahren.

Claas ließ den Motor an, setzte den Amazon dann aber etwas stürmisch zurück, so dass der Wagen mit den Hinterrädern an der Graskante am Parkplatzrand hängenblieb. Erneut knarzte das Getriebe und Claas rührte mit dem Schaltstock, doch der Gang wollte nicht reinspringen.

»Sachte, sachte«, sagte Mock eindringlich. »Nicht mit Gewalt.«

Zusammen mit einer Gruppe Seniorengolfer, die auf dem Rückweg zu ihren Autos waren, mokierte sich van Boysen über die vergeblichen Startversuche und er rief belustigt: »Sehen Sie, ich hatte gar nicht unrecht. Die Mühle ist doch reif für den Schrott!«

»Der soll die Schnauze halten«, ärgerte sich Mock zusehends und wies Claas an, nun ordentlich Gas zu geben. Der bearbeitete mit schleifender Kupplung das Getriebe, der Motor heulte auf und spuckte erneut schwarzen Qualm aus dem Auspuff. Rumms! Klack! Plötzlich flutschte der Gang rein, die Hinterräder drehten durch, der Volvo schoss mit einem Ruck nach vorne, Erde und Grasfetzen flogen durch die Luft wie durch einen Miststreuer dahingeschleudert und bekleckerten den Eingangsbereich mitsamt den dort stehenden Personen. Fluchtartig versuchten die Golfer sich vor dem braunen Regen in Sicherheit zu bringen; van Boysen hob drohend die Faust und fluchte hinter dem sich nun schnell entfernenden Wagen her.

»Da haben Sie sich ja postwendend revanchiert«, staunte Mock nicht schlecht, als er aus dem Heckfenster blickte. »Hoffentlich beschwert er sich nicht gleich wieder.« Claas mimte den Unschuldigen: »Also das habe ich wirklich nicht gewollt.« Ein Grinsen zog auf sein Gesicht. »Der Wagen ist aber auch ein bisschen störrisch.«

»War es denn schlimm mit der Entschuldigung?«, fragte Mock, als der Volvo wenig später über die Extersche Landstraße rollte.

»Na ja, eine Überwindung war es schon. Und er hat es genossen, dass ich mich herablassen musste. Zum Glück waren wir schnell fertig.«

Mock dirigierte Claas über die Dörfer und der hatte sichtlich Freude am Fahren mit dem Schwedenimport. »Ich hätte nicht gedacht, dass der Wagen so gut auf der Straße liegt.«

»Na klar, wenn er erst mal rollt, ist er nicht aufzuhalten!«

Claas wurde etwas mutiger, überholte gekonnt und mit Schwung einen langsam dahinzuckelnden Rentner in einem 190er Mercedes und nahm Mocks Streit mit van Boysen kurz zuvor zum Anlass, um noch einmal nachzuhaken, was der genaue Grund des stetigen Disputs mit dem Chef des Golfclubs war. »Sagen Sie mir jetzt vielleicht, warum Sie beide sich dauernd zoffen?«

Mock zögerte erst, erklärte aber dann: »Das war eine blöde Geschichte damals. Ist aber schnell erzählt: Als ich an der Einfahrt stand und gerade in Richtung Golfplatz blickte, ist mir ein Golfball an den Kopf geflogen und hat mich an der Schläfe getroffen. Erst dachte ich noch, das gibt nur 'ne Beule, aber wie sich später rausstellte, wurde dabei ein Auge etwas in Mitleidenschaft gezogen …«

Claas hatte nun seine Erklärung und wollte sich schon damit begnügen, doch Mock erzählte noch weiter: »Es ist nie geklärt worden, wer den Ball gespielt hat; aber es war frühmorgens, und zu der Zeit waren nur van Boysen und ein älterer Spieler dort, bei dem man davon ausgehen konnte, dass der den Ball gar nicht so weit hätte schlagen können. Das war nämlich so ein Tattergreis, der kaum den Schläger halten konnte und von allen nur Heesters on Golf genannt wurde. Aber van Boysen hat alles abgestritten und gemeint, der Ball und die Verletzung hätten wer weiß woher kommen können. Seitdem versucht er ständig, mit seinen dummen Sprüchen davon abzulenken. Zu beweisen war das Ganze leider nicht, da ich Blödmann die Sache nicht polizeilich hatte festhalten lassen. Aber wer zuletzt lacht …«

»Lacht bekanntlich am schönsten«, ergänzte Claas, der auf Mocks Handzeichen hin abbog und wieder Richtung Salzuflen fuhr.

Die zunehmende Schwüle machte sich mehr und mehr bemerkbar und ließ beide schwitzen, zudem der Volvo baujahrbedingt auch über keine Klimaanlage verfügte.

»Gibt sicherlich bald Gewitter«, meinte Mock dann auch, als sie die Mühle erreichten.

Das wohlbekannte Öffnungszischen zweier Bierflaschen läutete die nächste Planungsrunde ein. Für ein paar schnelle Bratwürstchen hatte Mock den Grill angeworfen; er servierte sie passenderweise auf Pappe mit Abreißstreifen, dazu gab es ein paar Abbrechbrötchen. Claas haderte nach wie vor ein bisschen damit, dass er van Boysen nicht als überführten Täter präsentieren konnte. »Tja, Doktor, bekanntlich ist aus dem Unternehmen Irischer Teer nichts geworden …«

»Na ja, teils, teils würde ich sagen. Nicht ganz wie von Ihnen erhofft, das stimmt wohl. Und mit der geforderten Entschuldigung als Folge dieser Aktion natürlich ein unschöner Abschluss. Blöde Sache, dass van Boysen in dieser Situation seine Kontakte so … hm, unvorteilhaft für uns ausgenutzt hat. Aber wo wir gerade bei unser beider Freund sind: Hat er Sie gestern eigentlich gefragt, warum Sie dort am Clubhaus überhaupt rumgetigert sind?«

»Nicht direkt«, sagte Claas, nachdem er von der heißen Wurst abgebissen und mit einem Schluck Bier abgelöscht hatte. »Dass ich drin war, konnte er mir nicht nachweisen; ich war ja zum Glück rechtzeitig wieder draußen. Er hat mir dann am Eingang nur an den Kopf geworfen, dass er wüsste, dass ich Polizist bin und dass ich rumschnüffele. Keine Ahnung übrigens, wer ihm das gesteckt hat … Übrigens, sensationell die Wurst.«

»Ja, nicht? Original lippische Landwurst. Extra grob! Kaufe ich immer auf dem Markt.« Mock drückte sich noch einen Klacks Senf auf die Pappe. »Spielt ja eigentlich auch keine Rolle, wo er es her hat. Wie schon mal gesagt, das ist ein Dorf hier. Da bleibt nichts lange geheim. Im Zweifelsfalle hat Stoltenbusch was ausgeplaudert. Oder die Neugolfer Bödefeld und Tielemann. Oder wer auch immer …«

Gretel hatte derweil ein Lüftchen vom Grillgeruch mitbekommen und trottete langsam heran; Mock legte noch ein paar Würstchen nach, während Claas weiter über seine Exkursion spekulierte. »Vielleicht hat van Boysen auch nur geschickt überspielt, dass er eigentlich weiß, warum ich am Clubhaus war.«

»Was soll das heißen?«, fragte Mock verblüfft und zog die Augenbrauen kraus.

»Na ja, er weiß halt, was oder wonach ich suche. Und wonach habe ich gesucht? Nach Beweisen! Beweise dafür, dass die ganze Geschichte dort gelöst werden könnte. Und das bedeutet … dass er nicht nur ein übelster Choleriker vor dem Herrn ist, sondern dass er doch mit drin hängt. So!«

Mock wiegte den Kopf hin und her. »Hm, ich bin mir nicht sicher. Vielleicht war er in seiner Hektik auch einfach nur zu aufgebracht, Sie zu fragen. Das wäre doch das Naheliegendste, oder? Fakt ist, dass Sie im Moment nichts gegen ihn in der Hand haben. Was ich persönlich sehr schade finde, das können Sie mir glauben.«

Als beide ihre zweite Bratwurst verputzt hatten, gab es für Gretel noch zwei Extra-Würstchen, die sie in einem Stück herunterschlang. Die Pappen flogen in den Mülleimer. »Klasse, Abwasch erledigt«, freute sich Mock, was Claas zum Anlass nahm, um nach dem Verbleib von dessen Frau zu fragen: »Lerne ich die noch kennen?«

»Vielleicht, ihre Kur ist eigentlich schon durch. Aber es gefällt ihr in Sankt Peter so gut, dass sie noch zwei Wochen dranhängt.«

»Ups, so ganz alleine? Dann sehen Sie sich ja wochenlang nicht.«

Mock wiegelte ab. »Dafür gibt's ja Telefon. Aber danke für Ihre Fürsorge. Meine Tochter ist mit ihrem Mann und meiner kleinen Enkeltochter für ein paar Tage hingefahren; also sind fast alle Mocks außer mir da oben vereint.« Süffisant fügte er hinzu: »Da würde ich doch nur stören … Und wenn ich mir vorstelle, dass Sabine uns hier bei unseren Detektivmanövern sieht … die hielte uns doch für total bescheuert!« Claas versuchte sich gerade auszumalen, wie ihm und Mock die Leviten gelesen wurden und er dabei wie ein ertappter Bengel betreten auf den Boden guckte.

In den folgenden Minuten nippten sie von Zeit zu Zeit schweigend an ihren Bierflaschen.

»Nun also der Kurdirektor …«, murmelte Mock dann eher feststellend als fragend.

»Ja«, erwiderte Claas, »jetzt müssen wir die Sache auch abschließen. Aber wenn wir dort nichts finden, lassen wir es sein. Ohne eine gehörige Portion Zufall kommen wir sonst nicht weiter. Es ist quasi die letzte Chance …« Er seufzte und ließ ein wenig den Kopf hängen, doch Mock klopfte ihm aufmunternd auf die Schulter. »Na, na, na, junger Freund, Sie machen mir doch jetzt nicht schlapp?«

Claas reckte sich. »Keine Sorge, ich lasse nicht nach. Ich mache mir nur gerade etwas Gedanken über den Rüffel, den ich von meinem Chef bekommen habe. Das könnte sich für den nächsten Schritt als kleines Hindernis erweisen.«

Mock ließ jedoch keinen Zweifel an ihrer Aktionsfähigkeit zu. »Ach was, da finden wir schon einen Weg. Beim letzten Mal habe ich mich im Hintergrund gehalten und Sie waren an der Front, jetzt drehen wir das einfach um. Und falls alle Stricke reißen, haben wir immer noch ein Super-Team, das uns verstärkt.«

»Sie meinen Hardy und Jesper?« Claas war sich nicht sicher, ob die beiden der anstehenden Aufgabe erneut gewachsen waren, aber Mock ließ nichts auf seine Freunde kommen. »Warten Sie mal ab. Die haben sich gerade erst warmgelaufen. Wenn wir was Gutes aushecken, lassen die uns nicht hängen.« Er stand auf und in seinem Blick lag eine konzentrierte Entschlossenheit, die man auch als abenteuerlustige Verrücktheit deuten konnte. »Vergessen Sie eines nicht: Wir sind Profis!«

»Haben Sie schon eine Idee im Kopf, wie wir bei Stoltenbusch an Beweise kommen können?«, fragte Claas, nachdem sie sich zurück in die Küche gesetzt hatten.

Mock stierte an die Decke. »Hm, vielleicht … Schon möglich … Muss nachdenken …« Er drehte die Bierflasche in seinen Händen, bis sich das grüne Etikett langsam ablöste. »Das Büro des Kurdirektors im Gebäude der Bäderverwaltung ist das Ziel.«

»Korrekt«, sagte Claas. »Falls Stoltenbusch seine Dokumente nicht zu Hause unter seinem Kopfkissen lagert, hoffe ich dort etwas zu finden …«

»Stopp! Fehler, Herr Haverstroh. Nicht Sie finden was, sondern wir. Vielmehr ich. Oder Hardy. Oder Jesper. Denn Sie bleiben dieses Mal ja in der zweiten Reihe.«

»Danke für den Hinweis, hätte ich fast vergessen«, ätzte Claas spöttisch zurück und musste sich erst mit dem Gedanken anfreunden, dass Mock ihm bei der folgenden Aktion keine Hauptrolle zubilligen wollte.

»Keine Ursache«, meinte Mock dazu. »Also, die Bäderverwaltung liegt bekanntlich in der Nähe von Jespers Bude.«

»Was ein idealer Platz zum Ausbaldowern ist …«

»Bingo! Wir verlagern fürs erste unser Hauptquartier dorthin.« Mock nahm einen beherzten letzten Schluck und stellte die leere Flasche mit einem lauten Klopfer auf den Tisch. »Auf geht's ins Lille Tivoli!«

»Mensch, Jesper ... alter Däne, ganz schön eng hier!«, ächzte Claas, als er sich in der kleinen Holzbude Platz verschaffen wollte. Das was gar nicht so einfach, denn nahezu der gesamte hintere Bereich des Lille Tivoli diente Jesper Svendborg als Lager und so fand sich Claas zwischen Kartons und Dosen, Flaschen und Kisten verschiedenster Größen und Farben wieder.

»Raum ist in der kleinsten Tüte«, plapperte Mock allgemeingültig daher, während er sich zwischen zwei Kästen Bier eine bequeme Sitzgelegenheit baute.

Jesper stand wie gewohnt am Tresen der Verkaufsluke, und so bekamen die zwei Gäste meist nur seine hintere Hälfte zu Gesicht. Wenn er nicht gerade etwas verkaufte und mit den Leuten schwatzte, gab es für Claas und Mock im Hintergrund die ein oder andere Ermahnung. »Baut bloß keine Sseisse dahinten und bringt mir nix durcheinander!«

Vor den Blicken Dritter geschützt bot sich durch ein schmales Lüftungsgitter an der Rückseite der Bude ein perfekter Blick über den Gustav-Güse-Platz hinüber zur Bäderverwaltung – ein zweigeschossiger Bau aus den achtziger Jahren mit roter Klinkerfassade, der nicht ganz zur übrigen, gediegenen Bäderarchitektur passen wollte.

Im Grunde klang Mocks Plan in der Theorie wieder recht simpel; anders als beim Clubhaus am Golfplatz konnte er diesmal jedoch nicht mit detaillierten Auskünften zu Gepflogenheiten von Putzfrau, Nachtwächter oder sonstigem Personal dienen.

»Hier gehe ich ja schließlich nicht jeden Tag spazieren. Ich weiß wohl, dass der alte Marwede dort abends Dienst schiebt und die Hütte abschließt, mehr aber auch nicht. Deshalb werden wir das Gebäude jetzt beobachten, und wenn meine Planung aufgeht, die Aktion zeitnah starten. Denn viel Zeit haben wir ja nicht mehr zu verlieren.«

Claas war gleicher Meinung und hatte heute mal nichts gegen Mocks Planung einzuwenden.

»Unser lieber Kurdirektor macht wohl Überstunden«, meinte Mock eine Stunde später, als er mit dem Fernglas zum gefühlt hundertsten Mal das Gebäude abstrich. »Jetzt ist es schon nach sechs und der sitzt immer noch an seinem Schreibtisch. Hier, schauen Sie mal.« Er reichte das Fernglas herüber. Claas konnte deutlich die Silhouette von Peer Stoltenbusch in seinem Arbeitszimmer im ersten Stock der Verwaltung sehen.

»Und wenn er mal zur Tür rausgeht«, sagte Mock noch, »dann nur für maximal zwei, drei Minuten … Scheint sich ansonsten in seinem Büro ziemlich wohlzufühlen.«

»Das ist Mist«, resümierte Claas nachdenklich, »denn das dürfte kaum reichen, um sich dort ausgiebig umzusehen, wenn er das immer so macht. Aber der Kerl wird ja wohl irgendwann mal länger seine Bude da oben verlassen.«

»Sonst werden wir halt etwas nachhelfen müssen«, überlegte Mock listig. »Ich weiß nur noch nicht ganz genau, wie.«

»Da mache ich mir keine Sorgen«, meinte Claas dazu, »Ihnen wird schon was einfallen, Doktor.«

Wie jeden Tag um sieben Uhr, kurz bevor Jesper Svendborg das Lille Tivoli für gewöhnlich zumachte, schlurfte der alte Schließer Kurt Marwede heran. An seiner Hose baumelte ein Schlüsselbund mit unzählig vielen Schlüsseln daran, die er allesamt brauchte, da er bei seiner allabendlichen dreistündigen Runde eine Menge Liegenschaften des Bades abklappern musste. An der Bude nahm er sich – einem immer wiederkehrenden Ritual gleich – ein Fläschchen Echt Lipper Goldkorn mit und steckte es sich in seine Umhängetasche.

»Und der kommt wirklich jeden Tag und holt sich seinen Korn ab?«, fragte Claas, nachdem Marwede in Richtung Kurpark abgezogen war.

»Jaja, jeden Tag«, sagte Jesper. »Einer von meinen treuesten Kunden.« Er blickte zu Mock herüber und meinte scherzhaft: »Nach Julius natürlich. Aber solange ich die Bude hier habe, kommt der Kurt schon vorbei. Außer, wenn er mal Urlaub hat.« Er wischte mit einem feuchten Lappen über den Tresen und holte die Klappe der Verkaufsluke ein. »Braucht Ihr mich noch? Ich habe gleich ein Date mit der Birte, da darf ich nicht zu spät kommen.« Jesper war aufgeregt und nestelte an seinem Hemd herum. »Ich muss vorher noch nach Hause, mich umziehen. Schließt einfach ab, wenn ihr geht, ja? Und nicht das ganze Bier austrinken!«

Mock und Claas warfen sich einen verstohlenen Blick zu und versprachen, gnädigerweise etwas übrig zu lassen.

Als sich die Sonne über den Dächern der Stadt zum letzten Mal zeigte, warfen die Gradierwerke lange Schatten über den Platz. Von Westen zogen langsam Wolken heran und kündigten den inzwischen herbeigesehnten Wetterumschwung an; die Schwüle der letzten Tage setzte den Menschen in der Stadt mehr und mehr zu. Auch in der Holzbude war die Wärme noch zu spüren.

»Zum Glück ist die Abkühlung hier nicht weit«, freute sich Mock und fischte zwei Flaschen Tuborg aus der Kühltruhe. »Wie steht's denn eigentlich mit Ihnen?«, fragte er dann völlig unvermittelt. »Glücklich liiert oder noch auf der Suche?«

Claas schloss aus der bei allen Singles unbeliebten Frage, dass Vicky ihrem Patenonkel gegenüber bisher nichts von ihrer anfänglichen Liaison erzählt hatte. Das ersparte ihm zumindest die Peinlichkeit erzählen zu müssen, dass er sich saublöd angestellt hatte und sie vielleicht nichts mehr mit ihm zu tun haben wollte. Wenn Vicky aber wieder aus dem Urlaub zurück ist und dann doch noch alles gut wird, dachte er, braucht auch keiner mehr als nötig von der verzwickten Geschichte zu wissen. »Och«, sagte er deshalb scheinheilig, »noch habe ich die Richtige nicht gefunden.«

Mock nahm das hin, aber in seiner Antwort klang eine leise Note der Enttäuschung an: »Schade, aber man soll die Hoffnung nicht aufgeben ... Ich hatte Sie schon an der Seite von Viktoria gesehen; ihr hättet ein schönes Paar abgegeben.«

Sieh an, dachte Claas, hat der Alte also doch was bemerkt. Schnell versuchte er, die Sache versöhnlich abzuschließen. »Na ja, mit Vicky habe ich mich schon gut verstanden. Aber bevor ich Fakten schaffen konnte, war sie schon im Urlaub …« Mock lachte auf. »Haha, Fakten schaffen! Sie reden ja wie ein Bürokrat. Warten Sie mal ab, wenn sie wieder da ist. Mein Gespür sagt mir, dass Viktoria Sie mag. Und eines können Sie mir glauben …« Im Halbdunkel der Bude blickte er Claas lange an, bis dieser leicht verunsichert fragte: »Was kann ich glauben?«

»Dass mich mein Gespür selten im Stich lässt.«

Kurz durchzuckte es Claas und er hoffte, dass Mock recht behielt.

Das klirrende Geräusch aneinanderstoßender Bierflaschen riss ihn aus seinen Gedanken.

»Ich glaube, es wird langsam Zeit, dass wir die letzten Förmlichkeiten über Bord werfen. Ich heiße Julius, wie du vielleicht schon mal gehört hast.« Mock prostete ihm zu. »Und da ich glaube, dass ich der Ältere bin …«

Claas nahm die Geste dankbar auf. »Davon ist auszugehen … ich bin der Claas.«

Eine Viertelstunde nachdem Schließer Marwede an der Bude seinen Korn gekauft und einen ersten kurzen Rundgang durch den vorderen Teil des Kurpark gedreht hatte, betrat er die Bäderverwaltung und setzte sich dort in seinem Aufenthaltsraum in einen alten Sessel. Dort las er die Tageszeitung, trank sein Schnäpschen und wartete geduldig, bis der letzte Mitarbeiter das Gebäude gegen halb acht verlassen hatte; hinter dem schloss er dann im Regelfall das Haus ab und ging weiter seine gewohnte Runde zum nächsten Objekt.

Vom Lille Tivoli aus peilte Mock mit dem Fernglas den Aufenthaltsraum an und erspähte Marwede, als der sich gerade seinen Schnaps genehmigte. »Sooo, jetzt setzt er an … und gluck, gluck, gluck, weg isser!«

Claas nahm ebenfalls einen großen Schluck aus seiner Bierflasche. Er war ziemlich neugierig, was Mock dieses Mal plante und fing an zu drängeln: »Ist inzwischen eine Idee herangereift? Was tun wir?«

Mock setzte das Fernglas ab. »Piano, Kollege Kommissar! Lass mir Zeit bis morgen. Aber ein Spaziergang wird es wohl nicht werden.«

Mittwoch, 12. August

Kurdirektor Stoltenbusch hatte alle Hände voll zu tun. Auf seinem Schreibtisch lag ein Haufen unbeantworteter Briefe, die Mitarbeiter der Kurparkgärtnerei hatten kurzfristig wegen der Hitze mit Streik gedroht und mit Stadtkämmerer Knappsack sollte heute noch über einen Zuschuss zum laufenden Bäderbetrieb aus der Stadtkasse verhandelt werden. Zudem hatte sich am Vormittag auch noch Golfspiel-Clubchef van Boysen zum Plausch angemeldet, um – wie er meinte – dringende Angelegenheiten zu besprechen, die man nicht bei einer der üblichen Runden auf dem Golfplatz abhandeln konnte. Am Ende wollte der wahrscheinlich nur wieder einen Antrag zur Immobiliensanierung stellen. Stoltenbusch ärgerte sich, dass so kaum noch Zeit vorhanden war, um wirklich wichtige Projekte zu verfolgen. Er hastete über den Flur, abwechselnd in den Kopierraum, zu seiner Sekretärin, mal auf die Toilette, in die Empfangslobby und wieder zurück. So war es auch kein Wunder, dass er dem Handwerker, der im Flur vor seinem Büro an einem Heizkörper hantierte, keine weitere Beachtung schenkte; sonst wäre ihm vielleicht aufgefallen, dass es die Firma *Heinrich Weisse – Gas – Wasser – Heizung* gar nicht gab und das Logo der Sanitärinnung auf der viel zu kurzen Latzhose des Schlossers laienhaft gefälscht aussah.

»Diese Aktion ist Chefsache!«, hatte Doktor Julius Mock am Morgen seinem Kollegen und Freund Hardy Klingenschmitt nach der Erörterung seines neuesten Plans in der Werkstatt erklärt. Nachdem er Claas am gestrigen Abend noch einmal strikt untersagt hatte, sich dieses Mal aktiv zu beteiligen, wollte er sich selbst auf die Suche nach Beweisen in die Bäderverwaltung begeben. Hardy dagegen hätte nach dem Ausflug zum Golfplatz nichts gegen ein zusätzliches Abenteuer gehabt und bot prompt seine Unterstützung an, wurde aber erst einmal ausgebremst.

»Ich weiß deine Hilfe wirklich zu schätzen«, tönte Mock selbstsicher, »aber ich habe das Ganze heute Nacht gedanklich durchgespielt und ich sehe kein großes Problem darin, erst einmal alleine dort hinzugehen und mit etwas Glück Informationen zu beschaffen … falls es dort welche gibt.«

Hardy strich sich über seine Stirnnarbe, was er immer tat, wenn er nachdachte. »Okay, Julius. Aber falls du mich brauchst …«

»Na klar, du bist mein Edeljoker«, sagte Mock dankbar, »aber eigentlich benötige ich dich hier zur Erledigung der Restarbeiten an der Spitfire. Du weißt ja, dass wir zum Ende der Woche liefern müssen. Und Vertrag ist Vertrag; ich habe keine Lust, dass die Leute aus Hamburg uns noch in Regress nehmen, nur weil wir nicht rechtzeitig fertig geworden sind.«

»Auch gut«, meinte Hardy unverzagt. »Dann kann ich wenigstens ungestört arbeiten, wenn du weg bist.«

Mock lächelte gewinnend. »Danke für die Blumen. Darf ich dich trotzdem um einen Gefallen bitten?«

»Kommt drauf an«, sagte Hardy und guckte Mock dabei prüfend an. »Um was geht es denn?«

Mock sah langsam an ihm herunter und begann zu grinsen. »Ich brauche deine Hose.«

Eine Stunde später parkte er den Magirus im unteren Bereich der Parkchaussee. Ausgestattet mit Hardys Hochwasser-Latzhose, einem blauen Werkzeugkasten und einigen Gegenständen aus dem Theaterfundus – unter anderem einem anklebbaren Walross-Schnauzbart aus Dichtungshanf und einer leicht getönten Helmut-Kohl-Brille – mogelte er sich um 10:58 Uhr unbemerkt am just in diesem Moment unbesetzten Empfang der Bäderverwaltung vorbei. Die dort für gewöhnlich sitzende Frau Gimpel – bekannt für ihre Wachsamkeit unbekannten Personen gegenüber – hatte sich nämlich auf die Suche nach einer Blumenvase gemacht; Grund dafür war ein von Mock kurz zuvor erfolgter fingierter Anruf, der zu seiner Freude gleich funktioniert hatte. Als Professor Kurt Herbert Urhalt aus Asbach wollte er sich für den angenehmen Aufenthalt im Kurort mit einem pünktlichst um 11 Uhr eintreffenden prächtigen Fleurop-Blumenstrauß bedanken.

War Mocks Plan anfangs gut gelaufen, so biss er sich jetzt die Zähne daran aus, für einen längeren Zeitraum ins Büro des Kurdirektors zu gelangen. Wie sie es am Vortag schon von Jespers Bude aus beobachten hatten können, verließ Stoltenbusch seinen Arbeitsplatz stets nur für wenige Minuten und eilte dabei jedes Mal hastig an Mock vorbei, der mit einer Rohrzange am Entlüftungsventil der Heizung herumfummelte und jeden Blickkontakt vermied. Aber immer wenn er dann ansetzte, einen längeren Blick ins Büro zu werfen, hörte er schon wieder Schritte auf dem Flur und hechtete zurück zur Heizung. Außer einer knatternden und dampfenden Kaffeemaschine auf einer Anrichte, einigen Aktenordnern und unzähligen Papieren auf dem Schreibtisch hatte er in der jeweiligen Kürze der Zeit nichts wirklich Informatives sichten können.

Verflixter Mist, so wird das nichts, dachte er und versuchte, umzudisponieren. Als wenig später die Kaffeemaschine in Stoltenbuschs Büro deutlich hörbar mit einem letzten Seufzer signalisierte, dass die Kanne voll war, kam ihm plötzlich eine Idee. Eine genial einfache Idee, wie er fand. Schnell machte er sich auf den Weg zum Ausgang. Im Erdgeschoss wäre er dann fast in Ludger van Boysen hineingelaufen, der mit einer Tüte in der Hand auf dem Weg zum Kurdirektor war.

Die blöde Visage hat mir jetzt gerade noch gefehlt, dachte Mock. Instinktiv drehte er den Kopf zur Seite und blickte so unvermittelt der fragend dreinschauenden Frau Gimpel am Empfang in die Augen, die sich zwar nicht erinnern konnte, dass heute Handwerker im Haus waren, aber immer noch auf den Blumen-Boten wartete. Van Boysen nahm von Mock allerdings keine Notiz, denn er hatte es eilig und stapfte unbeirrt nach oben.

In einem Hauseingang zwei Straßen weiter riss sich Mock dann den falschen Schnurrbart herunter, stopfte ihn mitsamt der Brille in die Brusttasche seiner Latzhose und ging Richtung Innenstadt.

»Einmal Mock für Doktor Mock!« Strahlend überreichte der weißgekittelte Inhaber der Kaiser-Drogerie ihm ein Päckchen *Mocks Abführtropfen Super Stark.* »Und weil heute Super-Mittwoch ist, gibt es zwei Packungen zum Preis von einer. Bitte sehr!« Ein weiteres Päckchen wanderte über den Tresen.

Mock war sichtlich verwundert. Ein marketingtechnisches Highlight wie Super-Sonder-Spar-Tag in der gediegenen Wirtschaftswunder-Atmosphäre dieser Drogerie? Er ließ seinen Blick lange durch den Laden wandern. »Hm … Hier hat sich aber auch so gar nichts verändert …«

Der Drogist lächelte etwas gequält. »Tja, Herr Doktor, unsere Stammkundschaft ist recht konservativ und wünscht sich eine gewisse Kontinuität.« Er war hocherfreut, dass Mock das erste Mal seit zwanzig Jahren wieder persönlich in der Drogerie erschienen war und eines der Produkte aus seiner eigenen, früheren Fabrikation kaufte. »Sie wissen schon, was gut ist, Herr Doktor, nicht? Steht ja nicht umsonst Ihr Name drauf.« Der Drogist konnte sich gar nicht wieder beruhigen.

Mock wollte seinerseits aber kein Aufheben um die Sache machen. »Selbstredend, ich kann doch nichts von der Konkurrenz nehmen. Aber was genau da drin ist, weiß ich gar nicht … Witz beiseite, ich war doch technischer Leiter. Für das andere hatten wir ja unsere Chemieköche.« Dass er das Mittel außerdem gar nicht für sich oder einen Angehörigen verwenden, sondern für ein Ablenkungsmanöver missbrauchen wollte, behielt er lieber für sich.

Fünf Minuten später stand er bei Jesper in der Bude und wartete auf Claas.

Der hatte sich bei Schwester Sybille auserbeten, den heutigen Therapietag passend zum Mittagessen beenden zu dürfen. Erstens, so sagte er ihr, wäre die Kur ja eh bald vorbei, zweitens sei er inzwischen wieder in guter Verfassung und drittens könne sie ihm einen solchen Wunsch doch wirklich nicht abschlagen.

Dies konnte sie wahrlich nicht. »Denken Sie bloß nicht, dass Sie mich so einfach rumkriegen, Herr von und zu! Aber da Sie immer so schön mitgemacht haben und ich Sie irgendwie leiden mag … Gehen Sie!«

Das ließ er sich nicht zweimal sagen; mit Schwester Sybille wollte er es sich auf keinen Fall verscherzen, auch wenn bald Schluss mit der Kur war.

Mock eröffnete die Strategiebesprechung im Lille Tivoli mit einem Griff in die Kühltruhe und stellte erst einmal eine Runde Tuborg auf den Tisch.

»Mmhh, ein Prost auf das Kopenhagen-Feeling«, meinte Claas eingedenk Jespers Hinweis von vorletzter Woche.

»Meinst du wegen des Tivoli?«, fragte Mock, der nichts mit dem Spruch anzufangen wusste.

»Nee«, schallte da Jespers Stimme vom Tresen herüber, »er meint das wegen dem Bier. Zum Mittag und so …«

»Jesper, es heißt wegen *des Bieres*!«, fiel ihm Mock ins Wort.

Was Claas wiederum auch nicht unkommentiert ließ. »Ein Tusch! Wir retten den Genitiv.«

»Gene … was?«, fragte Jesper verwirrt. »Ich hab Genever hier. Wollt ihr welchen?«

Mock sah Claas etwas flehend an. »Ich bin wirklich kein Klugscheißer … aber wegen *dem Bier* … nein, da krieg ich Ohrenschmerzen!«

Claas winkte ab. »Schon gut … Hauptsache ist doch: Es muss schmecken!«

»So isses!«, sagte Mock abschließend. »Jetzt aber zur Sache, Leute. Mein erster Versuch eben ist leider fehlgeschlagen. Unser Kandidat ist einfach nicht willens, sein Büro für eine investigative Recherche längerfristig zur Verfügung zu stellen.«

»Schön ausgedrückt, Julius«, sagte Claas zugleich anerkennend und belustigt. »Vielleicht sollte ich doch mitko...«

»Na, na, na«, fiel ihm Mock schneidig ins Wort. »Was hatten wir vereinbart? Diese Aktion läuft ohne dich. Du kannst es dir hier gemütlich machen und das Gebäude im Blick behalten. Unser langer Däne freut sich bestimmt über Gesellschaft, oder?«

Jesper war gerade dabei, Lakritzfiguren an ein paar Schulkinder zu verkaufen und hob nur wortlos den Daumen.

»Apropos Aktion«, sagte Claas neugierig. »Welchen Titel trägt die jetzige überhaupt?«

Mock rückte seine Brille zurecht und sagte erst mal nichts. Doch dann erheiterte ein sachtes Lächeln sein Gesicht. Er kramte die beiden Päckchen aus der Hosentasche und legte sie auf den Tresen. »Gleich geht es zur Sache ... mit der Operation Flotter Peer!«

Claas fing an zu lachen. »Klingt ja äußerst dynamisch. Auf was dürfen wir uns denn heute freuen? Geht es dem Kurdirektor ans Gedärm?«

»Ganz recht. Alarm im Darm ist das Programm!« Mock rieb sich das Kinn. »Aber erst muss ich überlegen, wie ich wieder am Empfang vorbeikomme. Die Gimpel ist wachsam wie'n alter Hofhund ...«

»Ihr von Fleurop wart aber auch schon mal pünktlicher!«, raunzte jene Frau Gimpel der ahnungslosen, aber dennoch tapfer lächelnden Auszubildenden vom Blumenladen *Lütte Rose* entgegen. Mit einer netten Spende für die Kaffeekasse hatte Mock die junge Frau dazu bewegen können, in ihrer Mittagspause den preiswertesten Blumenstrauß, den es im Laden zu kaufen gab, am Empfang der Bäderverwaltung abzugeben. Während Frau Gimpel die Blumen vom Einschlagpapier befreite und sich wunderte, warum dieser ominöse Herr Professor Kurt Herbert Urhalt aus Asbach so viel Tamtam um so einen mickrigen Strauß machte – der dann noch nicht einmal pünktlich wie versprochen geliefert wurde – wieselte Mock wieder unbeobachtet flink am Tresen vorbei und ging zum zweiten Mal an diesem Tag die Treppe hinauf zum Bürotrakt. Super, dachte er dabei, die Methode Mock hat mal wieder funktioniert; aber hoffentlich ist das heute der letzte Besuch hier. Irgendwann werden selbst mir die Ablenkungsideen ausgehen …

Trotz geschlossener Tür drangen Mock bereits im Flur Stimmen aus Stoltenbuschs Büro entgegen, und als er näherkam, war neben dem Kurdirektor auch noch van Boysen herauszuhören. Dann sind ja beide bösen Buben zusammen, dachte er und kniete sich ein erneutes Mal mit der Rohrzange in der Hand an den Heizkörper vor dem Büro. Lautstark unterhielten sich Stoltenbusch und van Boysen, doch Mock konnte immer nur Wortfetzen aufschnappen. Er blickte den Flur entlang: Niemand zu sehen. Leise ging er bis direkt vors Büro, hielt sein Ohr an die Tür und hörte den Clubchef reden. »Mensch, Peer … wie lange soll ich noch … musst doch mal nachdenken … jetzt, wo all die Deppen tot sind … günstige Gelegenheit kommt nie wieder …«

Hoho, dachte Mock, jetzt wird es interessant.

»Nein, nein, Ludger«, konterte jetzt der Kurdirektor, »kapier doch endlich … unmöglich … keine Genehmigung … außerdem … Heilquellen … besonderes Schutzgebiet …«

Mock stutzte. Hatte er da richtig gehört? Heilquellen? Schutzgebiet? Was faselte der da? Doch ehe er mehr heraushören konnte, fiel ihm die Rohrzange runter und schepperte laut auf den Flurboden. Die Stimmen im Büro erstarben im Nu und Mock schaffte es gerade noch rechtzeitig zurück an die Heizung, da wurde die Tür aufgerissen, der Kurdirektor stand im Rahmen, der Clubchef direkt dahinter.

»Waren Sie das?«, fragte Stoltenbusch mit prüfendem Blick.

»Jawoll Meester, mir is wat runtajefallen«, antwortete Mock leicht akzentuiert und achtete darauf, den beiden nicht ins Gesicht zu schauen. Doch weder Stoltenbusch noch van Boysen schienen Verdacht zu schöpfen; der Kurdirektor wandte sich um und komplementierte seinen Gast hinaus: »Tja, Ludger, wir waren doch eh fertig, oder? Ich danke dir für deinen Besuch.« Er zeigte auf die Plastiktüte, die van Boysen nach wie vor in der Hand hielt. »Die Flyer kannst du dann bei Frau Gimpel am Tresen aufstellen, okay? Ich begleite dich nach unten.«

Der Golfspielclubchef schien nicht gerade begeistert zu sein. »Äh, was? Ach so, jaja, danke ... aber die Sache sollten wir vielleicht doch noch mal besprechen.«

»Später, Ludger, später«, sagte Stoltenbusch beschwichtigend und zog – mit einem Seitenblick auf den knienden Mock – van Boysen in Richtung Treppe.

Nun war der Flur leer. Aus den anderen Büros waren nur leichte Geräusche zu vernehmen; hier und da telefonierte jemand, irgendwo brummte ein Kopierer. Bis Stoltenbusch wieder da war, durfte Mock keine Zeit verlieren. Geschmeidig huschte er ins Büro und blickte zur Anrichte. Die Kaffeemaschine war eingeschaltet und eine noch halbvolle Kanne stand auf der Warmhalteplatte. Was aber noch besser war: Ein voller, dampfender Kaffeebecher mitten auf dem Schreibtisch an Stoltenbuschs Platz. Grandios! Der ist ja wie dafür gemacht, dachte Mock und holte das Fläschchen *Mocks Abführtropfen Super Stark* aus der Tasche. Tropfen für Tropfen ließ er die farblose Flüssigkeit in die Kaffeetasse laufen. Nur nicht sparsam sein, dachte er, viel hilft viel. Um ganz sicher zu gehen schüttete er auch noch etwas von dem Mittel in die Kaffeekanne. Schnell schraubte er dann die Flasche wieder zu und stellte Kanne und Becher zurück an den jeweiligen Platz. Ein kurzer Rundumblick durchs Büro gab auch jetzt nicht viel her, hier musste man mit Geduld und Muße suchen. Und die habe ich hoffentlich gleich, dachte Mock, als er plötzlich eilige Schritte und ein Gezeter von der Treppe hörte: Stoltenbusch war auf dem

Weg zurück ins Büro, deutlich schneller als erwartet. Wieso kam der denn jetzt schon wieder? Das konnte nichts Gutes bedeuten. Hastig verließ Mock das Büro und eilte den Flur hinunter in die andere Richtung, möglichst schnell weg von der Treppe. Irgendwo musste doch hoffentlich ein offenes Zimmer zu finden sein!

Marketingleitung ... Technische Leitung ... Gartenbauleitung ... Eine Menge Leitung, dachte Mock noch, kann hier nicht mal ein Kabuff kommen, in dem man sich verstecken kann? Gleich würde der Kurdirektor den Flur betreten und ... Aha, die Toilette! Er drückte die Klinke herunter; zum Glück waren beide Abteile unbesetzt. Er wählte die linke Toilette und versperrte die Tür hinter sich. Ach, wenn ich schon mal hier bin, dachte er dann und schlug den Klodeckel hoch.

Im Foyer hatte Ludger van Boysen gerade seine Flyer für das Golfturnier am kommenden Wochenende an Frau Gimpels Tresen platziert, wo sie mit Einladungen für eine große Geflügelschau und für ein Gastspiel eines rumänischen Wanderzirkus' konkurrierten. Und just genau in dem Moment, als er sich vom Kurdirektor verabschieden wollte, stand plötzlich ein Mann in einer bunten Hose vor ihnen.

»Na so ein Zufall«, raunzte dieser die beiden spöttisch an. »Beide Lümmel auf einem Haufen, da freut sich der Papa!«

Stoltenbusch schaute leicht pikiert in Richtung Empfang; der Auftritt des örtlichen Bordellbesitzers Hugo Layer schien ihm ungelegen und peinlich zu sein, doch Frau Gimpel war gerade in ein Telefonat vertieft und drehte ihnen den Rücken zu.

»Äh ... Ich grüße Sie, Herr Layer, waren Sie gerade in der Gegend?«

Ganz langsam schob Hugo Layer seine verspiegelte Sonnenbrille hoch und steckte sie in seiner Kurzhaarfrisur fest. »Kann man so sagen, mein liebes Direktorchen. Und wie ich an deinem schönen Palast vorbeischlendere, da dachte ich mir, erinnerst du den Herrn Kurdirektor doch noch mal an seine Außenstände.«

Er blickte erwartungsvoll in Stoltenbuschs Augen, der wiederum etwas nervös zu van Boysen herüberschaute. »Jaja, Herr Layer, ich weiß Bescheid, ist alles geregelt«, versuchte Stoltenbusch zu beschwichtigen. »Sie bekommen Ihr Geld ... sehr bald!«

»Jaja heißt leck mich am Arsch«, fuhr ihm der stiernackige Bordellkönig in die Parade. Er klopfte Stoltenbusch kräftig auf die Schulter, so dass dieser eine halbe Etage nach unten sackte. »Mir egal, von wem die Kohle kommt«, sagte er dann mit einem latent drohenden Unterton in der Stimme. »Ob von dir oder dem noblen Golfheini hier, Hauptsache sie kommt. Und zwar flott!« Lässig ließ er die Brille wieder auf die Nase gleiten, verabschiedete sich dann mit einem galanten »Schönen Tag noch die Herrschaften« und verließ breitbeinig das Gebäude.

»Dieser Prolet hat mir gerade noch gefehlt«, murmelte Stoltenbusch nur, drehte sich um und ließ van Boysen stehen. Auf dem Weg zurück fiel ihm die Szene vor seinem Büro wieder ein und er fragte bei Frau Gimpel nach, ob sie für heute Heizungsmonteure bestellt hätte.

»Nicht dass ich wüsste, Herr Direktor. Aber als der Herr van Boysen zu Ihnen hochgegangen ist, kam gerade ein Mann mit Latzhose und Werkzeug runter. Den hatte ich aber gar nicht reingehen sehen. Kam mir schon etwas komisch vor ...«

Mehr brauchte sie nicht zu sagen, um Stoltenbusch in Fahrt zu bringen. Ein Mann in Latzhose ohne Einlassbefugnis, der ausgerechnet vor seinem Büro rumfuhrwerkte? Könnte ein Zufall sein. Oder auch nicht. Ohne sich noch einmal umzudrehen, eilte Stoltenbusch die Treppe nach oben; dabei nahm er immer zwei Stufen auf einmal. »Na warte, dem mach ich Beine!«, moserte er. Oben angekommen blickte er auf einen leeren Flur. Schnurstracks ging er in sein Büro. Doch auch dort war niemand. War irgendetwas verändert? Rasch blickte er umher und scannte alles ab. Aber es sah nicht so aus, als ob jemand dagewesen wäre. Sah er vielleicht schon Gespenster? Erleichtert ließ sich Stoltenbusch in seinen Bürostuhl fallen, zündete sich einen Enstpannungszigarillo an und blickte mit einem Seufzer direkt auf den immer noch schwach dampfenden Becher, der genau vor ihm stand. Mmhh, Kaffee hatte noch nie geschadet! Er nahm er einen großen Schluck und überlegte, was er nun tun sollte.

In seinem Versteck auf dem stillen Örtchen ließ sich Mock die letzten Minuten noch einmal durch den Kopf gehen. So ganz bekam er es zwar nicht mehr auf die Reihe, was van Boysen im Büro von Stoltenbusch herumlamentiert hatte, doch einiges davon hatte er sich merken können. Mit Sicherheit auch für Claas interessante Neuigkeiten, dachte er, doch bevor er seine Gedanken weiter schweifen lassen konnte, wurde die Tür zum Toilettenraum aufgerissen. Ein Mann stürzte sich ächzend in die freie Kabine neben ihm, öffnete hektisch Gürtel und Hose, sprach dann gepresst und fluchend so etwas wie ein Stoßgebet und Sekunden später entleerte sich mit Getöse und Geplätscher sein Darminhalt in die weiße Keramikschüssel.

Zufrieden lächelnd betätigte Mock den Spülknopf an seiner Toilette und vernahm, dass die Abführtropfen, die immer noch seinen Namen trugen, ihre Arbeit verrichteten. Der Kurdirektor, der nebenan stöhnte wie ein waidwunder Hirsch, war sicherlich für eine gute Weile außer Gefecht gesetzt. Die Operation Flotter Peer lief gut an!

Jedoch nicht ganz so, wie Mock es sich gewünscht hatte. Trotz seiner plötzlichen Ausfallerscheinung hatte es Stoltenbusch noch geschafft, sein Büro abzuschließen. Mock rüttelte an der Klinke. Verflixter Dreck, dachte er. Hatte der Kurdirektor etwa Lunte gerochen? Wenn dem so war, dann gab es im Büro womöglich wirklich was zu holen! Jedoch kam Mock hier und jetzt nicht weiter, denn gerade in dem Moment, als er sich für das Türschloss näher zu interessieren begann, kam die Marketingleiterin Frau Reckdorf aus ihrem Büro und guckte ihn sogleich missbilligend an.

Mock packte sein Werkzeug zusammen und ging zur Treppe. Besser erst mal weg hier! Dem Ausgang näherkommend war es ihm dann auch piepegal, ob Frau Gimpel ihn dieses Mal bemerkte oder nicht, denn er hatte eh nicht vor, heute bei Tageslicht noch mal wiederzukommen. Schimpfend ging er an ihrem Tresen vorbei und warf ihr noch ein flottes »Allet scheiße, wa?« entgegen, das sie verwundert und unkommentiert hinnahm.

Jetzt muss Plan B greifen, dachte Mock, blöd nur, dass ich den noch gar nicht habe.

Unterdessen saß Claas im Lille Tivoli auf heißen Kohlen. Zu gerne hätte er gewusst, was Mock in der Bäderverwaltung trieb oder ob er inzwischen sogar Erfolg gehabt hatte. Einerseits hätte er ihm das natürlich gegönnt, denn inzwischen hatte er Mock durchaus liebgewonnen, anderseits war das Ganze aber auch irgendwie sein Fall, und bei der Lösung wäre er dann doch gerne beteiligt gewesen. Im Grunde war es natürlich unerheblich, unter wessen Federführung sie ans Ziel kamen.

»Du Claas«, riss ihn Jesper plötzlich aus seinen Gedanken, »kannst du mal die Bude machen? Ich muss eine Stunde weg in die Stadt. Ist auch nicht so viel los gerade ... » Zwar hatte Claas keine große Erfahrung im Handel, aber was sollte da schon so schwierig dran sein, alten Omas Postkarten zu verkaufen? »Klaro, aber bleib nicht zu lange weg.«

Er hatte sich just hinter dem Tresen eingerichtet, da fiel sein Blick auf das zweite Fläschchen mit den Abführtropfen, das Mock aus der Drogerie mitgebracht und in der Bude stehen gelassen hatte. Sicherheitshalber stellte er es zur Seite und kümmerte sich dann um zwei Kurgäste, die Eis am Stiel und einen Stadtplan kaufen wollten. Weiter ging es mit Kaffee und Pils, Bonbons und Schokoriegeln und als Krönung schaffte er es sogar, einen echten Hotdog zuzubereiten. Der war hinterher zwar fast schon kalt, weil ihm etwas Routine im Umgang mit Soßen, Gurkenscheiben und Röstzwiebeln fehlte, aber da er dem Kunden einen eisgekühlten Akvavit umsonst dazugab, nahm der es ihm nicht übel. Danach wurde es etwas ruhiger und Claas lehnte sich hinter dem Tresen zurück. Allzu lange währte diese Pause jedoch nicht, denn schon kurz darauf hörte er eine ihm inzwischen leider schon sehr vertraute Stimme. Sein Lieblingsfreund Ludger van Boysen stand vor der Bude und forderte ungeduldig, ohne in den Kiosk hineinzuschauen: »Ich bekomme einen Schnaps … Aber flott!«

In der letzten Stunde war der Chef des Golfspielclubs fleißig gewesen und hatte in einigen Geschäften für hochwertige Bekleidung, Feinkost, Schmuck und sonstigen, gehobenen Bedarf Einladungen verteilt; sein Kalkül war, dass die Kunden dieser Läden potentiell auch als Kandidaten für seinen Club in Frage kamen. Denn die Chance zur Vergrößerung des Clubgeländes schien momentan so günstig wie nie, schließlich waren Personen, deren Grundstücke diesem Vorhaben bisher im Weg standen, in den letzten Tagen und Wochen ums Leben gekommen. Van Boysen war jetzt aber doch etwas verwundert darüber, dass sein Freund und Club-Exekutivmitglied Peer Stoltenbusch nicht so ganz mitziehen wollte, als er ihm eben noch mal seine Absicht erläutert hatte, die vorübergehend herrenlosen Gebiete im Salzetal dem Club anzugliedern. Der Geländezuwachs sollte mittelfristig einen Anstieg der Mitgliederzahl zur Folge haben, wovon sie beide als unmittelbar Beteiligte finanziell nicht unerheblich profitieren würden. Aber das schien Stoltenbusch gar nicht zu interessieren. Obwohl sie doch eigentlich auf dem besten Wege waren, Best-Buddies zu werden. Immerhin hatten sie eine Menge Spaß beim letzten Solesieder-Turnier im Mai gehabt, als es in einem extra zur Verfügung gestellten Raum hoch herging mit wirklich nettem und sehr zuvorkommendem Besuch – den bei Hugo Layer zu bezahlen Stoltenbusch bisher wohl versäumt hatte. Wahrscheinlich hatte der Kurdirektor einfach zu viel um die Ohren, dachte van Boysen und erinnerte sich, dass Stoltenbusch eben irgendwas von schützenswerten Quellen gefaselt und während des Gesprächs die ganze Zeit in einem Ordner herumgewühlt hatte, der mit Landkarten, Zeichnungen und Diagrammen gespickt war. Egal, das konnte wer weiß was bedeuten, vielleicht waren das auch nur Ausreden. Aber darauf, dass Stoltenbusch ihn vorhin so abgewimmelt hatte und dann auch noch dieses schmierige Rotlicht aufgetaucht war, musste er erst einmal einen trinken.

Claas wiederum witterte seine Chance. Die Chance, dem arroganten Sausack van Boysen eins auszuwischen. Du willst Schnaps? Du kriegst Schnaps, dachte er, und als ihm dann das kleine Fläschchen am Rande des Tresens in den Blick kam, begann er zu grinsen. Jetzt durfte er nur nicht erkannt werden! Von einem Ständer mit preiswerten Kunststoffsonnenbrillen griff sich Claas ein besonders hässliches Exemplar und hielt sich danach im Halbdunkel der Bude zurück. Van Boysen hatte aber wohl gar nicht die Absicht auf Small-Talk mit Jesper Svendborg gehabt, denn er guckte die ganze Zeit in Richtung der Gradierwerke und merkte gar nicht, dass heute jemand anders in der Bude stand.

»Was für Ssnaps möchtest du denn? Akvavit?«, versuchte sich Claas in Deutsch mit Dänisch gefärbter Aussprache, so wie er es von Jesper gewohnt war.

»Was? Ach so … jaja, immer her damit.« Zumindest schien der Clubchef am Akzent nichts auszusetzen zu haben und keinen Verdacht zu schöpfen. Claas mixte schnell eine gute Mischung aus eisgekühltem Akvavit und den Abführtropfen zusammen und stellte das Glas mit dem langen Stiel auf den Tresen. »Skål!«

Gierig stürzte van Boysen das hochprozentige Getränk hinunter. »Aaahhh, das tut gut«, sagte er und wischte sich mit dem Finger über den Mund. »Noch einen bitte.«

»Aber gerne!« Ohne zu zögern, mixte Claas noch einmal einen Spezialcocktail zusammen und reichte ihn nach vorne. »Bitte söhr«, entfuhr es ihm dabei flapsig und er hätte sich fast auf die Zunge gebissen. Au Backe, dachte er, so spricht doch kein Däne!

Tatsächlich drehte sich van Boysen jetzt zur Luke hin. »Herr Svendborg? Warum tragen Sie denn eine Sonnenbrille in der

Bude?« Doch dann fiel es ihm wie Schuppen aus seinen wie immer perfekt sitzenden Haaren. »Ach, das ist doch … eine Unverschämtheit! Sie! Hafenstrolch! Ist … ist das Absicht, dass Sie mir hier auflauern?«

Claas lehnte sich zurück, Ludger van Boysen dagegen begann hochzufahren; aus leichtem Unmut über das zögerliche Verhalten des Kurdirektors eine Stunde zuvor wurde beim Anblick von Claas Haverstroh binnen Sekundenbruchteilen heftiger Zorn, und Claas hatte schon Sorge, dass der Clubchef wieder einen seiner berühmten Klaus-Kinski-Anfälle kriegte. Dennoch kostete er still für sich seinen kleinen Triumph aus und meinte süffisant: »Reiner Zufall, Herr van Boysen, ich mache hier nur eine Mittagsvertretung. Sie können mir ruhig glauben, dass ich auf eine Begegnung mit Ihnen keinen gesteigerten Wert lege … Aber trinken Sie doch Ihren zweiten Schnaps aus, nicht dass er warm wird!«

Doch van Boysen lehnte brüsk ab. »Frech ist er auch noch!« Er schob das Schnapsglas zur Seite, warf vier einzelne Euromünzen auf den Tresen und meinte im Weggehen großmütig: »Ich bezahle natürlich beide. Den anderen können Sie selber saufen … Und das letzte Wort zwischen uns ist noch nicht gesprochen!«

Die leise Drohung machte Claas keine Angst; im Gegenteil, er fragte sich grinsend, wie lange es wohl dauerte, bis van Boysen die Wirkung seines Getränkes zu spüren bekam. Und den übriggebliebenen Schnaps zu trinken hatte er mit Sicherheit auch nicht vor; doch bevor Claas nach dem Glas greifen konnte, um den Inhalt wegzuschütten, hatte schon jemand anders seine Hand dran.

Nach seinem zweiten Besuch in der Bäderverwaltung ging Mock auf direktem Weg zum Lille Tivoli herüber und noch bevor er die Bude erreichte, wurde er Zeuge des Disputes zwischen Claas und van Boysen. Er hielt kurz hinter der Ecke; dort konnte er gut hören, was sich die beiden Freunde diesmal zu sagen hatten. Als der Clubchef dann schlussendlich den Akvavit beiseite gestellt hatte und abgehauen war, ließ sich Mock nicht lange bitten. Er federte um die Ecke und noch bevor Claas überhaupt reagieren konnten, hatte er schon nach dem Glas gegriffen. »Aber Hallo! Wenn der feine Herr van Boysen mal einen ausgibt, muss man die Gelegenheit ergreifen. Prosit!« Genüsslich kippte er den Schnaps herunter. »Mmmhhh, lecker. Aber so was von!«

Claas guckte ungläubig und schockiert zugleich.

»Was ist denn? Wär doch schade drum gewesen«, sagte Mock anlässlich Claas' Totengräbermiene. »Aber sag mal, warum gibst du eigentlich den Verkäufer?«

»Da … da … waren deine Abführtropfen drin«, stammelte Claas, »und … und Jesper macht gerade Pause.«

Mock zog die Stirn in Falten. »Meine Tropfen? Nee, nee, die sind bei Stoltenbusch im Kaffee. Und die haben so was von gewirkt!« Er knetete die Hände gegeneinander wie jemand, der ein gutes Geschäft gemacht hatte.

Claas war wieder bei sich und wurde energischer: »Julius, hör mir zu! Du hast zwei Fläschchen Abführtropfen mitgebracht. Eines davon hast du hier stehenlassen. Und als van Boysen eben einen Akvavit bestellt hat, habe ich ihm ein paar Tropfen beigemischt. Als kleine Rache sozusagen. Hat er auch brav ausgetrunken. Leider hat er mich dann erkannt, bevor er seinen zweiten trinken konnte …«

Mock wurde etwas blass um die Nase. »Und den habe ich eben weggesüppelt?«

»Ja, leider.«

»So eine Scheiße … Dann geht's in zehn Minuten los!«

»Was geht in zehn Minuten los?«

»Na, da beginnt es zu rumoren. Was meinst du, was Stoltenbusch da eben in der Toilette für ein Erlebnis hatte …« Ohne weiter zu zögern, begab sich Mock auf das kleine WC, das im hinteren Teil der Bude hinter einer Holztür untergebracht war und nur aus einer alten Flachspülerschüssel und einem Handwaschbecken bestand.

Mocks Vorhersage war durchaus präzise. Nach exakt neun Minuten und zehn Sekunden drang ein erstes Stöhnen aus dem Klo zum Tresen herüber, gefolgt von durchfalltypischen Geräuschen. Claas' Ansicht nach stellte diese Entwicklung natürlich die Aktion in ihrer bisherigen Art und Weise in Frage. Es sei denn, er würde jetzt selber wieder aktiv …

»Das kannst du dir getrost abschminken«, rief Mock durch die Toilettentür. »Wenn ich nicht mehr kann … dann … ui, ui, ui, jetzt kommt wieder was … dann rufen wir halt Hardy an. Wenn du glaubst, dass ich keinen Plan mehr auf die Reihe kriege, nur weil ich hier … oh, oh, oh, läuft ja wie ein Länderspiel … gehandicapt bin … nee, nee, mir fällt schon was ein!« Es folgte eine kurze Pause. »Aber weißt du, was ungemein … versöhnlich ist?«

»Nicht direkt«, überlegte Claas laut, »vielleicht dass du wenigstens von deinen eigenen Tropfen außer Gefecht gesetzt wirst? So nach dem Motto ›Wenn mir einer wehtut, dann nur ich mir selbst‹?«

Prompte Antwort aus der Kabine: »Haha, Scherzkeks. Nein, ich träume davon, dass van Boysen jetzt irgendwo auf 'nem halbvollen Eimer Scheiße hockt und diesen Tag verflucht!«

Nach Mocks Anruf hatte Hardy alles stehen und liegen gelassen, war in den Volvo gestiegen und zehn Minuten später am Lille Tivoli erschienen. Dort schlackerten er und Claas mit den Ohren, als sie hörten, was Mock sich aus dem Stegreif für die weitere Aktion ausgedacht hatte: Operation Flotter Peer 2.0 – bei der Namensauswahl war er wenig einfallsreich gewesen. »Aber das macht mein Plan mehr als wett«, rief er. Die Anzahl seiner Darmattacken hatte sich inzwischen zwar etwas verringert, seinem Platz auf dem stillen Örtchen blieb er aus Sicherheitsgründen jedoch vorerst treu. »Ich denke, Ihr habt verstanden, was ich meine«, krächzte er heiser, nachdem er eine Viertelstunde lang seine Instruktionen durch die geschlossene Toilettentür in die Bude gegeben hatte. »Wir brauchen eine

Rohrzange, eine Tube Wundsalbe, eine Kamera und eine Dose gemahlenen, weißen Pfeffer.«

Claas bekundete zunächst einige Bedenken gegen den Plan, aber Mock war sich seiner Sache wie immer sicher. »Risiko gibt's immer. Aber ein richtig gefährliches sehe ich nicht. Wenn was schiefgeht, Hardy, einfach abhauen, klar?«

Hardy schwankte zuerst noch zwischen Begierde und Zurückhaltung, dann aber gewann der Wunsch auf ein weiteres Abenteuer die Oberhand. Obwohl er ständig gähnte. »Ich habe den ganzen Tag am Flugzeug zugebracht. Ist übrigens so gut wie startklar, Julius. Ich war eben gerade beim Betanken, als du anriefst.«

»Das ist schön zu hören«, schallte es aus der Toilette, begleitet von erneuten Plätschergeräuschen. »Dann machen wir morgen den Probelauf. Hardy, ich freu mich!«

Für Claas war Mock in manchen Dingen immer noch ein Rätsel. Dass man gerade dabei war, eine Verschwörung aufzudecken und eventuell einen mehrfachen Mörder stellen wollte, schien für den Doktor das Selbstverständlichste auf der Welt zu sein. »Sag mal, Julius«, meinte Claas deshalb fragend, »du hast aber jetzt nicht doch irgendwoher schon Erfahrung in der Verbrecherjagd, oder?«

»Nein, noch nicht, aber der Mensch wächst ja mit seinen Aufgaben!«

»Soso«, sagte Claas und wandte sich an Hardy: »Die Weisheiten des Julius Mock. Könnte man glatt ein Buch drüber schreiben.«

Aus der Toilette hörte man ein Rauschen, bevor sich Mock wieder meldete: »Was flüstert ihr da? Übrigens Hardy …«

»Ja bitte?«

»Du kannst deine Hose wiederhaben!«

Gegen sieben Uhr erschien pünktlich wie jeden Tag der Schließer Marwede an der Bude und orderte wie gewohnt seine Flasche Echt Lipper Goldkorn, die Claas schon vorher nach Mocks Anleitung mit den inzwischen bestens bewährten Abführtropfen veredelt hatte. Jesper, der inzwischen wieder die Verkaufsregie übernommen hatte, sollte von dieser Panscherei allerdings nicht unbedingt was mitbekommen und so wunderte er sich ein wenig, dass Claas ihm das Schnaps-Pülleken schon passend hingestellt hatte. Während Jesper dann mit Marwede die üblichen Worte wechselte, schlängelte sich Hardy draußen an den Schließer heran und ließ eine Tube *Mocks Wundsalbe* in dessen Umhängetasche fallen; die hatte Claas noch rechtzeitig aus der Pension geholt, denn die Drogerie war am Mittwochnachmittag geschlossen. Die restlichen Utensilien, die für das Gelingen des Plans erforderlich waren, konnten aber leicht besorgt werden.

In der Bäderverwaltung räumte Frau Gimpel ihre Sachen zusammen und bereitete sich auf den Feierabend vor. Heute war aber auch einiges los gewesen. Merkwürdige Anrufe, merkwürdige Personen im Haus und dann kam der Kurdirektor auch noch mit grünem Gesicht die Treppe runtergelaufen und verschwand in einer der Taxen, die am Rande des Gustav-Güse-Platzes auf Fahrgäste warteten. Auch deshalb war Frau Gimpel geschafft und etwas genervt, als dann noch mal das Telefon schellte.

»Hier spricht Professor Kurt Herbert Urhalt. Aus Asbach. Wir hatten doch heute schon einmal das Vergnügen hier am Fernsprecher, nicht wahr? Ich wollte nur in Erfahrung bringen, ob die Blumen angekommen sind?«

Als die Antwort kam, musste Mock den Hörer ein gutes Stück vom Ohr weghalten. »Also hören Sie mal! Das habe ich ja noch nie erlebt! Da rufen Sie an und ich hole die schönste und größte Vase aus dem Schrank und was kommt dann? Ein mickriges Blumengestrüpp! Sieht ja aus wie von der Tankstelle. Und von pünktlichst um 11 Uhr kann ja wohl auch keine Rede sein!«

Herzlichen Glückwunsch, dachte Mock, da ist aber jemand sauer. Trotzdem war sein Anruf von Erfolg gekrönt. Den bedauerlichen Fauxpas bat er zu entschuldigen, er würde am nächsten

Tag das prächtigste Blumenbukett vorbeischicken, das man in Bad Salzuflen je gesehen hätte und sie solle doch bitte sofort den alten Strauß entsorgen. Das tat Frau Gimpel gerne. Auf diesen Moment hatte Hardy, der die wild gestikulierende Empfangsdame von draußen beobachtet hatte, nur gewartet: Just in dem Moment, als der Blumenstrauß im Hinterzimmer im grünen Mülleimer landete, huschte er ungesehen am Tresen vorbei.

»Wie gut, dass ich heute Morgen nicht viel Geld in die Blumen investiert habe«, frohlockte Mock, »so konnten wir zweimal Nutzen daraus ziehen. Ist Hardy schon auf Position?«

Claas hatte sich am Lüftungsgitter mit Fernglas und Kaffee eingerichtet und das Telefon wieder zu sich herangezogen. »Nein, noch nicht. Das wird noch ein wenig dauern …«

Gehe in die Toilettenräume. Am Waschbecken mit Zange Wasser abstellen. Im Herrenklo Klopapier abrollen, beidseitig mit Pfefferpulver einstreuen und wieder aufrollen. Dann nebenan auf Damenklo warten …

Hardy studierte noch einmal den Zettel mit Mocks handschriftlichen Instruktionen. Nun saß er wie befohlen auf dem geschlossenen Klodeckel in der Damentoilette und wartete und wartete. Aber noch tat sich nichts. Schon musste er wieder gähnen. Verdammt, dachte er, bloß nicht einschlafen. Doch als sich seine Lider senkten und er den Kopf an die Trennwand lehnte, nickte er doch ein. Kurz darauf begann er leise zu schnarchen. Urplötzlich jedoch hallten Schritte über den Flur, sie kamen schnell näher, die Tür zu den WCs wurde aufgerissen und die Herrentoilette gestürmt. In letzter Sekunde hatte es Schließer Marwede auf das jetzt nicht mehr ganz so stille Örtchen geschafft.

Dass er das inzwischen vierte Opfer von *Mocks Abführtropfen Super Stark* wurde, hatte er seiner Gewohnheit zu verdanken, im Aufenthaltsraum beim Lesen der Tageszeitung seinen allabendlichen Korn zu trinken. Zuvor hatte er seine Tasche ausgepackt und darin neben Zeitung, Thermoskanne und ein paar Butterbroten auch noch eine Tube Wundsalbe gefunden. Was hatte ihm seine Elfe denn da eingepackt? Wo zum Teufel sollte er sich das Zeug denn hinschmieren?

Diese Frage konnte er sich zwölf Minuten später selbst beantworten. Die Wirkung des Abführmittels hatte auch bei ihm äußerst zuverlässig eingesetzt und einen sofortigen Spurt zur Toilette ausgelöst. Doch nachdem Hardy dort zuvor das Toilettenpapier mit weißem Pfefferpulver bestreut und die Rolle sorgfältig wieder aufgerollt hatte, war die Erlösung für Marwede nur von sehr kurzer Dauer. Denn als er sich den Allerwertesten abgewischt hatte, begann sich dort ein wahrer Höllenbrand zu entfachen. Wie das brannte! Wie das zog! Hilfeee!!! Marwedes Hintern loderte wie ein Schmiedefeuer. Kühlung! Er brauchte Abkühlung, und zwar schnell! Fahrig strampelte er sich aus der Hose und hastete aus der Kabine. Doch was war das? Kein Wasser am Waschbecken! Was nun? Was tun? Da war doch … die Wundsalbe! Die Wundsalbe im Aufenthaltsraum! Oh, du herrliche Ehefrau, die in Voraussicht der Ereignisse an ihn gedacht hatte! Marwede stolperte ohne Hose über den Flur, polterte in den Aufenthaltsraum und ergriff dort mit zittriger Hand die Tube mit der erlösenden Creme, um sich eine walnussgroße Menge genau dorthin zu schmieren, wo es besonders wehtat.

Schlüssel von der Hose nehmen. Chefbüro aufschließen. Schlüssel zurücklegen … Hardy fummelte das Schlüsselbund von Marwedes zurückgelassener Hose ab und setzte Mocks Plan weiter Schritt für Schritt in die Tat um. Er brauchte eine Weile, bis er unter den vielen Schlüsseln den richtigen gefunden hatte, der ins Schloss von Stoltenbuschs Bürotür passte – es war natürlich der letzte! Bis hierhin läuft es aber trotzdem gut, dachte er und öffnete die Tür vorerst nur einen Spaltbreit. Da Marwede natürlich nicht bemerken sollte, dass eine zweite Person im Haus war, ging Hardy zur Herrentoilette zurück und befestigte das Schlüsselbund wieder an der Hose. Jetzt hatte er freie Bahn!

Unterlagen suchen (und finden!). Wichtiges fotografieren oder kopieren. Unterlagen zurückstellen …

Hardy sah sich im Büro um, und als Erstes fiel sein Blick auf die Anrichte. Wie nett, dachte er, Kaffee ist auch schon gekocht. Die immer noch eingeschaltete Maschine verströmte einen gewohnt angenehmen Geruch. Ohne groß nachzudenken, goss er sich den Rest Kaffee in einen Becher, schaltete die Maschine aus und nahm einen Schluck. Holla, der schmeckt aber bitter, dachte er, aber ist bestimmt gut gegen meine Müdigkeit. Er nahm den Hörer des Tischtelefons in die Hand und wählte die Nummer des Lille Tivoli.

»Sauber, Kollege«, meldete sich Claas. »Der erste Teil hat also geklappt!«

»Jaja, ein Gruß an den Strategen. Wie geht's ihm denn?«

»Stöhnt immer noch, wird aber weniger … Wir haben jetzt aber keine Zeit zu verlieren. Der Schließer ist außer Gefecht?«

»Jepp. Marwede ist wie von der Tarantel gestochen vom Klo abgehauen. Pfeffer am Arsch in der Abendstunde – Verhilft dir zu 'ner flotten Runde! Ich denke, wir haben jetzt ein bisschen Zeit.«

Aus dem Hintergrund hörte Hardy Mock rufen: »Was redet ihr so lange? Der soll suchen … Zum Labern habe ich meinen Plan nicht gemacht!«

Jaja, immer mal ruhig, dachte Hardy, legte den Hörer auf den Tisch und stellte auf Gegensprech-Lautsprecher. »Ich suche jetzt … aber seid mal leise, bitte.«

In der Bude konnte man hören, wie Hardy kramte und einen Ordner nach dem anderen aufschlug. Dabei informierte er sie laufend über das, was er fand. »Grünflächenverwaltung … Kurhausverpachtung … Planung Casino Leopold …« Claas wiegte den Kopf hin und her, bis jetzt passte das alles nicht in sein Konzept. Hatte der Kurdirektor brisantes Material vielleicht doch zu Hause gesammelt? »Wartet, hier sind noch ein paar Ordner, etwas versteckt hinter den anderen … Stadtzuschüsse … Kurparkgestaltung … Projekt Salzeland … Jubiläumsfest …«

»Halt, halt!«, unterbrach Claas plötzlich. »Was war das gerade? Das mit dem Salz?«

»Warte … Projekt Salzeland steht hier. Mitten zwischen den anderen Ordnern.«

»Das könnte es sein … Ich werde wahnsinnig … Das ist es bestimmt!« Claas war ganz aufgeregt und auch Mock hatte mitbekommen, dass Hardy dem Geheimnis ein Stück näher gekommen sein könnte.

»Na siehste! Los, los, aufmachen!«

Das konnte selbst Hardy über das Telefon hören. »Pssst, seid leise«, zischte er. »Wenn der Schließer hier noch mal über den Flur kommt, muss der euch nicht gleich jubeln hören.« Er nahm den Ordner aus dem Regal und begann, ihn zu durchforsten. »Aha … Interessant … Sieh mal an … Ja, das ist doch … Soso.«

Im Lille Tivoli war Mock aus der Toilette gekommen und hatte sich neben Claas ans Telefon gestellt. »Keine Sorge, für einen Moment geht es schon«, flüsterte er, als Claas beunruhigt guckte und auf Mocks Hintern zeigte.

»Sehr interessantes Material«, sagte Hardy aus dem Off.

»Mach Fotos«, hauchte Claas in den Hörer und kurz darauf hörte man wie Hardy fortlaufend blätterte und zwischendurch seine Digitalkamera künstliche Auslösegeräusche machte. Doch plötzlich brach diese Reihenfolge ab, Hardy begann leise zu stöhnen, dann murmelte er etwas und auf einmal hörte man ihn weglaufen.

»Ich muss da jetzt rein! Ich will wissen, was da los ist«, sagte Claas wild entschlossen und Mock konnte nach kurzer Diskussion aufgrund mangelnder Alternative nichts dagegen einwenden. Jesper wollte sich nämlich erneut mit seiner Birte treffen, hatte ihnen deswegen wie schon am Tag zuvor die Bude überlassen und wollte erst später am Abend noch einmal vorbeischauen. Mock selber war phasenweise immer noch außer Gefecht gesetzt. »Diese Tropfen sollten verboten werden«, hatte er kurz zuvor noch scherzhaft gesagt, doch nachdem Hardy plötzlich verstummt war, wurde auch er wieder ernst und machte sich um seinen Kumpel Sorgen.

Hardy war durch seinen Kaffeegenuss unfreiwillig Opfer Nummer Fünf von *Mocks Abführtropfen Super Stark* geworden. Als er merkte, dass es zu rumoren begann, stopfte er schnell die Kamera in die Tasche und schaffte es gerade noch rechtzeitig auf die Toilette, wo er geistesgegenwärtig wieder seinen alten Platz in der Damentoilette einnahm. Fünf Minuten später kehrte auch Schließer Marwede wieder in die Sanitäranlage zurück und hampelte sich schnurstracks auf die Herrentoilette; die Wundsalbe hatte die Auswirkungen der Pfefferattacke zwar merklich gelindert, die Abführtropfen leisteten aber nach wie vor zuverlässig ihren Dienst.

Hardy biss sich auf die Unterlippe. Scheiße, dachte er, jetzt war die Kacke am Dampfen! Und wie! Der Schließer sollte ihn doch nicht hören!

Zum Glück war Marwede jedoch genügend mit sich selbst beschäftigt, er wimmerte und stöhnte derart heftig, dass es Hardy nebenan gelang, immer dann den nötigen Druck abzulassen, wenn es sein Nachbar auch tat und weil er sich bemühte, so leise wie nur möglich zu sein, wurde er von Marwede glücklicherweise gar nicht bemerkt; der war nämlich ziemlich laut.

Was für ein Scheiß-Duett, dachte Hardy und musste just in dem Moment grinsen, als es unten wieder zuckte.

Die Dämmerung hatte sich derweil über die Stadt gelegt und tauchte den Gustav-Güse-Platz in ein schummriges Licht. Der Himmel hatte sich zugezogen, langsam lebte Wind auf und gespannt wartete die Stadt, dass ein sich näherndes Gewitter die stickige Luft aus den Straßen fegte; am Horizont zuckten erste Blitze. Claas lief zur Bäderverwaltung und ignorierte dabei sämtliche Hinweise von Schwester Sybille, sich noch ein wenig zu schonen. Nichts da, dachte er, es konnte schließlich um Leben und Tod gehen! Vielleicht war der Plan doch schiefgelaufen und der

Schließer hatte Hardy womöglich eins übergezogen. Oder sogar Stoltenbusch persönlich war zurückgekehrt und hatte ihm was angetan. Oder sonst etwas war passiert. Jedenfalls galt es keine Zeit zu verlieren. Claas wäre in diesem Moment wohler gewesen, wenn er seine Dienstwaffe dabeigehabt hätte, aber die konnte er jetzt auch nicht herbeizaubern. Um jedoch im Fall der Fälle nicht ganz wehrlos zu sein, hatte er sich den dicken Holzknüppel mitgenommen, den Jesper als prophylaktisches Selbstverteidigungsmittel gegen Überfälle unter dem Tresen deponiert hatte. Erleichtert stellte Claas kurz darauf fest, dass die Tür des Verwaltungsgebäudes nach wie vor unverschlossen war. Das deutete er als ein gutes Zeichen und betrat das Foyer. Hier war es schon fast dunkel und es dauerte eine Zeitlang, bis sich seine Augen daran gewöhnt hatten. Doch Licht einschalten wollte er auf keinen Fall. Jedenfalls nicht hier, dachte er, sonst schaut womöglich die ganze Stadt dabei zu, was vor sich geht. Er lauschte ins Gebäude hinein und hörte aus der oberen Etage leise Geräusche, dort schien es jemandem gar nicht gut zu gehen. In einem einminütigen Schnelldurchgang hatte Mock ihm zuvor die Örtlichkeiten erklärt und so hechtete Claas die Treppe hinauf in den Verwaltungstrakt und bemerkte dabei ein erstes Zwicken im Oberschenkel, trotzdem ging er weiter den Geräuschen nach. Das wird der Schließer auf der Toilette sein, dachte er, der Nachmittag mit Mock inklusive gleicher Symptome hat sich ähnlich angehört. Aber wo ist Hardy? Wenige Sekunden später stand Claas vor dem Büro des Kurdirektors, die Tür war einen Spalt breit geöffnet, drinnen brannte Licht. Na, dann hinein in die Höhle des Löwen!

* * *

Der Motorradfahrer hatte es eilig. Wie ein angriffslustiges Insekt schwirrte die schwere Kawasaki durch die Straßen der Stadt, der Scheinwerfer fraß sich durch die aufziehende Dunkelheit. Die Maschine überholte zahlreiche Autos und ignorierte einige rote

Ampeln; ein paar Fußgänger sprangen erschrocken zur Seite. Der Anrufer kurz zuvor war sehr hektisch gewesen. Du musst noch mal los, hatte er gesagt … Ich selbst bin gehandicapt … Ich brauche dringend die Unterlagen … Nicht, dass jemand anders … Wir könnten sonst in Schwierigkeiten kommen …

* * *

Claas lehnte den Knüppel an die Anrichte und beugte sich über den Schreibtisch und den dort aufgeschlagenen Ordner. Was war geschehen? Wo war Hardy hingelaufen und warum? Claas blätterte in den Unterlagen und überflog schnell die Seiten, die allesamt in durchsichtigen Prospekthüllen steckten. Rechnungen, Belege, Quittungen, Datensammlungen. Wahnsinn! So wie es den Anschein hatte, war hier ein ganz großes Ding geplant. Und scheinbar akribisch hatte Stoltenbusch jeden Schnipsel aufbewahrt, der etwas damit zu tun hatte. Claas war aber viel zu nervös, um sich jedes Blatt anzuschauen, denn er suchte etwas anderes. In einer der Hüllen steckte eine topographische Landkarte im Maßstab 1:5000. Claas fummelte sie heraus; vor ihm lag der Norden der Stadt mit dem angrenzenden Salzetal, dessen Anblick ihm inzwischen wohlvertraut war. Doch es war nichts zu sehen von einem See. Mist, zu früh gefreut, dachte er. Doch was war das? Aus der nächsten Hülle zog Claas eine durchsichtige Folie heraus, auf der mittig ein blaues, gebogenes Gebilde aufgemalt war. An den Rändern der Folie hatte der Zeichner jeweils ein kleines N und ein S aufgemalt. Wie eine krumme Bohne mit ausgefransten Rändern sah das Gebilde aus. Der See! Das musste er sein! Claas merkte, wie ihm ein Schauer über den Rücken lief. Mit zittrigen Händen legte er die Folie über die Karte, so dass das N nach Norden zeigte. Potzblitz! Genau wie er es vermutet hatte: Der Kurdirektor plante tatsächlich einen künstlichen See inmitten des Salzetals vor den Toren der Stadt. Mithilfe eines neu errichteten Vergnügungsparks und dem See als Mittelpunkt wollte er so wahrscheinlich den Tourismus ankurbeln. Claas schob die Folie auf der Karte etwas hin und her. Der Maßstab passte, kein Zweifel, das ursprüngliche Tal würde zu einem Großteil durch den See ausgefüllt werden. Immer und immer wieder legte er die Folie auf die Karte, um zu gucken, welches Areal im Detail von Wasser geflutet werden sollte. Aber irgendwas passte nicht. Da war etwas im Weg. Ein Bauwerk. Egal, ob Claas die Folie nach ganz rechts an die Hügel oder nach ganz links an den Bahndamm, ganz nach oben an die Zufahrt zum Gestüt oder weiter nach unten schob, immer war dieses eine Gebäude im Weg. Erst kam er gar nicht drauf, welches Haus das war, aber plötzlich durchzuckte es ihn.

Das White Horse Inn! Nach Stoltenbuschs Planung würde es dem Stausee geopfert werden. Claas wurde es heiß und kalt zugleich. Denn wenn der Kurdirektor als Kopf einer skrupellosen Bande plante, die Ländereien des Tals ohne Rücksicht auf Verluste an sich zu reißen, um sich dort ein Denkmal zu setzen … dann war auch Dennis Millington in Gefahr. In tödlicher Gefahr!

Bei all der Konzentration auf die Sache hatte Claas die stetige Geräuschkulisse aus der Toilette im Ohr, denn Marwede stöhnte und ächzte nach wie vor. So bekam er gar nicht mit, dass ein Motorrad in der Nähe des Eingangs abgestellt worden war und sich im Schutze der Dunkelheit eine Gestalt in schwarzer Lederkluft unbemerkt ins Gebäude geschlichen hatte.

Claas brach der Schweiß aus, und er atmete tief durch. Konnte das wahr sein? Wollte Stoltenbusch als nächstes den englischen Pub plattmachen? Zugegeben, dachte er, so sympathisch ist mir Millington jetzt auch nicht gewesen, aber das ist doch kein Grund, einfach so von der Landkarte verschwinden zu müssen. Ein nochmaliger Blick auf die Karte ließ aber keinen anderen Schluss zu: Der Gasthof würde bald nur noch Geschichte sein. Und da sein Besitzer sich das wahrscheinlich nicht so einfach gefallen lassen würde, waren seine Tage mit Sicherheit gezählt. Hoffentlich war es noch nicht zu spät! Bevor er sich durch den restlichen

Ordner wühlte, nahm Claas den Telefonhörer in die Hand und rief im Lille Tivoli an. Sie mussten etwas unternehmen, und zwar sofort! Während es tutete, steckte er Karte und Folie wieder in die Prospekthüllen. Als Mock sich meldete, zuckten draußen die ersten Blitze des Gewitters durch das Dunkel der Stadt und warfen für Sekundenbruchteile ein gespenstisches Licht auf den Gustav-Güse-Platz. Claas fuhr zusammen, als es draußen fast zeitgleich donnerte. Kurz darauf setzte prasselnder Regen ein. Er musste lauter sprechen und hörte nicht, wie hinter ihm jemand den Raum betrat. Es donnerte wieder und Claas wunderte sich noch, dass der Donner diesmal gar nicht von draußen kam. Es war vielmehr ein leichtes Knirschen und plötzlich durchfuhr ihn ein stechender Schmerz von Kopf bis Fuß. Der Telefonhörer fiel zu Boden, aus dem Lautsprecher hörte er Mock noch etwas rufen, dann drehte sich alles und er sah schon wieder Sterne und passend dazu so eine Art Marsmensch, der aber gar nicht grün, sondern ganz schwarz war.

* * *

Ein Telefon klingelte …

»Ich schon wieder. Hast du die Unterlagen gefunden?«

»Ja, das war leicht. Ich musste den Ordner gar nicht erst im Regal suchen. Unser Freund Haverstroh hatte ihn gerade in Bearbeitung.«

Am anderen Ende wurde kurz geschwiegen. »Verdammt. Ich hatte schon befürchtet, dass einer von denen danach suchen würde. Aber wie ist der reingekommen? Hat der Schließer die Tür offengelassen und gepennt?«

»Muss er wohl … Der saß jedenfalls auf dem Klo und hatte Durchfall.«

»Oh mein Gott. Der auch? Dann ist es vielleicht kein Zufall, dass ich mir den ganzen Tag die Seele aus dem Leib scheiße. Was ist dann passiert?«

»Ich habe Haverstroh wieder niedergeschlagen, der Idiot hatte sich passend einen Stock zum Prügeln mitgebracht. Pech für ihn. Er hat noch versucht, mit Doktor Mock zu telefonieren, das habe ich deutlich gehört.«

Am anderen Ende wurde leise geflucht. »Mock. Natürlich. Immer wieder Mock. Ist Haverstroh wenigstens tot?«

»Ich glaube nicht, so hart habe ich nicht zugeschlagen.«

»Vielleicht war das ein Fehler, du bist einfach zu gutmütig. Es wäre wohl besser für uns, wenn er nichts mehr sagen könnte.«

»Ich habe ihn natürlich durchsucht, er hatte aber sonst nichts bei sich. Also hat er keine Beweise.«

»Vergiss nicht, dass er Polizist ist. Wenn er wirklich was gesehen hat, weiß er schon, was zu tun ist.«

»Hm, was sollen wir jetzt deiner Meinung nach tun?«

»Ihn ausschalten. Endgültig. Bei nächster Gelegenheit … Und Mock gleich mit.«

Donnerstag, 13. August

Er musste ewig geschlafen haben. Mindestens dreißig Jahre lang. Denn als er aufwachte und in Vickys Gesicht blickte, stellte Claas erschrocken fest, dass sie älter aussah als beim letzten Mal und eine Menge Falten bekommen hatte. So ein Mist! Lag es daran, dass er alles nur noch verschwommen sah? Langsam hob er die Hand und versuchte, das Gesicht, das sich über ihn beugte, zu ertasten. Doch es wich zurück und sprach zu den anderen Menschen, die um ihn herum standen.

»Sieh an, er kommt zu sich«, sagte die Stimme mit sanfter Note.

Dann sprach jemand anderes, aber diesmal klang es viel härter, fast wie ein Befehl. »Habe gleich gesagt, Unkraut vergeht nicht! Marsch ab, zurück ins Glied!«

Ein älterer Herr wurde beiseite gezogen.

»Herr zur Mühlen, ich bitte Sie. Er ist doch noch ganz benommen. Was machen Sie überhaupt hier? Sie haben sich mal wieder im Raum geirrt. Gehen Sie doch schon mal an Ihren Platz, ja? Das Frühstück ist gleich fertig.«

Dann beugte sich das Gesicht mit der sanften Stimme wieder herunter. »Schön, dass Sie wieder bei uns sind.«

Claas blickte noch etwas ratlos umher und jetzt sprach das Gesicht etwas energischer: »Hallo, ich bin's, Luise Fürst-Schmidt … Ihre Pensionswirtin … Die Mutter von Viktoria!«

»Was … was … ist denn passiert?«, fragte er und fasste sich dabei in den Nacken. »Aua! Scheiße verdammt, tut das weh!«

»Ist auch kein Wunder, wenn man mit einem Holzprügel verdroschen wird«, sagte da Julius Mock aus dem Hintergrund und trat zwei Schritte vor. Auch Hardy war anwesend, und genauso wie Mock war er wieder einigermaßen in Form. Claas versuchte sich aufzusetzen; dies gelang ihm nur in Zeitlupe, denn zu seinen Schmerzen gesellte sich noch leichter Schwindel und machte seine Bewegungen langsam. Mock und Hardy packten ihn an den Schultern und halfen ihm, sich vollends aufzurichten.

»Ihr drei braucht jetzt erst einmal ein ordentliches Frühstück«, hakte Frau Fürst-Schmidt kurz ein, »vorher hat eure konspirative Runde sowieso keinen Zweck.« Sie zwinkerte Mock zu und wandte sich an Claas. »In der Klinik habe ich schon angerufen, dass Sie heute nicht kommen. Seien Sie also ganz beruhigt.« Sie ging hinüber in den Frühstücksraum, um ihren drei Ehrengästen eine kräftigende Mahlzeit zusammenzustellen.

»Wie … wie bin ich denn eigentlich hierhergekommen?«, fragte Claas und Mock schaute zu Hardy herüber, bevor er antwortete: »So wie wir alle hergekommen sind: Mit Jespers Hilfe.«

Jesper Svendborg hatte einen tollen Abend mit seiner neuen Freundin Birte verbracht und sich nur ungern von ihr getrennt. Als er dann an seiner Bude vorbeikam, um noch einmal nach dem Rechten zu schauen, merkte er schnell, dass irgendwas schiefgegangen war. Er wusste nicht im Detail, wie und was Mock geplant hatte und war eigentlich ganz froh, dass er dieses Mal nur seine Bude zur Verfügung stellen sollte; im Gegensatz zu Hardy war ihm schon bei der Golfplatzaktion etwas flau im Magen geworden. Doch nachdem Mock ihm hastig erzählt hatte, was drüben im Gebäude der Bäderverwaltung vorgefallen war, zögerte Jesper keine Sekunde, seinen Freunden zu helfen. »Ssöne Sseisse habt ihr da gebaut!«, war sein Kommentar, bevor er zur Verwaltung herüberlief. Die Tür stand nach wie vor offen; rasch fand er den bewusstlosen Claas in Stoltenbuschs Büro und schleppte ihn von dort auf den Flur. Nach Hardy brauchte er anschließend nicht lange zu suchen: Der hatte sich nämlich entschlossen, die Flucht nach vorne anzutreten und lief Jesper schon auf dem Flur entgegen. Mit Claas in der Mitte eingehakt kamen die beiden kurze Zeit später wieder zum Lille Tivoli zurück, wo Hardy sich zunächst mit Mock die Toilette teilen musste.

»Tja«, sagte Mock, »unser guter Jesper. Hat uns dann alle drei hier in die Pension gefahren. Weiter wären wir auch nicht gekommen, was Hardy?«

Der musste schmunzeln. »Auf keinen Fall. Länger als zehn Minuten ohne Klo ging es gestern Nacht noch nicht … Puh, was bin ich froh, dass das vorbei ist. Wobei ich ja nur einen halben Becher von dem verseuchten Kaffee getrunken habe. Da war die Dosis wohl nicht so hoch. Der alte Marwede hat immer noch geächzt, als ich abgehauen bin.«

Mock lächelte gequält. »'tschuldige, mein Lieber, das war keine Absicht … Claas, du hast jedenfalls wieder schön einen über die Rübe gekriegt. Und dann auch noch mit Jespers Knüppel … Den hat er jedenfalls neben dir gefunden.«

Langsam erinnerte sich Claas jetzt wieder daran, was ihm gestern widerfahren war. »Da … da war plötzlich so ein Mensch … ganz in schwarz … mit einem Helm auf dem Kopf!«

»Ich denke, das wird wieder dieser Motorradfahrer gewesen sein«, sagte Mock und fing an zu grinsen. »Der scheint dich irgendwie zu mögen. Obwohl er dir dieses Mal keinen Zettel zugesteckt hat. Aber vielleicht solltest du auf eine dritte Begegnung verzichten. Glücklicherweise ist nichts gebrochen.« Er klopfte Claas gutmütig auf die Schulter.

»Aua, nicht so doll. Meiner Ansicht nach sieht Zuneigung auch anders aus. Scherz beiseite, mit Sicherheit war es derselbe wie an der Brücke im Salzetal … Apropos Salzetal, da liegt übrigens der Hase in der Pfanne!« Claas wurde lebendig und richtete sich auf. »Unser lieber Herr Kurdirektor plant das ganz große Ding. Eine

Art Vergnügungspark, Arbeitstitel Salzeland. Mit einem künstlich aufgestauten See mittendrin.«

»Stimmt«, meinte Hardy, »das habe ich auch gesehen, bevor ich schachmatt ging. Aber ich habe versucht, alles zu fotografieren …«

»Was goldrichtig war«, sagte Mock, »denn den Ordner, den ihr beiden durchstöbert habt, muss der Knüppelschwinger mitgenommen haben. Zumindest hat Jesper keinen solchen im Büro gefunden. Stellt sich nur die Frage, wer auf die Unterlagen im Büro so scharf war und warum?«

Claas war sich der Antwort sicher: »Das dürfte auf Stoltenbuschs Initiative hin geschehen sein. Wahrscheinlich geht dem die Muffe und er fürchtet, dass jemandem die Beweise in die Hände fallen. Wahrscheinlich hat er gestern doch Lunte gerochen, als du versucht hast, in sein Büro zu kommen.«

»Er wird's aber nicht selber gemacht haben, schließlich hatte der auch meine Tropfen intus«, erwiderte Mock und Hardy nickte zustimmend. »Ausgeschlossen. Damit läuft man keinen Marathon mehr!«

»Wie dem auch sei«, meinte Claas, »ich glaube auch nicht, dass der Kurdirektor selber die Drecksarbeit erledigt. Dafür hat er seine Helfershelfer.«

In diesem Moment wurde ein Frühstückswagen durch die Tür geschoben. »So die Herren, jetzt stärkt euch erst einmal. Ihr seht alle drei noch etwas blass aus.« Frau Fürst-Schmidt goss drei Becher Kaffee ein. »Extrastark!«

Sowohl Mock als auch Hardy hatten enormen Appetit. »Wir haben nach unseren Sitzungen ja auch einiges wiederaufzufüllen«, scherzte Mock und stopfte sich eine Serviette in den Hemdkragen; Frau Fürst-Schmidt hatte das Frühstück bewusst deftig zubereitet. Claas dagegen hielt sich an seinem Kaffeebecher fest und sinnierte vor sich hin.

»Mehr Rührei … und mehr Speck«, forderte Hardy mit vollem Mund und langte nach dem reichlich bestückten Tablett.

»Mmhh, jaja«, schmatzte Mock, als er sich eines der kleinen, fettigen Würstchen einverleibte, »so ein englisches Frühstück hat schon was für sich. Das bringt einen wieder nach vorne. Claas, du solltest auch was essen.«

»Nein danke, ich habe noch keinen Hunger. Besonders nicht auf so ein deftig-fettig englisches Früh … halt, warte mal!«

»Na, siehst du. Appetit kommt beim Essen. Was darf ich dir reichen? Speck? Schinken? Würstchen? Oder etwas Ei?«

»Weder noch, ich brauche ein Telefon. Ich muss den Engländer anrufen!« Claas sprang auf und humpelte aus dem Raum zur Rezeption.

»Wen meint er denn damit?«, fragte Mock verwundert und nahm noch einmal eine Schaufel Rührei.

»Vielleicht Dennis vom White Horse?«, mutmaßte Hardy mit einem leichten Schulterzucken und zeigte noch mal in Mocks Richtung. »Sei doch so gut und reich mir den Schinken rüber.«

Hinter dem Empfangstresen nahm Claas den Telefonhörer in die Hand. Siedend heiß war ihm eingefallen, was er unmittelbar vor seinem Niederschlag hatte tun wollen: Den Besitzer des White Horse Inn vor seinem Mörder warnen! Doch außer einem unaufhörlichen Tuten in der Leitung war nichts zu hören. Claas legte auf und schaute noch mal ins Telefonbuch. Vielleicht hatte er ja eine falsche Nummer gewählt. Doch Fehlanzeige. Die Nummer war richtig; es musste ein uralter Anschluss sein, der nur drei Nummern hatte und sich leicht einprägte. Aber auch beim zweiten Versuch tutete es nahezu endlos und als Claas schon enttäuscht auflegen wollte, hörte er doch noch eine Stimme in der Ohrmuschel krächzen: »Hier ist das White Horse Inn, was kann ich für Sie tun?«

Das war unverkennbar Millingtons Stimme! Glück gehabt, dachte Claas erleichtert, er lebt also noch. »Hören Sie? Claas Haverstroh hier. Sie sind … äh … in Gefahr! Ich kann Ihnen noch nichts Genaues sagen, aber Sie müssen vorsichtig sein …«

Am anderen Ende der Leitung atmete Millington hörbar

durch, bevor er etwas sagte. »Was reden Sie da? Ich soll in Gefahr sein? Wieso das denn?«

»Wie ich schon sagte, ich kann Ihnen noch nichts Konkretes sagen. Aber es gibt Anzeichen, dass Ihr Pub üblen Machenschaften zum Opfer fallen könnte …«

Plötzlich fing Millington an zu lachen. »Herr Haverstroh, es ist ja nett, dass Sie sich Sorgen um mich machen, aber ich glaube, das ist nicht nötig. Wer will denn schon was mit meinem Pub anfangen? Hier draußen? … Aber sagen Sie mal, haben Sie gestern gefeiert? Nicht, dass Sie noch einen auf der Glocke haben …«

Auch das noch, dachte Claas, da will man ein Verbrechen verhüten, und dann wird man auch noch verhöhnt.

»Kommen Sie doch bald mal wieder vorbei, ich habe wieder ein paar neue Sorten da … bye, bye!« Millington hatte aufgelegt.

Na super! Der kam sich wohl verhohnepipelt vor, dachte Claas und ging zähneknirschend wieder in den Nebenraum zurück.

»Was meintest du denn eben für einen Engländer?«, wollte Mock wissen, nachdem Claas sich wieder hingesetzt hatte.

»Na, Dennis Millington natürlich, auch wenn das gar kein richtiger Engländer ist. Ich nenne ihn trotzdem so. Ich wollte ihn warnen …«

»Warnen wovor?«, fragte Mock und wischte sich den Mund an der Serviette ab. »Erzähl uns erst mal, was los ist.«

Claas fasste kurz seine ersten Erkenntnisse aus den gesichteten Unterlagen zusammen.

»Bis hierhin kann ich folgen«, sagte Hardy zwischendurch. »Die Landkarte hatte ich auch aufgeschlagen, aber danach habe ich nur blind drauflos fotografiert. Folie für Folie. Bis mich Julius' Kaffee aus dem Verkehr gezogen hat.«

Als Claas dann erwähnte, dass der geplante See fast das gesamte Tal fluten würde und das White Horse Inn gleich mit, stand auch Mock der Unglaube ins Gesicht geschrieben. »Mannomann, das wäre ja der Knaller. Und du meinst wirklich, dass der Kurdirektor auch die anderen Taten begangen hat?«

»Da bin ich mir ziemlich sicher. Wenn das alles ein Zufall wäre … nein, das kann nicht sein. Schade zwar, dass der Ordner mit den Unterlagen weg ist … aber wir haben ja zum Glück die Fotos!«

»So isses«, sagte Hardy, kramte in den Taschen seines Parkas und holte eine Digitalkamera heraus. Mithilfe des kleinen Kamerabildschirms klickte er sich durch die Reihe seiner Aufnahmen vom gestrigen Abend und hielt Mock und Claas die Kamera hin.

»Da! Da sieht man den See!«, rief Claas mittendrin.

»Der blaue Fliegenschiss da?«, meinte Mock und hielt sich die Kamera ganz nah vors Gesicht. »Hm, da brauch ich wohl 'ne Lupe für.«

»Nicht nur du«, gab Claas enttäuscht zu und auch Hardy hatte Schwierigkeiten, Details in den Aufnahmen zu erkennen.

»Aber ihr könnt mir glauben, dass dieser See aufgrund seiner Form den Pub überdecken wird«, erklärte Claas und als er Mocks kritischen Blick sah, kritzelte er das Ganze mit einem Kugelschreiber auf eine der Papierservietten, die auf dem Tisch lagen.

»Okay, du könntest tatsächlich recht haben«, meinte Mock dann und tippte sich nachdenklich gegen die Schläfe. »Dann haben wir eigentlich keine Zeit zu verlieren. Obwohl ich nicht unbedingt glaube, dass Millington jetzt am helllichten Tag in unmittelbarer Gefahr ist; es könnte ja der ein oder andere Gast im Pub erscheinen und da überlegt es sich der Herr Stoltenbusch bestimmt zweimal, ob er oder gar unser unbekannter Motorradfreak in diesem Moment zuschlägt. Aber wäre es vielleicht nicht doch angebracht, auf deinen Verdacht hin die Polizei in Form des lieben Herrn Bödefeld zu informieren? Wird doch Zeit, dass der auch mal wieder in deinem Leben auftaucht, oder?«

»Äh, nein«, sagte Claas bestimmt. »Also noch nicht. Zwar ist Stoltenbusch jetzt bestimmt aufs heftigste gewarnt. Aber dass Hardy die Unterlagen fotografiert hat, kann er eigentlich nicht wissen, denn als ich niedergeschlagen wurde, war der ja auf dem Klo. Und ich selbst hatte nichts bei mir, keine Kamera oder so was. Also dürfte Stoltenbusch höchstens davon ausgehen, dass ich vielleicht was gesehen habe, aber sonst keine Beweise gegen ihn in der Hand habe. Entweder verfolgt er jetzt seinen Plan weiter nach dem Motto ›Jetzt erst recht‹ oder aber, wenn er klug ist, gibt er das Unternehmen auf. Man weiß ja, dass Leute, die in die Enge gedrängt werden, meistens völlig irrational handeln.« Claas guckte in die Runde. »Ehrlichgesagt, ich habe keine Ahnung, was er jetzt machen wird.«

»Aber was wir machen werden, das weißt du schon?«, fragte Mock daraufhin.

»Sicher. Wir werden zunächst die Fotos auswerten. Vergrößern, ausdrucken und so weiter. Dann werden wir wissen, was da läuft und was die ganzen anderen Papiere aus dem Ordner zu bedeuten haben. Frühestens dann könnten wir überlegen, die Polizei zu informieren. Ihr müsst immerhin bedenken, dass unsere Beweissicherung nicht so ganz legal stattgefunden hat.«

Mock erhob sich zum Zeichen des Aufbruchs. »So, dann, Männer. Ich schlage vor, ihr beide holt den Volvo und fahrt zu mir nach Hause ins Hauptquartier, setzt euch an den Rechner und macht das mit den Bildern. Ich nehme den Magirus, fahre schon mal bei Millington vorbei und halte ihm wenn nötig die Spitzbuben vom Leib.«

»Gut geplant, Julius«, kommentierte Claas Mocks Idee. »Aber nimm das nicht auf die leichte Schulter, hörst du? Du erzählst Millington auch erst mal nichts weiter, okay? Mir wollte er eben schon nicht glauben, dass er in potentieller Gefahr ist. Schau einfach nur nach dem Rechten. Hardy und ich kommen dazu, sobald wir fertig sind; das sollte nicht allzu lange dauern. Bis wir da sind, kannst du ja ein paar Tassen Tee trinken.«

Mock fügte sich der professionellen Anweisung. »Alles klar, Herr Kommissar. Aber Tee? Ich weiß ja nicht …«

Claas rollte mit den Augen. »Mach, was du willst, meinetwegen kannst du auch schon mit Bier anfangen. Oder ihr spielt Memory …«

»Memory?«

»Okay, das war ein Scherz. Was weiß denn ich! Ihr könnt auch ein paar Runden Darts spielen. Kann nie schaden, sich das von einem Engländer beibringen zu lassen, vielleicht lernst du noch was von ihm. Und falls zufällig unser Übeltäter reinkommt …«

»Jaaa?«, fragte Mock gespannt. »Was soll ich dann tun?«

»Haust ihm einfach auf den Kopf. So wie er das mit mir auch immer gemacht hat!«

Das Gewitter der letzten Nacht hatte ordentlich gewütet. Eine Unmenge an Regen war heruntergekommen und durch Windböen abgebrochene Äste von Bäumen lagen links und rechts der Exterschen Landstraße verstreut. Die Bauarbeiten an der Straße waren indes weiter fortgeschritten; eine Fahrbahnseite war schon neu asphaltiert und für den Verkehr freigegeben worden. Mock fuhr voraus und hatte sichtlich Spaß, den schweren Magirus-Deutz über das Gestrüpp der Äste rollen zu lassen; immerfort krachte und splitterte es unter den dicken Reifen, und im Rückspiegel konnte er beobachten, wie Hardy den Volvo vorsichtig um die Hindernisse herummanövrierte. Auf dem Parkplatz des White Horse Inn stand bis auf Millingtons Mondeo kein Auto, die Tür des Pubs stand offen. Mock parkte den Wagen, stieg aus und rief zu Hardy und Claas, die oben an der Straße kurz angehalten hatten: »Scheint keiner außer ihm da zu sein. Bis gleich!«

Hardy drückte kurz auf die Hupe und setzte den Amazon wieder in Bewegung.

Als Mock den Gastraum betrat, war Millington gerade dabei, Gläser zu polieren; ein Handtuch hatte er über die Schulter geworfen. »Sieh an, Mister Mock! Was verschafft mir die Ehre so früh am Tag?«

»Ich war gerade in der Gegend«, flunkerte Mock und setzte noch hinterher: »Habe ich letzten Freitag vielleicht meine Mütze hier liegenlassen?«

Millington zuckte mit den Schultern. »Also ich habe keine gefunden.«

»Na, so ein Mist«, sagte Mock verärgert.

»Aber wo Sie schon mal da sind, schon bereit für ein schönes Ale? Habe gerade ein neues Fass drunter.«

Obwohl es Mock unter der Zunge juckte, hielt er es für besser, nüchtern zu bleiben. Claas' Getränkevorschlag ist vielleicht doch einen Versuch wert, dachte er und bestellte sich eine Tasse Tee.

Auf der Exterschen Landstraße verzögerte eine Baustellenampel zwischen Pub und Golfplatz die Weiterfahrt und Claas fing schon an zu nörgeln. Die Abzweigung von der Straße hinunter zur Mühle war ebenfalls mit unzähligen Zweigen übersät und als Claas und Hardy über die kleine Salzebrücke fuhren, sahen sie unter sich das sonst träge dahinfließende Gewässer regelrecht angeschwollen dahinbrausen; braun aufgewühltes Wasser staute sich an den Rändern des Brückenbogens und bildete dort kreisrunde Sogströmungen.

»Hat doch ganz schön gegossen die Nacht«, meinte Hardy, bevor sie die Hofeinfahrt erreichten und den Wagen in der Remise parkten. Gretel trottete über den Hof und gab kurz Laut, legte sich dann aber wieder in ihren Zwinger und kaute auf einem großen Knochen herum.

»Ich koche uns erst mal einen Kaffee«, sagte Hardy und verschwand in der Küche. Claas suchte nach dem Laptop und setzte sich dann an den großen Esszimmertisch. Er steckte die Speicherkarte aus der Digitalkamera in das Notebook und öffnete nach und nach die Bilder.

»Machbarkeitsstudie … Eigentumsverhältnisse … Bodengutachten … geplante Bebauungspläne. Alles schon mal sehr interessant und auch projektbezogen«, sagte Claas, als Hardy mit einer Kanne Kaffee und zwei Bechern ins Esszimmer kam und sich mit an den Rechner setzte, »aber der schlaue Hund hat nirgendwo seinen Namen hinterlassen. Schauen wir mal weiter.« Er scrollte sich weiter durch. »Aha, jetzt kommt die Landkarte … und der See!«

»Das Ding da, das aussieht wie eine kurze blaue Banane?«, fragte Hardy, als er das krumme Gebilde mit den Ausbeulungen betrachtete.

»Bohne, Gewürzgurke, Banane, Amöbe«, zählte Claas auf, »das amorphe Ding kann man nennen, wie man will. Einfach nur kreisrund oder schlicht oval war dem Kurdirektor wahrscheinlich zu langweilig. Gibt es einen Drucker hier? Dann drucke ich die Karte und den See aus, das ist dann um einiges anschaulicher.«

»Oben im Leseraum, im Schränkchen unter dem Telefon, da wo auch das Faxgerät steht. Soweit ich weiß, geht der über Funk.«

»Du meinst WLAN, Hardy, nicht Funk.«

»Ehrlichgesagt ist es mir ziemlich egal, wie das heißt. Dafür bin ich vielleicht doch zu alt. Auf jeden Fall mit ohne Kabel, das weiß ich wohl.«

Claas wählte die Druckfunktion. »Ist ja schon gut … So, fertig. Wärst du so nett und holst die Ausdrucke runter? Ich mache schon mal mit den Bildern weiter.« Claas fühlte sich noch etwas gebrechlich und war dankbar, eine Zeitlang sitzen zu können. Während Hardy die Treppe nach oben ging, öffnete Claas die nächsten Bilder. Jetzt kommt der Kleinkram, dachte er, als sich mehrere Rechnungsbelege auf dem Bildschirm zeigten. »Ich drucke noch zwei Blätter«, rief er nach oben. »Bring die doch auch bitte mit!«

»Bitte sehr, einen schwarzen Tee. Einen Schuss Sahne dazu?« Dennis Millington schien fast ein wenig belustigt, als er die Tasse über den Tresen schob.

Irgendwie scheint der mich nicht ernst zu nehmen, dachte Mock. Kein Wunder, das ist ja auch mein erster Tee seit dreißig Jahren. Hätte vielleicht doch lieber ein Bier bestellen sollen. Egal, der wird auf jeden Fall Augen machen, wenn Claas gleich kommt und ihm sagt, dass er auf der Todesliste steht, dachte er weiter und sah sich um. In diesem Moment stellte Mock erneut fest, dass er sich wohl nicht als Kneipengänger eignete, der alleine vor seinem Glas sitzend seine Lebenszeit vertrödelte. Mann, war das langweilig! Irgendwie musste er die Zeit totschlagen. »Spielst du eigentlich auch gegen Anfänger?«, fragte er dann und zeigte dabei beiläufig auf die Dartscheibe in der Nische.

»Klar, gerne. Hast du Lust? So schwer ist das gar nicht. Aber gegen mich wirst du natürlich keine Chance haben. Kannst ja schon mal rübergehen … Ich muss nur noch mal eben telefonieren.« Während Millington sich mit dem Telefon kurz in einen Raum hinter der Theke zurückzog, ging Mock zur Dartscheibe, suchte sich aus einem hölzernen Zigarrenkistchen drei passende Pfeile und machte ein paar Probewürfe. Da hörte er schon Millingtons Stimme hinter sich.

»So, da bin ich wieder.«

»Das ging ja schnell. Niemanden erreicht?«

»Leider nicht, nur die Mailbox. Was wollen wir denn spielen? 501?«

»Eine süße, kleine Bastelstunde«, unkte Hardy, während Claas mit einer Schere das blaue Gebilde ausschnitt und dann mit dem N nach oben auf die ebenfalls ausgedruckte Landkarte legte. »Na guck, das ist doch wie dafür gemacht. Rechts und links zwischen Hügel und Bahndamm eingepasst. Oben durch die Zufahrt zum Gestüt begrenzt und unten kommt später ein Stauwehr hin.« Claas fühlte sich bestätigt und auch Hardy nickte anerkennend, als er das Ergebnis betrachtete. »Eins zu null für dich. Und tatsächlich, der Pub würde durch einen auskragenden Teil des unteren Sees vom Wasser verdeckt sein. Kein gutes Zeichen für Millington.«

»Kannst du laut sagen. Aber lass uns mal schnell die anderen Blätter durchgehen. Was haben wir denn noch?«

»Hm, eine Rechnung. Ausgestellt am 04.05.2014 über sage und schreibe 5000 Euro! Für Dienstleistungen und Dokumentation.«

»Dienstleistungen? Dokumentation? Komisch. Wer hat denn überhaupt die Rechnung gestellt?«

»Du wirst es kaum glauben. Es ist Hugo Layer.«

»Müsste ich den kennen?« Claas wusste im Moment nichts mit dem Namen anzufangen.

»Mensch, weißt du das nicht mehr? Hugo Layer, das ist doch der Nutten-Hugo!«

»Heilig's Blechle, der Kurdirektor bestellt bei einem Puffbesitzer und Zuhälter Dienstleistungen für fünftausend Euro? Ho, ho, ho, da braucht man ja nicht lange zu überlegen, was das für welche waren. Aber was hat es mit Dokumentation auf sich? Wurde das gefilmt oder was?« Claas konnte sich ein Schmunzeln nicht verkneifen. »Aber fast noch lustiger ist die Rechnung an sich. Der Herr Layer scheint ja ein korrekt abrechnender Geschäftsmann zu sein; damit wäre er übrigens der erste aus diesem Metier. Was ist mit dem nächsten Blatt?«

Hardy legte das zweite Papier auf den Tisch, es war ein Kassenzettel.

»Hehe, da war ich auch schon«, witzelte Claas, als er sah, woher der Bon kam. »Die Retro-Drogerie in der Altstadt. Mal sehen, was er da gekauft hat.«

Sie mussten etwas genauer hinschauen, denn auch in der vergrößerten Version aus dem Drucker war die Schrift des Kassenzettels nur schwer zu entziffern.

»Ich werd' verrückt«, sagte Claas und schnipste mit dem Finger. »*Mocks Liebestropfen!*«

»Meinst du, bei dem läuft sonst nichts mehr?«, fragte Hardy amüsiert. »Ich meine, schau mich mal an. Ich bin bestimmt zehn Jahre älter als Stoltenbusch und benutze so was auch nicht.«

»Na ja, nicht jeder ist so ein kraftstrotzender Jungspund wie du«, meinte Claas mit einem Augenzwinkern, »aber vielleicht hat er das Zeug auch gar nicht für sich gebraucht. Wann hat er die Tropfen gekauft?«

Hardy schaute auf dem Zettel nach. »Am 28. 04. 2014.«

»Also bevor dieser Hugo seine Quittung ausgestellt hat …«

»Ganz genau.« Claas überlegte. »Und irgendwas verbinde ich mit dem vierten Mai … Kannst du dich vielleicht erinnern, was da war?«

»Nee, da muss ich mal zu Hause auf den Kalender schauen. Beim besten Willen weiß ich das nicht mehr aus dem Kopf. Meinst du, wir kommen dem Ganzen hier auf den Grund?«

Claas nickte kaum merklich. »Langsam, aber sicher. Das ist jetzt akribische Kleinarbeit, die vor uns liegt … Nehmen wir mal an, dass Nutten-Hugo dem Kurdirektor seine Damen zur Verfügung gestellt hat; das wiederum wurde in irgendeiner Weise dokumentiert und hat schlappe fünftausend Eier gekostet. Obendrauf noch die Liebestropfen, um irgendjemanden anzutörnen …«

»Pff«, machte Hardy und blies Luft durch die Backen, »da soll noch einer mitkommen.«

»Kompliment! Selten so einen begnadeten Anfänger gesehen«, sagte Dennis Millington anerkennend, als Mock zum zweiten Mal die Dreifach-20 und damit die mögliche Höchstpunktzahl traf. Zuvor hatte er sich in einem Schnelldurchgang die Regeln und ein paar elementare Wurftechniken des ihm nur oberflächlich bekannten Sport-Spiels erklären lassen. Dass er zeitweise so gut traf, schob er mehr auf das sprichwörtliche Anfängerglück, denn er sah sich gerade durch sein Augen-Handicap nicht wirklich im Vorteil gegenüber Millington, der regelmäßig trainierte und ab und an kleinere Turniere für seine Gäste veranstaltete. Doch Mock kam es vor, als wäre sein Mitspieler nicht wirklich bei der Sache, denn der traf mehrfach nur die einfachen Felder und ließ am Schluss reihenweise Chancen aus, das Spiel zu gewinnen. Fast wäre dies dann Mock gelungen, der langsam Gefallen am Spielen fand, auch wenn er mit dem Rechnen kaum hinterherkam. Am Ende hatte er noch 34 Punkte offen, die er mit einem Wurf in die Doppel-17 hätte abräumen können; doch er warf die letzten beiden Pfeile weit am Feld vorbei. So nutzte Millington seine Erfahrung aus und traf bei noch 50 Punkten Rest das kleine rote Double Bulls Eye in der Mitte der Scheibe und war damit Sieger des Spiels.

Mock sah auf die Uhr. Wird langsam mal Zeit, dass Hardy und Claas sich auf die Socken machen, dachte er, als das Telefon klingelte und Millington zum Tresen eilte.

»Bring mir doch bitte ein Bier mit, ja?«, rief Mock ihm hinterher. Oder doch noch einen Tee? Nein, das macht einfach keinen Spaß, dachte er und warf noch ein paar Pfeile.

Hardy holte noch mal die Kaffeekanne, schenkte nach und setzte sich an den Tisch. »Ah, schön heiß«, sagte er und pustete die aus dem Becher aufsteigenden Dampfschwaden weg. Dabei war er ein wenig zu emsig; ein paar Tropfen spritzten auf den Tisch und bekleckerten die dort liegenden Papiere. Mit einem Taschentuch versuchte er die braunen Flecken wegzutupfen und brachte dabei alles durcheinander.

»Pass bloß auf! Mein See!«, rief Claas ironisch, als Hardy den blauen Schnipsel wieder auf die Karte legte. »Nee, so nicht. Jetzt liegt er falschrum.«

Hardy hatte den See aus Papier versehentlich um 180° gedreht mit dem N nach unten auf die Karte zurückgelegt. Somit war das ursprüngliche untere linke Ende, das vorher das White Horse Inn bedeckt hatte, nun oben rechts zu finden. Was Claas aber erstaunlich fand, war die Tatsache, dass die Buchstaben N und S auch in dieser Anordnung korrekt lesbar waren. »Merkwürdig … Aber so macht es eigentlich keinen Sinn. N steht bekanntlich für Norden und muss ergo nach oben. Aber so wie du den See hingelegt hast, steht das N unten. Und das ist jawohl auf keiner Karte so.«

Hardy zuckte nur kurz mit den Schultern. »Ach, lass mich doch in Frieden mit deiner Erdkunde. Du weißt doch, dass ich da ein kleines Defizit habe. Das habe ich euch doch schon oben erzählt, als …« Er stutzte und bekam große Augen, dann folgte ein entschlossener Blick. »Warte mal kurz. Bin gleich wieder da.«

Oben im Leseraum studierte er noch einmal die Landkarte an der Wand. Die farbigen Heftzwecken, die Mock ein paar Tage zuvor zur Markierung der Besitzverhältnisse im Salzetal eingesetzt hatte, steckten nach wie vor in der Karte. »Da schau her«, murmelte Hardy plötzlich. »Da hol mich doch der Teufel!« Er war schon fast wieder auf der Treppe nach unten, als das Faxgerät pfiff und eine Sendung ankündigte. Hardy wartete, bis das Gerät zwei Blätter in mäßiger Qualität ausgedruckt hatte und nahm sie gleich mit.

Unten saß Claas nach wie vor am Tisch und drehte gedankenverloren an seinem Papiersee herum. Auf einem leeren Blatt Papier hatte er zum Probieren verschiedene Buchstaben aufgeschrieben: N S T W. Ihm wurde ein bisschen flau im Magen, als er das Papier um 180° drehte. Denn im Gegensatz zu T und W sahen N und S auf dem Kopf stehend unverändert aus. Wie kann man nur so blöde sein, dachte er, warum ist mir das nicht aufgefallen?

Da polterte Hardy ins Esszimmer. »Claas! Ich habe die Lösung! Vergiss deine Theorie! N steht gar nicht für Norden, sondern für Nolte, und das S folglich für Stratemann!«

Claas kam gar nicht richtig mit und Hardy musste ihm das Ganze noch mal in Ruhe erklären: »Ich habe mir gerade noch mal die Karte oben angeguckt. Weißt du noch, was du damals zusammengefasst hast? Als Julius die Grundstücke im Salzetal mit den Heftzwecken markiert hat?«

Claas versuchte sich, die Situation in Erinnerung zu rufen. »Moment, wie war das noch? … Ich hab's gleich … Stadt, Nolte, Stratemann, von Beckstein und der Golfclub … so war die Reihenfolge, oder?« Er rieb sich übers Kinn und Hardy guckte ihn herausfordernd an. »Na, fällt der Groschen? Nolte … Stratemann … N … S … Das N muss unten stehen, nicht oben!«

»Hardy, verdammt! Das ist natürlich auch eine Logik … Aber Moment, das hieße dann aber, dass der See gar kein Gebäude mehr überdecken würde. Er läge komplett auf unbewohntem Gebiet …«

»Also wäre Dennis Millington gar nicht in Gefahr«, stellte Hardy fest.

»Überhaupt nicht. Und wenn ich ehrlich bin, gefällt mir deine Version wesentlich besser als meine ursprüngliche. Dass Stoltenbusch an die Grundstücke wollte, ist das eine. Dafür sind wohl einige Leute gestorben.« Claas fasste sich an den Kopf. »Aber ich war ja geradezu blind und darauf fixiert, dass die Buchstaben für die Himmelsrichtungen stehen und nicht für die Grundstückseigentümer. Puh, ehrlich, da fällt mir ein Stein vom Herzen.« Er schnaufte kurz durch. »Mensch noch mal, da habe ich dem Millington heute Morgen doch glatt unnötig Angst gemacht; aber er hat's mir ja eh nicht geglaubt … Ich schlage vor, wir fahren jetzt rüber zum White Horse und trinken erst mal einen auf den Schreck!«

Hardy hielt nach wie vor den Faxausdruck in der Hand.

»Was hast du denn da noch?«

»Ach, das Fax ist eben gekommen. Ich hab's noch gar nicht gelesen.«

Claas überflog das Blatt. »Ah, das ist der Artikel von der britischen Armee-Pressestelle … Hatten die ja versprochen … Ein alter Zeitungsbericht … bestimmt schon über vierzig Jahre alt … Hm, interessant … Ja, das deckt sich mit dem, was mir der Mitarbeiter schon am Telefon erzählt hat: Alte Wehrmachtswaffen wurden von den Briten gesammelt, aus statistischen Gründen mit einer britischen Kokarde markiert, katalogisiert und später vernichtet.«

»Ist das denn jetzt noch wichtig für uns?«

»Teils, teils. Nach unserer Hammer-Aktion Flotter Peer und

den Erkenntnissen daraus hat sich unser Fokus natürlich auf den Kurdirektor versteift. Wir können jedoch nun wenigstens sicher bestimmen, woher das Maschinengewehr ursprünglich stammt. Aber über welche Umwege es dann in die Hände von Stoltenbusch und Konsorten kam …« Plötzlich stockte Claas; am Ende des Artikels war ein Schwarzweiß-Foto zu sehen, das zwei Männer in Uniform zeigte, die lächelnd in die Kamera blickten. Zu ihren Füßen lag ein ganzer Haufen Gewehre, Pistolen und Munitionskisten, auch waren einige Maschinengewehre zu sehen.

»Claas? Alles in Ordnung? Du bist ja ganz blass geworden.«

Claas schluckte. »Hier … das Foto … Der Mann rechts … Oh Gott!«

Hardy riss ihm den Artikel aus der Hand und guckte selbst nach. »Wer ist das? Kennst du den?«

»Scheiße verdammt, ja. Den habe ich schon mal gesehen. Und das ist verdammt noch mal nicht gut. Gar nicht gut …«

Mock konnte nicht hören, mit wem Millington sprach, aber als der Wirt nach ein paar Minuten wiederkam, schien er kein angenehmes Gespräch geführt zu haben. Er wirkte abwesend, schien über etwas zu grübeln und vermied es dabei, Mock direkt anzusehen.

»Hast du etwa mein Bier vergessen?«, meinte der lakonisch und versuchte, mit den Pfeilen zu jonglieren. »Ich fordere übrigens Revanche. So schnell gebe ich nicht auf.« Mocks spontane Lust auf eine zweite Runde schien Dennis Millington im Nu zu beflügeln, seine Stimmung schlug plötzlich sichtbar um und seine Augen blitzten auf. »Okay, abgemacht. Dann schenk ich dir noch mal einen ein … erst ein Bier und dann am Board.« Er ging zurück zum Tresen, zapfte ein Ale und kehrte mit dem Bier und einem Glas Wasser für sich an die Dartscheibe zurück. Als Verlierer der ersten Partie war es an Mock, das neue Spiel zu beginnen. Doch dieses Mal hatte er weniger Glück und konnte auch keinen Vorteil aus dem automatischen Vorsprung des Eröffnenden ziehen. Millington ging konzentrierter als vorher ans

Werk und beschleunigte das Spiel. Er feuerte seine Pfeile schnell hintereinander auf die Scheibe und traf jetzt präzise die von ihm anvisierten Felder. Mock kam gar nicht mehr richtig mit und immer wenn er seine drei Pfeile aus der Scheibe zog, stand sein Mitspieler schon wurfbereit mit angewinkeltem Arm in Lauerstellung an der Abwurfmarkierung.

»Ein schnelles Spiel macht doch deutlich mehr Spaß, was?«, meinte Millington treibend und als Mock nach einem erneut schwachen Wurf resignierend die Pfeile aus dem Board zupfte und sich wieder nach links umdrehte, wusste er, dass er dieses Spiel wohl nicht mehr gewinnen konnte. Im gleichen Moment sah er noch, dass Millington mit einem widerlichen Gesichtsausdruck und einem bösen Funkeln in den Augen an die Scheibe herangesprungen kam, dabei etwas Spitzes in der Hand hielt und ausholte; Sekundenbruchteile später knirschte es an Mocks Schädel, von einem Splittern und Poltern begleitet taumelte er nach hinten; er versuchte mit rudernden Armen irgendwo Halt zu finden, doch das gelang ihm nicht, er fiel auf den Boden und blieb auf dem Rücken liegen. Das Bierglas zerbarst und eine honigblonde Lache ergoss sich über ihn. Danach bewegte sich Doktor Julius Mock nicht mehr.

»Verdammt, sag schon, wer ist der Kerl auf dem Foto?« Hardy boxte Claas in die Seite, der wie zur Salzsäule erstarrt mit dem Fax in der Hand neben ihm stand. Dann kehrte Leben in ihn zurück. »Es ist … es ist … Harold … Millington! Der … der Vater von Dennis Millington.«

»Sein Vater? Woher willst du das wissen?«

»Er ist es, da bin ich ganz sicher. Im White Horse hängt ein altes Foto von ihm, gleich hinter dem Tresen. Die Ähnlichkeit mit der Person hier aus dem Zeitungsartikel kann kein Zufall sein. Und Dennis hat es mir damals, als ich das erste Mal dort war, persönlich erzählt, dass sein Vater bei der Armee war.« Claas kombinierte die Tatsachen zu einem Gesamtbild. »Harold Millington hatte Zugang zu deutschen Waffen, er selbst ist aber schon lange tot. Wenn wir jetzt davon ausgehen, dass er, na sagen wir mal, etwas zur Seite geschafft hat und quasi vererbt hat …«

»Dann hatte Dennis Millington das Maschinengewehr im Keller liegen«, ergänzte Hardy, »und hat damit wahrscheinlich auch die Hirsche abgeschlachtet …«

»So kann es gewesen sein. Heilige Scheiße, vor ein paar Minuten habe ich noch gedacht, Millington könnte ein weiteres Opfer des Kurdirektors sein … Stattdessen kristallisiert sich jetzt heraus, dass er wahrscheinlich sein mörderischer Gehilfe ist.« Einem hinabfahrenden Aufzug gleich wich Hardy die Farbe aus dem Gesicht. »Aber das bedeutet dann ja gleichzeitig, dass Julius in Gefahr schwebt. So eine Kacke, das haben wir ja fein hingekriegt! Hoffentlich ist noch nichts passiert.« Ein Anflug von Panik ergriff ihn, und auch Claas wurde unruhig. Ein Blick auf sein Handy zeigte ihm, dass er in Mocks Zuhause mal wieder null Empfang hatte. »Kein Balken, na super. Los, nach oben, wir rufen ihn von dort aus an!«

Hardy hechtete die Treppe hinauf und Claas humpelte hinterher, doch als sie im Leseraum Mocks Mobilnummer wählten, ging nach mehrmaligem Tuten nur die Mailbox ran.

»Kein gutes Zeichen, ehrlich«, sagte Claas zerknirscht und dachte krampfhaft nach. »Ich versuche es mal mit dem Pub direkt. Die Nummer habe ich noch im Kopf.« Er wählte hektisch die dreistellige Rufnummer ohne Vorwahl und es klingelte fast augenblicklich durch. Doch am anderen Ende nahm niemand den Anruf entgegen. Hardy hatte sich inzwischen wieder gefangen und fasste einen Entschluss. »Ich fahre rüber zum Pub und schaue nach, was passiert ist.« Er kramte in seiner Hosentasche, zog den Schlüssel des Volvo hervor und bevor Claas ihn abhalten oder etwas erwidern konnte, bestimmte er: »Du Invalide bleibst besser hier und rufst schon mal die Polizei an. Ich melde mich dann gleich. Und Claas … ich werde vorsichtig sein! Versprochen.«

Keine zwei Minuten später sauste der dunkelblaue Amazon die Zufahrt zur Exterschen Landstraße entlang. Im Vorbeigehen noch hatte sich Hardy in der Remise einen schweren Schraubenschlüssel als Notfallwaffe gegriffen. In seiner Hast, Angst und Sorge um seinen Freund Mock ignorierte er diesmal alle Hindernisse, die auf der Straße lagen; unentwegt polterte es unter dem Wagen, grüne und braune Fetzen flogen wild umherwirbelnd zur Seite. Hardy arbeitete schwer an dem dünnen Lenkrad und bog mit einem klassischen Heckdrift auf die Landstraße ab; dabei hätte er fast den entgegenkommenden Motorradfahrer übersehen, der mit seiner Maschine schwungvoll Zweige und Äste umkurvend Richtung Golfplatz fuhr. Was für ein Spinner, dachte Hardy noch, wer fährt denn bei solchen Verhältnissen Moped? Aber schon waren seine Gedanken wieder bei Mock und sein Blick richtete sich komplett auf die Straße zurück und so bemerkte er nicht, dass das Motorrad in seinem Rücken abbog und den Weg zur Mühle einschlug. Kurz darauf musste er wie schon eine halbe Stunde zuvor erneut notgedrungen an der Baustellenampel anhalten und hätte deswegen fast ins Lenkrad gebissen. Er wollte gerade ansetzen und bei Rot fahren, als doch noch ein Schwung Autos von vorne durch die Engstelle kam. »Na fahrt schon, ihr lahmarschigen Penner!«, schimpfte er lauthals wie ein Droschkenkutscher, während sich die entgegenkommende Fahrzeugkolonne nur langsam vorbeischob. Die Insassen einiger Autos glotzten, als hätten sie zum ersten Mal in ihrem Leben einen wütenden Menschen gesehen, was Hardy nur noch mehr aufregte. Als er dann wieder hastig in den ersten Gang schalten wollte, hakte zu allem Überfluss wieder mal das Getriebe und sorgte dafür, dass er kurz vorm Nervenzusammenbruch stand. »Hätte ich mal den BMW genommen!«, verfluchte er den zickenden Oldtimer und malträtierte den Schaltknüppel, trat immer wieder das Kupplungspedal und gab kurze Gasstöße. Den letzten Wagen der Kolonne nahm er – von seinen Startversuchen abgelenkt – deshalb nur als großen weißen Schatten wahr und beachtete ihn nicht weiter. Die Ampel zeigte längst wieder grün und hinter ihm wurde schon gehupt, da sprang der Gang endlich rein und weil Hardy Gas und Kupplung in mechanisch grenzwertiger Kombination bediente, schoss der Wagen mit einem Ruck katapultartig nach vorne. Wenig später konnte er dann schon von weitem das Rot des Magirus durch das Grün der Bäume schimmern sehen; den bulligen Feuerwehrwagen hatte Mock direkt neben dem Ford des Gastwirtes geparkt. Hardy stellte den Volvo daneben, schnappte sich den Schraubenschlüssel, ging schnellen Schrittes zur Eingangstür herüber und drückte die Klinke herunter. Verschlossen! Komisch, dachte er, zwei Autos sind da, aber die Tür ist zu. Während er sich umsah, überkam ihn ein ungutes Gefühl. Sporadisch zog Lärm von vorbeifahrenden Autos und von der Baustelle herüber, das Haus selber lag still da und nur ein paar Vögel zwitscherten. Hardy versuchte, durch ein Fenster ins Innere zu schauen, doch das bunte Glas verdunkelte und verzerrte den Blick, so dass er nichts rechtes erkennen konnte. Er ging ums Haus herum; die Hintertür war ebenfalls zugesperrt, doch durch die bedrohliche Situation sah Hardy sich nun genötigt, sich auf handwerklich solide Art und Weise Zutritt zu verschaffen: Mit dem Schraubenschlüssel schlug er gegen Klinke und Schloss und hebelte solange daran herum, bis der Mechanismus schließlich verbogen und verbeult nachgab. Ein beherzter, finaler Tritt ließ die hölzerne Tür aus ihren Angeln springen und Hardy fiel mit dem Bein voraus fast in den Pub hinein, stolperte kurz, rappelte sich aber gleich wieder auf. Im Gastraum war es gespenstisch still, nur eine Fliege summte herum. Als er sich in Richtung Tresen bewegte, sah er aus dem Augenwinkzel links von sich eine große Pfütze. Nanu, dachte er noch, hat da etwa jemand kostbares Bier verschüttet? Er machte einen Schritt auf den Fleck zu und plötzlich wurde ihm schlecht.

Claas blieben nur ein paar Minuten, um sich zu entscheiden. Das spürte er. An und für sich hatte er zwar nichts übrig für übersinnliches Gedöns oder sonstigen nur schwer erklärbaren Hokuspokus; trotzdem machte sich plötzlich ein Gefühl in der Bauchgegend breit, dass es wohl nicht mehr lange dauern dürfte, bis sich die ganze Geschichte, in die er seit dem Antritt seiner Kur geraten war, auflöste.

Gleich nachdem Hardy davongejagt war, schossen ihm die Gedanken durch den Kopf. Ob alles ein gutes Ende nahm? Wenn ja, gab es dann ein Wiedersehen mit Vicky? Und gesetzt den Fall, hatte er dann das Glück, dass sie noch etwas für ihn empfand? Es durchschüttelte ihn regelrecht. Unabhängig von ihrer Liaison und den schönen Momenten, die sie zusammen erlebt hatten, war die jetzige Situation zu ernst, um sich gedanklich länger mit der Liebe zu beschäftigen. Tut mir leid, Vicky, dachte er, ich muss jetzt an meine Kollegen und mich denken. Doch auch in diesem Zusammenhang beschäftigten ihn einige Fragen: War es vielleicht von vornherein doch ein Fehler gewesen, sich an Mocks Seite zu begeben? Zu versuchen, mit dessen obskuren Operationen einer skrupellosen Verbrecherbande das Handwerk zu legen? Aber der örtlichen Polizei das Feld zu überlassen hatte sich seiner Ansicht nach ja schon vorher als falsch erwiesen. Denn mit diesem Kommissar Bödefeld scheint irgendwas auch nicht zu stimmen, dachte er, das riecht sogar ein Hase ohne Nase.

Weiter kam er nicht mehr mit seinen Gedankenausflügen, denn wie eine lästige Mücke aus dem Nichts schwoll von der Landstraße her ein mechanisches Summen langsam an und wurde stetig lauter. Das konnte nur ein Fahrzeug sein … Ein sich schnell näherndes Fahrzeug!

Als Claas aus dem Fenster blickte, zuckte er zusammen. Ein Motorrad, gelenkt von einer schwarzgekleideten Person, bog in die Hofeinfahrt ein. So schnell es sein noch stellenweise schmerzender Körper zuließ, hastete Claas die Treppe runter und schloss erst die Haustür und dann die auf der anderen Seite des Hauses gelegene Terrassentür zu. Zwar hatte es der unbekannte Biker bis jetzt nicht geschafft, ihn totzuschlagen, aber vielleicht wollte er heute versuchen, das zu vollenden. Wieder dachte Claas daran, wie beruhigend jetzt ein Griff zur Dienstwaffe wäre. Scheiße, dachte er. Scheiße, dass Mock nicht irgendwas Adäquates im Haus hat …

Aber Stopp! Da war doch was! Er musste zurück nach oben!

Im Leseraum angekommen, wollte er gerade die alte Steinschlosspistole von der Wand reißen, als plötzlich das Telefon klingelte. Das kann nur Hardy sein, dachte er. Mit zittrigen Fingern nahm Claas den Hörer ab; er hoffte, eine gute Nachricht zu erhalten, aber als Hardy erzählte, was er im White Horse Inn vorgefunden hatte, schossen Claas die Tränen in die Augen. Tränen der Trauer. Und der Wut.

Doch er war Polizist und gezwungenermaßen musste er als Profi mit einer solchen Situation fertig werden. Außerdem ging es jetzt um seine eigene Haut. Nachdem er den ersten Schock runtergeschluckt hatte, griff er erneut nach dem Hörer, wählte aus dem Telefonbuch die Nummer der Kripo und verlangte nach dem wachhabenden Kommissar. Schon hörte er eine ihm wohlbekannte Stimme.

»Bödefeld … Was kann ich für Sie tun?«

Oh nein, auch das noch, dachte Claas, gibt's hier denn keinen anderen auf Posten? Aber sei's drum, es war keine Zeit mehr für persönliche Animositäten und so redete er drauflos: »Haverstroh hier, hören Sie zu, ich habe nicht viel Zeit. Tut mir leid für die paar Unannehmlichkeiten in der Vergangenheit. Jetzt geht's ums Ganze. Um Leben und Tod sozusagen. Ich bin bei Doktor Mock. Hier ist ein Motorradfahrer auf dem Hof, der mir schon mal den Schädel einschlagen wollte. Was er fast geschafft hat, deshalb bin ich für einen erneuten Kampf etwas gehandicapt …«

»Moment, Moment, Kollege. Atmen Sie erst einmal durch. Sie sind ja ganz durcheinander. Was ist los? Wer will Ihnen was antun?«

»Ich sagte ja schon, ein Motorradfahrer will mir ans Leder. Er ist wahrscheinlich gerade dabei, ins Haus einzubrechen …«

»Ho, ho, ho, das klingt ja spannend, wie im Film … Rockerkrieg oder so …«

»Lassen Sie Ihre Witze, ich bin in Gefahr! Ich … ich sag's nicht gerne, aber Sie müssen mir helfen. Es ist ein Komplott, das da läuft. Kurdirektor Stoltenbusch ist der Urheber des Ganzen. Die haben gerade eben auch Mock umgebracht, im White Horse Inn …«

Am anderen Ende der Leitung blieb es eine Weile verdächtig still, dann fragte Kommissar Bödefeld: »Wie bitte? Schon wieder einer tot? Und sagten Sie gerade Stoltenbusch?«

»Ja, Hardy Klingenschmitt ist rübergefahren und hat Mock dort gefunden … Also, der Kurdirektor plant hier eine ganz große Geschichte und geht dafür über Leichen. Hören Sie, ich weiß noch nicht genau, wie alles zusammenhängt, aber ich kann es beweisen.«

»Sind Sie sicher? Ich meine, die Beweise …«

»Sind erdrückend! Der geht in den Bau, garantiert.«

Bödefeld schien am anderen Ende schwer zu atmen. »Also, Herr Haverstroh, ich werde …«

In diesem Moment hörte man von draußen ein Geräusch, als wenn etwas durchgeknipst wird, im gleichen Atemzug klickte es in der Leitung und die Verbindung war unterbrochen; Claas drückte wie wild auf die Tasten, aber das Telefon blieb tot. Als er erneut aus dem Fenster blickte, sah er noch, wie sich eine Gestalt, ganz in schwarzer Ledermontur und immer noch mit Helm auf dem Kopf, katzenartig von einem der Telefonmasten herabschwang. Der Telefondraht hing lose herunter.

»Jetzt machen wir kurzen Prozess mit dem Rest der Bagage!«, drohte Kurdirektor Peer Stoltenbusch wild entschlossen und steuerte den weißen X6 auf Mocks Mühle zu. Eben hatte er einen Anruf seines Kumpels Dennis Millington bekommen, dass Julius Mock im Pub aufgetaucht war und sich das Vögelchen damit quasi selbst in den Käfig gesetzt hatte. Millington hatte dann schnell geschaltet und Mock einen Dartpfeil ins Auge gerammt, woraufhin der Doktor zu Boden gegangen und regungslos liegengeblieben war.

»So ein Tölpel!«, zischte Stoltenbusch und lachte boshaft. »Hätte mal lieber die Finger vom Dartspielen lassen sollen … Aber unser Glück, im Zweifelsfalle könnte man das wieder als Unfall verkaufen.« Listig schaute er zu Millington herüber. »Bist du dir sicher, dass der Bulle und der andere bei Mock zu Hause sind?«

»Yeah, die sind weitergefahren, als Mock seinen roten Blecheimer bei mir auf dem Parkplatz abgestellt hat«, antwortete Millington und entsicherte eine alte Pistole. »Die scheinen alle eine Vorliebe für alte Karren zu haben, das war so ein oller Alfa oder Volvo oder so was.«

Dass ihnen eben an der Baustellenampel ein solcher Oldtimer entgegengekommen war, hatte Stoltenbusch zwar nebenbei registriert, aber er hatte nicht weiter darüber nachgedacht. »Scheißegal, was die für Autos fahren, ehrlich. Ich will jetzt endlich aufräumen mit denen. Wenn wir die beiden beiseite geschafft haben, machen wir schnell weiter. Ich werde mich morgen mit den Erben der Grundstücke zusammensetzen und ihnen ein Angebot machen. Das können die gar nicht ausschlagen.«

»Und wenn doch? Dann war alles umsonst …«

»Ach was, dann helfen wir da halt auch noch etwas nach.« Er lachte hämisch und selbstsicher. »So eine Chance kriegen wir nie wieder. Dieses Tal ist so was von ideal für unseren Park …«

Der Wagen des Kurdirektors rollte auf den Hof, Stoltenbusch und Millington stiegen aus und besprachen sich einen Augenblick mit dem Motorradfahrer, woraufhin alle drei ausschwärmten.

Claas rutschte das Herz in die Hose, Angstschweiß lief ihm an der Schläfe runter. Die zwei Männer hatten Pistolen dabei, und Claas erkannte sofort die charakteristische Form der alten Walther P08. Sicherlich stammten die Waffen aus Millingtons Beute-Bestand; ein weiteres Indiz dafür, dass der Pubwirt auch das MG besorgt hatte. Claas atmete tief durch: Jetzt hieß es einen klaren

Kopf bewahren. Er griff sich die Steinschlosspistole und prüfte nach, ob das Pulverhorn gefüllt war. Tatsächlich, zur Hälfte war Schwarzpulver drin! Zwar war die Pistole aus dem dreißigjährigen Krieg mit absoluter Sicherheit keine ernstzunehmende Verteidigungsalternative zu den Waffen seiner Gegner, aber vielleicht konnte er damit wenigstens Verwirrung stiften. Mit fahrigen Fingen stopfte Claas das Röhrchen des Horns in die Mündung der Pistole und schüttete Pulver hinein, dass es oben schon staubte; dann steckte er die Waffe in den Hosenbund und stolperte die Treppe hinab. Von dort kamen ihm schon Geräusche entgegen; Stoltenbusch und Millington machten sich an der Haustür zu schaffen und versuchten, ins Haus einzudringen. Also hinten raus! Claas flog förmlich durchs Esszimmer zur Terrassentür und lugte vorsichtig nach draußen. Noch war hier niemand zu sehen. Er schloss die Tür wieder auf, um sich über die Terrasse und dann am Haus vorbei zu schleichen. Wenn er ungesehen bis zur Einfahrt kam, konnte es ihm vielleicht gelingen, entweder zum Gestüt zu gelangen oder über die Landstraße zu entkommen. Doch da tauchte unvermittelt die schwarze Gestalt auf. Wie erstarrt standen sich die beiden auf der Terrasse gegenüber und Claas konnte sein eigenes Antlitz im Visier des Motorradhelms gespiegelt sehen. »Nimm den Helm ab, damit ich dir endlich die Fresse polieren kann«, rief er ungehalten und mutig, aber sein Gegenüber machte keinerlei Anstalten, ihm diesen Gefallen zu tun. Der Biker öffnete stattdessen langsam den Reißverschluss seiner Lederjacke und holte ein Springmesser aus der Innentasche heraus. Begleitet von einem metallischen *Klick* sprang die Klinge heraus; mit kreisenden Handbewegungen begann der Motorradfahrer, auf Claas zuzugehen. Der zog die antike Pistole aus dem Hosenbund und hielt sie seinem Widersacher entgegen. »Keine Bewegung, oder ich schieße!«

Die Drohung schien nicht zu fruchten; im Gegenteil, er hörte da doch ein Kichern aus dem Helm! Das ihm zudem irgendwie bekannt vorkam …

Kawumm! Mit einem Mal donnerte die Pistole los, eine Wolke aus Schwarzpulverqualm stand in der Luft und es roch wie beim Silvesterfeuerwerk. Claas' Finger hatte sich schneller bewegt, als es ihm lieb gewesen war, aber nachdem der Qualm verflogen war, traute er seinen Augen nicht. Das Messer lag in einem Blumenbeet; ein riesiger grauer Schatten hatte sich genähert und stand knurrend und sabbernd über dem Motorradfahrer, der sich auf dem Hintern sitzend nicht mehr zu bewegen traute. Gretel war seine Rettung!

Jedoch nur für einen Augenblick, denn durch den Krach waren Stoltenbusch und Millington auf die Geschehnisse abseits der Haustür aufmerksam geworden und eilten nun ihrerseits nach hinten. Dadurch war Claas der Weg zur Hofeinfahrt versperrt. Schnell kamen die Schritte näher. Wohin jetzt? Wohin nur? Nervös blickte er sich um. Es blieb nur ein Weg übrig: Die Remise! Er hastete am BMW vorbei, erreichte die Rückseite und auf einmal machte sein Herz einen kleinen Sprung, denn er glaubte, ein sicheres Versteck gefunden zu haben …

»Was ist denn das? Mocks neues Meisterwerk? Schau dir das mal an, Dennis.« Kurdirektor Stoltenbusch hatte sich vor der Spitfire aufgebaut und als Millington dazukam, guckten sich beide staunend das Flugzeug an. Millington schien sich als halber Engländer besonders dafür zu interessieren und stieg auf die Tragfläche, um einen Blick ins Cockpit zu werfen. »Ach, sieh mal einer an. Hier ist ja unser Freund!«

Scheiße, dachte Claas, warum sind die nicht stumpf weitergelaufen? Zu spät! Sich ins Cockpit zu zwängen und zu ducken hatte also nichts gebracht. Was sollte er denn jetzt nur tun?

»Rauskommen, und zwar sofort!« Peer Stoltenbusch fuchtelte drohend mit der Pistole in der Hand herum. Er machte einen äußerst nervösen Eindruck und Claas überlegte krampfhaft, wie er Zeit gewinnen konnte. Zeit, bis entweder Hardy zurückkehrte oder Kommissar Bödefeld auftauchte. Besser noch die ganze

Kavallerie, denn Stoltenbusch und Millington schienen sich nicht lange mit ihm aufhalten zu wollen, was der Kurdirektor unmissverständlich ausdrückte: »Wenn Sie nicht rauskommen, dann schießen wir halt. Ist dann Ihr Pech!«

Reden ... irgendwas reden ... hinhalten ... »Ich weiß Bescheid. Über alles. Sie haben alle umgebracht für Ihren Vergnügungspark!«

Stoltenbusch lachte böse. »Da irren Sie aber gewaltig, mein Lieber. Gar niemanden haben wir umgebracht; die Leute, die Sie meinen, sind alle durch Unfälle ums Leben gekommen. Aber das hat uns natürlich in die Karten gespielt, das stimmt wohl.«

Der scheint sich seiner Sache sicher zu sein, sonst würde der hier gar nichts zugeben, dachte Claas und hielt das Gespräch weiter aufrecht: »Und was ist mit Mock? Und mir? Mich wollte Ihr Ledermann ja auch das eine oder andere Mal aus dem Weg räumen ...«

»Mock? Ja, entschuldigen Sie bitte. Der ist beim Dartspielen verunglückt. Stimmt's Dennis?«

Jetzt lachte Millington dreckig. »Genau. Der Arme ist ... mir leider mitten in den Pfeil gelaufen ... ein Jammer.«

»Aber welchen Ledermann meinen Sie bitteschön?«, fragte Stoltenbusch irritiert.

Tat der Kurdirektor jetzt nur so unwissend? »Na, der Motorradfahrer, der mir zweimal eine verpasst hat und jetzt da hinter dem Haus vom Hund beschäftigt wird!«

Da fing Stoltenbusch erneut an zu lachen. »Ach so, ach so. Na ja, in dem Dress sehen ja fast alle Menschen gleich aus ...«

Was will er mir denn damit sagen, fragte sich Claas, aber der Kurdirektor ließ ihm keine Zeit zu überlegen. »Es wäre wohl doch besser gewesen, wenn wir Sie schon eher ausgeschaltet hätten. Das hat man dann von seiner Milde. Anstatt sich zurückzuziehen ... Nein, Sie konnten ja nicht genug kriegen. Sie und Mock und der Alte mit der Glatze. Aber von einem dahergelaufenen Dorfpolizisten und seiner Bande lasse ich mir doch nicht meinen Plan versauen! Ich weiß nicht, wie Sie es genau gemacht haben gestern Abend, aber unser guter alter Nachtwächter Marwede scheißt sich immer noch die Seele aus dem Leib. Und mich haben Sie auch erwischt!«

Immerhin, Mocks Rache, dachte Claas und rief nach unten: »Wenn's danach gegangen wäre, hätten wir Ihnen Gift untermischen sollen, Sie Scheusal!«

»Oh, jetzt wird er ungehalten!«, höhnte Stoltenbusch und zischte ungeduldig weiter: »Ich gebe Ihnen jetzt die letzte Chance auszusteigen!« Er wies mit der Pistole auf die Benzinkanister, die Hardy gestern nach der ersten Betankung unweit der Maschine abgestellt hatte, und bedeutete Millington mit einem Kopfnicken, den Inhalt der Kanister über dem Flugzeug zu verteilen.

»Was soll das werden?«, rief Claas verstört und mit ängstlichem Unterton.

»Och, nur eine kleine Aufforderungshilfe. Wenn Sie nicht rauskommen, machen wir ein kleines Feuerchen.« Stoltenbuschs Augen blitzten böse auf.

Der ist doch irre, dachte Claas und startete einen weiteren Verzögerungsversuch. »Ich habe eben noch mit der Polizei telefoniert. Kommissar Bödefeld ist schon auf dem Weg!« Ob das wirklich stimmte, wusste er natürlich nicht, aber er hielt es für seine gefühlt letzte Chance, Zeit zu gewinnen.

»Bödefeld? Also, Sie machen mir wirklich Spaß«, konterte Stoltenbusch jetzt etwas ruhiger und grinste Claas selbstzufrieden an. »Der wird Ihnen in meiner Gegenwart bestimmt nicht helfen.«

Was hat das jetzt wieder zu bedeuten? Ist der Kommissar etwa doch auf der falschen Seite? Claas' Gefühl in der Magengegend wurde bleischwer und seine Hoffnung, doch noch heil aus der Sache herauszukommen, sank langsam dem Nullpunkt entgegen.

Unterdessen hatte Millington die Benzinkanister geöffnet und wollte gerade damit anfangen, das Flugzeug mit Sprit zu übergießen.

»Sind Sie bescheuert?«, rief ihm Claas panisch entgegen. »Sie … Sie sind doch Engländer … und das ist immerhin ein englisches Flugzeug, in dem ich hier sitze!« Oh Scheiße, ging es ihm durch den Kopf, ich weiß nicht mehr, was ich noch reden soll, gleich ist alles aus.

»Eine Messerschmitt wäre mir natürlich lieber gewesen«, spöttelte Millington, »aber jetzt und hier pfeife ich auf Patriotismus!«

Claas suchte nach einem weiteren Strohhalm und wollte gerade anfangen, Millington nach seinen Beweggründen an der ganzen Geschichte zu fragen, da hielt der Kurdirektor plötzlich ein Feuerzeug in der Hand und schrie gellend: »Ich habe jetzt die Schnauze voll! Raus jetzt mit Ihnen oder Sie verbrennen! Ihre Wahl! Ich zähle jetzt bis drei!« Leise und süffisant fügte er dann noch hinzu: »Oder wollen Sie etwa vor unseren Augen mit der Mühle wegfliegen?« Er sah zu Millington herüber und beide fingen gleichzeitig wie blöde an zu lachen.

Claas dagegen schoss es blitzschnell durch den Kopf: Wegfliegen … Gar nicht mal so doof! Er sah nach unten auf die Armaturen. An der Seite unterhalb der gläsernen Cockpithaube glänzte der rote Knopf. Wie für ihn gemacht. Die wirklich allerallerletzte Chance …

Mit zittriger Hand drückte Claas den roten Startknopf so tief es ging. Doch erst passierte nichts … Eine Sekunde später klackerte irgendwo zwischen Cockpit und Motor ein Relais und das unmittelbar darauf folgende Jaulen des elektrischen Anlassers war trotz seiner beachtlichen Lautstärke nur eine schwache Vorstufe dessen, was dann losbrach. Claas hielt den Knopf weiter gedrückt, der Anlasser orgelte und orgelte, die mächtige Luftschraube begann sich zu drehen und plötzlich knallte es kurz hintereinander so laut, dass Stoltenbusch und Millington erschreckt auf ihre Pistolen guckten, aber die waren dafür gar nicht verantwortlich. Fehlzündungen spuckten schwarzen Qualm aus den oberarmdicken Auspuffstummeln des Rolls-Royce-Motors und hüllten augenblicklich die gesamte Umgebung ein. Claas zog jetzt an dem zweiten roten Hebel und gab kontinuierlich Gas. Der Propeller nahm jetzt richtig Fahrt auf, nach kurzer Zeit rotierten die drei Flügel messerscharf durch die Luft und erzeugten einen Luftzug wie ein riesiger Ventilator. Alles, was nicht niet- und nagelfest war, wurde nach hinten geschleudert; Laub, Äste und auch die Benzinkanister, die Millington erschrocken hatte fallenlassen, flogen polternd ins Nirgendwo. Die ganze Maschine schüttelte sich und schien sich aufzubäumen, der großvolumige Motor hustete noch ein paarmal und erzeugte einen Höllenlärm, wie Claas ihn noch nie in seinem Leben erlebt hatte. Als er weiter Drehzahl gab, machte das Flugzeug plötzlich erste Anstalten, sich nach vorne zu bewegen, was zunächst durch ein dickes Brett unter einem der Fahrwerksräder verhindert wurde.

»... Völlig verrückt ... Sofort ausmachen ... Spinner ...« So in etwa deutete Claas das, was er von den Lippen des Kurdirektors las, denn hören konnte er natürlich nichts von dem, was Stoltenbusch ihm von unten mit fuchtelnden Armen entgegenschrie. Aber das interessierte jetzt eh nicht mehr, Claas drückte den Hebel ganz nach unten und gab Vollgas. Der Motor brüllte nochmals markerschütternd auf und ließ das ganze Tal erbeben, hellrote Flammen züngelten aus den Auspuffrohren, die Maschine walzte mit einem Hopser über das Brett und begann anzurollen.

Millington und Stoltenbusch stand nun die nackte Panik ins Gesicht geschrieben, sie versuchten, sich vor dem Flugzeug in Sicherheit zu bringen und liefen Hals über Kopf davon. Doch noch bevor sie die rettende Remise erreichten, stolperte Kurdirektor Stoltenbusch in Hast und Angst, fiel hin und blieb mit schmerzverzerrtem Gesicht liegen. Ganz benommen rappelte er sich wieder auf und als er gerade weiterlaufen wollte, erwischte ihn die rechte Tragflächenspitze der Spitfire am Hinterkopf und schleuderte ihn erneut zu Boden.

Claas war nunmehr nur noch Passagier. Er konnte sich gerade mal kurz darüber freuen, dass er dem Tod von der Schippe gesprungen war und einen Atemzug später Mocks Flugzeug höchstselbst den Kurdirektor ausgeknockt hatte, da wurde es schon wieder brenzlig. Durchgeschüttelt und nahezu betäubt durch den infernalischen Lärm von Motor und Luftschraube wollte er Gas zurücknehmen, doch das klappte nicht; er zog am Hebel, aber der war verklemmt; er drückte und schlug darauf herum, aber nichts tat sich. Wie ein riesiges Modellflugzeug außer Kontrolle steuerte die Maschine auf die Remise zu und wurde stetig schneller. Das Einzige, was Claas noch einfiel, war mit dem Steuerknüppel dafür zu sorgen, dass das Flugzeug möglichst kontrolliert gegen ein Hindernis rollte und dadurch gestoppt wurde. Er visierte durch die Frontscheibe das Ständerwerk der Remise an, versuchte sich mittig zu halten und ein paar Sekunden später krachten die Spitzen der Tragflächen links und rechts gegen die hölzernen Balken. Da der Motor immer noch mit Vollgas lief, arbeitete das Flugzeug dementsprechend weiter und schüttelte sich hin und her, bevor es sich endgültig verkeilte. Claas öffnete die Cockpitluke und wollte vorsichtig trotz des noch laufenden Propellers zur Seite aussteigen. Auf der Tragfläche versuchte er Halt zu finden, doch er wurde nach hinten geweht und taumelte regelrecht am Seitenleitwerk vorbei, rollte sich noch einmal ab und kam erst in unmittelbarer Nähe des nach wie vor am Boden liegenden Kurdirektors endgültig zum Stillstand. Benommen rappelte er sich auf und versuchte, den Puls an Stoltenbuschs Handgelenk zu fühlen. Lebt noch, dachte Claas dann, aber so schnell steht der erst mal nicht auf. Er nahm die alte Wehrmachtspistole an sich, die Stoltenbusch immer noch mit einer Hand umklammerte und nahm Millingtons Verfolgung auf.

Dennis Millington wiederum war es gerade noch rechtzeitig gelungen, sich vor dem wildgewordenen Flugzeug in Sicherheit zu bringen. Er hatte nur aus dem Augenwinkel mitbekommen, was seinem Partner Peer Stoltenbusch widerfahren war und er wusste nicht, ob dieser überhaupt noch lebte – das war schlimm genug. Im Nu hatten sich alle ihre Träume wohl buchstäblich in Luft aufgelöst. Dabei war bis hierhin alles so gut gelaufen … Doch jetzt musste er seine Haut retten. Wenn er heil hier rauskam, wäre es wohl am gescheitesten, das Land zu verlassen und nach England abzuhauen. Irgendwo lebte dort eine alte Tante von ihm und vielleicht konnte er dort unterkommen, bis Gras über die Sache gewachsen war.

Nachdem sich die Spitfire im Gebälk der Remise festgefahren hatte und dort mit weiterhin laufendem Motor stehengeblieben war, kam Claas zu Millingtons Entsetzen nach einer Rolle rückwärts wieder in seine Richtung gelaufen. Diese Fucking-Polizistenzecke hatte alles versaut! Millington hob die Waffe und gab dicht hintereinander zwei Schüsse auf seinen Verfolger ab, Claas hörte die Kugeln pfeifen und warf sich augenblicklich auf den Boden. Das brachte Millington ein paar Sekunden Zeit; er spurtete zum X6 herüber, in dem der Schlüssel noch steckte und ehe Claas aus der Deckung kam, startete der Wagen, brauste vom Hof und bog mit quietschenden Reifen um die Ecke in Richtung Landstraße. Doch weit kam Millington nicht. Denn kurz bevor der schwere BMW die kleine Salzebrücke erreichte, tauchte gegenüber plötzlich ein Hindernis auf. Ein Hindernis, das unmöglich dort sein konnte und ihn an seinem Verstand zweifeln ließ. Vor ihm stand der Magirus. Breit und rot und dröhnend laut. Auf dem Kabinendach rotierte das Blaulicht. Am Steuer saß Doktor Julius Mock.

Wie ging das denn? Der war doch tot! Dennis Millington war sprachlos, konsterniert und entsetzt zugleich und hielt den X6 mitten auf der Brücke an.

Mock stoppte den Magirus ebenfalls, gerade noch rechtzeitig, beinahe wären die beiden Wagen zusammengestoßen. Stoßstange an Stoßstange standen sich die Fahrzeuge wie vor einem Duell gegenüber.

»Ach, da schau her, mein Freund Dennis Millington«, zischte Mock zu Hardy auf dem Beifahrersitz. »Ich hätte ja nicht gedacht, dass ich den so schnell wiedersehe. Hat wohl einen neuen Wagen, was?«

Hardy wirkte noch etwas mitgenommen. Nachdem er sich gewaltsam Zugang zum Pub verschafft hatte, wäre er fast zweimal vor Schreck gestorben. Das erste Mal, als er den leblosen Körper seines Freundes in der Bierlache vorgefunden hatte, und dann gleich noch einmal, als Mock plötzlich wie von den Toten auferstanden wieder zu sich kam und fragte, was denn eigentlich los sei. Zwar hatte Millington mit seinem vermeintlichen Todesstoß dem ersten Anschein nach voll ins Schwarze getroffen – die Dartpfeilspitze hatte zuerst Mocks Brille durchschlagen – dann aber verpuffte die Attacke. Das hatte Mock seinem Glasauge zu verdanken, das ihm Jahre zuvor nach seinem Golfball-Unfall eingesetzt worden war, »... was sich als Lebensversicherung herausgestellt hat, denn Millington scheint davon nichts gewusst zu haben!«, hatte Mock triumphierend gemeint. Er hatte sich ein paar Glasbrocken aus der Augenhöhle gepult, bevor er sich aus einem Taschentuch und einem Gummiband eine provisorische Augenklappe gebastelt hatte, um die lädierte Stelle abzudecken. »Mensch, Hardy«, hatte er dann mit einem Anflug von Ironie in der Stimme gesagt, während er die kaputte Brille wieder aufsetzte, »das hätte ganz schön ins Auge gehen können!« Hardy war froh gewesen, dass Mock scheinbar wieder ganz der Alte war und hatte ihn schnell über die neu gewonnenen Erkenntnisse aufgeklärt, unter anderem, dass Millington wohl eher Täter statt Opfer war.

»Sag bloß«, hatte Mock daraufhin gespöttelt, »darauf wäre ich jetzt gar nicht gekommen.«

In einer Alarmfahrt waren sie daraufhin mit dem Feuerwehrwagen zurück zur Mühle gerast und hatten dabei die rote Ampel der Baustelle ebenso wie entgegenkommenden Verkehr ignoriert – Blaulicht und Martinshorn hatten dafür gesorgt, dass alle Fahrzeuge rechtzeitig Platz machten, bevor der Magirus sie in den Graben hätte schieben können.

Millington dachte derweil fieberhaft nach. Irgendwas musste vorhin im Pub schiefgegangen sein, sonst säße Mock ja nicht schon wieder so putzmunter in seinem roten Riesen-Kübel. Obwohl er doch so gut getroffen hatte. War glatt umgefallen wie ein Stein, der Mistkerl. Egal, wie hieß es so schön bei James Bond? Man lebt nur zweimal! Nervös trommelte Millington mit seinen Fingern auf dem Lenkrad herum, dann griff er zur Pistole und ließ das Fenster herunter. Mock und Hardy dagegen blieben nahezu regungslos in der Fahrerkabine sitzen.

»Was machen wir jetzt?«, fragte Hardy und als Millington plötzlich mit der Waffe in der Hand durch die Luft fuchtelte, antwortete Mock blitzschnell: »Ducken!«

Ohne dass sie etwas sehen konnten, hörten sie gleich darauf wütendes Geschrei. »Straße frei … Fuck you … Mock … Bloody bastards … Schieße gleich …«

»Der spinnt wohl«, meinte Mock gepresst durch die gebückte und unbequeme Lage halb unter, halb neben dem Lenkrad. »Jetzt will der mich schon wieder umbringen. Dabei habe ich ihm heute sogar noch ein schönes Trinkgeld gegeben. Dieser undankbare Sack!«

Plötzlich blafften Schüsse durch die Luft und das linke Glas der geteilten Magirus-Frontscheibe zersplitterte.

»Der schießt! Der schießt!«, schrie Hardy und Mock trat gleichzeitig instinktiv aufs Gaspedal. »Festhalten!« Der Motor brüllte auf und Millington starrte wie hypnotisiert auf die eckige Haube mit dem rotierenden Lüfterrad hinter dem Frontgitter. Er gab ebenfalls Gas, doch der Urgewalt des Deutz hatte der BMW nichts entgegenzusetzen; nur für Sekundenbruchteile hielt er seine Position, dann wurde der Wagen mit durchdrehenden Reifen in Zeitlupe rückwärts über die Brücke geschoben; es knirschte, quietschte und ächzte überall. Millington schrie aus dem Fenster heraus und verfluchte Mock und seine Karre.

»Was ruft der denn da?«, wollte Hardy wissen, was draußen vor sich ging.

»Keine Ahnung«, rief Mock gegen das nun heisere Kreischen des Diesels an, »es ist so laut hier!«

Zentimeterweise kroch das Gespann über die Brücke. Erneut peitschten Schüsse, doch Millington traf nur das Blech, und nachdem er das Magazin leergeschossen hatte, warf er die Waffe wutentbrannt aus dem Fenster.

»Der macht mir mein schönes Auto kaputt! Nicht mit mir!«, schrie Mock jetzt, lupfte noch mal das Gas und trat dann voll auf das Pedal. Millington hatte in seiner Panik das Lenkrad eingeschlagen, der BMW driftete nach links und verkeilte sich mit dem Heck an der Brückenmauer. Jetzt hatte der Feuerwehrwagen leichtes Spiel. Krachend rammte er die Beifahrerseite des X6 und schob ihn weiter bis zum Ende der Brücke, wo sich die Reifen im aufgeweichten Untergrund des Straßenrandes eingruben; der Wagen wurde ausgehebelt und landete schließlich auf dem Dach. Millington wurde durchgeschüttelt und als er gerade durch das geöffnete Fenster aus dem Auto krabbeln wollte, sah er von unten, wie der Magirus kurz zurücksetzte, stehenblieb, der Motor im Leerlauf einige Male bedrohlich aufheulte und dunkle Wolken aus dem Auspuff schickte.

Mock und Hardy hatten sich inzwischen wieder aufgesetzt und sahen sich an. »Dann wollen wir mal, was?« Hardy hob den Daumen. Mock gab Vollgas, der Magirus machte einen Satz nach vorne und kickte den BMW mit blechernem Krach wie einen Fußball von der Straße. Der Wagen rutschte die Böschung hinab und glitt langsam in die dreckigbraunen Fluten der Salze.

Mock lächelte zufrieden. »So, der Mistkerl ist erst mal beschäftigt … Und Hardy, ich wusste es doch … Der Deutz geht wie ein heißes Messer durch Scheiße!«

Claas befand sich gerade mitten auf dem Hof, als der Motor der Spitfire plötzlich zu spucken anfing, sich noch einmal heftig schüttelte und dann abrupt abstarb. Für den Probelauf hatte Hardy gestern vierzig Liter Superbenzin eingefüllt und dank des enormen Verbrauchs des riesigen Aggregats war der Tank schon nach fünf Minuten leer. In diesem Moment rollte der Magirus in die Einfahrt und als Claas sah, wer am Steuer saß, fiel er beinahe in Ohnmacht.

Mock sprang aus dem Wagen und beruhigte ihn: »Keine Sorge junger Freund, so schnell kriegt mich keiner klein. Zum Glück hat dieser falsche Fuffziger Millington nur mein Glasauge getroffen.«

»Gla... Glasauge?«, staunte Claas Bauklötze und fasste sich an die Stirn. »Jetzt verstehe ich. Der Unfall von damals ... von wegen ... ›das Auge hat mal was abbekommen‹. Hättest du mir aber auch ruhig sagen können, dass es komplett futsch gegangen ist!« Er zog eine gespielte Schüppe und zeigte dann auf Mocks improvisierte Taschentuch-Brillen-Kombination.

»Ja, ich weiß«, sagte Mock und winkte ab. »Die Brille ist kaputt, und schön ist was anderes. Ich habe aber noch ’ne richtige Augenklappe im Haus.« Er blickte um sich. »Ist jetzt aber auch egal. Aber sag mal, was ist denn hier überhaupt passiert?«

Claas erklärte in Kurzform, dass er aufgrund der besonderen Umstände die Spitfire schon mal hatte probelaufen lassen.

»Und wie war der Sound?«

»Irre! Mir sind fast die Ohren abgefallen. Der Kurdirektor ist übrigens außer Gefecht, aber Millington ist mir leider entwischt und mit dem BMW abgehauen. Eigentlich müsstet ihr dem noch begegnet sein ...«

Mock schaute zu Hardy herüber, der frech zu grinsen begann. »Sind wir auch. Aber dann ist er pampig geworden und wir haben ihn zum Schwimmen geschickt.«

Claas berichtete weiter, was indessen auf dem Hof gelaufen war. »Der ominöse Motorradfahrer war auch mit von der Partie. Den haben die vorgeschickt, um die Telefonleitung zu kappen, damit ich keinen mehr um Hilfe rufen konnte.« Claas blickte zum Motorrad hinüber, das noch immer auf dem Hof stand. »Der müsste noch hier sein ...« Er nahm Hardy und Mock in

Schlepptau und zusammen liefen sie hinter das Haus, wo Gretel nach wie vor mit sabbernden Lefzen über der Gestalt wachte, die in ihrer schwarzen Lederkluft am Boden liegend abwehrend eine Hand nach oben hob. Mock musste den Hund energisch zur Seite ziehen, denn er schnüffelte ganz fanatisch am Leder.

»So! Jetzt werden wir endlich sehen, wer hinter der Maske steckt«, sagte Claas. »Nimm den Helm ab, du Schwein!« Da seiner Forderung nicht schnell genug Folge geleistet wurde, legte er selbst Hand an, fummelte den Kinnverschluss auf und zog den schwarz getönten Integralhelm unsanft nach oben. Dann fiel ihm seine Kinnlade runter.

»Fräulein Stoltenbusch!« – »Schwester Sophie!«, riefen Mock und Claas fast gleichzeitig aus, guckten sich ungläubig an und fragten weiter unisono: »Ihr kennt euch?«

Für einen Moment herrschte absolute Stille. Dann ergriff Claas alleine das Wort: »Wie ... was ... Sophie ist die Tochter vom Kurdirektor?« Das darf doch nicht wahr sein, dachte er und sah zu Sophie herab, die sich langsam aufsetzte und giftig das Wort ergriff: »Ja freilich, seit meiner Geburt!«

Claas war geplättet und musste sich erst mal auf einen der Gartenstühle setzen, um das Ganze sacken zu lassen. Und langsam dämmerte es ihm ... als plötzlich vor dem Haus das Motorrad gestartet wurde.

»Verdammt, wer ist das denn jetzt?«, entfuhr es Claas und als er wieder um die Hausecke bog, musste er mit ansehen, wie Kurdirektor Stoltenbusch mit der Maschine vom Hof brauste.

»Verdammt! Ich hatte gedacht, der wäre im Tiefschlaf gewesen«, kommentierte Claas das Geschehen zerknirscht, »und Motorradfahren scheint er auch noch zu können. Na ja, nun muss sich die Polizei um den Kerl kümmern.«

Kaum eine Minute später rollte ein dunkler Passat in die Hofeinfahrt. Nachdem Kommissar Bödefeld ausgestiegen war und lässig gegrüßt hatte, öffnete sein Kollege Hunekenmöller die hintere Beifahrertür und zog den plitschnassen Dennis Millington heraus. »Den haben wir gerade aus der Salze gefischt«, sagte der Kommissar und trat einen Schritt näher. »Kann vielleicht jemand erklären, wie er da reingekommen ist?«

»Ach, kommen Sie auch schon?«, lenkte Mock schnell ab.

»Genau«, sagte Claas vorwurfsvoll. »Ich hätte inzwischen tot sein können!«

Bödefeld hob entschuldigend die Hände. »Tut mir leid, dass wir so spät sind. Ganz ehrlich gesagt, Ihren Anruf habe ich erst nicht ganz für voll genommen.« Er blickte in die Runde. »Sie sagten doch unter anderem, dass Doktor Mock tot ist. Aber wenn ich ihn mir so anschaue, sieht er eigentlich ganz lebendig aus.« Er winkte zu Mock herüber, der räuspernd erwiderte: »Äh, wissen Sie, ich bin von robuster Natur. Ein infamer Mordanschlag auf mich … durch den da!« Mock zeigte auf Millington und schickte einen finsteren Blick hinterher. »Erfreulicherweise habe ich überlebt.« Bödefeld quittierte dies mit einem kryptischen Lächeln. »Soso, was für ein Glück … Herr Haverstroh, Sie sprachen doch am Telefon auch noch davon, dass Sie Beweise hätten, dass Stoltenbusch etwas Großes plant und …«

»Ganz genau«, unterbrach Claas, »aber bevor ich Ihnen das erkläre, sollten Sie erst einmal eine Fahndung auslösen, der Kurdirektor ist gerade eben …«

»Entwischt, ich weiß«, wand Bödefeld ein. »Ist auf'm Moped an uns vorbeigeprescht, war unmöglich aufzuhalten. Aber die Kollegen sind informiert, der wird nicht weit kommen …«

Hugo Layer war mächtig böse. Der Geschäftsführer der Ersten Salzufler Vergnügungsbetriebs-GmbH lief jetzt schon seit einiger Zeit seinem Geld und deswegen Kurdirektor Stoltenbusch und Konsorten hinterher. Exquisite Damen bestellen und nicht zahlen wollen! Aber heute war endgültig Schluss damit. Er ließ sich nicht länger vertrösten. Heute war Zahltag!

Das allerdings sah Ludger van Boysen ganz anders. Layer war

nämlich bei ihm auf dem Golfplatz aufgetaucht, da er den Kurdirektor weder zu Hause noch in seinem Büro hatte antreffen können. »Und da die Party hier stattgefunden hat und du Kanaille hier der Chef bist«, haute Layer den Golfspielclubchef an, »rückst du jetzt mit der Kohle rüber!«

Van Boysen nahm seinen ganzen Hochmut zusammen. »Weit gefehlt, Herr Layer. Wir haben zwar die Räumlichkeiten gestellt, aber die Bestellung erfolgte zweifelsfrei durch Herrn Stoltenbusch. Daher muss ich Sie bitten ...«

»Sendepause, du Lackaffe!«, hieb Layer dazwischen. »Ist mir jetzt völlig schnuppe, wer bestellt hat und wer nicht. Du warst auch dabei und hast dich amüsiert, also lass die Scheine rüberwachsen!« Layer trat einen Schritt auf van Boysen zu, dem jetzt eine Atemmischung aus Tabak, Mettbrötchen und Zwischenbierchen entgegenströmte. Angewidert wedelte er mit der Hand. »Verlassen Sie umgehend das Gebäude, oder ich rufe nach der Polizei!«

Das ließ Hugo Layer allerdings kalt. Genervt von so wenig Entgegenkommen meinte er nur: »Na schön, du Golfpussy, ich lasse dir noch eine letzte Mahnung da.« Einen Lidschlag später hatte Hugo Layer seiner Forderung mit einem gezielten Faustschlag unter Ludger van Boysens Auge dermaßen Nachdruck verliehen, dass es den Chef des Golfspielclubs glatt aus seinen edlen Slippern hebelte.

Fünf Minuten später traute Hugo Layer seinen Augen kaum; gab es doch noch Gerechtigkeit? Auf dem Rückweg vom Golfclub in die Stadt hatte ihm zwar ein Motorrad an der Einfahrt zum Gestüt die Vorfahrt genommen, was Hugos schlechte Laune gleich noch mal um ein paar Grad steigerte, aber wer saß denn da drauf? Kurdirektor Stoltenbusch! Na, warte!

Hugo gab Gas, der dicke V8 seines Chevy-Pick-ups heulte blubbernd auf, aber gegen das Motorrad hatte er beschleunigungsmäßig nicht den Hauch einer Chance. Und auch wenn Stoltenbusch in der Bedienung der schweren Maschine etwas ungeübt schien, verschwand er langsam wieder aus Hugos Blickfeld. Doch plötzlich änderte sich die Lage, Hugo kam wieder ran und auf einmal stand das Motorrad vor ihm. Danke, liebe Baustellenampel, dachte Hugo und grinste diabolisch in sich hinein.

Kurdirektor Stoltenbusch konnte es einfach nicht fassen. War sein Plan bisher zwar etwas anders als geplant verlaufen, so hatte sich der Wind in der letzten Stunde komplett gedreht, und die neue Lage sah gar nicht mal so gut aus. Da hatte es dieser zugereiste Hilfssheriff doch tatsächlich fertiggebracht, ihm und seinem Team auf die Schliche zu kommen. Aber noch gab er nicht auf, noch war er nicht geschlagen. Ein letztes Fünkchen Hoffnung war in ihm aufgekeimt, als er aus seiner Bewusstlosigkeit aufgewacht war und das quasi startbereite Motorrad auf dem Hof seine Kräfte noch einmal mobilisiert hatte. Jetzt erst mal raus aus dem Schlammassel und dann in Ruhe weitersehen …

Doch Stoltenbusch hatte die Rechnung ohne die Sanierung der Exterschen Landstraße gemacht, die ihn in Form der Baustellenampel ausbremste. Eine lange Schlange hatte sich vor dem Rotlicht gebildet und aufgrund der entgegenkommenden Wagen konnte er nicht einfach an den wartenden Autos vorbeifahren. Nervös spielte er mit dem Gas. Plötzlich gab es einen heftigen Schlag von hinten, das Motorrad wurde einen Meter nach vorne auf einen alten Opel Senator geschoben, der wiederum touchierte – wenn auch nur leicht – ausgerechnet den vor ihm stehenden Mercedes des Freiherrn von Beckstein. Das Motorrad kippelte kurz, bevor es sich mit dem Kurdirektor zusammen scheppernd auf die Seite legte. Stoltenbusch rappelte sich zwar erstaunlich schnell wieder auf, doch sah er sich im selben Moment Hugo Layers übel dreinschauender Visage gegenüber. Der fackelte nicht lange, packte Stoltenbusch am Schlafittchen und schüttelte ihn ordentlich durch. »Willst dich wohl vorm Hugo verstecken, was? Letzte Chance, Direktor. Wo ist mein Zaster?«

»Tut mir schrecklich leid«, presste Stoltenbusch, der merkte, dass ihm jetzt langsam die Alternativen ausgingen, hervor. »Ich bin im Moment nicht ganz flüssig, aber …«

Was auch immer der Kurdirektor noch vorbringen wollte, Hugo erstickte es im Keim – mittels eines gut gezielten Bud-Spencer-Dampframmenschlags mitten auf Stoltenbusch drauf. Der sackte unmittelbar auf der Fahrbahn zusammen.

»Sie … Sie da«, meldete sich dann der Fahrer des Opel, ein älterer Herr mit Halbglatze und Karopulli. »Sind Sie betrunken oder was?«

»Halt die Schnauze, Tortenarsch!«, blaffte Hugo zurück und kam einen Schritt näher. Mit einer Ein-Arm-Schwinge drückte er den Rentner zur Seite und wollte gerade ansetzen, sich auch noch mit Kuno von Beckstein in die Wolle zu kriegen. Der war allein schon durch die Tatsache einer leichten Berührung seines Wagens auf hundertachtzig und wäre womöglich eine echte Herausforderung für Hugo gewesen, wenn nicht genau in diesem Moment ein Streifenwagen im Konvoi der entgegenkommenden Fahrzeuge angerückt wäre. Die Beamten setzten dem Tumult schnell und professionell ein Ende, verfrachteten Hugo und den mittlerweile wieder lebendigen Kurdirektor ins Fahrzeug und fuhren nach telefonischer Rücksprache mit Kommissar Bödefeld zu Mocks Mühle.

Dort wurde erste Aufklärungsarbeit geleistet. Doktor Mock hatte zur allgemeinen Ertüchtigung zwei Kannen Kaffee gekocht und alle an den großen Gartentisch gebeten. Für den immer noch tropfenden Dennis Millington zeigte er verständlicherweise am wenigsten Freundlichkeit, überließ ihm aber trotzdem eine vollgesabberte Hundedecke zum Abtrocknen. Sophie Stoltenbusch stellte sich darüber hinaus bockig an und war zur Aufklärung nicht wirklich bereit. Immerhin konnte sich Claas jetzt endlich zusammenreimen, welches Motiv hinter den aufdringlichen Annäherungsversuchen in der Klinik steckte.

»Es wäre jetzt wirklich sehr schön, wenn du uns endlich über die Machenschaften deines Vaters aufklärtest«, forderte er sie lautstark auf.

Sophie verschränkte die Arme und rief zornig: »Euch muss ich gar nichts erklären!« Ihre brüske Abwehrhaltung schmolz jedoch langsam dahin, und als schließlich ihr Vater und Hugo Layer die Runde komplettierten – um den Frieden sicherzustellen saßen sie weit auseinander – begann sich der zähe Nebel, der diesen Fall umhüllt hatte, zu lichten.

Claas hatte mit seiner Vermutung, dass Kurdirektor Peer Stoltenbusch der Urheber allen Übels gewesen war, grundsätzlich richtig gelegen. Aber ansonsten sei alles nur ein großes Missverständnis gewesen, beteuerte Sophie. »Wir wollten mehr aus diesem angestaubten Kurstädtchen machen. Mehr Leute anlocken, der Bevölkerung was bieten, Salzuflen bekannter und noch beliebter machen.«

»Hin und her habe ich überlegt«, sagte dann Stoltenbusch. »Und dann ist mir bei einem Urlaub an der Küste eingefallen, was uns hier einfach fehlt …«

»Nämlich ein richtig großes Gewässer?«

»Genau! Bad Salzuflen liegt bekanntlich nicht am Meer, die Weser ist zu weit weg und außer dem Teich im Kurpark und ein paar kleinen Baggerseen findet man sonst ja auch nichts von Bedeutung in der Nähe. Und von den Gradierwerken merkt man ja eigentlich auch nur was, wenn man direkt dran langspaziert. Deshalb musste ein künstlich geschaffener See her, ein richtiger See wohlgemerkt! Und da bot sich das Salzetal geradezu an. Als Naherholungsgebiet, direkt vor den Toren der Stadt, mit einem großen Stausee mittendrin als zentralem Element.«

Claas fühlte sich bestätigt und meinte: »Das Salzeland im Salzetal, ich verstehe. Aber das war alles nicht nur zur Steigerung des allgemeinen Wohlbefindens geplant, oder? Ihr wolltet da doch sicherlich wirtschaftlich absahnen?«

Sophie antwortete verblüffend ehrlich: »Absahnen ist vielleicht das falsche Wort, aber dran verdienen, na klar, das war unser

Ziel. Das mit dem Wildgehege als erste Aktion war eigentlich nur ein Ablenkungsmanöver, denn das gehört ja schon dem Bad. Da wollten wir, also Dennis und ich, die Hirsche nur vertreiben …«

»Einen Moment bitte«, unterbrach Claas und blickte zu Millington herüber. »Warum kamen Sie eigentlich ins Spiel? Von sich aus? Oder wurden Sie angeworben?«

»Der Pub läuft doch nicht wirklich gut«, antwortete der gedehnt. »Peer ist ja schon fast mein bester Kunde, obwohl er höchstens drei Mal pro Woche nach dem Golfen etwas trinkt und von der Handvoll Soldaten kann ich auch nicht leben. Deshalb kam Peer die Idee, mich für den Plan einzuspannen.«

»Für die Drecksarbeit sozusagen«, folgerte Mock und musterte Millington mürrisch. »Irgendeiner musste es ja machen«, rechtfertigte Stoltenbusch Millingtons Mitarbeit, »außerdem sollte er als Belohnung später ja auch ordentlich davon profitieren. Das White Horse Inn hätte der Planung nach direkt am neuen See gelegen, frisch renoviert, mit Badestrand und riesigem Biergarten inklusive. Dennis hat uns dann verraten, dass er von seinem Vater noch alte Waffen und Munition im Keller hatte und erst da kam uns die Idee, das Maschinengewehr zu benutzen …«

»Aber blöderweise hat dieses Schrottteil geklemmt und dann auch noch völlig schief geschossen«, erzählte Millington weiter. »Und zu allem Übel sind diese dummen Viecher auch noch wie angewurzelt an einer Stelle stehengeblieben! Auf einmal waren alle Tiere tot. Das war schrecklich.« Millington schnäuzte sich.

»Und dann waren die Eigentümer der anderen Grundstücke nicht bereit, zu verkaufen«, schlussfolgerte Claas, »oder warum wurden die nacheinander alle umgebracht?«

»Das war alles so nicht geplant«, gab Stoltenbusch zu. »Bevor ich mit denen in Verkaufsverhandlungen treten wollte, haben wir uns zusammen überlegt, wie man sie dazu bringen könnte, ihr Land möglichst billig zu verkaufen. Den Nolte wollten wir nur ärgern; der sollte einfach keine Lust mehr auf seine Bienen haben. Dennis hat sich im Internet informiert und sich einen Stamm

Wildbienen aus Amerika bestellt. Aber wer konnte schon ahnen, dass der alte Griesgram eine Allergie hatte?«

»Und Bauer Stratemann?«

»Dieses dauerbesoffene Ekelpaket kurz vorm Bankrott! Der sollte Unkrautvernichter statt Dünger versprühen …«

»Damit seine Wiesen eingehen und er bereitwillig verkauft?«

»Genau«, meinte Sophie, »aber in der Dunkelheit auf dem Hof hat Dennis wohl die Fässer verwechselt. In einem muss Benzin oder sonst was drin gewesen sein. Er hat es dann ja live mitbekommen, wie der Kerl abgefackelt ist. Ganz furchtbar!« Sophie wurde von einem kleinen Weinkrampf durchgeschüttelt.

Claas überlegte, ob sie echte Emotionen zeigte oder einfach nur eine gute Schauspielerin war. Er bekam langsam einen Überblick über die Sache und übernahm die Gesprächsführung, da sich Bödefeld gleichzeitig zurückhielt. »Trotzdem hat euch der Tod von Stratemann in die Karten gespielt, nicht wahr? Ihr konntet ihm auf bequeme Art und Weise, quasi postmortal, die Schuld für eure Taten in die Schuhe schieben. Denn abstreiten, dass er damit nichts zu tun hatte, konnte er ja nicht mehr.«

Sophie lächelte listig. »Na klar, das Maschinengewehr haben wir schon beim Umfüllen der Fässer in eine Ecke vom Stall gelegt. Wenn er nach der Unkraut-Ex-Aktion nicht in unserem Sinne gehandelt, sprich sein Land verkauft hätte, sollte ein kleiner Tipp an die Polizei gehen. Dann wäre er ordentlich in Schwierigkeiten geraten. Schließlich wusste jeder, dass der keine Tiere mochte.«

»Tja, aber dann war er tot.«

»Ja, leider Gottes. Die Polizei hat das Maschinengewehr dann auch so gefunden, und kurz darauf kam uns dann noch die Idee, den Bienenkorb und den Karton bei ihm zu deponieren; alle sollten denken, dass Stratemann auch an Noltes Tod Schuld ist. Was ja auch fast geklappt hat …«

»Aber nur fast«, sagte Claas mit einem Augenzwinkern in Sophies Richtung. »Auf dem Hof haben wir uns ja nur ganz knapp verpasst; ich war in der Scheune und du draußen … Aber wo wir zwei Hübschen gerade bei unserem Zusammentreffen sind: Es war dann kein Zufall, dass du in der Klinik als Therapeutin aufgetaucht bist, oder?«

Sie schaute ihn halb spöttisch, halb feindselig an. »Wo denkst du hin? Ich bin ja eigentlich an einer ganz anderen Stelle im Klinikbetrieb beschäftigt, aber Papa als oberster Chef konnte mich natürlich ohne großes Tamtam an eine andere Stelle beordern. Denn als wir bemerkt haben, dass du angefangen hast, deine Nase in die Sache zu stecken, war die erste Option, dich auszuhorchen und wenn möglich, zu stoppen.«

»Und dann hast du so richtig die Sau rausgelassen und versucht, mich subtil von deinen Reizen zu überzeugen …«

Sophie musterte ihn kühl. »Ja, das habe ich. Aber leider scheinst du Lunte gerochen zu haben …«

»Nicht ganz«, gab Claas zu, »ich wollte nur nicht, dass du mir weiter an die Wäsche gehst. Aber weiter im Text. Nachdem deine frivolen Annäherungsversuche ins Leere gelaufen waren, wolltet ihr mir ans Leder …«

»Ich wollte dir nicht wirklich wehtun, das war gar nicht böse gemeint«, meinte Sophie verharmlosend. »Ich habe dir in der Nacht doch nur einen leichten Klaps auf den Kopf gegeben.«

»Und ihm einen netten Zettel zugesteckt«, erinnerte sich Hardy an den Tag, als sie Claas bei Mock wieder aufgepäppelt hatten.

»Was aber scheinbar nicht gefruchtet hat«, schoss Sophie dann einen weiteren Giftpfeil hinterher, »denn ihr konntet wohl einfach nicht aufhören, was?«

Claas klopfte sich sanft gegen die Brust. »Nee, das musst du aber verstehen. Berufsehre!«

Kommissar Bödefeld lächelte kaum merklich und goss sich noch eine Tasse Kaffee ein. Er schien im Moment gar nichts zur Diskussion beisteuern zu wollen und überließ Claas das Feld. Der wollte seinerseits endlich die Sache aufgeklärt wissen und wandte sich an den Kurdirektor. »Und als Finale habe ich dann in Ihrem Büro noch mal eine draufbekommen.«

»Darüber brauchen Sie sich aber nicht zu beschweren. Was kreuzen Sie auch da auf?«

»Als mich Papa abends anrief und darum bat, vorsorglich den Ordner mit den Unterlagen zu holen«, fuhr Sophie fort, »habe ich mir ja erst nichts dabei gedacht. Aber als ich dich dann über den Schreibtisch gebeugt stehen sah, war mir natürlich sofort klar, was das zu bedeuten hatte. Genauso wie der stöhnende Nachtwächter auf dem Klo, den hattet ihr bestimmt auch auf dem Gewissen!«

Mock räusperte sich und schaute zu Hardy herüber. »Ähm, nicht nur den …« Kommissar Bödefeld tauschte mit seinen Kollegen ratlose Blicke, scheinbar kamen sie nicht mehr ganz mit. Das registrierte Claas ebenfalls und er wandte sich dem Kommissar zu. »Okay, sow eit habe ich jetzt alles beisammen. Die Rahmenhandlung wäre so weit erzählt, aber was mir zu meinem Glück noch fehlt, sind ein paar Details, unter anderem Ihre Beteiligung, Herr Bödefeld. Wollen Sie vielleicht nicht auch noch etwas zum Thema beitragen?« Claas war sich sicher, dass der Kurdirektor es irgendwie geschafft hatte, Polizei als auch Staatsanwaltschaft so zu beeinflussen, dass sie den Fall nicht mit der nötigen Konsequenz verfolgt hatten.

»Nun ja«, fing Bödefeld an und er wirkte etwas fahrig dabei, »mir ist das furchtbar peinlich und es hätte eigentlich niemals so kommen dürfen, aber es ist halt passiert.« Während er sprach, blickte er permanent zwischen Kurdirektor Stoltenbusch und Hugo Layer hin und her und als Claas bei Hugo ein gerissenes Grinsen vernahm, war ihm schlagartig alles klar. »Okay, dann zuerst zu Ihnen Herr Layer oder Nutten-Hugo, je nachdem, was Ihnen lieber ist …«

»Sag einfach Hugo, das reicht.«

»Okay, Hugo. Du bist doch quasi Dienstleister, wenn ich das richtig interpretiere?«

»Kann man so sagen. Aber eher so eine Art Vermittler …« Hugo Layer hatte sich inzwischen abgeregt, seine Ausdrucksweise war wieder dem Anlass angemessen gemäßigt und scheinbar hatte er nichts dagegen, der Runde Auskunft zu geben. »Hm, also Hugo, am vierten Mai dieses Jahres hast du dem Kurdirektor Stoltenbusch eine Rechnung über sage und schreibe fünftausend Euro für Dienstleistungen inklusive Dokumentation ausgestellt. Korrekt?«

»Präzise, aber auf die Kohle warte ich heute noch«, antwortete Hugo messerscharf in Richtung Stoltenbusch, während er in den Taschen seiner ballonseidenen Hose kramte. Er holte ein abgegriffenes Notizbuch hervor und fing an zu blättern. »März … April … Mai … ah, da haben wir's, ich hab alles aufgeschrieben. Welche Mädels waren denn da? Ah ja … die Lucy, die Mary, die Gracia … für die etwas reiferen Herren die Helga und die Lilly.« Er klappte das Buch zu und legte es auf den Tisch. »Fünf Damen, fünftausend Euro«, schmunzelte Claas, »das ist ja 'ne einfache Rechnung.«

Hugo schüttelte den Kopf. »Nee, das hat damit nichts zu tun, das war'n Festpreis.«

»Schon klar … Du hast also fünf Damen für die üblichen erotischen Abenteuer zur Verfügung gestellt; wurde das Ganze dann gefilmt, oder was bedeutet Dokumentation?«

»Korrekt, der Kurfürst hat das so bestellt und wir haben dann jeweils eine kleine Kamera zur Verfügung gestellt. Wäre alles mit den Herren abgesprochen gewesen, sagte er damals.«

Als Stoltenbusch etwas einwenden wollte, kam ihm Hugo zuvor. »Halt bloß die Klappe, so, wie ich das sage, war das! Ihr wolltet das Event wohl gerne in Erinnerung behalten, was? Ist mir zwar schleierhaft, warum, aber egal. Ich persönlich würde mir mein Gevögel nicht noch mal angucken wollen, da kauf ich mir doch lieber was professionell Gemachtes. Mit richtigen Berufsfickern!« Er schaute lachend in die Runde und wartete auf entsprechende Reaktionen der anderen; sein Blick blieb dann bei Kommissar Bödefeld hängen und Claas kam es so vor, als würde der Kommissar in seinem Stuhl immer tiefer rutschen.

»Und lass mich raten, wo das alles stattgefunden hat?«, fragte Claas, obwohl er die Antwort schon kannte.

»Dann mal los«, forderte Hugo ihn auf.

»Im Clubhaus des Golfspielclubs Bad Salzuflen anlässlich des Golfturniers, das dort jedes Jahr Anfang Mai stattfindet.«

»Volltreffer! Versenkt! Da haben wir's richtig krachen lassen, Superfete! Hätte ich den steifen Pinkeln gar nicht zugetraut, dass die sich so gehen lassen.« Hugo klopfte sich feixend auf die Schenkel. »Meine Fresse, je oller, je doller!«

Claas fischte sich nun aus den Fotoausdrucken vom Vormittag den zweiten Quittungsbeleg heraus und hielt ihn hoch. »So, Herr Bödefeld, jetzt kommen Sie ins Spiel. Du auch Julius ... aber nur vom Namen her, also keine Bange.«

Mock schaute etwas verwirrt, Kommissar Bödefeld wurde blass um die Nase.

»Ich habe hier einen Kaufbeleg für *Mocks Liebestropfen*, ausgestellt am 28. April, also noch vor dem Golfturnier. Aus eigener Erfahrung weiß ich, wie Produkte dieser Art wirken können ...« Claas blickte zu Sophie herüber, die ihn mit funkelnden Augen anschaute. »Deshalb kann ich in etwa nachvollziehen, was Ihnen widerfahren ist. Sie und Staatsanwalt Tielemann wurden beide zum Turnier eingeladen, stimmt's?«

Der Kommissar nickte, ohne etwas zu sagen.

»Gut. Dort hat Ihnen Stoltenbusch die Tropfen unbemerkt ins Getränk gemischt. Der Alkohol und das Mittel haben Sie ganz wuschig gemacht, ohne dass Sie mehr Kontrolle über sich hatten. So war es keine Kunst, dass Sie beide als eigentlich grundsolide, verheiratete und hoffentlich treue Ehemänner Hugos Damen willfährig gefolgt sind ...«

»Na so was, habt Potenztropfen dafür gebraucht?«, schaltete sich Hugo dazwischen und blickte dabei etwas befremdet zu Bödefeld herüber; dann lachte er los. »Euch waren meine Mädels wohl nicht hübsch genug? Aber dass ihr euren Spaß hattet, das weiß ich. Wir haben doch später noch so ein schönes Gruppenfoto gemacht ...«

Claas pochte auf den Tisch. »Hugo, ich möchte meine Theorie

gerade noch zu Ende führen, ja?« Er wandte sich wieder dem Kommissar zu. »Also, Ihre amourösen Ausflüge wurden dann, ohne dass Sie es gemerkt haben, gefilmt und später hat Herr Stoltenbusch Sie mit diesen kompromittierenden Beweisen erpresst. Hat gedroht, Ihren Ehefrauen davon zu erzählen, Sie in Ihren Behörden bloßzustellen und so weiter, wenn Sie nicht in seinem Sinne handeln und die Todesdelikte mit einem gewissen, na ich sag mal, Schlendrian bearbeiten würden. Habe ich das in etwa richtig kombiniert?«

»Kollege Haverstroh, meinen Respekt. Sie haben das wirklich einigermaßen korrekt erfasst.« Bödefeld atmete einmal kräftig durch. »Also, zuerst haben wir uns gewundert, dass gerade wir eine persönliche Einladung zum Golfturnier ausgehändigt bekommen haben. Offiziell hieß es, um dort mal reinzuschnuppern. Da fühlten wir uns natürlich auch geschmeichelt.« Er blickte zum Kurdirektor herüber, der nur noch abwesend dreinschaute und es über sich ergehen ließ, dass seine Machenschaften fein säuberlich seziert wurden. »Was haben Sie uns nicht für einen Stuss versprochen ... es wäre die Top-Gelegenheit, eine Menge interessante Leute kennenzulernen. Dass uns der Sport bestimmt Spaß machen würde und unserer gesellschaftlichen Stellung angemessen wäre. Meine Güte, was waren wir naiv, darauf reinzufallen. Trotzdem, so wurden wir schließlich geködert ... Die Party fing dann ja auch gut an. Nette Leute, gutes Essen, eine Menge zu trinken. Den Rest der Feier und was da alles abgegangen ist, habe ich dann aber gar nicht mehr richtig mitgekriegt.«

»Und dann kam kurz danach die bittere Erkenntnis, dass die Einladung nicht ganz folgenlos war?«

»Ja, leider. Da kommt der her und zeigt mir das peinliche Filmchen. Was er dafür verlange, fragte ich ihn, doch er sagte nur ›Später vielleicht einen Gefallen‹ ... Na ja, und Wochen später wussten wir, was er wollte.«

Jetzt meldete sich Mock aus dem Hintergrund: »Mal eine Frage. Wenn Sie gesagt hätten: Butter bei die Fische, wir geben unseren Fehltritt zu? Meinen Sie, Beruf und Familie hätten das nicht ausgehalten?«

Der Kommissar versuchte, sich zu rechtfertigen: »Natürlich haben wir uns zusammengesetzt und beraten, was wir tun sollten. Nach dem Hirschmassaker waren wir uns einig, dass wir deswegen nicht unsere Reputation aufs Spiel setzen wollten, schließlich war kein Mensch zu Schaden gekommen. Dann starb der Imker Nolte. Wie wir alle wissen, ein ziemlich unbeliebter Zeitgenosse. Und zugegeben, wir waren froh, als bekannt wurde, dass er eine Allergie hatte …«

»Okay, dann kam Bauer Stratemann ums Leben«, ergänzte Claas Bödefelds Erklärungen, »ein stets besoffener und ebenfalls verhasster Mensch, um den auch keiner geweint hat, als er durch eine Verkettung unglücklicher Umstände im Feuer umgekommen ist. Bei aller Tragik dennoch wieder sehr praktisch für Sie …«

»Kann man so sagen«, gab Bödefeld freimütig zu, »zumal wir bei der obligatorischen Spurensuche im Umfeld von Stratemann sodann das Maschinengewehr gefunden haben, nach einem anonymen Hinweis wenig später auch noch Noltes Bienenkorb und den Karton mit den Wildbienen. Damit konnten wir gut leben: Es gab einen Mörder, der sich quasi selbst gerichtet hatte. Ende. Aus … Zumal niemand eine weitere behördliche Ermittlung gefordert hat. Die Angehörigen der Toten waren scheinbar nicht daran interessiert und die Presse gab sich auch zufrieden. Von ganz oben kam sowieso keine Order nachzuhaken, denn wie bei uns auch türmen sich mittlerweile überall bei der Justiz unerledigte Vorgänge bis an die Decke. Da ist man froh, wenn ein Fall schnell abgehakt ist und zu den Akten gelegt werden kann. So waren alle mit dem Ergebnis zufrieden. Und wir hatten Stoltenbuschs Bitte, oder vielmehr seine Anweisung, bei einigen Dingen nicht so genau hinter die Kulissen zu schauen, dann ja auch umgesetzt.«

»Und mich wollten Sie gerade auch deswegen zurückhalten«, stellte Claas fest, obwohl ihm auch hier die Antwort schon klar war.

»Dass wir Ihnen zwischendurch etwas auf die Pelle gerückt sind, um Sie zu bremsen, war immerhin einen Versuch wert«, erklärte Bödefeld weiter, »und Sie können uns glauben, dass uns nicht ganz wohl bei der Sache war, aber wir haben unsere Felle sowohl privat als auch beruflich wegschwimmen sehen. Dass Sie auf Ihrer Dienststelle in Mönchengladbach schon das ein oder andere Scharmützel mit Ihren Vorgesetzten hatten, hat uns dabei natürlich in die Karten gespielt. Eigentlich sollte dann Gras über die Sache wachsen, und es sah auch ganz danach aus … bis zu Ihrem Anruf heute.«

»Jahaaa«, posaunte Mock mit Stolz in der Stimme, »wir haben nicht aufgegeben und die Sache in unsere Hände genommen. Die Methode Mock hat voll gegriffen und den Fall erfolgreich zu Ende gebracht!« Er blickte zufrieden in die Runde, in der sonst fast alle Beteiligten mit ziemlich eingetretenen Gesichtern saßen.

Nur Hugo Layer amüsierte sich. »Ein Kurdirektor, der die Bullen erpresst, damit sie bei seinen Eroberungszügen beide Augen zudrücken und er sein Spielchen weiter spielen kann«, resümierte er. »Noch ein Bulle – auf Kur wohlgemerkt – kann das Ermitteln auch nicht sein lassen, spielt mit seinen neuen Freunden *Emil und die Detektive* und klärt den Fall auf. Am Ende sind ein Haufen Tiere und zwei Leute tot … Ich muss schon sagen … Coole Geschichte!«

»Die noch einiger juristischer Nachbearbeitung bedarf«, warf Claas ein. »Disziplinarverfahren, Körperverletzung, kombiniert mit Todesfolge, gar versuchter Mord … Das wird nicht billig, meine Damen und Herren!«

Nachdem sich die Kaffeerunde schließlich aufgelöst hatte und die Polizeibeamten sämtliche Verdächtige in die Wagen verfrachtet hatten, ging Mock mit Claas und Hardy zur Remise herüber. Zusammen begutachteten sie das Flugzeug, dessen Tragflächenspitzen nach wie vor rechts und links in den Holzständern klemmten.

»Tut mir ja leid, dass ich die Maschine so malträtiert habe.

Kriegt man das wieder hin?« Claas war etwas geknickt, aber nachdem Mock die Maschine inspiziert hatte, machte er ihm wieder Mut. »Ach, kein Problem. So wie das aussieht, reicht dafür eine Nachtschicht, oder was meinst du, Hardy?«

Der nickte und drehte dabei sachte am Propeller. »Na klar, wir haben doch jetzt wieder Zeit.«

Mit drei Flaschen Tuborg kam Mock kurz darauf zurück. Auf einem Bänkchen vor der Remise schwiegen sie dann ein paar Minuten erleichtert vor sich hin, dachten an die turbulenten Ereignissen des Tages, tranken ihr Bier und ließen die Welt auf sich wirken. Vögel zwitscherten, Insekten summten und von der Exterschen Landstraße hörte man nur ab und zu das Dröhnen einer Baumaschine.

»Müssten wir wegen der Sache eigentlich ein schlechtes Gewissen haben?«, fragte Hardy dann unvermittelt in die Runde.

»Dazu besteht kein Anlass«, sagte Claas trocken. »Das Ganze ist zwar offiziell nicht unbedingt korrekt gelaufen, so aus rein dienstlicher Sicht, aber wo kein Kläger …«

»Da kein Beklagter«, fiel ihm Mock ins Wort. »Erstens haben wir alle Bösewichte dingfest gemacht! Wer weiß, was passiert wäre, wenn wir das nicht in die Hand genommen hätten. Und zweitens …«

»Hat es Spaß gemacht!«, ergänzte Claas. »Das wolltest du doch sagen, oder Julius?« Der war beinahe sprachlos. »Ganz recht. Ich sehe, du hast meine Philosophie verstanden.« Er erhob noch mal seine Bierflasche und prostete seinen Kollegen zu.

Freitag, 14. August – Donnerstag, 20. August

Als Claas am Morgen erwachte und aus dem Fenster blickte, zogen nur ein paar Wolken über den Himmel. Endlich überkam ihn das schöne Gefühl, in den Tag leben zu können, ohne über etwas nachdenken zu müssen. Spontan hatte er sich gestern bei Mock auf dem Hof überlegt, noch eine Woche Urlaub an die Kur dranzuhängen; glücklicherweise hatte sein Chef ihm diese Option ja gutherzig offengelassen.

»Machen Sie mal, hier ist im Moment sowieso nichts los, nur ein paar Fahrraddiebe machen uns Sorgen«, hatte Lutz Meijer am Telefon gesagt und ihm noch eine schöne Zeit gewünscht, bevor er noch hinterher schob: »Ich wusste doch, dass es Ihnen dort gefallen wird!«

Claas musste zugeben, dass Meijer damit gar nicht mal so falsch lag. Denn er hatte sich in den letzten Wochen an Stadt, Land und Leute gewöhnt und fühlte sich gar nicht mal unwohl dabei. So schlimm, wie alle immer unken, philosophierte er in heiteren Gedanken, ist es in der Provinz dann ja auch nicht. Und im Grunde ist es sogar ganz lebenswert. Aber trotzdem würde in einer Woche das Kapitel Bad Salzuflen für ihn beendet sein. Vorerst jedenfalls.

»Was macht der Feind?«, bat Oberst a. D. Friedrich-Wilhelm zur Mühlen am Frühstücksbuffet um einen aktuellen Lagebericht. »Schon Erfolgsmeldung zu verzeichnen?«

»Aber klaro, Sieg auf der ganzen Linie!«, gab Claas knapp zurück, was der alte Herr respektvoll quittierte.

Mit vollem Teller setzte sich Claas an seinen Tisch und ließ sich Kaffee einschenken. »Frau Fürst-Schmidt, wenn ich mal was fragen darf? Wann genau kommt noch mal Ihre Tochter wieder? Hat sie sich zwischendurch mal gemeldet?«

Seine Wirtin schaute ihn lächelnd an. »Das ist aber nett, dass Sie fragen. Obwohl ich Ihnen das doch neulich schon erzählt habe …« Sie legte gütig ihre Hand auf seine Schulter. »Aber ist ja auch kein Wunder, dass Sie alles vergessen, wenn Sie immer eins auf den Kopf bekommen … Viktoria macht doch Rucksackurlaub. Nächste Woche ist sie wieder da. Aber warten Sie mal … Hier, ist gerade heute Morgen mit der Post gekommen.« Sie kramte eine Ansichtskarte aus der Tasche ihrer Servierschürze; auf der Vorderseite glänzte ein Bilderbuch-Alpenpanorama aus dem Montaphon, hintendrauf las Claas nur einen Satz in schön geschwungener, eleganter Handschrift: Superurlaub! Viele Grüße an alle von Viktoria!

Na ja, dachte er, vielleicht darf ich mich mit *alle* auch angesprochen fühlen … wäre ja auch zu schön gewesen, wenn Vicky mich explizit erwähnt hätte. Aber immerhin habe ich die Chance, sie noch einmal wiederzusehen. Hoffentlich ist ihr Ärger dann verflogen. Hoffentlich …

Es folgte eine herrliche Urlaubswoche. Das hellblaue Hollandrad samt Fahrer wurde binnen kürzester Zeit zum festen Bestandteil des Stadtbildes. Claas erkundete ausgiebig die Umgebung, fuhr in die Hügel des lippischen Berglandes, in die Flussauen von Salze, Bega und Werre und machte auch Ausflüge an die Weser und in den Teutoburger Wald. Er klapperte einige sehenswerte Museen ab und startete eine Tournee durch die Cafés, Eisdielen und Imbissbuden der Stadt. Zusammen mit Mock und Hardy legte er letzte Hand an die Spitfire; sie polierten die Maschine auf Hochglanz und ließen auch noch mal den Motor probelaufen, bevor sie die Tragflächen für den Transport demontierten und die Maschine schließlich gut verzurrt auf einem Tieflader nach Hamburg verfrachtet wurde. Die erfolgreich bestandene Endabnahme durch die Käufer begossen die drei am Abend bei einem ausgiebigen Bummel durch die Altstadt – auf Mocks Kosten natürlich – und Claas konnte sich noch mal davon überzeugen, wie viele urige und szenige Kneipen es im kleinen Bad Salzuflen gab. Sind ja fast mehr Läden als in Düsseldorf, dachte er und schon standen sie im nächsten Fachgeschäft und hielten ein Bier in der Hand.

Freitag, 21. August

Der Freitag stand ganz im Zeichen der festlichen Neueröffnung der Exterschen Landstraße. Asphaltfertiger und Straßenwalzen hatten in den Tagen zuvor die letzten Schichten aufgebracht und verdichtet. Nötige Markierungen waren angebracht, Leitpfosten eingesetzt und restliche Arbeiten pünktlich erledigt worden. Gegen Mittag hatte sich an der Stadtgrenze am Ortseingangsschild am Waldkrug Roose eine große Menschenmenge versammelt: Lokale Politprominenz, Vertreter von beteiligten Planern und Baufirmen und einige Anwohner hatte man vorher mit einem Sonderbus hergefahren; nun sollte die Straße mit einem gemeinsamen Fußmarsch in die Stadt eingeweiht werden. Quer über der Fahrbahn hing in Brusthöhe ein geflochtenes Band, das in der Mitte mit einer kunstvoll drapierten Schleife zusammengebunden war.

Ehrenbürgermeister Ortwin Hoppenstöcker – 85 Jahre alt und ganz gediegen im Stresemann erschienen – hielt eine kurze Rede, die am Ende von artigem Beifall der Zuschauermenge beklatscht wurde. Am Straßenrand hatte der Wirt des Waldkrugs einige Tische aufgebaut, auf denen Schnittchen und Sekt serviert wurden. Auch Mock als fast direkter Anwohner der renovierten Straße ließ es sich nicht nehmen, die Feierlichkeit zu besuchen, wobei er von Claas begleitet wurde. Sie nahmen sich jeder gleich zwei Gläser Sekt, um gegen den leichten Kater anzukämpfen, der sie noch vom Vortag plagte.

»Hipp Hipp – Hurra!« Ortwin Hoppenstöcker war etwas tattrig und so brauchte es einige Versuche, bis er das Band durchschnitten hatte. Unter begeistertem Jubel führte der Ehrenbürgermeister dann die Menge an und wie bei einem fröhlichen Schulwandertag marschierte der Trupp über den frischen Asphalt Richtung Stadt. Schnell bildeten sich kleine Grüppchen, deren Teilnehmer sich einiges zu erzählen hatten. Während Mock eine lebhafte Unterhaltung mit Baulöwe Walter Heine und Kuno von Beckstein führte, durfte sich Claas von Hoppenstöcker Anekdoten aus dem letzten Jahrhundert Stadtgeschichte anhören.

Vorbei an der Einfahrt zum Golfspielclub – dort kündigte ein großes Banner das bevorstehende Sommerturnier am Wochenende an – und der Zufahrt zu Mocks Mühle passierten die Ausflügler das White Horse Inn, das seit nunmehr einer Woche verwaist dalag. In Höhe der Vitaltherme wurden die Wanderer kurze Zeit später feierlich begrüßt und einige von ihnen nutzten sofort die Gelegenheit, um sich mit Bier und Bratwurst für die Anstrengung zu belohnen. Mitarbeiter von Stadt und Bad hatten ein kleines Veranstaltungsprogramm auf die Beine gestellt, dessen Höhepunkt eine Tombola war, in der Claas und Mock sogar beide etwas gewannen.

»Super!«, freute sich Mock über den Gutschein eines hiesigen Augenoptikerladens. »Das kann ich gut gebrauchen.«

»Scheiße!«, freute sich Claas dafür eher weniger. »Das kann ich irgendwie gar nicht gebrauchen.« Trotzdem steckte er seinen Preis – eine Freikarte des Golfspielclubs Bad Salzuflen für ein Schnuppertraining am Wochenende – in die Hosentasche. Anschließend gönnten sich beide noch eine Wurst vom Grill und ließen den angebrochenen Nachmittag dann in der Stadt am Lille Tivoli ausklingen.

Obwohl Claas und Mock die turbulenten Erlebnisse der Vorwochen inzwischen gut verdaut hatten und allmählich wieder andere Gesprächsthemen in den Fokus gerieten, wurden sie bei der zweiten Flasche Tuborg noch einmal unfreiwillig an ihren Fall erinnert. Dafür sorgte ausgerechnet Golfspielclubchef Ludger van Boysen, der einhundert Meter vom Kiosk entfernt in der Parkchaussee gerade seinen grünen Jaguar einparkte. Dort wurde unter seiner Regie eine heruntergekommene Privatklinik aufwendig saniert; nach der Fertigstellung sollten hochwertige Eigentumswohnungen an besonders betuchte Pensionäre verkauft werden.

»Eines habe ich bei der Aufklärungsdiskussion neulich ganz vergessen«, merkte Claas nachdenklich an, »nämlich zu fragen, ob und wie mein Spezialfreund van Boysen in die ganze Geschichte involviert war.«

»By the way Jungs, das war lustig«, meinte Jesper, als er den Namen des Clubchefs aufschnappte. »Der van Boysen hat mich gestern gefragt, ob mein Ssnaps letzte Woche sslecht war. Er hat einen ganzen Tag gessissen. Der sspinnt doch!«

»Genau Jesper, das ist totaler Quatsch«, erwiderte Claas empört. »Am Schnaps wird das nicht gelegen haben. Ich habe ihm doch selbst das Pülleken verkauft, als ich dich vertreten habe. Das war doch versiegelt!« Er zwinkerte Mock zu, beugte sich herüber und flüsterte: »Jedes Detail brauchen wir Jesper auch nicht zu verraten. Dann schläft er besser.«

»Keine Sorge«, sagte Mock zu Jesper, »wir hatten an dem Tag scheinbar alle ein kleines Problem im … hm … Darmbereich. Wahrscheinlich ein Virus …« Er wandte sich wieder an Claas: »Ob van Boysen nun was damit zu tun hatte oder nicht, das macht jetzt auch keinen Unterschied mehr. Ist doch durch, die Geschichte.«

Claas murmelte zustimmend, steckte sich derweil ein Salmiakbonbon in den Mund, knödelte das Papier zusammen und steckte es in die Hosentasche. Zwei Sekunden später hatte er die Freikarte des Golfclubs in der Hand. »Oh fein, gut dass ich die eben nicht weggeschmissen habe … Da habe ich wenigstens einen schönen Grund, um mich persönlich zu verabschieden!«

»Herr van Boysen, ich grüße Sie!«, rief Claas schon von weitem und näherte sich freudestrahlend dem Clubchef, der in seiner

Architektenuniform – schwarzer Rollkragenpullover unter gleichfarbigem Sakko – mit einer großen Papierrolle in der Hand vor dem entkernten Klinikbau stand.

»Was haben Sie denn da mit Ihrem Auge gemacht?« Claas musste sich bemühen, dass ihm beim Anblick des schillernden Veilchens die Schadenfreude nicht aus allen Poren drang.

»Ach, Hafenstrolch, das geht Sie gar nichts an«, erwiderte van Boysen und musterte Claas gewohnt abschätzig. »Warum sind Sie eigentlich immer noch hier? Wann darf man denn endlich mit Ihrer Abreise rechnen?«

»Schon am Sonntag. Da können Sie dann einen drauf trinken. Ich wollte Ihnen schon einen Schnaps mitbringen …«

»Sie wollen mich wohl provozieren, was? Wird Ihnen aber nicht gelingen. Aber seien Sie sicher, am Sonntag beim Turnier werde ich auf Sie anstoßen … mit Champagner … weil Sie dann weg sind!« Er schien sich regelrecht zu freuen, dass Claas ihm bald nicht mehr über den Weg laufen würde.

Der nahm seinen Gutschein zur Hand. »Gucken Sie mal, habe ich eben gewonnen. Ich möchte am Schnuppertraining aber nicht mehr unbedingt teilnehmen … ich war ja schon mal da, vielleicht erinnern Sie sich noch an meine bravouröse Leistung. Wäre es vielleicht möglich, dass Sie mir freundlicherweise den Gegenwert auszahlen? Am besten gleich hier.« Er wedelte mit der Karte. »Ist immerhin dreißig Euro wert.«

Van Boysen war aber nicht aus der Ruhe zu bringen. »Sie sind ja drollig. Aber Respekt, Sie haben ja schon ganz die sprichwörtlich lippische Sparsamkeit verinnerlicht. Wenn Sie am Turniertag vorbeikommen, lassen Sie sich am Empfang ein halbes Lachshäppchen geben. Mehr werden Sie nicht bekommen, der Rest ist für Sie tabu.« Er lächelte selbstzufrieden. »Ich denke, damit wäre nun aber alles gesagt, oder? Ehrlich gesagt, ich hoffe, dass ich Sie nicht mehr wiedersehen muss … Guten Tag!« Mit einer abwertenden Handbewegung drehte er sich um und wollte gerade seinen Plan entrollen, da setzte Claas noch einmal nach: »Ihr Angebot nehme ich gerne an. Ich liebe Lachs … Aber eine allerletzte Frage habe ich noch.«

Van Boysen lächelte gequält und antwortete genervt: »Höchst ungern. Aber wenn Sie mich danach für alle Zeiten in Ruhe lassen … bitte.«

»Ich habe gehört, dass es bei den Turnieren im Club ziemlich heiß hergehen soll. Nicht nur sportlich …«

Jetzt wurde der Clubchef ungeduldig. »Was meinen Sie damit? Etwas präziser bitte!«

»Na ja, ich habe gehört, es soll da leckere Sexparties im Hinterzimmer geben … darf man da vielleicht mal mitmachen? Ich meine …« Weiter kam Claas gar nicht, denn van Boysen schien in Sekundenbruchteilen regelrecht zu eskalieren. Wie auf Knopfdruck lief er rot an und es folgten Schimpftiraden übelster Sorte, die selbst Claas – der ansonsten im Empfangen vulgärer Gefühlsausbrüche einigermaßen routiniert war – in Erstaunen versetzten. Das Ganze gipfelte in der Androhung van Boysens, dass er erneut seine berühmt-berüchtigten Beziehungen spielen lassen wollte. »Sie kriegen nirgendwo mehr ein Bein auf den Boden, das kann ich Ihnen versichern, Sie unverschämter Dorfbulle! Falls sich Ihr mickriges Beamtenhirn noch erinnern kann, kommt ein Freund des Innenministers zum Turnier. Das kann ich Ihnen prophezeien: Polizist sind Sie die längste Zeit gewesen. Und jetzt«, zischte er mit eisigem Blick, »gehen Sie mir aus den Augen! Aber sofort!« Es sah so aus, als ob er Claas eine runterhauen wollte, aber der wich instinktiv zurück und tat van Boysen einen letzten Gefallen, indem er sich einfach umdrehte und sich auf den Rückweg zum Kiosk machte.

»Seiner Reaktion nach zu folgen, hing er irgendwie mit drin. Sonst hätte er nicht so impulsiv reagiert. Kein Zweifel. Zumindest wird er wohl Kenntnis davon gehabt haben, dass hinter den Kulissen des Turniers mit Nutten-Hugos Damen was abgegangen ist. Aber wahrscheinlich war das schon alles. Im Ordner von

Stoltenbusch war sein Name oder dergleichen ja auch nicht zu finden und Hugo sprach ja selbst davon, dass nur der Kurdirektor bei ihm Damen und Filmchen bestellt hatte.« Claas wirkte trotz seiner gerade gewonnenen Erkenntnisse nicht ganz glücklich.

»Warum so geknickt?«, fragte Mock dann auch sogleich. »Können wir dann nicht endgültig einen Haken hinter die Sache machen?« Er setzte die Flasche Tuborg an und nahm einen ordentlichen Schluck. Danach musste er kurz aufstoßen und meinte: »Wie du schon sagtest: Auch wenn man ihm die letzte Kleinigkeit nicht nachweisen kann, war er doch wohl, wenn überhaupt, nur peripher beteiligt. Scheiß doch endlich auf den Kerl!«

Claas glaubte jedoch, dass er sich die letzte Information dieses Falles vielleicht etwas zu teuer erkauft hatte: »Wie ich ihn da hab stehen sehen, wollte ich unbedingt noch rauskriegen, ob er was von den Sexspielchen wusste. Vielleicht war das noch einmal ein finaler Bock, den ich da geschossen habe … Mensch, Scheiße, das war wenig professionell. Der Dödel kam natürlich gleich wieder mit seinem Drohgehabe um die Ecke …« Van Boysens Ankündigung, ihm disziplinarische Schwierigkeiten zu bereiten, machte Claas sichtlich zu schaffen.

»Jetzt mach dir mal keine Sorgen«, sagte Mock daraufhin beruhigend, bevor er leicht zu grinsen begann. »Du solltest mich inzwischen kennen … Ich lasse mir schon was einfallen.«

Samstag, 22. August

Umwerfend! Was für eine Frau! Dem sonnengebräunten Gesicht war die Erholung der vorangegangenen Wochen deutlich anzusehen, es wirkte geradezu jugendlich. Die braunen Haare fielen leicht gewellt auf ihre Schultern und ein herrlich offenes Lächeln ließ Claas für einen Moment sprachlos wirken.

»Darf ich vorstellen?«, fragte Mock und trat aus dem Hintergrund hinzu. »Meine Frau Sabine. Gestern Abend aus Sankt Peter-Ording wiedergekommen.«

»Oh, sehr angenehm. Mein Name ist Haverstroh, Claas Haverstroh. Ich … ich bin zur Kur hier.«

Sabine Mock hielt ihm die Hand hin. »Schön, dass ich Sie noch kennenlernen darf. Julius hat mir schon von Ihnen erzählt und dass Sie morgen leider schon wieder abreisen. Wollen Sie vielleicht gleich noch mit uns zu Mittag essen? Ich habe ganz frische Schollen von der Küste mitgebracht, die müssen unbedingt heute noch auf den Tisch.«

Claas musste nicht lange überlegen. »Sehr gerne. Wenn der Fisch nur halb so gut wie die Erbsensuppe schmeckt …«

Sabine freute sich über das Kompliment und lachte, dann nahm sie seinen Arm und zog ihn ins Haus.

»Mmmhhh, köstlich. Also, allein Ihre Kochkunst wäre schon ein Grund wieder herzukommen«, lobte Claas Sabine Mocks Bratfisch und wischte sich den Mund mit einer Serviette ab. Zu seiner Freude gab es auch noch einen leckeren Nachtisch und beim anschließenden Kaffee brachten sich alle gegenseitig auf den neuesten Stand der Dinge, wobei Mock seiner Frau aus verständlichen Gründen nichts von den Ereignissen rund um die Aufklärung ihres Falles erzählte. So wusste sie bis jetzt nur aus der Zeitung davon. »Ist ja unglaublich, was hier so alles passiert ist. Kaum ist man mal vier Wochen nicht da, geht alles drunter und drüber. Hirsche tot, zwei Leute tot … unglaublich! Aber ich bin ja froh«, sagte sie dann zu Claas, nachdem sie ihm kurz zuvor das Du angeboten hatte, »dass du Julius bei seinem Projekt so tatkräftig unterstützt hast. Ist immer besser, wenn einer auf ihn aufpasst. Hardy hat ja nicht immer Zeit.«

Mock musste sich ein Lachen verkneifen und spielte gekonnt eine leichte Empörung. »Na, na, Liebes, so schlimm ist es mit mir auch wieder nicht. Aber Claas war wirklich eine große Hilfe, da bin ich ganz ehrlich.«

Nachher standen sie auf dem Hof und Sabine verabschiedete sich recht schnell: »Claas, ich würde mich wirklich freuen, wenn du mal wiederkommst. Ich muss jetzt rüber zum Gestüt …« Als sie merkte, dass Claas eine Frage auf der Zunge lag, schob sie gleich hinterher: »Ich bin ja gelernte Tierärztin und kümmere mich um die Pferde dort. Quasi als Nebenerwerb, ansonsten praktiziere ich kaum noch.« Im Weggehen rief sie noch zu Mock herüber: »Ach, Julius, Vicky hat eben angerufen, sie wollte in ein bis zwei Stunden was für Gretel rüberbringen. Wäre schön, wenn du dann hier wärst, okay? Tschüs, Claas!«

Mock hob den Daumen, Claas winkte und zeitgleich machte sein Herz einen kleinen Hüpfer. Vicky! Heute Morgen hatte er noch vergeblich beim Frühstück auf sie gewartet; Frau Fürst-Schmidt hatte ihm dann verraten, dass ihre Tochter nach ihrer Ankunft gestern erst mal ausschlafen wollte. Vielleicht aber standen die Chancen nicht schlecht, dass sie sich nachher auf dem Bahndamm treffen würden …

Als Claas mit Mock in der Werkstatt ein letztes Bier trank, bemerkte er auf der Werkbank ein Gerät, das ihn an eine Mischung aus Raketenrucksack und Düngerspritze erinnerte: An einem alten blechernen Farbeimer waren an einer Seite Lederriemen befestigt, die man sich auf den Rücken schnallen konnte, vorne hing ein Schlauch mit einer ausrangierten Duschbrause heraus.

»Was ist denn das? Bist du jetzt unter die Unkrautvernichter gegangen?«

»Hab ich heute Morgen gebastelt«, faselte Mock daraufhin. »Wir, äh … haben tatsächlich unheimlich viel Gras auf dem Hof, weißt du, zwischen den Pflastersteinen, das muss alles weg.«

»Und dafür braucht man dann zwanzig Liter Essigessenz?«, meinte Claas, dem der Karton mit den Flaschen unter der Werkbank sofort aufgefallen war.

»Ach, da kann man nie genug von haben«, beschwichtigte Mock. »Außerdem ist das Zeug billig und effektiv!«

Claas hakte dann nicht weiter nach, stattdessen wollte er gerne wissen, ob es schon neue Projekte gäbe. »Schon was in der Pipeline?«

»Hm, na ja, die Sache mit den Flugzeugen nimmt wohl Fahrt auf … Die Leute aus Hamburg sind jedenfalls hochzufrieden mit der Spitfire. Ab übernächster Woche habe ich dann einen alten Schlüter-Traktor zum Restaurieren da; eine echte Rarität, geradezu ein Wertobjekt.« Mock war schon wieder ganz begeistert bei der Sache. »Dazwischen bin ich für eine Woche in Duisburg zum westdeutschen Stahlkongress eingeladen und halte ein paar Vorträge. Man muss ja im Thema bleiben. Also, eigentlich kann ich mich nicht beklagen, langweilig wird mir nicht. Und wenn alle Stricke reißen …« Er sah Claas verschmitzt an, und der wusste, was Mock sagen wollte. »Mock und Haverstroh. Aufträge aller Art … ich weiß schon.«

Mock nickte. »Sag niemals nie, Mister Bond! Ich habe aber noch eine kleine Überraschung für dich … die gibt's aber erst morgen früh. Wann geht dein Zug?«

»Eigentlich egal, reserviert ist nichts. Ich wollte aber nicht so spät …«

»Okay, umso besser«, unterbrach Mock. »Dann hole ich dich um zehn Uhr ab!«

»Grüß dich, Claas. Na, immer noch hier?«

»Ja, und du auch wieder im Lande?«

»Seit gestern.«

»Und, wie war der Urlaub?«

»Ach du, wunderschön. Wir hatten dazu noch super Wetter … Und du? Hast du deinen Fall gelöst?«

»Ja, der hat sich erledigt.«

Es folgte ein betretenes Schweigen und beide merkten, dass etwas zwischen ihnen stand.

Claas ergriff als Erster wieder das Wort: »Du, kurz bevor du weggefahren bist … ich weiß, ich hab mich total dämlich verhalten.«

Vicky guckte ihn herausfordernd an.

Wie gut sie doch aussah, dachte er, und stammelte weiter: »Wahrscheinlich war ich abends immer zu müde … ich vergesse normalerweise nie eine Verabredung … ich weiß, das klingt jetzt irgendwie total unglaubwürdig und als ob ich das mit uns beiden nicht ernstnehmen würde …« Was rede ich denn da bloß für ein fürchterliches Geschwurbel, dachte er, geht's noch tiefer in die Scheiße?

Vicky ließ den Beutel mit den Wurstresten für Gretel in der Luft baumeln. »Ach, Claas. Was soll das denn? Ich habe im Urlaub auch darüber nachgedacht. Aber ich komme immer wieder zum gleichen Schluss: Entweder du interessierst dich wirklich für mich oder du lässt es bleiben. Wir sind doch alt genug, oder? Darüber musst du dir schon im Klaren sein.«

Claas wollte noch etwas sagen, aber Vicky machte Anstalten, weiterzugehen und er wagte es nicht, sie aufzuhalten. Er sah ihr hinterher wie einem davonfahrenden Zug und fürchtete, dass damit alles zu Ende war. In seinem Innern fühlte es sich an, als hätte er gerade einen schweren Stein verschluckt. Auf einer Skala von eins bis zehn für Körbe und Abfuhren war das eben wohl eine glatte Zehn gewesen, dachte er traurig und seufzte.

Sonntag, 23. August

»Da habe ich dich gestern Nachmittag ganz schön zappeln lassen, oder?« Vicky sah Claas in die Augen und gab ihm dann ein Küsschen auf die Wange. »Ich bin dir nicht mehr böse, im Gegenteil. Du kannst dir gar nicht vorstellen, wie leid es mir tut …

tuut … tuuut …

Der Wecker machte einen unheimlichen Krach und Claas musste mehrmals draufschlagen, damit endlich Ruhe herrschte. Gleichzeitig merkte er, dass er nur geträumt und Vicky ihm natürlich gar nichts verziehen hatte.

Leicht niedergeschlagen duschte er, packte fahrig seine Sachen zusammen und ging runter in den Frühstücksraum. Vielleicht die letzte Chance, so zwischen Ei und Brötchen lässt es sich doch herrlich aussprechen, dachte er und ärgerte sich selbst über seine flapsigen Gedanken.

Vicky war jedoch gar nicht da; Frau Fürst-Schmidt erzählte etwas von einem Ausflug, aber Claas hörte gar nicht recht hin. Er stocherte in seinem Rührei herum, nahm lustlos einen Bissen und schob dann den drei viertel vollen Teller von sich weg. Vickys klares Statement gestern Nachmittag machte ihm nach wie vor zu schaffen. Er hatte die ganze Nacht schlecht geschlafen, hatte längere Zeit wachgelegen und sich den Kopf darüber zerbrochen, was er tun sollte. Sich und ihr mehr Zeit lassen? Oder doch besser nachsetzen? Obwohl dies nicht die erste Situation dieser Art war, die er im Laufe seines Lebens durchgemacht hatte, fand er keine passende Antwort; dafür gab es einfach kein Standardrezept. Wenn morgen nicht der Dienst riefe, dachte er, dann hätte ich noch mal eine Woche drangehangen und versucht, Vicky in Ruhe alles zu erklären. Irgendwann würde sie ihn verstehen, da war sich Claas sicher. Er gab sich einen Ruck: So schnell würde er nicht aufgeben. Ich doch nicht, dachte er, immerhin habe ich in den vergangenen Wochen eine Kur hinter mich gebracht, ein Flugzeug zu Ende gebaut und nebenbei auch noch eine fiese Gaunerbande zur Strecke gebracht! Ich bin Claas Haverstroh! Und Viktoria Schmidt lasse ich nicht so einfach ziehen!

Pünktlich um zehn Uhr stand Mock mit dem BMW vor der Tür. Nachdem sie das Hollandrad eingeladen hatten, verabschiedete sich Claas ganz herzlich von Frau Fürst-Schmidt, die ihm sogar noch einen Butterbrotbeutel mit auf den Weg gab. »Falls Sie unterwegs Hunger kriegen. Bei der Bahn ist doch alles so teuer. Ist auch Ihre Lieblingswurst drauf.«

Er bedankte sich und überlegte, ob er sie noch bitten sollte, Vicky noch mal von ihm zu grüßen, als just in diesem Moment Friedrich Wilhelm zur Mühlen von seinem Morgenspaziergang zurückkam. »Das Lazarett wird geräumt, ganz recht, ganz recht!« Er grüßte mit seinem Spazierstock, Claas wünschte auch ihm alles Gute, verkniff sich dann weitere Floskeln und stieg zu Mock ins Auto; anschließend fuhren sie über die Extersche Landstraße aus der Stadt heraus.

»He, da geht's doch gar nicht zum Bahnhof, du fährst ja ganz falsch«, meckerte Claas und zeigte in die andere Richtung. »Wo willst du hin?«

»Herrlich, der neue Asphalt, oder? Ganz sanft rollt der Wagen …«

»Hallo? Wo wir hinfahren, will ich wissen!«

»Das ist die Überraschung. Wirst du gleich sehen …«

Na super, dachte Claas, zum Abschluss noch 'ne Kiste Tuborg saufen und dann voll wie drei Dänen in den Zug! Prost!

Aber Mock fuhr nicht zu sich nach Hause, sondern weiter geradeaus und nach einer Weile ahnte Claas, wo es hingehen sollte. »Fahren wir etwa zum Flugplatz?«

»Bingo. Ich spendiere dir einen Flug in die Heimat. Ich dachte mir, dann muss der Junge nicht mit der öden Eisenbahn fahren. Und Peter Lilienberg wollte heute sowieso fliegen, da passt es doch gut, oder?«

Claas freute sich über Mocks Entscheidung, doch als er dann die Fahrt über aus dem Fenster schaute, überkam ihn eine leichte Melancholie und er fragte sich, ob das jetzt an der verpassten Chance lag, Vicky seine Zuneigung zu zeigen, oder daran, dass der Urlaub nun unwiderruflich zu Ende ging. Denn der war – wenn er ehrlich in sich hineinhorchte – wirklich schön gewesen. Erholsam. Spannend. Lustig. Und für's Herz … Ach Mensch, dachte er, wenn doch nur der Abschluss etwas besser gelaufen wäre.

Mock fingerte derweil am Radio herum und suchte einen neuen Sender; Claas setzte an, um etwas zu fragen: »Du, hat Viktoria gestern vielleicht irgendwas zu dir ges…«

»Warte mal, ist das nicht van Boysen im Radio?«, unterbrach Mock. Er drehte den Ton lauter.

Tatsächlich, Golfspielclubchef Ludger van Boysen gab in den Lokalnachrichten eine kurze Pressenote ab. In seiner Stimme lag beinahe etwas Weinerliches. »… tut es uns wahnsinnig leid, dass wir das Sommerturnier heute Morgen ganz kurzfristig absagen müssen … über Nacht ist irgendwas mit dem Rasen geschehen, die Anlage kann nicht bespielt werden … hochrangiger Besuch musste verärgert und unverrichteter Dinge wieder abreisen … können sich gar nicht vorstellen, wie peinlich das alles für uns und gerade für mich als Vorsitzenden ist … Renommee wurde nachhaltig beschädigt …«

Claas drehte seinen Kopf ganz langsam zu Mock hin. »Nicht dass du da was mit zu tun hast …«

»I wo, wie hätte ich das machen sollen?«, gab Mock entrüstet zurück. »Aber zumindest deine Disziplinarsache sollte damit vom Tisch sein, oder?«

»Das hoffe ich doch. Julius, welch glückliche Fügung!« Claas grinste. »Dann muss ich mich wohl bei einem Unbekannten bedanken.«

Als sie den Wagen wenig später am Flugplatz parkten, wartete Peter Lilienberg schon auf sie.

»Dein Fahrrad stelle ich bei mir unter«, sagte Mock, während sie zur Flugzeughalle herübergingen. »Ich hoffe, wir sehen uns bald wieder.«

»Bestimmt«, versicherte Claas. »Nächstes Mal komme ich dann mit dem Auto.«

»Ich bitte darum. Auf den Lancia freue ich mich jetzt schon. Wird dann auf Herz und Nieren getestet!«

Sie plauderten noch eine Weile, gaben sich dann fest die Hand und wünschten sich gegenseitig das Beste.

Als Claas schon die Tür der Cessna in der Hand hielt und einsteigen wollte, kam Mock noch mal herangelaufen. »Fast hätte ich's vergessen«, sagte er und drückte ihm ein kleines Kuvert in die Hand. »Aber erst oben öffnen!«

»Aha, und wann bitte?« Claas guckte Mock mit großen Augen an.

»Das wirst du schon merken … Mach's gut!«

Die Maschine zog über die Kornfelder hinter der Startbahn hinweg und gewann schnell an Höhe. Rasch wurde die Welt kleiner und Pilot Lilienberg schwenkte in südwestliche Richtung ab.

»Drehen wir gleich noch eine Runde über Salzuflen?«, fragte Claas über das Headset.

»Gerne, dann können Sie zum Abschied noch ein bisschen winken«, scherzte Lilienberg und nahm etwas Gas zurück. Unter ihnen schlängelte sich das graue Asphaltband der A2 südwärts, in Höhe des Rasthofes Herford änderte der Pilot die Richtung und nahm Kurs auf die Salzufler Innenstadt.

Claas hatte von oben wenig Mühe, ihm inzwischen wohlbekannte Orte wiederzuerkennen. Er sah auf den Kurpark hinab, erblickte seine Pension, die Klinik und auch die Bäderverwaltung. Selbst das Lille Tivoli mit seinen rotweißen Fahnen war gut zu erkennen. Lilienberg flog eine weite Kurve und dirigierte die Maschine dem natürlichen Flusslauf der Salze entgegen wieder nach Norden. Claas hielt dabei die ganze Zeit Mocks Umschlag in der Hand; er hatte sich tatsächlich daran gehalten, ihn noch nicht zu öffnen. Aber wann war denn endlich der richtige Moment gekommen?

Über Mocks Mühle am Rande des Salzetals nahm Lilienberg etwas Höhe zurück und drehte noch eine große Runde über dem Anwesen.

Claas schaute andächtig hinab. Wie friedlich doch alles aussah … Ganz in Gedanken versunken, erhielt er plötzlich einen Stups vom Piloten.

Der zeigte aus dem Fenster auf den Golfplatz gleich nebenan. »Das müssen Sie sehen!«

Unter dem Flugzeug zog der Platz vorbei; von Loch Eins bis Neun wurde das ansonsten so gepflegte Grün von großen, gelbbraunen Flecken unterbrochen.

Was war mit dem Rasen geschehen?

»Moment, ich gehe etwas höher«, sagte Lilienberg, »dann sieht man es vielleicht besser.« Er zog das Steuer leicht zu sich heran und leitete gleichzeitig eine Kurve ein. Sachte stieg die Maschine und als sie den Golfplatz erneut überflogen, sahen sie es ganz deutlich und plötzlich ergab alles einen Sinn. Die Flecken waren in Wirklichkeit haushohe Buchstaben, wie von einem Riesen dahingeschrieben, und Claas war ein klein wenig gerührt als er las, was dort stand:

ICH FREUE MICH AUF EIN WIEDERSEHEN! J.

Und etwas kleiner darunter:

PS: ICH FREUE MICH AUCH! V.

Was hatte Mock neulich noch gesagt? Manche Zusammenhänge werden erst aus einer anderen Perspektive deutlich … Wie recht er doch hatte, dachte Claas und öffnete den Umschlag. Als er die Zeilen las, die jemand in schön geschwungener, eleganter Handschrift auf ein kleines Blatt Papier geschrieben hatte, machte sein Herz einen kleinen Hüpfer. Er gab dem Piloten ein Zeichen und nach einer letzten Kurve über dem Tal flog die Maschine nach Westen davon.